1978—2018

四十年四十人

廖晓华 主编

丛书主编 韩庆祥

我的四十年丛书

真实、立体、全面的改革开放史记

浙江出版联合集团
浙江文艺出版社

图书在版编目（CIP）数据

四十年四十人 / 廖晓华主编. —杭州：浙江文艺出版社, 2018.11

（我的四十年 / 韩庆祥主编）

ISBN 978-7-5339-5507-6

Ⅰ.①四… Ⅱ.①廖… Ⅲ.①回忆录-作品集-中国-当代 Ⅳ.①I251

中国版本图书馆 CIP 数据核字（2018）第 272607 号

责任编辑　罗　艺
责任印制　吴春娟

四十年四十人

廖晓华　主编

出版　浙江文艺出版社
地址　杭州市体育场路 347 号　邮编　310006
网址　www.zjwycbs.cn
经销　浙江省新华书店集团有限公司
印刷　浙江新华数码印务有限公司
开本　710 毫米×1000 毫米　1/16
字数　330 千字
印张　25.5
插页　1
版次　2018 年 11 月第 1 版　2018 年 11 月第 1 次印刷
书号　ISBN 978-7-5339-5507-6
定价　60.00 元

版权所有　违者必究

（如有印、装质量问题,请寄承印单位调换）

总　序

郝庆祥

今年是改革开放四十周年。

改革开放是决定中国命运的关键一招，改革是强国之路！1978年由中国共产党开启并领导的这场波澜壮阔的"时代之变"，彻底改变了中国的命运，真正创造了中国经济社会发展举世瞩目的惊世奇迹，全面开创和发展了中国特色社会主义。

该到全面深入总结中国改革开放的时候了！值中国改革开放四十周年之际，政界、商界、学界等社会各界都在认真总结中国改革开放的成功经验，研究中国改革开放所具有的全球意义、战略意义。不过，有的是从感性层面，有的是从知性层面，有的是从理性层面，很多研究成果已陆陆续续问世。

改革开放既要依靠人民，还要为了人民。在这林林总总的研究改革开放史的成果中，除了宏大叙事的"改革开放全史"，也需要有以"人"为主体和主线的有血有肉、有过程、有成长、有故事、有细节的改革开放"个人史"。不仅因为改革开放改变了无数个人的命运，而且因为这一个个具体的、活生生的、现实的"人"，才是改革开放的参与者、推动者、建设者和见证者，也是改革开放红利的受益者。他们，以不同的方式且在不同程度上，书写着改革开放的新篇章！正如有的学者所说，历史叙述应善于通过人和故事反映经济社会变迁、制度体制变革。改革开放既是历史也是现实，改革开放史研究的"现场感"，是其他历史研究所不具备的。这种现场感对于理解、解释历史至关重要。

浙江文艺出版社以独特视角，以"讲好中国故事"的方式，策划并组织出版的"我的四十年"丛书，着眼于在改革开放大潮中人的命运的向好改变，选取"三种人"为主体，每一种选取四十人，讲述他们亲身经历的改革开放故事。

第一种，是我们国内的人民，这块土地上的主人，中国改革开放的参与者、亲历者、受益者。四十年来，他们经历了改革开放进程中的历史细节，经历了个人命运的变迁，全程体验了改革开放这一伟大变革的重大意义。书写这种故事的这本书，叫《四十年四十人》。

第二种，是改革开放以来，从中国到世界各国工作、生活的华人华侨。他们站在世界的坐标系和东西方文化对比的场景中，与祖国改革开放的伟大历程同频共振，以独特的感知和体验，诠释了中国改革开放对世界的影响。书写这种故事的这本书，叫《四十年来家国》。

第三种，是改革开放以来，从世界各国来到中国学习、工作和创业的外国人。他们以"客人"的身份和视角亲历、见证了改革开放四十年的历史，通过亲密接触和深度融入产生了认同感和归属感。书写这种故事的这本书，叫《亲历中国四十年》。

从茫茫人海中"随机"征集和"自觉"选定的这一百二十个人的故事，就是一百二十滴水，就是一百二十部史诗！汇集到一起，可以映见无数个人命运的发展改变，可以映见改革开放美丽故事的海洋，可以映见四十年来鼓荡的时代大潮和宏伟的壮丽史诗。这一百二十滴水也可以映见，中国的改革开放发展史不是一条平静的"内流河"，而是时刻与全球经济交融激荡的"世界性洋流"。这一百二十滴水还可以映见，人类社会越来越成为你中有我、我中有你的地球村，中国人、海外华人、外国人，都是休戚与共的命运共同体、合作共赢的利益共同体。

为了讲好这一百二十篇故事，三本书的主编以及出版社的领导和编辑同志不辞一切劳苦，克服种种困难，以永不懈怠的精神状态和一往无前的奋斗姿态，以高度的政治觉悟和政治责任，加班加点，做了大量很有意义的工作。由于来稿的华人华侨生活在国外，有时差，编辑们都是在半夜三更与作者联系沟通，修改文章；在国内的外国作者则来自世界五大洲二十多个国家，讲不同的语言，为了跟他们沟通好，把文章修改到位，请了许多翻译和朋友帮忙。为体现全面性、代表性并富有创新性，三本书稿文章的征集，考虑到了不同国家、不同地区、不同职业、不同角色、不同文化程度、不同年龄作者的典型性。经过艰辛努力，呈现给读者的，可谓是一套"真实、立体、全面"地讲好中国故事、唱响中国声音、展现中国形象的丛书。

这套丛书最可贵的，就是立足于讲述"历史现场"中"人"亲身经历的真实故事和真切感受，以鲜活真实生动的"个人史"体现改革开放四十年的伟大成就。这是一部庆祝改革开放四十周年的主题之书，是一部凝结个人发展命运的时代之书，更是一部有血有肉有温度的具备持久生命力的改革开放"史记"。

讲政治、讲故事、讲全面，善思考、善总结、善提升，重感知、重本质、重形象，是本丛书最鲜明的特点。

改革开放永远在路上，讲好中国故事，也永远在路上！

目　录

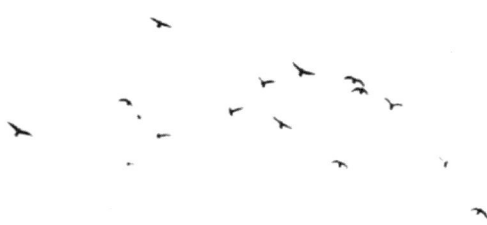

谢高华

◎1931 年出生，浙江衢州人。1953 年 5 月加入中国共产党。曾任浙江省衢县县委书记，衢州市委（县级市）书记，义乌县委书记，金华地委农工部部长，衢州市委常委、常务副市长，衢州市人大常委会副主任，第八届全国人大代表等。2017 年 4 月，荣获中国市场学会颁发的"全国商品交易市场发展终身贡献奖"。改革开放初期，任义乌县委书记期间，在全国率先开放小商品市场，试水经济体制改革，是义乌改革的开拓者和义乌市场发展的奠基人。

我的富民梦

我今年 88 岁了，从 1949 年 6 月被选为村农民协会委员起，我就有一个梦想，那就是让我们祖祖辈辈面朝黄土背朝天的农民富起来，1953 年 5 月加入党组织后，这一梦想更加强烈。是党的改革开放政策让我心想事成、梦想成真。到如今，改革开放四十年，我当年工作过的义乌经过历届党委、政府和干部群众的共同努力，2017 年城乡居民人均可支配收入分别达到 6.6 万元和 3.3 万元，多年位列全国第一，人均储蓄额、每万人汽车拥有量等 12 项指标位列全省第一。百姓从贫穷走向了富裕，这是我最欣慰、最高兴的事。

调查研究，脱贫有了突破口

1982 年 5 月，组织上把我从浙江省衢州市（县级市）市委书记任上交流到义乌县任县委书记。当时，衢州穷，义乌更穷，"七山二水一分田，粮食高产贫穷县""一条马路七盏灯，一个喇叭响全城"就是当年义乌的真实写照，一个县的财政收入不及杭州地区余杭的一个镇。衢州人均有一亩多地，自然条件好，粮棉油等农副产品较丰富；而义乌土地贫瘠，资源匮乏，人均只有四五分地，农村不少地方连饭都吃不饱。义乌，留在人们记忆中的就是"鸡毛换糖"的拨浪鼓。到了大年三十，我们在家里过年，许多义乌人却出门在冰天雪地里走街串巷做生意，并经常露宿街头。所以，当年年迈的母亲得知我要去义乌工作的消息，就有点心疼。除了"穷"，当时的我对义乌真是一无所知。因此，作为新上任的县委书记，到人地生疏的义乌要做的第一件事，就是依靠干部群众，下苦功，多搞调查研究，多听多看，尽快了解本地情况，熟悉工作环境。

"翻两番"是改革开放初期最时髦的口号，我来义乌工作的首要任务就是找到当地农民脱贫致富奔小康的突破口，努力实现党中央提出的到 20 世纪末国民生产总值"翻两番"的目标。

我调到义乌工作时，正是党的十一届三中全会之后，以家庭联产承包责任制为主体的农村经济体制改革开始推行，义乌的稠城镇和廿三里镇已经自发形成了小商品市场。由于长期以来"左"的思想影响，"鸡毛换糖"一直被视为"盲目外流，投机倒把，资本主义尾巴"，有关部门一如既往地对此采取禁、打、关、赶的政策和措施，可是，又怎么也禁不住、打不倒、关不掉、赶不跑，长期作为义乌的一大"包袱"存在。

义乌的小商品经营活动为什么会有这么强的生命力？这个问题引起了我的深思。我觉得"割资本主义尾巴"实际上是剥夺农民生存权，这样做对不起党，对不起人民。那么怎样来看待、解决义乌农民从商的问题呢？对此，当时义乌的干部群众争议很大，县委班子内部意见也不统一，而群众很想从商又怕挨批。面对这一切，我们只能按照党的实事求是的思想路线，认真开展调查研究，从实际出发解决问题。于是，一连花了几个月的时间，我们组织大批干部下基层，通过召开座谈会讨论、个别交谈等形式，面对面地听取意见，系统地开展调研。由于我初来乍到，人们一时还不认识，所以我去调查时，群众敢反映真实情况，我也就获得了不少第一手材料。调查越深入，我越觉得在人均耕地很少的义乌，农民在不影响农业生产的前提下，从事小商品经营以积累生产资金、贴补生活，实在是件好事。于是，我根据调查中得出的结论，在一次县级机关干部大会上提出了看法："义乌的小商品经营活动不是一大'包袱'，而是一大优势……"当时干部群众议论纷纷，反响强烈，有人高兴，有人担心。我就通俗地摆出了自己的理由："就拿鸡毛换糖来说吧，义乌货郎走南闯北，千辛万苦，一家一户地去用糖换鸡毛、鸡内金，回来后，将上等的鸡毛出售给国家，用以制作日用工艺品；差的用作传统肥料，提高粮食产量；收购的鸡内金出售给医药公司做药品。这是一件利国利民的大好事！"我心里预感到实现义乌农民脱贫致富的梦想有了突破口。

共担风险，富民有了大平台

在系统深入的调查面前，县委常委们统一了思想，形成了共识，认为应该开放义乌小商品市场。但是，在当时既无明确政策又无先例的状况下，县委要开放小商品市场是要担很大风险的。一些同志难免会有顾虑，我很理解。作为县委书记的我必须有非常明确的态度。为了实现富民梦，敢不敢从实际出发担当风险？很快我做出表态：尊重群众首创精神，开放义乌小商品市场，出了问题我负责，为了百姓利益我宁可不要"乌纱帽"，回家种田。县委、县政府班子成员和县工商局、相关区镇干部也在工作中同舟共济、共担风险，并于1982年9月5日以"稠城镇小百货市场"之名开放了义乌小商品市场。

市场开放了，政策出台了，但是观念的改变还有一个循序渐进的过程。无论干部还是群众，过去长期受"左"的思想禁锢，"怕"的思想是难以在短期内消除的。于是，在1982年下半年，我们组织义乌乡党委书记及以上干部到温州去考察，学习温州发展市场经济的经验。这趟考察我很受触动，我认为在改革开放新时期我们应该重新认识温州，大家也受到了深刻的教育，思想观念开始有了较大转变。

考察回来以后，我们趁热打铁，县委做出了四条决定：一是大胆拨乱反正，对一些冤假错案予以平反，摘掉那些莫须有的帽子，为蒙冤者恢复名誉；二是县委召开大会，大力表彰经商办厂能人，明确提出，党员干部要大胆带头致富；三是召开专业户、重点户、农村致富能人先进代表大会，大张旗鼓表彰和奖励勤劳致富先进代表；四是要求县有关部门大力支持群众从事商品生产经营，要开"绿灯"——工商部门要准予登记，发放营业执照，银行要给予开户，财税部门要开源节流，合理合法收税，其他执法部门要为合法经营者保驾护航。县委还规定，要为小商品市场发展排忧解难，做好服务工作，凡阻碍小商品市场开放的，要批评，甚至追究领导责任。这一系列措施推出后，义乌农民克服了"怕"字，换上了"敢"字。他们有了小商品市场这个富民大平台后，八仙过海，各显其能，各尽其才。实践证明，我们的做法是得人心、顺民意的。

"四个允许"，致富有了定心丸

事情虽在朝着我设想的方向发展，但是说心里不打鼓、不担心是不可能的——我们是一路在"拓荒"，朝着不曾有人涉足的禁区前行。小商品市场开放后，农民要进城、要经商的愿望更加强烈，这在过去的观念看是"弃农经商"，小商品加工经营户雇用帮手是"资本家雇工剥削"，这是绝不允许的；许多小商品经营者往返于义乌和上海、北京、广东甚至偏远的少数民族聚居地之间，这又是"长途贩运"，一直都被视为禁区；个体经商兴起，与国营、集体商业形成了竞争；在当时政策不允许的情况下，有些人悄悄地把责任田转包给了他人……新情况、新问题随着"新决定"井喷式地出现。开弓没有回头箭，我们经过反复研究后做出了"四个允许"的决定，1982年11月26日，我在全县专业户、重点户代表大会上首次提出"四个允许"：一是允许专业户、重点户在生产队同意下将承包的口粮田、责任田自愿转包给劳力强的户；二是允许专业户、重点户在生产需要的时候经过批准雇用三至五个学徒或帮手；三是允许专业户、重点户在完成国家征购、派购任务，按合同交足集体以后，将自己生产的农副产品继续卖给国家，也可以向市场出售；四是允许专业户、重点户在国家计划指导下，完成国家征购、派购任务后，长途运销自己的产品。一年后，县委又进一步概括明确了"四个允许"内容，即"允许农民经商、允许长途贩运、允许放开城乡市场、允许多渠道竞争"。这"四个允许"推出后，给农民勤劳致富吃了"定心丸"，解除了义乌农民参与商品经济活动的束缚，涌现出了一大批敢想、敢干、肯吃苦的能人，从而促进了生产力的发展。

"兴商建县"，发展有了新战略

有了一定的底子，还要在宏观战略上定个调子，让义乌的商品经济在正确的轨道上继续稳步地走下去。在阅读了许多国内外城市经济发展的资料后，我又学习借鉴了全国各地乃至世界其他国家的发展经验，尤其是受日本"贸易立国"战略的启发，从1983年起，我在不同场合的会议上曾多次提出"以商兴县""贸易兴县"的区域经济发展设想。

1984年10月，我在全县区乡党委书记会议上正式提出了"兴商建县"（后改为"兴商建市"）的区域发展战略，指出要"以贸易为导向，贸、工、农相结合，城乡一体化，兴商建县"。"兴商建县"发展战略口号提出后，义乌人民非常兴奋——县委为义乌今后发展指明了方向，生意可做了，通过做生意富起来不用怕了。"兴商建县"战略在同年12月得到了时任浙江省委常委、常务副省长沈祖伦同志的充分肯定。经历了这样一个过程，整个义乌，从县委班子成员到普通老百姓，思想上的顾虑才基本消除。

义乌商业全面发展起来，市场的繁荣、兴旺与当时交通状况的矛盾又凸显出来。当时，一种"天目山"牌三轮车是主要的交通工具，车程和运力等都很有限。面对着如此繁忙且还在不断增大的人流、货流量，我找到上海石化总厂原厂长傅一夫（义乌人），我告诉他，义乌现在很穷，要他支持家乡的经济建设。他说："怎么支持呢？"我说："义乌自从小商品市场开放以来，经济发展很快，但是，交通运输状况一直处于紧张状态，严重制约了经济和社会的进一步发展，希望你能支持义乌的交通建设。"傅一夫当即表示，要支持义乌发展交通运输业。于是，义乌县政府出了两辆客车，上海石化总厂出了两辆客车，还有另一个单位也出了两辆客车，组成了一个"三联运输公司"。客车放在义乌小商品市场，并直达杭州、上海等地，大大方便了南来北往的客商。

我还向上海铁路局提出扩建铁路义乌站建议。当时找到了在上海铁路局工作的衢州老乡周聪清（曾先后担任上海铁路局政治部主任、党委副书记、党委书记），他的老家是衢县杜泽区莲花村，我曾担任杜泽区区委书记，就凭这一"老乡身份"为义乌站升格之事到上海找他帮忙。后来，经过义乌历届党委、政府和干部群众的共同努力，如今铁路义乌站已从过去的三等小站发展成为上海铁路局举足轻重的一等站，成为浙江唯一的铁路对外开放口岸。

"兴商建县"的发展，对国营商业、集体商业都形成了很大的压力，他们反映很强烈，说这是小商小贩们抢了国合商业的饭碗。听到这些反映后，我几次跑到小商品市场和国营、集体商店了解经营情况。相比之下，我觉得小商贩的摊上，商品花色品种多样，经营灵活，服务态度好；而国营、集体店家的商品品种单一，服务态度也差。有一次，我批文件的铅笔用完了，就到县委斜对门国营百货商店去买，当时当班的营业员正在埋头看小说，可能是正看得来劲，我问她有无铅笔卖，她头也不抬地说："没有。"我看到玻璃橱里明明放着很多我要的那种笔，就说道："同志，这不是有吗？"她颇不耐烦地站起来，也不说价，拿了支笔往柜台上一扔，就自顾自地看小说了。后来，我去县商业局了解有关国营、集体商业的经营情况时，他们说，被小商品市场冲掉了。我就半开玩笑地说："堂堂的国营百货公司居然被小摊贩冲垮，真是没用！"当时，我虽然压力很大，但还是义无反顾地认为，国合商业不能养尊处优，应该主动参与到多渠道竞争中去。

<h2 style="text-align:center">"定额计税"，市场成了"大金矿"</h2>

在义乌小商品市场兴起、发展的过程中，遇到的最大波折是关于税收制度的问题。当时，我国仍延续着过去对资本主义工商业实行改造时的税制——"八级累进税制"，即经营得越好，税率也就越高。由于市场的迅猛发展，这种税收政策和传统的征管办法遇到了新的难题：上千个摊位，几万人加工、经营小商品，商品种类多，价格随行就市，有的商品上午卖1元，下午则卖1角，很难凭税票征税。再加上当时市场经商的个体户资本少，做的是小买卖，薄利多销，所以，税务人员收税难，他们"南征北战"苦不堪言，而经商户也怨声载道——税收干部收税像抓贼一样，搞得"鸡飞狗跳"不得安宁。好多市场经营户直接找我反映这一情况。

小商品市场要开放、发展，"皇粮国税"必不可少。但对于小商品市场这个新事物，怎么征税成了当时一个紧迫的问题。为此，县委、县政府组织力量搞调查，我也找了财税部门的同志多次商讨。当时，我对财税部门的同志讲了自己的观点：政策、法规若有利于调动农民积极性，有利于发展生产力，它就是正确的，否则就是错误的。我无权改变税法，但我们要从实际出发，制定既有利于小商品市场发展，又有利于国家税收增收的办法。经过反复调查研究后，义乌县委、县政府在金华地委书记董朝才同志支持下，本着"发展生产，培植税源，造福于民"的指导思想，"无中生有"地在市场上推行了凝聚义乌人民智慧的"定额计征，源泉控管"税收征管办法，纳税人除了"上缴国家的，留足市场的，余下的都是自己的"。这一"点石成金"的举措，不仅解决了小商品市场征税中的难题，公平了税负，稳定了秩序，也增加了税收收入。这一"莫名其妙"的创造，为义乌市场可持续发展挖了个"大金矿"，不断吸引来自全国各地的"淘金者"，为义乌市场后来成为"全球之最"打下了坚实的基础，也是成就义乌"小商品、大世界"的奥秘所在。

由于当时这种方便、新颖、实用的税收征管办法开了全国的先河，因此争议很大，有的甚至说我是在支持偷税漏税。有位新华社记者到义乌调查税收情况后，对此很肯定，写了一篇关于义乌税收办法推出过程的报道刊登在"内参"上。当时财政部主要领导看到这篇文章后，就把这份材料及批文转到了时任浙江省委书记王芳处，说义乌的定额包干征税是违反税法的。王芳同志对义乌工作很支持，对税收问题很慎重，特意请了省财政厅的同志到义乌进行调查。我向他们介绍义乌情况的同时，还举例指出一些税收政策在贯彻中存在的问题。省财政厅的同志听了意见，写了调查报告，其结论是：义乌推出的税收办法是可行的，但需要在实践中不断地加以完善。这事实上是对义乌小商品市场所推行的税收征收办法的理解和支持。

由于义乌人民勤劳好学，诚信包容，敢为人先，市场经济观念强又不排外，由于义乌县领导班子成员事业心强，艰苦创业，勇于奉献，由于义乌县各个部门、乡（镇）、村的党政组织支持县委工作，所以，义乌经济社会发展很快。回顾改革开放初期这段工作经历，我很感谢义乌干部群众对我工作的信任和支持。义乌的兴旺发达，是义乌人民的创造。而我本人，由于能力有限，工作水平低，在工作中缺点和失误也很多，许多本该做得更好的事没能做好，作为一名共产党员，我心存愧疚。令我十分欣慰的是，在我调离后，义乌历届党委、政府坚持"兴商建市"发展战略不动摇，咬定青山（市场）不放松，义乌小商品市场成了全球最大的小商品市场，一个朝气蓬勃、欣欣向荣的义乌正展示在世人面前。愿义乌的人民更加富裕，生活更加幸福美满。

四十年改革开放的不断推进，实现了我的"富民梦"，我很庆幸自己成为中国改革开放的参与者、见证者、追梦人。今后，让我深爱的义乌人民尽早用上量大（东阳横锦水库库容量的十几倍）质好的衢州乌溪江水，过上富裕又有尊严的生活，这是我一个耄耋老人的新梦想。我相信不久的将来，一定也能梦想成真！

（谢高华/口述　何建农/撰文）

上世纪 80 年代，田头午餐会

2007 年 10 月 20 日，参加中国义乌国际小商品博览会，义乌百姓自发
组织车队迎接

2016年10月,参加义乌稠州中学升旗活动后与校长等交流学生素质教育问题

2018年1月,与新华社记者谢云挺(左)、同济大学市场经济研究所研究员何建农(右)畅谈义乌市场发展美好前景

樊建川

◎1957 年出生于四川宜宾。收藏家，建川博物馆馆长，成都建川实业集团董事长，四川省十三届人大常委会委员。改革开放四十年中，下过乡，当过兵，教过书，从过政，经过商。20 世纪 90 年代末，建立建川博物馆，至 2005 年，建成全国最大的私人博物馆聚落。展馆包括抗战系列、红色年代系列、抗震救灾系列、民俗系列等。2018 年新增改革开放馆，积聚四十年历程中国家和个人的点点滴滴，留住民族命运改变的历史记忆。

我要建一个改革开放馆

我现在 61 岁，改革开放开始于我 21 岁那年，到今年整整四十年。这四十年，我下过乡，当过兵，教过书，从过政，经过商，最后办博物馆。这四十年的改革开放，我是亲历者，同时，我是一个建设者，也是见证者、受益者。今年，我要在我的博物馆聚落中增开一个改革开放馆，记录这一伟大历程中的一个个脚印。

我是改革开放后第一批考入军校的士兵

改革开放前，我的日子，一句话，都是苦日子，饥饿是最大的问题。我四五岁赶上困难时期的大饥荒，到当知青的时候，仍旧常年处于饥饿状态。那种实实在在的饥饿感，刻骨铭心。1976 年底，部队来招兵。我想，当兵嘛，应该能有饱饭吃的，加上我父亲是个优秀的军人，我有很深的军人情结，所以我就去了。到部队是 1977 年 1 月份，内蒙古化德县二道沟。那里条件很艰苦，蔬菜只有土豆、白菜，西红柿、辣椒这些品种几乎见不到，水果一年只发一次——苹果，一次发四个，吃一年，而且天寒地冻的，一年只有三个月不用穿棉袄，也看不到几个人。我在新兵连除了训练，成天就知道干活，没什么别的想法。训练完后，到了离二道沟七八里远的连队。这段经历很艰辛，但非常值得，非常珍贵。我不仅学会了使用冲锋枪、步枪、轻机枪、重机枪，还有炮，还得过"特等射手"称号呢！部队生活激发了我的文艺创造力，我还写过一首《一号山之歌》。我会拉手风琴、二胡，办黑板报，学习毛主席著作更认真，干活又卖力，被树成典型。我还立过三等功，被《解放军报》表扬过。

部队想提拔我当排长，我说我不想当，因为确实有点受不了那里的环境，内心还是想改变的。这个时候，高考已经恢复了，我的教导员陈章元鼓励我参加高考。他说："小樊，时代变了，要读书了，今后军队要军校生了，你要想想办法了。"可以说陈教导员的点拨改变了我的人生，我非常感谢生命中遇到的这位贵人。

我让家里寄来高考复习资料。离高考只有二十多天了，我天天把五本书背在身上，有时间就看。高考是去化德县考的，数学考了 8 分，极其不争气，地理和历史考得不错，总分算上线了。但我还是很纠结，因为当时规定从部队考上地方高校的，毕业后还是回部队。正好碰上西安政治学院招生，毕业后可以到军队院校当老师。当时我的高考分数过了线，地方高校没有录取之前，可以去报考，部队也同意了。1979 年 9 月，我非常幸运地收到了西安政治学院的录取通知书，成为改革开放后第一批考入军校的士兵。

现在看来，那次考试真的是我人生中的转折点，我的人生轨迹第一次和国家的命运紧密联系起来。如果没有去西安上学读书，我可能就在内蒙古干下去，走另一条路了。

在商品经济的海洋里学游泳

从西安政治学院毕业后，我当过大学老师，后来转业到宜宾当公务员，1991 年当宜宾市副市长。当时我这个副市长分管体制改革，实际上我的任务就是发展乡镇企业。1992 年初，邓小平发表南方谈话，说计划经济不等于社会主义，资本主义也有计划；市场经济不等于资本主义，社会主义也有市场。1992 年 10 月十四大召开，提出了经济体制改革的目标——建立社会主义市场经济体制。我非常赞同这些论断、决策，我紧跟形势，在自己的工作中实践它，去锻炼锻炼，亲自参与进去。宜宾的"碎米芽菜"公司就是我当时操办的，到今天这个企业也发展得非常好,宜宾特产"碎米芽菜"已经走向了全国市场。之前,宜宾芽菜用大坛子装,没有工业化生产,政府帮企业解决资金问题,把工厂建了起来,把芽菜朝现代化方向做。芽菜生产出来后,我还帮着扩大宣传,就在地摊市场上卖,大声吆喝卖。这一卖大家都知道了,报纸也去了,电视台也去了。当时没有市长去摆地摊,一般放不下身段,觉得跑去市场卖芽菜很掉价,况且是帮一个企业卖。《四川日报》有篇文章《樊市长摆摊》,宜宾电视台也拍过《市长摆地摊》,好像还获了个新闻奖。接受采访时我说了一段话:实际上我就是体验市场经济,在商品经济的海洋里学游泳。

真正下海游泳是在 1993 年,在宜宾干了五年之后。为什么要辞职呢?一是觉得我不太适合干这个工作,嘴巴太快了;二是我喜欢收藏,宜宾偏远,不适合我搞收藏;三是觉得公务员收入太低了,市场经济的大潮就在眼前,我一个学经济、教经济、管经济的,能不能在市场经济的大潮里面干经济呢?我想检验一下。于是我就辞职下海,到了成都。

我租了一个三十平方米的房子。我当时去给企业打工,挣工资,交房费,然后我还要攒点钱准备创业,所以特别节省。我们的房子实际上就是一个小卧室,有一个小厅,我女儿就睡在小厅的沙发上,我们两口子住卧室。

我记得有一天深夜,警察来查暂住证,我不知道要办暂住证,当时户口本、结婚证都没带在身边,警察就要把我带走。后来我在身上到处找,终于摸到一张我之前在宜宾时的人大代表证。警察验证核对了一下才走。第二天我就去了跳蹬河派出所,办了暂住证。1994 年初,和几个朋友凑了一百多万起步,办起了"建川房屋开发有限公司",进入建筑行业。其实这是一个未经考虑的入行,但是入对了,到了一个很有发展能获得利润的行业。我花心思学习钻研,勤跑勤干,慢慢就有了些成绩。后来我还被评选为成都市优秀市民、突出贡献市民。当时还举办了一个隆重的颁奖仪式，市委书记和市长给我颁奖。我得的奖杯现在还珍藏着，上面刻着字："第二届金芙蓉杯十大最具影响力人物樊建川。"

我从一个无证人员变成成都市的杰出市民，这是什么原因？是我樊建川有本事吗？不是，不是我有本事，是改革开放有本事。想起在改革开放之初，我们家五口人，一辆自行车。在县城里面，我们家里有辆自行车，就算是很富裕的家庭了。但现在呢，我女儿有台车，我女婿有台车，我妻子有台车，我自己有台车，这就是这四十年的变化。其实我们一个家庭的变化，只是这个变化的一个缩影而已，所以我特别想做改革开放的陈列馆。

我从小就喜欢收集在别人眼里微不足道的东西，有收藏意识。藏品多了，就想盖几间房子把它们装进去，而且也为了合法地收藏更多东西，所以，1999 年建立了建川博物馆。做了这么多年，到今天已经成了全国规模最大的私人博物馆，我很欣慰，很自豪。这个改革开放馆就准备设在四川的建川博物馆聚落中。

小物件，大时代

改革开放馆的房子，我现在已经建好了，文物也已经征集了几十万件，现在要开始动手陈列展品了。说到征集展品，我也特别有感触，改革开放深得人心，每个人都是受益者，走到哪儿都有支持者！2018 年 1 月，我专门到北京走了一趟，就为了再征集一些展品。响应的朋友很多很多，马未都、孙冕、米家山、潘石屹、陈丹青、高晓松等等，都非常积极地参与进来，著名作家张抗抗大姐送给我她的手稿，歌手崔健也托人送来手书的歌谱，万里的儿子万伯翱也大力支持我。

我征集的文物，都是一些个人收藏的小物件，但每一件背后都有一个时代的故事。比如说"大哥大"。我记得在 90 年代大哥大刚出来的时候，我也买了一个。大哥大当时两三万块钱一个，手里面能够拿个大哥大的人那真是很有钱的人，那不得了。跟别人谈项目、谈判的时候，把大哥大往那儿一摆，那就是不得了的富豪。这种大哥大我收了上百台。后来不是出现了传呼机吗？刚开始是数字传呼，后来是汉显，慢慢慢慢地，传呼机没了，传呼台也没了，这不是社会变化吗？这不是一个时代的象征吗？

我还收集了街巷的门牌号。过去中国人均住房面积可能只有几平方米，一般家庭的住房，挤得不得了。商品房出现以后，现在人均住房面积四十平方米。国家的变化很大，百姓生活环境和居住条件也变化很大，当然现在房价过高是另外一回事。

再比如说重庆"棒棒军"的棒棒。当时我在街上看到那个"棒棒"，先递给他烟抽，然后问："什么地方的人哪？这棒棒用了多少年了？""用了十年了。"棒棒上全是汗水，被染成红的了。我说："我要办博物馆，把它卖给我好吗？"他说："这个棒棒值什么钱，我到山上去砍根竹子就完了。"我说："你去砍竹子要耽误你的工夫嘛。"后来我就给了他一百还是两百元钱，记不清了，他高兴得很，因为他一天也挣不了一百元钱。现在有车的人越来越多了，这棒棒不就是文物了吗？这真是文物了！

我还收了一块印着"和谐号"的布条，动车座椅上搭的那种。有人说："樊建川，你拿一个'和谐号'，这叫什么文物？"2011 年的温州动车事故，相信很多人还记得，这就是那个动车的残片，我们从温州收回来的。再比如三鹿奶粉事件，我们也收集了袋装的和听装的三鹿奶粉。这都是记录。

还有，大家都知道安徽小岗村"十八个红手印"的故事吧，我们农村的改革开放就从这开始。差不多二十年前吧，我们把当年记载着小岗村"包产到户"报道的《安徽日报》拿到村上，找到当年按手印的十二个乡亲，我请他们重新签了名，重新按了手印。这份报纸，是改革开放非常非常重要的文物。

其实我们每一个人都生活在这四十年里面。在这四十年里，我们的国家，我们的生活，我们的工作，我们的环境，乡村、城市，都发生了太多太多的变化。而承载这份记忆的，留下这段时光足迹的，就是一个个小物件。每一个有意义的物件，比如第一次出国的护照、第一次办企业的营业执照、下岗证、低保证等等，都很有意义。大家要把它保存好，别扔了，要扔就扔给我，我这儿有个巨大的仓库，我都存起来，到时候轮流展览出来。一个时代的变迁，今天发生的事明天就变成历史了，我们每个人都应悉心保存历史，保存我们共同的记忆。中国的改革开放关系到我们每一个人，改革开放的历史要我们共同存留。希望每一个人都来关心我们的改革开放，每一个人都来关心我们这个改革开放馆，我们一起来把这个馆做好。

来，看看这个馆

我征集的文物不胜枚举，一共可能有几十万件，怎么陈列呢？我打算这样。1978 年，不是刚刚恢复高考吗？（1977 年 10 月恢复）1979 年，不是对越自卫反击战吗？然后 1980 年，1981 年，1982 年，1983 年，一直往下走。还比如说抗洪啊，"非典"啊，亚运会、奥运会、世博会啊，香港回归、澳门回归，每年都有大事。很多年轻人说，樊老师，你做这个馆我们很高兴，我是 1982 年出生的，我一定会从 1982 年开始看，从 1982 年看到今天，看我当年的玩具，看我当年的教科书。有的人说，我 1992 年的，我从 1992 年开始看。我想，这个馆是我们每一个中国人共同的记忆，不管从哪里看，看哪里，都可以找到你自己的印记。

改革开放馆是建川博物馆聚落的一个分馆，在成都市大邑县安仁镇，我打算在 2018 年 8 月份对广大游客开放。建川博物馆聚落占地 500 亩，建筑面积 10 余万平方米，拥有藏品 800 余万件，其中国家一级文物 425 件（套）。博物馆以"为了和平，收藏战争；为了未来，收藏教训；为了安宁，收藏灾难；为了传承，收藏民俗"为主题，设有抗战、民俗、红色年代、抗震救灾四大系列 30 余个场馆。现在这里是国家 4A 级旅游景区、全国爱国主义教育基地，2015 年被评为"全国最具创新力博物馆"。在改革开放馆开馆之时，我们还要举办"我爱我家"摄影展览，也是以改革开放为主题的。相对于实实在在的物件，可能很多家庭更容易保存下来的是照片。照片不算文物，但是内容更丰富。改革开放，富国强家，老照片里包含着许许多多的改变，一定会拨动你心里的某一根弦。我希望大家在匆忙之中，花一点点时间来看看我的博物馆，看看我们的改革开放馆，并在看完以后做五分钟的思考——在生活的路上停留五分钟，回头看看，把人生的意义理得更清楚一些。这我就很满足了。

一百个馆的中国梦

我曾经感叹自己生不逢时，因为梦想上战场，当英雄，但我现在觉得自己是个幸运的人。恢复高考，我去读书；市场经济大潮来临，我辞去副市长职务下海做房地产；允许私人开博物馆，我又把自己的收藏爱好升级为做博物馆。我最大的幸运是遇上了一个好时代，赶上改革开放，以一个劳动者的身份见证了改革开放这四十年。

我觉得 13 亿中国人中，12 亿，甚至 12.5 亿都可以过自己平淡的普通的生活——吃火锅、去酒吧，像我的女儿他们，但也应该有一部分人敲响警钟，去做牺牲，就像谭嗣同、张志新一样。我就想做一个敲钟人。作为一个先行者，改革开放这四十年，我一直站在最前沿，不断地给社会提意见，推动改革开放，推动思想进步，推动社会进步。从 2005 年博物馆聚落最初的五个馆开馆展览到现在，我已经做了十余年博物馆，十多年来收藏家国历史，我很充实，自问无愧于这个时代。我承担了我该承担的责任，有成就感，有幸福感。我曾经说过，我的目标是建一百个博物馆。这一百个馆不是口号，是梦想，是我樊建川的中国梦。

这个梦到今年又迈进了一大步。今年在重庆九龙坡，利用抗战兵工防空洞，我又建了八个博物馆，包括兵工署第一工厂（汉阳兵工厂）旧址博物馆、兵器发展史博物馆、中国囍文化博物馆、重庆故事博物馆、民间祈福文化博物馆、票证生活博物馆、抗战文物博物馆、中医药文化博物馆等。2005 年建安仁本部的博物馆时，从建房开始算，九个月开了五个馆，这真的是奇迹了；这次建重庆博物馆聚落这八个馆，2017 年 7 月进场，到现在已接近尾声，计划"五一"开放。功夫不负有心人，付出终有回报，我没有想到自己能再次创造奇迹。我相信，一百个馆的梦指日可待！

（樊建川／口述　李晋西、魏建明／整理）

补记：本文口述整理于 2018 年 4 月。重庆建川博物馆已于 2018 年 6 月开放。改革开放主题馆于 2018 年 9 月 25 日正式开馆。

2018年1月，到北京征集改革开放相关文物

四川建川博物馆聚落的改革开放馆

四川建川博物馆聚落
的壮士群雕

2018年6月18日,重庆
建川博物馆聚落开馆
仪式

2018年9月,"辉煌巨
变（1978—2018）主题
展"开展

吴协恩

◎1964年出生，江苏江阴人。现任华西村党委书记、村民委员会主任，江苏华西集团有限公司董事长。1982年参军入伍，1985年入党，1986年退伍回村，先后从事企业管理、"华西村"品牌运营等工作。1995年赴黑龙江肇东扶贫，主持建设"省外华西村"。2002年11月，担任华西集团总经理。2003年7月，以全票当选华西村党委书记、华西集团董事长兼总经理。2012年，当选中共十八大代表，2017年，当选中共十九大代表，受到习近平等多位中央领导同志的亲切接见。现为中共江苏省委委员、江苏省人大常委会委员、中共江阴市委委员，兼任中国村社发展促进会会长、全国"村长"论坛执委会主任等职。

希望退休的时候，华西人能叫我一声"老书记"

我出生于 1964 年 4 月，从 2003 年当选村书记，连头带尾至今已是第十六个年头。

我是家中最小的孩子，上面有三个哥哥一个姐姐。父亲吴仁宝给我们四兄弟起名——协东、协德、协平、协恩，分别纪念中国的四位伟人——毛泽东、朱德、邓小平、周恩来。

我还记得，1975 年的夏天，村民孙良庆 12 岁的独生子下河游泳不幸溺亡，全村人都陪着孙家流泪。我父亲上门劝慰，可在农村，独生子没了就意味着天塌了。孙家人的悲痛怎么也止不住，我父亲也劝不住，当即做了个决定，他对孙良庆夫妇说："人死不能复生，别哭啦，我有四个儿子，送一个给你们，为你们养老送终。"

几天后，我就被父亲送到了孙家。孙家欢喜不尽，给我吃红蛋，塞到嘴里我吐掉；给我压岁钱，塞进口袋，我掏出扔地上。那年我 11 岁，从小受妈妈溺爱，淘气任性。可胳膊扭不过大腿，我拗不过父亲的决定，过继给了孙家，从此两边住。

1981 年，养父孙良庆因病去世，养母吴士娥改了主意，不要我当儿子了，希望我当上门女婿，真正成为一家人。

对于这个想法，我开始并不愿意。但父亲告诉我："阿四，这件事就这么定了，以后你会明白的！"

直到参军到了部队，我才逐渐理解了父亲。他的心胸不是一般的宽广，他早已把华西村的村民都当作了自己的家人。把儿子送给孙家，是父亲当年能给出的最大帮助。

80 年代，苏南乡镇企业遍地开花，欣欣向荣。父亲紧紧抓住这个机遇，华西村才逐渐富裕起来。我在部队也知晓家乡的巨大变化。

我对改革开放充满期待和信心，想尽快返乡大展身手。当时我一心想要为华西村挣足 5000 万元，为父亲减轻负担。

初闯商海

1986 年，我退伍回到华西村。第一份工作是在机修厂当供销员，整日奔波在外，为华西村办企业推销产品。

那一年，华西村办起了铝制品厂，需要在太原重型机械厂订购一台矫直机。刚好那年"太重"承接的国家重点项目多，时间紧，任务重，华西订购的设备一直安排不上。为完成任务，我在太原一待就是两年，天天泡在车间里，陪着工人加班。后来，"太重"的工人们都成了我的好兄弟。

我就是这样开始搞经济的，但那时还是村里叫我干啥就干啥。

80 年代中期，华西村飞速发展。依托和上海"横向联营"的政策，每到礼拜天我就把上海的工程师请到华西来，把上海的技术移植到华西的乡镇企业。最多的时候能来 100 多人。这些"礼拜天工程师"不仅为华西创造了财富，更重要的是提高了华西年轻人的综合素质，打下了华西今后工业大发展的基础。

当时，苏南很多乡镇企业都是贴牌生产，贴上海的商标，产品卖到全国。我由此想到了品牌的重要性，它蕴藏着无形的资产价值。90 年代初的华西村，已经是全国人民心中的一个响亮品牌，可华西这个品牌在市场上到底值多少钱呢？

1992、1993 年，我经常出去看市场、找市场。当时青岛海尔的品牌战略对我的触动最大。我逐渐明白，无形资产必须经过转化，使其实体化、资本化、产业化，才能由"无形"变"有形"，产生实际效益。

从 1993 年起，我找到已经亏损两个多亿的淮阴卷烟厂合作，允许对方使用华西的品牌，但华西不投钱，还要收取一定的品牌使用费。双方一拍即合，第一年的效益就超过千万。随后，我们又与五粮液酒厂合作，联合推出"华西牌"酒。

到了1994年，"华西村"系列产品陆续面世，效益非常好，我逐步实现了赚5000万元的目标，我在部队立下的要为家乡出一份力的理想终于实现了。

主动扶贫

90年代的华西村，在老书记吴仁宝的带领下，全村集体经济红红火火，村民们住进别墅，开起汽车。富裕了的华西人并没有忘记还在贫困线下挣扎的农民弟兄们。

1995年，老书记决定在宁夏、黑龙江两地建立"省外华西村"，帮助当地农民脱贫致富。会上，老书记让大家自己报名。我赶紧站起来第一个报了名，我想，做儿子的这时就应该带头支持父亲的工作。

后来才知道，我们去的是祖国北端的黑龙江省绥化地区（今绥化市）肇东市的五站镇南小山屯村。那个村，不仅小，而且穷，只有58户人家，258口人，来自全国9省18个县，大多是各个年代闯关东落户到此的。全村共有800亩耕地，产量低，人均年收入不足千元。

刚去的时候，村里百姓睡火炕，我们只能睡地铺，铺下垫些稻草，吃的是生菜蘸酱。村里没有多余的钱、粮，连种子、农药都要去赊来。我自己也是农民，对他们充满了感情。经过一番考察，我决定首先帮助他们开垦土地。村里有一大片盐碱地，我带领当地村民发扬华西"造田"精神，挖沟引水治碱，用两年时间平整出了3500亩良田，筑就了10多公里引水沟，在改良过的土地上种植水稻。同时，带领村民们养鸡养鸭发展养殖业，盘活了一个濒临倒闭的电缆厂……

几年下来，这个全县"最穷村"变成"富裕村"。当地村民人均年收入由原先的不足 1000 元增加到 4500 元。

挑起重担

进入新世纪，父亲已经 70 多岁了，他开始考虑交班的问题。2002 年，他找我谈了一次话，希望我接班。

我一听就急了，抗拒心理非常重，不想干，真不想干！我觉得当书记的压力特别大。我就嚷嚷，我不合适，我不要干，村里有的是比我干得好的人，真要我当，我明天就离开华西！老书记说，好了好了，不跟你谈了。

后来，村党委班子开会，老书记一落座，就让大家谈谁适合当华西集团董事长。我一听，就觉得不对了，我抢着第一个发言，推荐了一位同志。谁知其他人一致推荐我，我猜老书记私下里跟哥哥们、村里的老人们都沟通过了，就我一人蒙在鼓里。

虽然是被"逼上梁山"，但作为华西人，要有大局观念，到了这个份上，刀山火海也要上了。令我开心的是，这十几年来，家里人、村民、社会各界都很支持我，我感到很幸福。

2003 年 7 月 5 日，华西村党代会投票选举村党委书记。我全票当选，自己也投了自己一票。

那一年，我年龄 39 岁，党龄 18 年。

为什么要投自己？谁叫我是吴仁宝的儿子呢？父亲对我的器重，也是党委和民众对我的器重，我不能辜负父亲，更不能辜负组织和华西村民。所以，我投了自己一票。我一定勉力而为。

担任村党委书记第一天，我就当众宣誓："我们新一届党委要按照'美丽的华西村，幸福的华西人'的标准，为共同建设一个更加名副其实的'天下第一村'而努力奋斗！"

随后，我花了半年时间，带着班子成员北上东北，南下深圳，考察学习，调查研究。只有对瞬息万变的商海风涛有清醒务实的研判，才能找到最切合实际、最正确的发展方向。归来后，我们决心推动华西产业战略转型升级。

转型升级

转型不是我的独创，老书记从创业伊始就一直在转，从农业到工业，再到三产服务业，转型始终没有停滞过。新世纪开始，人工和土地资源日趋紧张，社会对环境保护的重视，决定了我们不可能再像以前那样经营企业。我们从实际出发，果断决策：开拓发展金融等服务业，实现华西转型升级。

与老书记不同，我对投资工厂不是特别感兴趣。老一辈喜欢"看得见、摸得着"。做了一辈子实业的老书记，摸到机器他就踏实、高兴；而我喜欢做资本运营，对资本市场、智力劳动很感兴趣。我比较"懒"，喜欢以最小的代价、最省事的办法在最短的时间内获取最大的利润。

我认为，专业的事就要让专业人士去做，有风险，但风险肯定比自己做要小。如果没有合适的人才，宁可不做也要等。为了发展金融业，我看好一位在国有银行工作的朋友，但这位朋友当时做得风生水起。我耐心等待，一等就是三年。

起初，老书记不同意我搞金融。我就学老书记搞"地下工厂"的方法，悄悄地开起了"地下公司"，成立了一家只有十几人的投资担保公司。到 2006 年年终盘点时，这家公司实现利润 3000 万元，老书记发现财务报表中多了这部分盈利，才放心让我们去干。

从 2005 年起，华西村先后成立了两家投资担保公司和一家典当公司。2009 年又成立了集团财务公司和咨询公司。

我们的原则，能拿到牌照的，我们就自己做；拿不到的，我们可以参股做。2015年，一个260多人的金融团队，就创造了超过10个亿的净利润。

在开拓新领域的同时，华西关掉了染料化工厂、带钢厂等9家能耗高、效率低的企业。这些企业虽然还能赚钱，但还是要关掉。由此，在村民当中也产生了一些议论。但我不争论，而是加快对传统企业的技改升级。从2013年到现在，用于冶金、化纤、棉纺以及海运、海工等企业的技改资金，累计已达17.9亿元，实现环保能耗指标全部优于国家相关标准。

据美国《财富》杂志报道，一般的跨国公司平均寿命只有10~12岁，像柯达、诺基亚、摩托罗拉等家喻户晓的跨国公司，如今不是倒闭了就是被收购了。美国的雷曼兄弟、安然公司，也是一夜之间就没了。它们这么大的公司，华西跟它们比才多大？所以，我们做企业一定要时刻保持"如临深渊，如履薄冰"的心态。华西开始实行集团多元化、下属企业专业化的发展战略：2003年投资仓储物流，2005年进军金融领域，2008年投资海运海工，2011年涉足矿产资源，2012年做农产品批发。特别是党的十八大以后，借着"一带一路"机遇，华西放眼世界，确立了"走出去"的投资方向。

"走出去"不是简单在国外开个厂，关键是要有全球化思维。比如海洋勘探开发需求出现上升势头，华西海洋工程业务就拓展到马来西亚、中东；黄金、天然气、石油投资成本上涨，华西就另辟蹊径到莫桑比克开采石材，现在那里已有220平方公里矿山，开采出来的黑花岗岩在日本是抢手货。

我感到，发展的能力是在潜移默化中培养出来的，所以要善于思考，有些点子今天看可能脱离实际，明天说不定就能做了。老书记就是个不断创新的人，他总能比别人快一步，除了天赋之外，就是学习，他每天必看新闻，我现在也在这么做。长期积累，保持敏锐性，就能够对国家的政策有一定的预期，就比别人快了一拍。

传承精神

父亲在弥留之际，始终在说要贯彻好"两会"精神，落实好十八大精神，要"小华西"帮"大华西"建设好。家里的事，他一句也没交代。父亲走得很安详……

呼吸停止不等于生命终止，高尚精神的延续才是最重要的。老书记用毕生奋斗锻造出的"吴仁宝精神"永远不会结束，为党、为国、为人民的奉献精神永远不会结束，对亲、对友、对自己的严格要求也永远不会结束。这种精神和要求已经像血液一样，流淌在和我一样的每一个华西人的血脉里。我最大的梦想，就是在我退休时，华西人能叫我一声"老书记"。

从 2013 年起，我每月只拿 3500 元的基本工资，还把这些年上级批给我的 1 亿多元奖金全部留给集体。我虽然可以理直气壮地接受上级的巨额奖励，可我思来想去，权衡利弊，还是把它都留给了集体。

我是华西村的"一把手"，又是老书记的儿子。老书记在时，我是大树底下好乘凉；老书记不在了，我只能给他老人家增光而不能抹黑。我的一举一动，全村人都在看着。我们常对群众讲：号召群众做的，干部首先做；不让群众做的，干部首先不要做。我不拿这个钱，就是用行动践行这一理念，也只有这样，我才能对群众说，富脑袋比富口袋更重要。

多少事例告诉我们，干部出问题，很多都是从家属身上引起的。几十年来，我母亲有一个"两问两不问"原则：只过问老书记穿暖了没有，吃饱了没有，不问政务，不问村务。无论是谁托人、托情办事情，她总说"我管不着，有事找老书记当面说"。我母亲的这一做法，已成为我们家的家训在传承。

我也让我爱人向我母亲学习。其实，我挺感谢我爱人，这几十年来，她真的没对我开过口。若开了口，我虽然不会去办，但我会很纠结，很为难。我早就约法三章，工作在办公室谈，厂长、经理，包括村里人从不到我家里来。

我们家还有一个氛围，就是敬老。我们婚后，岳母一直跟我们住。岳母还有个弟弟住隔壁村，小时候得过病，是五保户。我也把他接过来跟我们一起过。平时在家我最喜欢和岳母说话，每年也尽量让妻子带岳母出去走走。

敬老的氛围不仅存在于吴家，整个华西村都是如此。华西村的"敬老奖"远近闻名。但凡有 80、90、100 岁的老人，村里都要给他的直系亲属颁奖，鼓励人人敬老爱老。此奖由老书记设立。

2010 年 2 月，我在村民大会上给百岁老人李满金全家颁敬老奖。年满 100 岁的李满金老人，有儿女辈、孙子辈、曾孙辈、玄孙辈共五代 37 人，共领奖金 37 万元，每人 1 万元。

家风好，就能家道兴盛，和顺美满。家风连着村风，身为村书记，家风好了，就会带好村风；村风好了，民风就好了；一个个家庭好了，一个村子也好了；全国的村子都好了，那我们国家也就好了。

我们用好家风带动好村风、好民风，还创造性地建立党员联户"1+10"制度。由 1 名骨干党员联系 10 户左右村民，全村共有 95 名党员组长为 970 户村民家庭服务，每周入户，每月集中传达、学习从中央到地方各级组织的相关精神，并以"拉拉家常、谈谈家事"的方式，倾听、讨论村民诉求，从而拉近干群距离，促进邻里和睦。这样一来，一个个党员联户小组把所有的华西人联结起来，大家手牵手，组成一个大家庭，彼此间的联系就更紧密了。

百年梦想

在老书记口中，改革开放前的华西村历史浓缩成了三个字——"穷够了"，他说："我是穷过来的，看到有人穷我就心疼，最大的心愿就是让穷人过好日子。"

个人富了不算富，集体富了才算富；一村富了不算富，全国富了才算富。

为了带动周边经济相对落后的村共同富裕，老书记建议建立大华西村，这一想法不但得到了上级政府的赞赏和支持，更得到周边村干部群众的热烈拥护。

老书记将此事交给我主持，华西村先后六次通过实施"一分五统"（村企分开；经济统一管理，干部统一使用，劳动力在同等条件下统一安排就业，福利统一发放，村建统一规划）的新机制，使原先只有 0.96 平方公里、千余人的华西村，成为一个占地 35 平方公里、人口 3.5 万的"大华西"。

为了使周边村老百姓过上更好的日子，小华西每年要拿出大约 9600 万元，为周边村农民发放粮食补贴、福利、养老金、老房拆迁补贴等。同时，还接纳安排 4000 多个村民到华西集团工作，间接带动的就业人数有上万人。到 2016 年底，周边村人均年收入已由原来的 7000 多元提高到了 3 万多元，实现了"基本生活包，老残有依靠，优教不忘小，生活环境好，三守促勤劳，小康步步高"的幸福生活。

如今走进大华西，老书记的规划蓝图已成现实：山北是"粮仓"，麦苗青青稻花黄；山南是"钱庄"，间间工厂运输忙；中间是"天堂"，别墅成片树成行。

为了把华西共同富裕的疆域延展得更远、更广，让全国贫困地区的干部群众共享华西发展成果，我们提出并采用了"精准扶贫、产业扶贫、智力扶贫"的新思路与新办法。

有时，我们到一些贫困地区去实施帮扶，当地领导和我说的大都是"作为贫困县，国家财政每年拨给我们多少款项"，但他们没讲，或者没有更多地讲"我们这个县的优势在哪儿""我们如何发挥这种优势，让老百姓走向共同富裕"。老是等着国家输血，缺乏自我发展的内在动力。

"授人以鱼不如授人以渔。"我们把培训当作帮扶的主要模式之一，培训来自全国贫困地区的村干部，他们将是贫困村脱贫致富的"带头人"。

借助国家"一带一路"倡议，华西已经与新疆达西村、西藏曲水村、宁夏华西村、陕西梁家河村等结成对子村。在山东、江西、陕西、云南等省的经济欠发达地区，华西也已与它们签订合作协议，稳步推进项目开发。

华西人不仅要建设好华西，更要为全国做出贡献。华西的目标是通过各种形式的帮扶，到2020年让更多的人受益，为全面建成小康社会尽一份自己的责任。

共同富裕这条道路，我们华西永远不会改变。虽然方式、方法可能变化，但根基、底线永远不会改变！

20世纪60年代华西村小五金厂

20世纪70年代华西村住房

华西全景

华西幸福园

华西文体活动中心

马 云

◎1964 年出生，1988 年毕业于杭州师范学院外语系，同年担任杭州电子工业学院教师，1995 年创办中国第一家互联网商业信息发布网站"中国黄页"，1998 年出任中国国际电子商务中心国富通信息技术发展有限公司总经理，1999 年创办阿里巴巴，并担任阿里巴巴集团 CEO（首席执行官）、董事局主席，2013 年 5 月 10 日，辞任阿里巴巴集团 CEO，继续担任集团董事局主席。

没有改革开放，就没有今天的我们

一、中美邦交正常化，给我这个喜爱英语的孩子带来了接触外界的机会

我出生在美丽的杭州。我爷爷给我取了"马云"的名字，本意是希望我能够乖巧懂事。但说实话，小时候的我还挺皮的，成绩不怎么好，中考考了两年，才上了一所普通高中。但是我有一个特别的兴趣爱好，就是学英语。

说起这个爱好，它是在我 12 岁的时候偶然培养起来的。那时候根本看不到电视机，能听听收音机就算是莫大的享受了。有一次，家里给买了一台袖珍收音机，我可开心了，整天揣在衣袋里带进带出。我最喜欢听的是英语广播节目，开始虽然根本听不懂，但在一个少年的心中，那咿里哇啦的外国话特别有趣、特别神秘，所以就激起了我浓厚的兴趣。我每天都听，有时还会情不自禁地跟着念。结果上初中后，我的其他功课都挺勉强，但英语成绩却特别好。

我们的英语老师是由语文老师客串的，水平实在不怎么样。刚好那年中美邦交实现正常化，尼克松访华到了杭州，我们这座素有"人间天堂"美称的城市一下子就吸引来了很多外国游客。我这个人，从小就喜欢做有挑战性的事情，于是就想着要找机会跟老外直接对对话。我跑到外宾聚集的香格里拉饭店，主动找他们聊天，一边带他们游览西湖，一边练习我的英语口语。从 13 岁开始，我就每天早上五点到香格里拉门口报到，这个习惯整整保持了九年，一口流利的英语就是这样练出来的。我每天都会思考一下，今天跟谁讲了话，都

说了些什么，这段经历锻炼了我的开放思维，使我从小就比较能够理解西方的观念。

1980年我16岁，那年，我在西湖边结识了澳大利亚来华旅游的肯·莫利（Ken Morley）先生。我像往常一样带他游玩了西湖，不同的是我们还交换了联系方式，并且从此开始保持通信联系。肯·莫利非常热情地帮我修改英文，他还特意提醒我，在写信的时候要把行距留大一点，以便他写下修改意见。

那时候，我在亲友眼里其实是个挺失败的人。1982年我第一次参加高考，结果考得很惨，数学等于交了白卷，这让我很有挫败感。更受打击的是，落榜后我去一家酒店面试，别人都被录用了，就我一个人没通过，原因很简单，我又矮又瘦，长得也不帅。我爸怕我意志消沉，给我介绍了一份临时工作，蹬着三轮车给别人送书。

送书这活儿虽然很累，但空下来可以翻翻书，这是我喜欢的。一天，我在杭州火车站的角落里看路遥的小说《人生》，读着读着，就不知不觉把整本书读完了。当时我的心潮那个澎湃啊，我觉得必须振作起来，继续参加高考。

1983年我第二次参加高考，虽然成绩有所提高，但最终还是落了榜。父母劝我还是好好学门手艺，可是我却不肯放弃。这个时候，我的英语爱好不仅给了我支撑下去的信心，还助我敲开了大学之门。1984年我锲而不舍地第三次参加了高考，这次发挥得不错，但离本科线还是差了5分，非常幸运的是，我凭着英语特长，最后还是被杭州师范学院外语系破格录取了。

二、邓小平南方谈话后，我越来越有要与时代合拍，做一点事情的冲动

进入大学后，我的人生状态有了很大的变化。因为我的英语成绩

特别好，还被选为学生会主席，我满怀热情地东奔西跑，组织各种学生活动。我在学校里的知名度越来越高，自信心也变得越来越强，成了老师和同学们心目中"品学兼优"的好学生。

肯·莫利得知我上了大学非常高兴，他没读过大学，因此经常写信鼓励我，每隔6个月还给我寄来一张支票，连续两年总共寄了200澳元。1985年，肯·莫利邀请我去澳大利亚旅行，他说："试试看，说不定你能拿到签证！"

所以说，肯·莫利是为我打开世界之窗的导师。在澳大利亚，我第一次发现，原本感觉很遥远的资本主义国家原来近在眼前，我甚至还在一个公园里看到有人在打太极拳，这让我既惊喜又新奇。

大学毕业后，我被分配到杭州电子工业学院任教。那是我最幸福、最快乐的一段日子，虽然每个月只有92块钱工资，但想法特别单纯，一想到工作几个月后就可以积下钱买一辆自行车就特别开心。

其实那时候诱惑还是挺多的。深圳有一家公司想让我去他们那里工作，给我开出了1200元的月薪，但我没有动摇，因为我刚进杭州电子工业学院的时候，校长就对我说过，五年之内不许出来。那时候师范学院的学生毕业后都是去中学教书的，我算一个例外了，假如我没干满五年就离职，那会影响到师范学院以后的分配。后来海南开放，那边又有一个单位动员我过去，每月的工资有3000多元，我还是放弃了。既然我已经承诺过校长，那就必须坚守诺言。

但我实在不是一个安分的人，我感觉有浑身的能量。于是业余时间，我就跑到杭州解放路基督教青年会里的那家英语夜校班去教英文。我跟别的老师教法不一样，不喜欢按部就班地给学生讲语法、讲词句，我喜欢抛开课本，想尽办法鼓动大家进行口语交流，用英语展开主题辩论。这个效果很好，学生们也很欢迎。

除了外出教学生英文，我还热衷于组织"英语角"活动。当时西湖边的六公园就有一个英语角，每个礼拜天上午都有许多人在那里练习英语对话。去多了之后，我发觉大家学英语的热情都很高，一周一次的英语角根本不够，于是我就带领那些夜校班的学生，在青少年宫门口又办了一个英语角，每个礼拜三的晚上都搞活动。有意思的是，我们这个英语角，比六公园那个还要火爆，原因嘛很简单，因为晚上谁也看不清谁，说得不好也不用难为情。练习外语口语，最关键的就是要放得开。

1992 年，邓小平到南方视察并发表重要讲话后，我越来越有要与时代合拍，做一点事情的冲动。当时我组织的英语角名气慢慢大了起来，找我做翻译的人越来越多。我索性成立了海博翻译社，请了几位退休教师一块儿来做翻译。为了生存，我们的翻译社做过各种业务，卖鲜花、卖礼品甚至做医药销售，忙活了两年才实现收支平衡。

一次，一位来自美国西雅图的外教老师比尔和我聊起了因特网，这勾起了我极大的兴趣，也激发了我开始正式创业的念头。

三、接触因特网之后，我就认定了网络必将改变我们人类生活的方方面面

1995 年，是我在杭州电子工业学院工作的第六年，我已经兑现了当初对校长的承诺，现在到了我该对自己的人生负责的时候了。

这一年我刚好接了一个活儿，就是作为翻译去美国洛杉矶沟通落实一个项目，正好我也想看看比尔跟我提起过的那个因特网到底是怎么回事儿，于是就跟着他们去了美国。谁知那是一个很不靠谱的项目，我差点被他们软禁起来。在洛杉矶经过一番波折后，我终于飞到西雅图找到了比尔，他带我去了一家名叫 VBN 的因特网公司。那是一家刚刚起步的搜索引擎公司，他们的员工指着屏幕对我说，这是个很有趣的东西，只要键入想要查的字，网络都可以查得出来。我试着输入"啤酒"，电脑上出现了几家国外啤酒公司的信息；我又输入

"中国"，搜索结果却只有一段几十个单词的中国历史介绍。在他们的鼓励和指导下，我做了一个海博翻译社的英文版网页，让他们放到了网上。我的海博翻译社因此就成了第一家上网的中国企业。

这趟西雅图之行给了我极大的启发。当时我的想法很简单，就是感觉如果我能帮助中小企业到网上去，肯定会是一个很好的机会。因为我一直觉得企业一定要依赖市场，而不是依赖市长，眼睛一定要盯着客户，只有客户才是企业能否成功的关键因素。

回到杭州，我就正式从杭州电子工业学院辞职出来，然后向亲友筹措了两万块钱，注册成立了杭州海博电脑服务有限公司。这是中国第一家互联网商业公司，当时公司的员工连我在内只有三个人。我们做了一个名叫"中国黄页"的网站，开始时没有客户，就只好从"窝边草"吃起。因为当时国内的企业还不知道上网，他们怎么会相信你？只有朋友信任你，知道你不会骗他。

第一家被我们搬上网的企业是望湖宾馆。我们通过宾馆的大堂经理要来了一份中英文的宾馆介绍，我把介绍打印好传到西雅图做网页，并挂到了网上。没过多久，联合国第四次世界妇女大会在北京召开，一些美国代表打电话到望湖宾馆来询问，说是希望入住。宾馆的人很惊讶，说我们这里离北京有上千公里呢，你们怎么会知道我们宾馆的？那些美国妇女代表说，她们是通过因特网搜索到的，这是网上唯一能搜到的中国宾馆。

这件事让我看到了网络的能量，坚定了我继续搞下去的信心。1995年8月中国电信接通互联网，我们成为中国电信的第七个客户。但那时候的互联网速度，真是慢得一塌糊涂。为了证明网络的存在，我找了很多媒体朋友到我家里，给他们演示拨号上网。大家带着摄像机等了三个半小时，图片还只出来了半张。所以刚开始的时候我们特别难，因为大家都认为在中国做这东西不靠谱。

为了鼓励大家的信心，我以比尔·盖茨的名义杜撰了一句名言：

"互联网将改变人类生活的方方面面。"这话其实是我原创的，但当时马云说了没用，所以只好说是比尔·盖茨说的。

四、从北京回到杭州，我们"十八罗汉" 在湖畔花园我家里创办了阿里巴巴

1996 年 3 月，杭州电信也做了一个中国黄页。与其两败俱伤，不如联手合作。通过谈判，两家中国黄页进行合并，我获得了 30% 的股份。

虽然有了杭州电信做后盾，业务还是要靠自己跑的，所以几乎半个杭州的企业都被我们敲过门拉过广告，做得还是非常辛苦的。这时有人向我提议，说你们要是能把《人民日报》搬到网上，那就厉害了。我一听，很有道理嘛，于是天天跑北京，想尽一切办法，终于把《人民日报》放到了网上。这么一来不得了，果然名声大噪，连新闻出版局都为此专门发了文件。

1997 年，我加盟对外贸易经济合作部下属的中国国际电子商务中心。我把自己所持的股份以每股两毛多的价格全部卖给了公司，然后带着我的团队和十几万块钱来到了北京。给政府办电子商务网站，每个人都能拿几千块的月薪，大家都很开心，心想总算熬出头了。

北京毕竟是祖国的首都嘛，机会确实要多得多。我们替对外贸易经济合作部成功开发了官方网站后，又陆续开发了中国商品交易市场、网上中国技术出口交易会、中国招商、网上广交会等一批网站，眼界也变得更加开阔了。

那时候，中国正在紧锣密鼓地筹备加入 WTO（世贸组织），这意味着中国要加快改革开放的步伐，参与国际竞争了。我认为中国入关是大势所趋，中国会越来越强大，世界电子商务也会发展得越来越好。我看到了未来互联网的颠覆性、影响力和创造力，我觉得我们可

以在帮助企业解决实际困难、培养中国市场方面大有作为。可是，我跟我的老板在理念上产生了分歧，于是我选择离开，从零开始创建我自己的理想事业。

1999年3月，我带着我的团队回到杭州，就在我的家里创办了阿里巴巴。我家在湖畔花园，当时这里还是杭州城西一个比较偏僻的城郊接合部。我相信自己能够成功，相信可以创造奇迹，因此给公司取名"阿里巴巴"。我们一起创业的团队算上我一共18个人，这就是我们阿里最初的"十八罗汉"。

五、中国加入世贸组织后，阿里巴巴电子商务平台开始焕发出巨大的能量

"十八罗汉"的创业团队尽管规模不大，但经过此前一年多在北京的磨炼，工作效率和创业热情还是非常高的。公司创立一个月后，阿里巴巴网站就正式上线了。没过多久，我们的网站便引起了Investor AB亚洲区副总裁蔡崇信的关注，他专程飞到杭州来跟我洽谈投资。当时蔡崇信还兼任高级投资经理，专门负责他们公司的亚洲私募基金。他对我的发展思路非常认同，也特别看好阿里的前景。我们谈了整整四天后，他就做出了一个让人大跌眼镜的决定：从Investor AB公司辞职，正式加入阿里巴巴。

蔡先生的加盟使初创的阿里如虎添翼，当年4月，他就作为先遣部队赴香港，成立了阿里巴巴集团香港总部。经过五个月的谈判，我们获得了第一笔融资，由高盛公司牵头，富达投资和Investor AB等联合向阿里巴巴注资500万美元。这年年底，我们的网站注册会员总数虽然只有8.9万，但我们的运作模式却被国际投资机构普遍看好。2000年1月，阿里又获得了日本软银等机构2000万美元的风险投资。

有了资金的强大支持，我们甩开膀子大干起来。2000 年 9 月，我们在杭州搞了一场名为"西湖论剑"的因特网高峰论坛，吸引了全国数以千计的网民和上百家媒体前来参加。除了王志东、丁磊、张朝阳、王峻涛等几位当时风头最劲的网络英雄之外，我还请来了心目中的偶像金庸担任评委。"西湖论剑"高峰论坛的成功举办，使阿里巴巴在民众中的知名度大增。这年 7 月，阿里巴巴还被全球著名的财经杂志《福布斯》评为"全球最佳 B2B 站点"，我也因此登上了《福布斯》的封面。

2001 年 11 月 10 日，中国正式加入世贸组织，中国经济由此开始腾飞，阿里巴巴电子商务平台也逐渐焕发出了巨大的能量，注册会员猛增到 50 万，开始让世人刮目相看。

不过你别看我们的业务发展得很快，却很难招到人。企业的发展急需大量的员工，没办法，我们就跑到大街上去招人，只要有来报名的，我们都要。那两年，我们还进行了各种应用系统的开发，我也一直在思考和探寻能够赢利的经营模式。到 2001 年的 12 月，阿里巴巴的注册商人会员数突破 100 万，成为全球首家会员超百万的商务网，公司也终于逐渐实现赢利了。

2003 年，我们开始瞄准 C2C（个人对个人的电子商务）市场发力。这年 5 月，阿里创办了淘宝网，直接叫板当时国内最大的在线交易社区 eBay 易趣。刚刚起步的时候，我们做得其实还是蛮痛苦的。老实说，那时候买家和卖家都不怎么信任我们。怎么办？我们就想了个办法，用一个独立的第三方支付平台来做支付体系。于是这年的 10 月，我们又推出了支付宝。

做这个也不是一帆风顺的。我们没有银行的牌照，是不能经营金融业务的。银行有牌照，但是他们不知道怎么做；我们知道怎么做，但是没牌照。这时候就有领导对我们说，你们要有责任感、使命感，如果开始做了，就要继续做下去，为中国建立自己的支付体系；如果你们不做，就会有跨国公司去做，那么所有的信誉就是跟着他们走的。

于是我们就想出了这样的办法：当顾客买东西的时候，先把钱给阿里巴巴，等到货之后觉得不错，再通知支付宝付钱；如果觉得东西不好，可以把货退回来，我们把钱退给顾客。这种流程不仅简单方便，而且也使用户的利益得到了保障。这样的事情，即使是亏损的，我也愿意去做。

正是这套体系的建设，对中国电子商务之后的快速发展产生了极为重要的影响。

六、现在，阿里巴巴的平台一分钟内能够承受1700万人同时访问

之后的阿里巴巴，一直在快速发展的道路上前行，情况大家应该都比较清楚了。在将近十年的时间里，我们经受了许多考验，采取了许多应对措施，推出了许多新的业务板块，回头看看，我们所走的路基本都还是正确的。其间发生的一些事情，也还是值得说一说的。

比如2003年，我们创建淘宝网和支付宝的时候，日子并不好过。当时的阿里主要还是依靠B2B（企业对企业的电子商务）业务赢利，现金流量并不理想，而淘宝和支付宝都是免费的，需要大量现金输血才能维持下去。在那种情况下，很多人都认为淘宝没法赚钱，我们的投资人也希望能快速找到赢利模式。面对资金压力的同时，淘宝还要面对来自易趣等网站的激烈竞争，eBay甚至还想把我们给收购了。

在这个决定着阿里前途命运的关键时刻，我们顶住了压力，经过多方努力，最后找到了一条光明的出路，那就是与雅虎合作。2005年8月，阿里和雅虎正式宣布并购合作，雅虎以10亿美元现金加雅虎中国的全部资产为代价，换取阿里40%的股份，而雅虎中国则成

为阿里的全资子公司，阿里巴巴由此成为中国最大的互联网公司。

这次合作，不仅使阿里获得大笔发展资金，而且也引入了雅虎中国品牌和大批优秀的技术人才，给淘宝和支付宝的高速发展提供了现金支撑和技术力量保障，为之后的 B2B 公司上市打下了基础。

之后几年，我们还战略投资了口碑网，携手 e 贷通进军银行业，推出了全新的互联网广告交易平台阿里妈妈，还在香港联交所主板挂牌上市，总之做了不少事情。当然，除了经营业务之外，我也做了一些其他方面的事情，比如说与杭师大合作，创办阿里巴巴商学院。

我曾经在多个场合说过，杭师大是我心目中最好的大学。这完全是发自内心的一句话，半点矫情的成分都没有。首先，我特别感谢杭师大在我人生低谷的时候，以极其宽容的胸怀给了我尽情发挥特长的机会，这对一个偏科严重的年轻人来说是一件多么重要的事情；同时，杭师大确实是一所了不起的大学，曾经出过像鲁迅、李叔同、经亨颐、丰子恺、潘天寿等一大批优秀的知名校友。所以，当我的事业经营到一定的程度，很想把自己这些年来在电子商务乃至经营管理上的经验和感悟分享给大家、分享给社会的时候，首先就想到了我的母校。2008 年 5 月，我回杭师大参加百年校庆之际，与时任校党委书记崔鹏飞和时任校长林正范聊起了我的想法，表达了合作共建商学院的愿望，我的想法立即引起了两位校领导的共鸣。经过近半年的筹备，杭州师范大学阿里巴巴商学院就正式成立了。我们的目标是弘扬一种"有梦想、有激情、有责任感"的精神，力争打造一座国内一流、国际上有一定影响力的商学院。

2009 年，在决定未来发展方向的时候，我们把目光投向了大数据和云计算。但具体怎么搞？技术人员说要发展 5K 技术，然后就讲了许多新名词，老实说我都没听懂。不过我觉得，计算机比人厉害的地方就是它的"智商"比人高，以前人们需要记忆很多东西，今天都可以由计算机来完成；而有了大数据之后，计算机的"情商"也有可能比人高。如果有一天，当计算机的"情商"和"智商"都比人高的时候，那将是一个非常巨大的变革，而这一定是未来的趋势。所以，不管怎么样我觉得都要做下去。因此，阿里云就在 2009 年诞生了。

大数据和云计算，现在大家都能接受了，但是在刚出来的时候，很多人还是觉得非常遥远。开始其实也有别的企业做过，但它们没有坚持下去，因为它们的领导都很懂技术，都知道这个技术有多难，所以反而放弃了。而我真不知道这个东西有多么难，所以就大胆地说了"不管怎么样，一定要坚持下去"的话。当时其实网上有很多人，包括我们公司内部也有一大部分人说我被忽悠了，5000 台计算机加在一起，这个云计算是根本不可能实现的。

好在我不懂技术，所以才特别尊重技术、敬畏技术。我只是朴素地认为，如果这个技术能解决社会的问题，那就应该做下去。我希望阿里巴巴能为技术增加生命力，为数据注入灵魂。现在，有几千万家小企业在用阿里巴巴的服务，有几亿消费者在用，我们的平台一分钟内能够承受 1700 万人同时访问，这就是好技术。

七、如果没有改革开放，没有四十年来走过的路，就不可能有我们的今天

如今的电子商务已经很热了，我们并不是今天一下子就成功的，这是我们近二十年来坚持每一天、每一个月，挡住各种诱惑的结果。大家知道，那时候短信最赚钱，后来游戏又最赚钱，各种商业模式都出来了。我们有没有眼红过？当然有。其实压力不可怕，可怕的是诱惑。我们看着人家挣那么多钱，但我们做不到，心里能不羡慕吗？当然羡慕。比如在几年前，我们全年的收入还不如腾讯一个季度的收入，我们当然羡慕啦。好不容易拼了两年，眼看着快要赶上了，人家

又弄出个微信。但羡慕归羡慕，阿里没有停止过，一直在不断地努力着，所以才会有今天的成绩。

随着阿里巴巴的社会影响力越来越大，我越来越感到自己不应该再被公司的具体业务缠身，而应该去做一些对整个社会更加有意义的事情。所以 2013 年，我决定辞去阿里巴巴的 CEO，只做董事长。我给全体员工发了两封邮件，坦露了我的心迹，并宣布了我的决定。

在淘宝十周年庆上正式卸任 CEO 之后，我有了更多的时间去做以前想做但没有精力做的事情，比如公益慈善。早在湖畔花园创业的艰难岁月里，我就和夫人定下这样一个规划：50 岁之前赚钱，50 岁之后做公益。2014 年 12 月，我以个人名义发起并捐赠成立了"马云公益基金会"，集中在教育、环保和健康三个领域从事公益。尤其是教育，我特别有信心，因为教育是我感兴趣的，而且有把握能做好的。

感恩是一种处世哲学，更是一个人应该拥有的美好品性。我感恩这个时代，感恩这个社会，也感恩曾经给予我鼓励、帮助和支持的每一个人。这种感恩之心是博大的，没有国界的。比如在我青少年时代为我打开世界之窗的肯·莫利先生，尽管这位澳大利亚老人已经不在人世了，但他当年对我的知遇之恩却是我没齿难忘的。所以去年 2 月，我通过"马云公益基金会"向肯·莫利先生故乡的澳大利亚纽卡斯尔大学捐赠了 2000 万美元，设立了 Ma-Morley（马-莫利）奖学金。

今年是我国改革开放四十周年，我坚信如果没有改革开放，没有四十年来我们走过的路，就不可能有我们的今天。正因为大家满怀希望和信心地参与到中国改革开放的大市场中，才有了今天的我们。我们既是改革开放的实践者，更是改革开放的受益者，因此我的心中充满了感恩与感动，我感恩生活在这个时代，能够亲眼看到祖国的崛起。同时，我也始终没有忘记自己的初心，那就是帮助中小企业成长，所以直到今天为止，我从来都没有把阿里定位成高科技公司，也没有把它定位成互联网公司，我们的定位，始终就是一家服务公司。
这一点，永远不会变。

（马云/口述　真柏/撰文）

李书福

◎1963 年出生于浙江台州。哈尔滨理工大学管理工程学学士，燕山大学 1995 届机械工程硕士，哈尔滨工业大学博士。经济师职称，浙江省劳动模范。现为全国人大代表、全国工商联副主席、浙江省工商联副主席、浙江吉利控股集团有限公司董事长、沃尔沃轿车公司董事长、中国汽车工业协会副会长、中国民办教育协会副会长。白手起家，创办吉利集团，坚持走自主创新的道路，在中国汽车行业率先取得发动机、变速箱等核心技术领域的重大突破。

向改革开放四十周年致敬

我是一个放牛娃，上小学时，我利用暑假为生产队放牛，每天0.15元，一个暑假能赚6—10元人民币，对我来讲这是一笔大钱。上小学每学期交书本费大概1.2元，学费是免交的。有了这笔钱，我比其他同学富裕多了。

上初中一年级时，十一届三中全会召开，改革开放的浩荡春风吹遍神州大地，吹进了校园和乡村。虽然我沉浸在放牛的快乐生活之中，但改革开放的春雷在我心中激起千层浪花，散发无穷涟漪。农村的土地可以承包经营，农民可以离土不离乡搞乡镇企业，甚至还允许搞个体私营经济，我真以为自己的耳朵出了毛病，天下还有这样的大好事？因此，我无心上学了，开始研究党的十一届三中全会以来的一系列文件，一系列方针、政策。三年初中学业我用了两年时间就匆匆完成了，以优异的成绩考上了路桥中学尖子班。随着改革步伐的不断加快，我对高中学习也失去了耐心，人在学校，心在游离，引起我父亲的极度不满，几次受到惩罚。高中还没有毕业，我就开始规划参与市场经济活动的各种梦想。

一

家里有辆自行车，我向父亲要了几百元人民币买了一台手提照相机，开启了我的创业生涯。走街串巷，见人就问要不要照相。由于我服务热情，照相水平也不错，很快赚了几百元人民币。后来开了照相馆，用现在的话说，我的业务已经升级了。由于资金有限，我的照相馆的所有设备几乎都是自己设计、制作的，包括大型座机、灯光、道具等等。当然，那个年代开照相馆也是不容易的，必须要公安局批准，因为照相行业属于特种行业。由于我没有特种营业执照，多次接受教育与处罚，可能是因为我的态度比较好，即便要求关门停业，照相馆仍然坚持了近两年时间。后来因为开放的力度越来越大，我就寻求新的机会，进入了转型发展时期。

那个时候的台州，废旧电器市场已经比较发达了，我从废旧电器零件中分离金属铜、银、金，利用我家房子比较大的优势，进行家庭作坊式的生产，这完全是变废为宝的技术，可谓循环经济，效益确实不错。后来，我的这些技术被其他人学会了，因而出现激烈的供应链竞争，废旧零部件成本也越来越高，我又进入了新一轮的艰难转型。

随着改革开放的不断深入，中国人民的生活水平也不断提高，电冰箱开始进入普通家庭，我再次开启一个新的创业进程，研究生产电冰箱配件。虽然过程十分坎坷，但充满磨难的经历就是宝贵的财富，奋斗的过程留下了许多美好的回忆。

因为公司初创，没有土地，更没有厂房，我只能租用街道的工房进行产品试制与研究。虽然从理论上设想很好，但实际生产出来的产品总是不尽如人意。经过近四百个日日夜夜的反复失败与总结，我的手掌都被折腾得找不到一块完好的皮肤，见人不敢伸手，浑身疲惫不堪。试生产终于成功了，但人家自己要发展工业，决定收回厂房，我只能转移到其他地方，转移到哪里呢？真不知道。当然天无绝人之路，在同学家长的帮助下，我找到了路桥中学校办工厂，并以校办工厂名义生产、销售产品。费了九牛二虎之力，把所有机器设备搬迁到了新租用的路桥中学校办厂，刚安顿下来，开始生产不到一个星期，事情又发生了。这个校办厂的周边是老师宿舍，我们加班加点生产电冰箱零件产生较大噪声，老师们晚上很难入睡，集体罢教，学校要求我们必须立即搬迁，我们又被厂房问题难住了。搬到哪里呢？我们在方圆几十里到处托人，找来找去找到了一个废弃的自来水厂，虽然房子不大，但周边没有居民，我们很高兴，终于找到了一个新的安身立命的地方，一个继续圆梦的地方。但这个水厂已经切断电源，必须找供电部门批电，几经周折，与村支书反复协商，终于找到这个村的电管员，请求装一个电表，把村里的电分一些给我们用于生产。结果祸闯大了，有人举报，说我们工厂没有经过工商局批准私自接电，黄岩县电力公司要求县检察院对我们的厂长监视居住并立案审查，吓得我根本不敢再去那个新的地方，生产又陷入了停顿，这一年我22岁。

在恐惧、无奈、叫天不应、入地无门的情况下，有一个声音在向我们召唤，家乡的工业办公室主任为发展乡镇企业，主动找到了我们。真是山重水复疑无路，柳暗花明又一村，在他的协调下，我们租用了一个村庄的生产队仓库，把那些设备搬到这个新租用的仓库里，开始生产电冰箱零件。这些设备的搬运，我们都是用人力手拉车像蚂蚁搬家般完成的。一辆手拉车三到四个人，一共有几十辆手拉车，边推边拉。那几天碰巧老天下了倾盆大雨，虽然汗流浃背，但根本分不清是雨水还是汗水，向前挪动一步，就是我们的成功，就是大家的共同追求。一干就是几十公里，道路泥泞，坑洼密布，加上这些设备太重，捆绑锁紧难度很大，几个昼夜才搬运完成，那种艰辛和折磨与牛在耕地时的感受是一样的。

因为搬迁，路桥中学校办工厂的名称我们不能用了，在乡工业办公室主任的帮助下，政府给我批了一个戴红帽子的乡镇企业，叫黄岩县石曲电冰箱配件厂。有了营业执照后，我们便轰轰烈烈地大规模地招聘员工，开始扩大产能，制造设备，研发新产品。我们生产的电冰箱零配件供不应求，一举成名，成为全中国最有竞争力的蒸发器、冷凝器、过滤器研究生产企业，产品销往全国几乎所有的电冰箱厂，包括上海上菱、远东阿里斯顿，安徽美菱、扬子，杭州西泠、华日等等。后来由于企业发展较为顺利，我们又扩大产品种类，开始生产电冰箱、电冰柜等制冷设备，青岛澳柯玛电冰柜就是我们为其贴牌生产的。产品供不应求，企业欣欣向荣，一片繁忙，成为台州最大的民营企业，在浙江乃至全国都有较大知名度。

1989 年，因为客观环境的变化，加上内部股东意见分歧等原因，我深感疲惫，我把全部资产送给了乡政府。政府接管后，我虽然一夜回归"无产阶级"，但浑身轻松，我去上大学了。

1992 年 3 月，我从已经送给政府的资产中回租了一部分厂房，开始新的创业生涯，对我来讲，这是第四次创业了。邓小平南方谈话在天地间又一次荡起了滚滚春潮，放射出万丈春晖，暖透了大江南北，长城内外，整个中国进一步迈开了气壮山河的新步伐，我的创业热情又一次被点燃，那一年我已经 28 岁了。研究生产什么呢？装潢材料。

上世纪 90 年代，进口装潢材料在中国很受欢迎，国产装潢材料的研究生产刚刚起步，人民生活水平提高后，装潢已经成为人们生活的组成部分。我们研究生产的装潢材料完全可以取代进口材料且价格便宜，很受市场欢迎，又一炮打响，产品供不应求。我们马上扩大生产，把送给乡政府的厂房、土地以市场价格一点一点地买回来。按照我的习惯，又是自己设计、制造设备，大规模生产镁铝曲板、铝板幕墙等装潢材料，产品不但满足国内市场需求，而且远销几十个国家和地区。后来，我们的这些自主创新成果又被其他人学走了，虽然我们有专利，有所谓的知识产权，但被别人拷贝，也许是那个年代的命运安排，当然今天的法治环境已经有了很大的进步。为此，我又放弃了这个产业，开始研究摩托车。

吉利是全中国第一个研究生产摩托车的民营企业，后来很多人发现，吉利公司的摩托车供不应求，企业搞得红红火火，自然又有许多企业跟着学，几年间，全国几十家摩托车公司，如雨后春笋般冒出来。但是有些企业缺乏合规意识，市场出现了无序竞争，甚至出现了偷税漏税的不正当竞争，我又退出了这一领域。我们研究生产摩托车，应归功于当初的台州市工商联主席池幼章老师，他给了我很大的启发。在此，我要向池老师表示感谢。

二

接下来的故事，大家都知道了，吉利转型升级，研究生产汽车，那一年，我已经 35 岁了。进入汽车领域与吴迎秋老师的支持、启发是很有关系的，吴老师给了我很多的帮助，借此机会，我要向吴老师表示感谢。同时，我还要特别向时任浙江省副省长叶荣宝同志表示感谢，要向台州、宁波各级党委政府、社会各界及所有关心支持我们梦想实现的领导、朋友们表示感谢，向吉利各产业基地所在地的各级领导表示感谢，向所有吉利汽车用户表示感谢。

我们发展汽车产业是从办学开始的，我们严格培养、培训技师技工，不断提高办学层次，不断加大办学投入。今天吉利汽车公司取得的发展与吉利重视人才培养是分不开的。

我决定要研究生产汽车，除了我自己信，还有少部分人信，真没有太多的人相信。大家都认为中国在汽车工业领域没有优势，核心技术早已经被西方国家垄断了，中国企业只能与外国汽车公司合资或者合作才有可能取得成功。但是我认为中国的改革开放政策一定会更加成熟、更加稳健，中国的现代化建设一定会持续推进，中国一定会成为世界上最大的汽车市场，虽然那个时候中国汽车市场每年才几十万辆，汽车进家庭才刚刚起步。如果中国每年汽车销量超过三千万辆，而汽车工业又不属于中国自己，那一定不是一个好消息。从几十万辆到几千万辆年产销量，这个成长的过程本身就是一个很大的商机。进入汽车行业虽然面临很大挑战、很多困难与问题，但商业空间很大，商业机遇期也很长，有足够的时间打基础、练内功，有足够的时间培养、培训人才，也有足够的时间、空间允许我们犯一次或几次错误，这是用钱买不来的机会效益。因此，我决定抓住这个时间窗口，坚定地进入汽车领域。

我领导组建了项目筹备组，在公司内部选了两个工程师，加上我自己共三个人，开始研究汽车技术。我们都知道，这是一条不归路，但这既是天时地利的召唤，更是我追求理想的自我决定。在汽车行业内有一句话，你恨谁就叫谁去造汽车，当然我要造汽车，不是因为谁恨我，而是我自己的选择。

实践证明，这条路实在太艰辛，这条路也确实很诱人，这条路时而景色秀丽，时而乌云密布。我们勇敢地在这条路上参加了没有尽头的马拉松赛跑，虽然跑得腰痛腿软，浑身浸透汗水，有时还出现精神恍惚，不知所措，但前方的路依然充满神秘，勾起了我们无穷的想象，探索远方秘密的心情根本无法平静，已经扬起的创业风帆将继续推动我们走向充满无限可能的汽车世界。

汽车一定会电动化、智能化，一定会成为智能空间移动终端，一定会帮助主人解决更多的困难和问题；一定会垂直起降，自由飞行在江河山川、城市乡村；一定会成为主人的秘书、保镖，为主人赚钱，帮主人消费，逗主人高兴，与主人聊天，保主人平安，帮助主人增长知识；一定会自己去清洗、保养；等等。但是，所有这一切，都需要我们加大科技投入，发扬科学精神，不断累积基础数据，不断突破技术瓶颈，不断培养研发人才，不断提高研发能力，不断总结与优化系统规划，从根本上掌控核心科技，形成线上线下两方面的智能优势。吉利在全球有近两万名研发工程师，每年投入数百亿元的研发费用，在自己确立的技术线上坚定地持续投入。只有不断形成后发优势，才能走出一条有自己特色的可持续发展道路。能力是用钱买不来的，只有通过自己的努力学习，刻苦锻炼，才能掌握真本领，才能面对各种挑战，引领行业变革。

三

吉利三十多年的实践与探索，我总结有以下几条：

一、做事情必须认准一个方向，坚定一个信念，提炼一种精神，凝聚一股力量，完成一个使命。一定要打基础、练内功，千万不能随泡沫飞扬，跟妖风起哄，否则风口过后将会留下一片狼藉的凄惨景象。退潮以后，裸泳者将会很难看，搞得不好有可能回不了家。

二、中国汽车工业要做强做大，必须进一步放开管制，应该欢迎更多的人参与到中国汽车工业发展中来，鼓励各种形式的创新与探索。

三、不能急功近利。要想实现梦想，就必须脚踏实地遵守事物的客观规律，播下希望的种子就会带来光明的前景，埋下罪恶的祸根就会带来无情的灾难。

四、企业长期可持续发展的前提必须是依法合规、公平透明，必须以人为本，合作共赢。

四十年弹指一挥间，四十年两鬓斑白，追求永恒；四十年祖国经济社会大变革，人民生活水平大变样，综合国力明显提高；四十年高铁纵横、沧海桑田，创新创业、高质量发展已经成为新时代经济社会发展的主旋律，中国经济转型、供给侧结构性改革正在有序推进；四十年高歌猛进、坎坷曲折、沉浮不定，在上下求索中找到了"四个自信"，踏上了进一步改革开放的伟大进程。我和所有中国同胞一样，无比感恩党的改革开放的伟大政策，感恩各级党委、政府，感恩各有关部门领导的关怀、关心与帮助，感恩社会各界专家、学者及新闻界朋友的支持、帮助，也感谢汽车界老前辈打下的坚实基础，感谢汽车界同行的支持与理解。

吉利因为这四十年的历史机遇，从无到有，从小到大，由弱变强，从小山村走向全中国，走向全世界。所有这一切都应归功于改革开放的好政策，我们必须倍加珍惜，为中国汽车跑遍全世界，而不是全世界的汽车跑遍全中国而顽强拼搏。

吉利的发展史就是创新创业、大胆实践、不断转型升级的成长史，就是不断为用户带来获得感的奋斗史。我们生产装潢材料取代进口，为用户带来了实惠；我们生产电冰箱配件取代进口，为用户带来了实惠；我们生产摩托车取代进口，把踏板式摩托车价格从每辆3万元降到3000元，为用户带来了实惠；我们生产汽车，使中国汽车价格降了一大截，为用户带来了实惠。当年的夏利每辆13万元，而今天同类同档车每辆3万多元人民币；当年的桑塔纳每辆20多万元，还要排队购车，现在同类同档车价格只要5万元人民币，大家可以算一算降了多少。我们把沃尔沃轿车全球研发中心迁到了中国，把沃尔沃轿车全球生产基地转移到了中国，我们成功地实现了沃尔沃豪华轿车中国制造出口全球的目标，让中国制造的豪华轿车为全世界市场提供服务。而且全球一个标准，无论是中国人、美国人、欧洲人，还是全球其他任何地方的用户，买到的沃尔沃轿车都是一套标准，没有任何歧视。我们还带动、培养了大量的上下游产业价值链企业的发展，提高了中国本土汽车零部件企业的同步研发能力，影响与推动了成千上万个实体企业坚定地持续投入，顽强地生存与发展。

当然，今天的中国制造业依然面临如何实现从全球价值创造链的中低端走向中高端的现实挑战，但是，我们千万不能急于求成，否则欲速则不达，只要认准方向，明白问题的本质，持续努力，就能取得成功，这是考验中国制造业的关键时刻。在全面深化改革，推动经济高质量发展的进程中，如何实现合规发展，如何实现全球价值链利用与合作共赢，如何实现稳健地转型升级，已经成为摆在我们面前的重要课题。

四

我从牵牛的实践中悟出一些道理，与牛沟通交流，虽然用弹琴的方式很难奏效，但只要方法得当，态度真诚，就会实现有效沟通。比如白天把牛喂好，晚上还要为牛驱赶蚊子，这都需要有合适的方法才能让牛满意。小时候的我就是骑在牛背上，一边请牛吃草，一边看书学习，完全可以实现合作多赢。晚上还要在牛棚周边点燃牛粪，把蚊子赶走，让牛好好休息，这样牛也高兴，我也快乐。我是如何登上牛背的呢？我才八九岁，而且由于营养不良，我个子长得很矮，为了登上牛背，我是想了好久才找到技巧的。先把牛牵到草长势较好的地方，请牛低头进食，然后在牛行走弯曲大腿时，我一边用手抓住牛的脖子，一边用脚飞快地踩上牛的左大腿关节，这样就能很轻松地登上牛背，实现双赢。

在全球经济一体化的今天，跨文化融合，跨区域合作，跨业态协同，都是企业界必须面对的现实，只要有利于用户体验，只要能够实现合作共赢，什么模式都可以讨论。人与牛之间都可以合作得很好，人与人之间为什么不能坦诚相处呢？我很愿意做牛，因为只要有草吃，我就会很幸福；我很愿意做牛，因为牛吃进去的是草，挤出来的是奶，很有价值贡献感；我很愿意做牛，因为牛可以为农民耕地，给农民带来快乐，很有成就感；我很愿意做牛，因为牛很诚实，不忽悠人，很受人尊重；我很愿意做牛，因为牛总是有人帮助牵着鼻子，不会走错方向。

牵牛的我能有今天的日子，我已经感激不尽。我们一定要在创新研发、人才培养方面继续加大投入，一定要在精准扶贫、能源可再生利用、汽车电动化技术、线上数字科技及车载芯片研发等方面有所作为，一定要为生态文明建设、汽车产业可持续发展积极贡献力量，一定要在上下游产业链的合规制度建设、员工合法权益保护、增加更多就业岗位等方面做出成绩。我们必须积极承担企业的社会责任，必须知恩图报，致富思源，必须团结带领全体员工干部、工程技术人员在创新创业的道路上实现更可持续的发展，必须积极践行习近平新时代中国特色社会主义思想，全心全意为实现中华民族伟大复兴的中国梦而努力奋斗。

青年时期的我

早期吉利镁铝曲板生产车间

早期吉利摩托车生产线

早期冰箱配件简易厂房

1996年，吉利集团总部

1998年在台州工作照

1998年，第一辆吉利汽车"豪情"下线

沃尔沃S90荣誉版打造超前出行方式

王水福

◎出生于 1955 年，浙江杭州人，西子电梯集团和西子联合控股集团的创始人，现任西子联合控股集团党委书记、董事长，浙江省人大代表，兼任中国企业联合会副会长、中国电梯协会副理事长、浙江省工商联副主席、浙江省制造强省建设战略咨询委员会主任委员，曾获全国劳动模范、全国非公有制经济人士优秀中国特色社会主义事业建设者、首届世界浙商大会创新企业家、风云浙商等多项荣誉。从基层工人一步步成长为知名企业家，抓住改革的战略机遇，带领西子联合不断创新发展。2009 年，西子联合成为国家重大专项 C919 大飞机项目九家机体结构供应商中唯一的中国民营企业，正式进入航空高端制造领域。2017 年 5 月 5 日，西子航空助力 C919 大飞机圆梦蓝天。

我的航空梦

一

我小时候，笕桥还是杭州近郊的一个农业小镇，这里最出名的就是蔬菜了。当时杭城东门之外都是菜地，种着油冬儿、红萝卜、莴苣、茄子等三四十种蔬菜，早在南宋，杭州就有"东菜西水，南柴北米"的说法，所以笕桥历来就是杭州人心目中的"菜篮子"基地。

不过对少年时代的我来讲，这些菜地根本没啥吸引力，那时候最让我感到新奇和神秘的，是紧挨着笕桥老街的军用机场。我跟小伙伴经常会溜进笕桥机场去耍子儿，远远地仰望那些居然可以飞上蓝天的庞大机器，感觉特别威武，特别了不起。

我的初中是在笕桥镇上读的，当时在我的同学当中，有很多都是飞行员和机场工作人员的子弟，他们的父母收入高、待遇好，是农民根本不能比的。特别是每天早上，有专门的班车把他们送到学校里来，所以在我们这些农村伢儿的心目中，感觉是很高端的，特别令人仰慕。

上世纪 70 年代对于中国来说，是从封闭走向开放的关键转折时期。1971 年 10 月，中国恢复了在联合国的合法席位，美国的亚洲政策有了新的调整，当时的美国总统尼克松要来访华，其中一站就是杭州。杭州的笕桥机场原是军用为主的老机场，跑道只有 2200 米，没办法起降大型飞机。为了能让尼克松乘坐的波音 707 专机在杭州降落，必须对笕桥机场进行扩建改造。1971 年 11 月 8 日，国务院、中央军委下达"关于扩建笕桥机场的紧急指示"，决定实施"118 工程"，由周恩来总理亲自审定机场设计方案。

一星期后，两万多军民浩浩荡荡开进笕桥，争分夺秒地打响了机场改建的硬仗。"118 工程"的建设者只用了三个月时间，就完成了对笕桥机场的全面改造，加长加厚了原有的飞机跑道，新建扩建了候机楼和停机坪，一条笔直的新机场路造好了，路边参差不齐的元宝树全部换成了郁郁葱葱的香樟树，整个笕桥机场来了一次脱胎换骨的大蜕变。

1972 年 2 月 26 日，尼克松乘坐美国"空军 1 号"专机飞到杭州，顺利降落在笕桥机场。一时间，笕桥成了全中国最引人注目的地方。

那年我才刚 17 岁，除了远远地憧憬仰望，根本想不到有朝一日我也会跟飞机结下缘分。

二

初中毕业后，我先是在笕桥镇花园村当蔬菜质保员，后来做过生产队会计，还到花园农机厂跑过供销，做过生产调度，小小年纪在好几个岗位上干过。

后来，我接到厂办通知，要我转岗到车间去主持生产。当时的村办企业人员少、底子薄，生产什么产品完全是根据客户的临时需求来定的。有个客户找上门来问我们能不能生产链条，我马上说可以生产的，然后就四处求教，现学现用链条生产技术。

就是靠着链条生产，我们这家村办企业慢慢红火起来了。之后厂里又派我到杭州机床厂实习进修一年，在那边我学到了不少技术。

1978 年，党的十一届三中全会召开，中国市场逐步开放，笕桥的传统行业开始恢复生机，尤其是丝绸、茶叶等最具杭州特色的传统产品，销路越来越好。这时，产品的内部搬运问题也在不少企业凸显出来。

一个偶然的机会,杭州茶叶厂仓库需要一台电梯,但是买不到电梯,只买到一套电梯的图纸,就委托花园农机厂制造。这是一个机遇,如果抓住了,就有可能为农机厂开辟一片新天地。问题是,农机厂虽然加工过电梯配件,但要在无厂房、无设备、无现成技术的条件下完整地制造一台货梯,却是破天荒的头一回,难度相当大。

当时刚满 24 岁的我担任厂长,凭着初生牛犊不怕虎的闯劲,我和几个年轻同事硬是甩开膀子干了起来。

没有厂房,就搭起露天帐篷;没有设备,就到大厂去买已经"退役"的设备,改装一番;没有现成技术,就主动找上门去,替人家做临时工,求人教技术,我们还请了上海电梯制造专家作为"星期天工程师"来指导制造这台货梯。历经多少个日日夜夜,体味多少次失败,终于,皇天不负苦心人,1981 年夏天,我们成功安装好了第一台手拉门货梯。由于没有运输条件,我们就肩扛手拉,硬是把一件件笨重的铁家伙搬到了五公里外的浙江省土特产公司工地,半天下来已是大汗淋漓,双腿沉重。尽管现在看来那是一台比较简单的货梯,但其中却凝结了我和伙伴们满满的心血。成功的喜悦,给我们带来了信心和希望,客户也被我们的干劲所感动,他们送给我们一个美丽而动听的厂名——杭州西子电梯厂。

三

1992 年邓小平南方谈话后,改革开放的步子进一步加大,中国经济进入高速发展阶段。西子电梯厂也乘着改革的春风,踏上高速发展的快车。到 1996 年,西子电梯已经位居中国电梯民族品牌第一位,在国内的市场份额排名第六,前五位均为合资品牌。

那时市场竞争日趋激烈,非合资品牌企业有时连投标资格都没有，企业遭遇发展瓶颈，不求得突破就可能被淘汰出局。西子电梯厂90%的员工是花园村村民，厂子是我办起来的，我不希望在自己手里倒闭。于是我把眼光投向了更广阔的国际市场。几年下来，我走了美国、加拿大、德国、日本、韩国、泰国、新加坡等地，广泛深入地考察学习国外的先进技术和管理经验，深切感受到西子电梯与国外先进同行之间存在着不小的差距。

通过多方的接触考察，我做出了深刻影响西子未来发展轨迹的一项重大战略选择：与世界上最先进的电梯企业合作，"站在巨人的肩膀上"，以求看得更远，走得更快。

要合资就选最好的，经过多方寻找和艰苦的谈判，1997年3月12日，中美合资西子奥的斯电梯（杭州）有限公司终于成立了。在世界电梯行业，大家都晓得奥的斯有一个不成文的规定，就是只要在合资企业中出现"奥的斯"这个名字，他们就必须绝对控股，即股份必须占51%以上。但他们在考察了西子电梯的整个营销和服务网络后，破天荒地放弃了马上控股的原则，愿意等五年之后再进行股权交易。我感觉吃下了一颗定心丸，因为这说明他们完全看好合资前景。

合资之后，我们的企业效益和实力确实得到了极大的提高。2000年8月，离约定的转让股份期限还有半年多时间，奥的斯提出，希望能提前控股。

这个要求让我非常纠结。提前交出控股权，就等于把呕心沥血搞起来的企业拱手让给别人。别说我舍不得，公司的其他股东肯定也不会同意的。但是，我很清楚，西子并非奥的斯在中国的"独子"，当时的奥的斯在中国有三个基地，我们是最晚合资的，如果不扩大美国公司在西子的股份，人家就不会把最先进的技术和管理放到西子奥的斯来。

最后我做通了大家的思想工作，同意让美国奥的斯公司提前控股，而且是让它控股 80%。事实证明这个决策是对的，美方控股后，很快把世界最先进的无机房、无齿轮的第二代电梯技术和最科学、最先进的管理方法毫无保留地投入到西子奥的斯，使得西子奥的斯迅速与世界接轨，企业产量两年就翻了一番，同时又使中方 100% 独资的电梯配件厂得到了长足发展。

奥的斯控股后的合资公司，五名副总当中有美国的，也有中国的（包括来自香港地区的），都很专业，我也不用像以前那样万事都亲力亲为，终于有时间去"云游四海"，去思考西子未来发展的新方向了。

2004 年我带领西子管理层前往日本、韩国参观三菱重工、石川岛重工、现代重工、斗山重工、大宇重工。在考察盾构机的过程中，我发现了一个有规律性的特点：这些国际知名企业，几乎没有一家不是跟航空航天有着密切关系的。而且我突然发现，奥的斯的母公司——美国联合技术公司也是如此，他们在制造电梯、空调等民用产品之外，还有一半的业务就是制造航空航天产品！

这让我猛然意识到，作为一家装备制造类企业，进入航空领域是最好的出路。飞机制造是工业之花，是最高端的制造业，一旦拥有了航空产品制造的能力，再要涉及其他任何装备制造业就都是"小菜一碟"了。

考察回来，我跟大家说了自己的想法，我提出今后的西子联合，不仅要守住电梯的优势，还要"天上飞，地下钻"，多维度拓展新的发展空间，形成一个"工"字形的产业布局。

"地下钻"，指的是以盾构机为主的地铁产业，西子联合在当时已经迈出实质性的步伐，与日本知名盾构机企业签订了合作意向，即将开始组织生产；而"天上飞"，指的就是航空产业，是未来西子要集中力量重点进军的新领域。至此，我的航空梦萌芽出土。

四

2006 年初，大飞机项目被列入《国家中长期科学和技术发展规划纲要（2006—2020 年）》确定的 16 个重大科技专项之一。2007年初，西子联合发布国内首份民营企业社会责任报告，提出了"百年西子，世界西子"的发展愿景。当时，西子作为传统制造业企业也开始面临转型升级的重大挑战，亟须向高端制造业发展。

2007 年 9 月，西子联合与上海飞机制造厂正式洽谈合作，开始试制飞机零部件。与此同时，我们也与沈飞集团〔沈阳飞机工业（集团）有限公司〕积极探讨合作机会，并达成了有关战略合作协议。另一方面，旗下浙江大学西子研究院邀请了相关专家，专门从事跟航空制造有关的各种研究工作。

2009 年 3 月，受中国商飞（中国商用飞机有限责任公司）邀请，我去上海参加了中国商飞的 C919 大型客机国内潜在供应商大会。在这次会议上，西子联合获得了项目机体结构的信息征询书（RFI）。这对西子联合来说是一个千载难逢的好机遇。

当时报名参加 C919 大型客机国内潜在供应商大会的企业有 400多家，因为上海飞机制造厂是中国商飞的总装制造中心，我们作为上海飞机制造厂的零部件供应商，十分幸运地从这 400 多家企业中脱颖而出，被列入了中国商飞 C919 项目的 100 余家潜在供应商候选名单之中。

按照中国商飞的要求，我们必须在一周之内提交完整的信息征询书答复函，时间十分紧迫。在回来的路上，我就打电话给西子研究院院长樊小刚。

当时樊院长入职西子研究院还不到三个月，之前从未接触过航空领域，连飞机的机体结构都还没搞清楚呢。听到这个消息，他很欣喜，也非常清楚这个任务有多么艰巨。

他们连夜开会，召集了我们集团内部的精英团队成立项目组，发动大家集思广益，请教了之前与我们合作过的多位航空专家，项目组通宵达旦忙了一个礼拜，总算及时把信息征询书答复函送到了中国商飞。紧张地等了一个礼拜，中国商飞的通知来了，我们提交的答复函被评定为合格，就是说我们获得了投标的资格。

接下来就是正式投标了。当时的候选单位基本上都是国字号的航空名企或历史悠久的飞机制造企业，竞争相当激烈。我们整个集团都动员起来，组建了八个项目组，整整 60 天，日日夜夜地拼。

航空制造业的门槛是很高的，并不是说你给一个现成的产品，检测合格后就可以用到飞机上去的。他们不是只看表面，只看结果，而是要看你设计和制造的全过程，整个过程都必须是有详细记录的。所以，任何一家企业想要踏进航空制造业的大门，都必须先投资建厂，把生产线先做好，然后认证合格了，才会有业务交给你。

而在这一次的 C919 项目投标中，中国商飞欣喜地发现我们与上海飞机制造厂、沈飞集团均有合作基础，并且当时我国要汇全球之智、聚全国之力来做这个大飞机，其中有一个考虑，就是做民机一定要有民企参与，像鲇鱼效应一样把 C919 大飞机制造的整个机制做活，所以在最终选定的九家机体供应商中，就特意留了一个名额给民营企业。

结果这个机遇被我们抓牢了。2009 年 5 月 26 日，在 400 多家报名单位中编号为第 99 位的西子联合最终脱颖而出，成为国家重大专项 C919 大型客机项目九家一级机体结构供应商中唯一的中国民营企业。

五

进入航空业十年，痛并快乐着，非常感谢中国商飞把西子领进了航空制造业的大门。但这还只是万里长征第一步。中标归中标，中了标以后怎么让项目落地，这才是更加艰巨的任务。大家其实都还蛮迷茫的。

当时浙江的航空制造领域几乎是一片空白，航空配套产业严重缺乏，从金属件到复合材料件，从机械加工、钣金到热表处理、装配，所有工序都需要重新建设，再自己去一个一个地通过认证。专业人才也特别紧缺，每次我们组织的招聘，应聘的当地人基本都是没有航空制造从业基础的，招工和引进人才都非常困难。

面对重重压力，各种牢骚和反对的声音不绝于耳，他们都说我这是在吃"二遍苦"。

不过我心里最清楚，要想进入航空制造业，必须经历一个长期亏损的阶段，不花个十年时间，不投下十几个亿，根本没可能成功的。假如用这十几个亿去做房地产，很有可能收回来一百亿都不止。但是我经常跟大家说，企业到了这一步，现在我们应该追求的，不再是高速增长，而是高质量发展。

目标始终是明确的，当务之急是要尽快把生产线建起来。经过一番深思熟虑，我们决定先到沈阳去建厂。这是不得已而为之。沈阳的航空产业氛围浓厚，技术人员和产业工人密集，而且在投标参与C919项目的过程中，西子联合与沈飞集团也建立起了良好的合作关系。

当时沈飞集团正在做美国的赛斯纳通用飞机，了解到西子联合在电梯、立体车库、盾构机等装备制造业方面的经验和实力后，主动来找我们合作。我们当然求之不得啊，所以很快就成了他们的供应商。

听说西子联合要在沈阳建厂，当地政府和相关部门很重视，给我们一路开绿灯，只用了三天时间，我们就完成了所有的注册手续，落户在了沈阳光电产业园。

一天夜里，我跟樊小刚去看我们租用的厂房，发现前面正好有另外两家沈飞集团的供应商企业。我们一商量，决定趁着天黑去"刺探"一下军情，看看人家的厂房是怎么布局的。结果，我们扒着窗户往里看的时候，招来了人家的看门狼狗，对着我们两个大男人一通狂叫。

六

随着西子航空的名气慢慢叫响，我们开始与中航工业、中国商飞、欧洲空客、美国波音、加拿大庞巴迪宇航等世界著名的航空制造公司进行交流与合作。听说我们的母公司西子联合是和美国联合技术公司旗下奥的斯公司合资的企业，实行的是美国联合技术公司的ACE（获取竞争优势）管理体系，他们都蛮认可的。

前景好像一片光明。但是现在回头来看，那时我们还是把问题想得简单了。西子航空的竞争对手，如波音的供应商，它们已经有上百年的历史，已经经历三四代人的运营，其成熟度、默契度、生产制造效率是难以想象的，跟它们竞争，相当于虎口夺食。为了成为五大航空巨头的供应商，西子航空至今已通过了286项特种工艺资质认证。西子紧固件打破了高端航空紧固件完全依赖进口的局面，填补了国内空白，在军民融合的道路上迈出了坚实的步伐。

从2010年起，波音公司开始派员到西子来考察认证。起先，他们只是不断地派人来，什么也不说，什么也不做，只是到处转悠，仔细观察，不停地拍照。这样一直跟踪考察了整整五年，派员过来有200多次，对我们整个生产流程一步一步地跟踪检查，直到他们觉得差不多了，才坐下来跟我们正式谈判。

在波音公司的认证系统面前，我们原先引进和培养的人才都不灵了。我们有很多一线员工，都是好不容易从国内几大飞机制造厂招募来的退休技术工人，有的甚至还是从新加坡等国家的航空修理厂花大代价引进的。可是波音公司对这些老员工完全不买账，他们要求所有员工都必须经过他们的培训，拿到认证之后才能上岗。

在培训认证过程中，他们还有一个"一二不过三"的警告制度，起先大家都想不通，私下议论说，我们都是经验十足的老员工了，又不是啥都不懂的新人，你波音公司凭啥来指手画脚，非要以你的标准来约束我们？有几个老员工"莫名其妙"地吃了警告之后，委屈得眼泪都快掉下来了。

看到自己的员工受这样的委屈，我心里也发堵，但对于波音公司的良苦用心，我也是理解的。这就好比是经验丰富的中国老司机，你让他去美国考驾照，很有可能是考不出来的，因为他有很多习惯已经养成了。而对于像波音公司这样视标准化如生命的企业来说，任何一点不符合标准的习惯都是不能容忍的。只有这样铁面无私，才能把员工的思维方式、经验习惯全部纳入他们的规范体系之中，才能做到整个生产流程的可控和可追溯，才能保证最终出品的飞机万无一失。

所以后来我们与杭州职业技术学院合作成立了西子航空工业学院，并在公司设立了培养航空专业技术工人的"零号车间"，从头开始培养他们的工作习惯。经过半年的培养与磨合，西子航空派出的所有员工都通过了波音公司的认证，这时才终于可以正式接产波音公司的航空零部件了。

七

正式成为世界级航空制造企业的供应商，这个过程是十分艰难的。

我们为 C919 研发制造的主要是两个舱门，一个叫应急发电机舱门（RAT 门），还有一个叫辅助动力装置门（APU 门），因为很多技术攻关都太专业，我就不详细说了。

我们花了整整六年的时间，投入了至少 5 个亿，经过各项航空技术认证，圆满完成了 C919 大飞机的前起落架舱门、方向舵、升降舵、铁鸟工作台等试验件的研制任务，在新材料制造工艺方面取得了一系列重大的突破，并为 C919 其他结构及系统供应商提供了多项转包服务。

2015 年 11 月 2 日，我国第一款自行研发制造，并且具有自主知识产权的 C919 大型喷气式民用飞机的总装下线仪式在上海浦东举行，为了亲眼见证这个振奋人心的时刻，我跟公司几个骨干前一天晚上就聚集在了大江东生产基地的宿舍里。从这里出发去上海，比从杭州市区出发更近。

第二天凌晨四点，天还墨赤铁黑，我们就起了床，吃过食堂给我们准备的包子和豆浆，就心情激动地乘车赶赴上海。

我特地穿了一套剪裁得体的深色暗条纹西装，胸口别上了银光闪闪的 C919 形状的胸针，这胸针是中国商飞特意附在邀请函里一起寄过来的。

那天上午天气特别好，在中国商飞总装制造中心浦东祝桥基地的厂房里，几千名来自世界各地的飞机制造者、媒体记者和各种肤色的供应商挤在一起，心情都很激动。

当主持人宣布仪式开始，大红幕布拉开，一架 C919 大型客机在牵引车的带动下慢慢推出来的时候，现场的气氛快要炸了，掌声和欢呼声排山倒海，经久不息。看到大屏幕上开始播放我的祝贺视频，我的眼泪也忍不住流出来了。回想这些年来造飞机的过程，太艰苦了，但是也太值得了。

八

2017 年 8 月，杭州市政协文史委员会在香积寺路杭州档案馆内举办了一场"中央杭州飞机制造厂史料图片展"。这是民国时期建在笕桥中央航空学校旁的飞机制造厂，是中国现代第一家飞机制造厂。我去参观了，当时就觉得是一种非常奇妙的因缘。看来现在我做飞机，的确不是心血来潮，笕桥就是一个与航空制造有着千丝万缕割舍不尽关系的神奇地方。

这不仅更加坚定了我的航空梦，也使我开始更加关注起了中央杭州飞机制造厂的那段特殊历史。这些年，我一直在做着一项致力于弘扬笕桥传统特色、推进笕桥再次腾飞的工作。我觉得，发掘和保护中杭厂的历史文化，应该也是题中应有之义，两者之间完全可以找到很好的结合点。

2017 年底，笕桥商会总部大厦建成，我发起这个项目的初衷就是源于"笕桥情结"。我们西子刚起步就是在机场路上的迎宾大道 62号。当时笕桥最早的一批企业几乎都聚集在迎宾大道上，以制造业为主，现在其中不少企业正值转型升级的关键时期。而日新月异的城东新城建设，不适合再拓展设施厂房、生产车间，但是土生土长的笕桥人的乡土观念都很重，他们都希望能在这片家乡的土地上继续发展。所以早在 2011 年 11 月，我就跟万事利集团的屠红燕、杭州湾建筑集团的黄妙福等"老笕桥人"一道筹划并启动了这个项目。

我在这座象征着我们笕桥企业家吃苦耐劳、勤奋创业的笕桥商会总部大厦院内立了一架退役的战斗机。我是想以此来唤起社会大众对笕桥航空历史的更多关注。

后来我又专门邀请了对中杭厂历史很有研究的原浙江省机械工业厅老厅长金垒允来大厦参观指导，我跟他说了自己的想法，就是想在笕桥商会总部大厦里面腾个地方，搞一个"笕桥航空纪念馆"，把中央杭州飞机制造厂、笕桥中央航空学校、笕桥机场、"八一四"空战等史料陈列展示出来。

我的具体设想是通过 80 幅铜版浮雕，把中杭厂的历史反映出来。金厅长是这方面的专家，收集了很多中杭厂的历史图片资料，我想委托他帮我们精选 80 张照片，用来制作铜版浮雕。金厅长听了之后非常支持我的想法，他还建议我放一架 P-40 飞机，他说，在中杭厂生产的飞机当中，P-40 战斗机是很重要的一个角色，最好能搞一架，哪怕是模型也可以。

所有这一切，都是我航空梦的一个个影像，我坚信西子航空的未来一定是美好的，我也将继续做一个追梦人！在"强起来"的新时代，西子联合正不断努力实现从高速增长向高质量发展的转变，"千亿西子"不会是梦！

（王水福／口述　陈博君／整理）

杭州西子电梯厂
早期工厂大门

1989年,西子电梯
厂成功生产出首台
自动扶梯,并在杭
州百货大楼顺利投
入使用

1997年3月12日,
中美合资西子奥的
斯电梯(杭州)有限
公司成立

2015年1月17日,杭州职业技术学院西子航空工业学院揭牌仪式

2015年11月2日,C919大型
喷气式民用飞机的总装下线
仪式在上海浦东举行

黄代放

◎1963年生，江西南昌人，1986年清华大学汽车系内燃机专业本科毕业后回乡工作。现任泰豪集团董事会主席、中国民商理事会理事长、清华大学战略发展委员会委员，是第十一届全国政协常委。1988年7月，筹资2万元"下海"创业，带领团队以三十年的实践，走出了一条具有中国特色的知识分子"创新、创业、创富"之路。在他的推动下，泰豪科技股份有限公司于2002年7月成功挂牌上市，为江西省民营高科技企业首家上市公司。个人荣获全国非公有制经济人士优秀中国特色社会主义事业建设者、"江西省突出贡献人才"、"江西工业十佳创业能人"、香港"紫荆花杯杰出企业家奖"等荣誉，为享受国务院政府特殊津贴专家。

结缘清华，泰豪筑梦

清华"造梦师"

我是 60 后，从小在鄱阳湖畔的农村长大，做过不少农活，吃过苦、吃过亏。农村生活培养了我的勤奋，因为勤奋是农民的天性，农民是要起早摸黑的，是不能误农时的。我小的时候经常要去拾肥捡粪。农村里牛粪、猪粪到处都是，谁捡到是谁的，我必须勤奋，要比别人起得早，不然的话就被别人捡走了。我很小就明白一个道理，即使是天上掉下来的东西，也要通过勤奋去争取才能得到。

上世纪 60 年代末，清华大学师生在江西省南昌市东郊、鄱阳湖畔的鲤鱼洲上建设了试验农场，我家就在离鲤鱼洲不远的地方。那时，我们江南农村种田都靠人力，可是清华师生们却开发了收割机等，实行机械化作业。清华师生还对我们老家传承了千年的做豆腐的土法进行了工艺改造，做出来的豆腐口感更加鲜美。他们不仅能创造先进的机器设备，有各种解决问题的办法，而且肯吃苦、爱钻研，精神高贵，这让我非常钦佩，向往成为这样的人。这一群清华人为儿时的我造了一个梦，一个勇攀高峰的科学家的梦。

那个时候，农村的孩子长大了，接过父亲的锄头继续种地，这是很自然的安排，好像这是一种合理的社会结构。要冲破这种结构，走出农村，当科学家，就要考大学。应该说，60 后是恢复高考制度的最大受益者，上大学时还有助学金，大学毕业可以有一份体面的工作，成为父母的骄傲、单位的中坚、社会的脊梁。有这样的优越条件吸引，我充分发挥了"头悬梁、锥刺股"的勤奋精神，为考大学全力以赴。天道酬勤，1981 年，我如愿以偿地考入了梦想中的清华大学。

清华不仅是我学习的基地，也是我的精神家园。图书馆就像梦之城，处处是人生需要的养分，我仅大二一年就几乎看遍了世界名著；丰富的必修、选修课程让我兼收并蓄地学到了很多知识；主楼后厅的讲座，让我聆听来自世界各地的声音……少年时期的理想种子在清华园的滋养下渐渐萌芽、生长。

牵手"技术"，回报桑梓

1986 年，我结束了在清华大学汽车系的五年本科学习并面临毕业分配。在那个年代，大学毕业后工作都是由国家统一分配，大学毕业生在当时就是"天之骄子"，无一例外地受到各个用人单位的欢迎和宠爱。像我这样的毕业于名校的大学生，更是"集万千宠爱于一身"，毕业后的择业范围更为广阔。摆在我面前的有三条路：从事公务员工作，俗称"当官"；考研继续深造，将来做专家学者；进入企事业单位从事技术或管理工作。然而，对于爱玩桥牌的我来说，选择并不是一件随意的事情。父母希望我走仕途，但是对于我们农村出来的孩子，"当官"的路太遥远和陌生。而继续深造，我外语不是很好，将来当知名学者的概率也不高。看来，还是老老实实去企业干技术工作吧。

我曾在大型国企实习过，并在那儿完成了毕业设计，但对上世纪80 年代国企的僵化机制印象不佳，觉得极易压抑人才的成长。正当我踌躇难决时，江西省的主要领导来到清华，鼓励毕业生响应国家号召，到老少边穷地区去，为家乡建设贡献力量。具有家乡情结的我内心不由得被触动了，便回到了江西，并打算工作后创业。

我选择了在南昌市一家研究型事业单位的技术服务部门工作。尽管我顶着名校毕业的光环，本职工作也成绩斐然，领导对我也挺重视，但我心里总觉得，自己应该主动作为。在工作中我接触到不少工程师，他们工作兢兢业业，但因体制所限，研究成果只能停留在实验室里。这样的不正常现象常常引起我的思考：怎样才能让技术实现产业化？自己能够做些什么？而且，我不大喜欢计划经济体制那种卖方市场的作风，比如随便一个供销社的营业人员都可以颐指气使，没有客户服务的意识，在我看来，这种经营体制必须转变！

1988 年元旦，《人民日报》发表社论《迎接改革的第十年》，像春汛兆示改革的进程提速；小平同志在会见外宾时，提出"科学技术是第一生产力"的重要论断；当年召开的全国科技工作会议，也鼓励科技人员流动，全国"火炬"计划随即开始正式实施……此时在北京，中关村里的一些先驱者已经迈出了第一步，联想、四通等企业正在蓬勃发展。他们的成功激荡着我那颗"不安分"的心，改革开放的政策呼唤着我儿时科学家的梦，创业的想法日益强烈起来。我在日记中写下自己当时的心声："我不会选择做一个平庸的人，我有志成为一个不寻常的人……我宁愿向生活挑战，而不愿过有保障的虚度年华的生活。"

创办"仙人掌"企业

一开始，我想承包我们单位一个亏损的公司，使它扭亏为盈，一年给单位交点钱。但那是一个有级别的国有科研所，经理是一个正科级干部岗位，怎么可能轮到我这个毕业才两年的大学生呢？最终这件事还是泡汤了。这更加剧了我自主创办企业的想法。清华校友会得到这个消息后，对我说："既然你想办公司，那我们就支持你办吧。"校友会组织了校友来投资，当时在江西的清华校友几百人中很多人表现得很积极。我担心校友的钱打水漂，便建议一个校友投资最多不能超过 200 元。万一不成功，一个人也就是损失 200 元，这应该承受得了。如果损失几千元那就不好了，在 1988 年的时候，几千元可不是一个小数目。就这样，我一共有了 2 万元的启动资金。

凭着"初生牛犊不怕虎"的闯劲，我的创业之旅开启了。我把刚呱呱坠地的"泰豪"前身称为"仙人掌型企业"，就是那种基本上没有任何商业资源，只要有一点水分，凭借自己的努力和坚持就能活下来的企业。在最初的五年中，我们什么都干过，开发软件、卖计算机、生产小家电什么的，只要获得一点有用的信息就马上跟进。所幸之前有在科研院所工作的经历，让我较易获得一些技术研发方面的信息，也方便与这些院所进行业务对接。更值得庆幸的是，清华江西校友会给予了我大力支持，使我们得以挂靠校友会创办江西清华科技开发部。随后，依公司法，我们改制为江西清华科技有限公司，这就是泰豪集团的前身。

创业之初，为了节约成本，我们借用别人的楼道办公。公司没有搬运工，来了货物大家一起光膀子扛，而且我与创业伙伴常常夜以继日连轴转地工作。那时我们唯一的消遣，就是围坐在一起看一台黑白电视机播放的《渴望》，心中被青春热血激起做大做强的渴望。然而，三岁小孩一年半载便长大成人终归是幻想。因为我们没有北京、上海那样成规模的市场，也没有真正雄厚的技术背景，更缺少像深圳、苏州那样适合高新企业成长的环境，所以只有因势利导，不断改变策略适应市场，摸着石头过河。

就这样，我们栽培了这株"仙人掌"，更准确地说是维持着"仙人掌"的生命，毫不夸张，在那段青葱岁月里我们绞尽了脑汁，堪称殚精竭虑、呕心沥血。直到 1995 年，依靠成熟的技术和热诚的服务，我们在电力软件应用方面获得了良好的口碑，并将当时江西整个 UPS 电源（不间断电源）市场牢牢握在手里，在激烈的市场竞争中站稳了脚跟，"仙人掌"顽强地长成了"绿洲"。

"技术+资本"的上市之路

1996 年，我最初的创业目标——带领公司成为江西最好的 IT 公司已经实现了。要如何继续往前走呢？我心中一个更大的梦想其实早在 1993 年就已经萌生：建造自己的科技园，将泰豪做成上市公司！但旧有的"技术+服务"的模式限制了公司的规模，显然不足以支撑起这个梦想，那该如何突破现有的瓶颈，实现跨越式发展呢？

彼时，全国各地企业的改革风生水起，各种性质的企业兼并、融合、重组，而在这背后，资本显现出了强大的力量，是资源配置、形成规模效应的那个杠杆。于是，一个大胆的想法在我脑海中冒了出来：选择"技术+资本"的模式，在确保产品、服务体现技术性的基础上，在公司规模扩张中将资本作为一项很重要的资源引入，如此便能在电机电源这个强手如林的资本-技术密集型行业中站稳脚跟。起初，我们引进了四个股东，投资 1000 万元，成立江西清华的产业型公司"江西清华泰豪电器有限公司"，"泰豪"正式作为公司产品品牌。这四个股东，分别是南昌通源实业总公司、南昌高新技术产业开发区发展总公司、江西无线电厂和中外合资的江西景华九尹电子有限公司，分别属于电力公司、国有投资公司、国有无线电设备制造企业、中外合资电子器件研制公司。当时为什么选取这四个股东呢？第一，考虑将来发展跟电力系统结合的产业，比如配电、电力设备，所以我就找了电力公司来投资；然后考虑到政策支持这一块，就找了高新区的投资公司；考虑到生产管理能力提升，就找了江西无线电厂；最后还有管理机制的改善，所以找了中外合资企业。

四大股东的引入，迅速壮大了泰豪的产能，但是，资本的瓶颈依然没有突破。凭借着江西清华是清华大学企业集团成员的身份（也是当时唯一非清华校办企业），我决定让出部分股权，引入清华同方作为第一大股东，调整并扩大了注册资本至 5000 万元，泰豪电器更名为泰豪科技股份有限公司，朝上市的目标迈出了重要一步。

资本的注入，为公司的发展输入了强劲的能量。1997 年，泰豪（南昌）高新科技园正式奠基，率先拉开了全国高层次"省校产业合作"的序幕。科技园建成后曾接待江泽民、胡锦涛、吴邦国、贾庆林、张德江、俞正声、汪洋等十几位党和国家领导人的视察，以及王大中、顾秉林、邱勇等三任清华大学校长的考察。1997 年香港回归，国企改革进入"涉深水"阶段，泰豪却迎来一个新的发展契机。

1998 年，公司与赣能股份携手组建"泰豪软件"之后，我经过深思熟虑，认为和 IT 技术接口的产品，最有潜力的是军工产业。当时恰逢在全国军工企业中有着较高地位的江西三波电机总厂因为体制僵化陷入经营困难乃至财务危机，正在寻找重组的机会，我抓住这一机遇，演绎了一个"小快鱼吃大慢鱼"的经典案例。政府对此很支持，审批很快下来，但整合却花了整整两年。民企和国企两种体制文化的激烈碰撞，导致三波厂员工集体请愿风波。当时的三波电机总厂是 2000 人在册，1400 人在岗，而年销售收入却只有 3000 万元，实际只要四五百人就够了。对我们来说必须要解决好这个问题，不能说我只要 500 人，剩下 1500 人全部推向社会，这样对员工、对社会都是不负责任的。

那段日子，我承受住了巨大的压力，出台了一系列政策方案，努力推进改革：在主业上用七八百人，退休的做好安置工作，暂时没有岗位的做好培训，并引进一些项目。清华同方当时对泰豪非常支持，把中央空调这一块分到江西生产，一下解决了几百人的就业问题；另一方面，清华同方又把数据加工这一块跟泰豪当时的计算机业务结合起来，一些年轻人在接受计算机培训的过程中就把数据加工的业务给做了。如此不仅化解了一场危机，并且确立了泰豪以智能电器为主体，信息软件加军工产品双翼齐飞的发展路径，使三波厂一步步走出了泥沼并脱胎换骨，最终以 2000 年建成泰豪（南昌）高新科技园为标志，宣告彻底完成了对三波总厂的兼并重组。

此后，泰豪陆续收购十多家地方军工企业，再未重现那样的困境。通过对国有企业的兼并重组，我们不仅盘活了国有资产，而且成功地探索出一条以高新技术改造传统产业的低成本扩张新路。如今，泰豪军工产品广泛应用于我国陆、海、空三军的通信和武器系统，在行业内也具备领先优势，高原型无人值守电站还破解了世界难题。在国庆六十周年阅兵式 30 个装备方阵中，泰豪九大产品参与了 7 个方阵的受阅而获得通令嘉奖。

我们继续坚持"技术+资本"发展模式，2000 年，我们正式启动公司上市，当年便通过了"双高"认证，次年正式申报，2002 年 7 月在上交所发行 A 股上市。这是中国智能建筑电气产业首家上市公司，也打破了江西省民营企业零上市的纪录。此后又进行了三次融资，为泰豪的产业发展和技术进步提供了强有力的资本支撑，连续多年产值增长超过 50%。

相信改革开放，相信市场的力量

21 世纪初，泰豪成功上市，全球化竞争更趋激烈，信息化、智能化迅猛发展，在中国这个巨大的开放市场中，泰豪这样的本土企业的生存发展关乎民族产业的兴衰。基于这样的认识，我们调整了企业蓝图：化挑战为机遇，打造民族品牌，在国际市场产生中国影响。

在紧密依托科技创新的前提下，泰豪相继开发出了一大批具有自主知识产权的新产品。短短几年时间，我们已经可以全面提供智能楼控产品、智能安防产品、智能配电设备，并先后完成了海南博鳌亚洲论坛永久会址、人民大会堂、中国国家博物馆、国家会议中心、世博会世博中心等重要场所的智能化工程及节能服务任务，不仅在国内名声大噪，在国外也大放异彩，产品出口供应联合国、非盟等机构。2006 年，国家质检总局认定泰豪发电机为中国名牌产品，国家工商总局认定并公布"泰豪"商标为中国驰名商标。

在这期间，泰豪电机电源产业也同样一直在高位运行，不仅拥有国内市场的最大份额，而且充任了该行业的领军角色。在世界难题青藏铁路的建设中，泰豪发电机组也发挥了重要的作用。2008 年 8 月，泰豪作为北京奥运会最大的应急电源供货商，圆满助力"绿色奥运、科技奥运、人文奥运"理念的完美展示，得到奥组委的表彰。泰豪电机电源产品还相继出口到中东、中亚、南非、北非、南美、北美的 100 多个国家和地区，并被联合国大额采购，装备维和部队！泰豪成为一个响当当的民族品牌，在世界舞台上展现了中国电源产品制造的实力。

2015 年 9 月 3 日，中国人民抗日战争暨世界反法西斯战争胜利七十周年大阅兵在北京天安门广场举行，泰豪所生产的军工产品是这次阅兵的重要参与者，我作为泰豪的代表在观礼台上亲睹阅兵盛况，心里十分激动。

回顾三十年创新创业的发展历程，感慨万千，有几点启示值得分享。第一，践行知识创造财富。当年，我作为一名在改革开放中成长起来的普通青年，在没有雄厚资本支持的情况下，完全依靠知识与智慧，发现、把握并成功转化机遇，是对"知识创造财富"的一次生动演绎。第二，始终走信息化融合发展之路不偏离。产业发展，信息化一直是主旋律，三十年来泰豪追踪信息技术应用发展的路径没有偏离，坚定不移，一步一台阶，从信息技术在行业服务上的应用，再到在军工产品上的应用，再到在城市建设以及文化产业上的应用，始终坚持方向、整合资源，推进公司发展。第三，始终以创新思维主导企业不同发展阶段的转型。我始终认为，创新是企业的生命线，创新之路没有终点，只有起点。从"技术+服务"到"技术+产品"，再到

2001 年建设部评定的 "智能建筑示范工程" ——泰豪信息大厦

"技术+资本" 和 "技术+品牌"，主导了泰豪发展的组织设计升级和企业管理转型的推进。将商业模式创新和技术创新、机制创新相结合，是泰豪发展最长久的原动力。

今日的泰豪已经成为拥有 40 多家分（子）公司、10 多个高科技产业园区、为全球 100 多个国家和地区提供产品的集团公司。虽然没有成为儿时膜拜的科学家，但作为泰豪创始人，通过科技手段创造价值、回报社会，我也算梦想成真了。这一切，得益于改革开放，我很感激改革开放给我们带来的机遇。四十年前的今日，一个家庭贫困的孩子可以上大学，也上得起大学；三十年前的今日，一个没有财富的知识分子可以创业，而且能把企业慢慢做大；二十年前的今日，一个不大的科技型企业可以兼并大中型的国有企业，而且得到各方认同。可以说，泰豪的发展是伴随着中国的改革开放提供的机遇一步步走过来的，一方面我们是改革开放的直接受益者，另一方面我们必须做一个积极的推动者，推动国家深化改革开放，尤其是推动中部省份江西的改革开放不断地前行。

　　2016 年 8 月，在浙江嘉兴召开的泰豪执行董事会会议上，我们一起讨论"面对未来，我们相信什么"这样一个话题。会上，大家一致认为泰豪应"相信改革开放，相信市场的力量，相信 80 后年轻人"，并决定"60 后退位、70 后可续位、80 后进位"，坚信新时代改革开放的美好前景，坚信年轻人是创造未来的主力军。同年 10 月初在井冈山，次年 10 月初在西柏坡，我们连续召开战略研讨会，泰豪二次创业的大幕逐渐拉开，并确立 2030 年实现千亿元销售收入、跻身中国企业 500 强的战略目标，真正实现"中国的泰豪、世界的泰豪"企业愿景。

章华妹

◎1960 年出生于浙江温州。1980 年领到中国第一张个体工商业营业执照，开启创业之路。2007 年成立华妹服装辅料有限公司。在过去四十年的从商经历中，品过成功的甜，也尝过失败的苦，更多的是不停歇的拼搏与坚守。作为新中国历史上第一个个体户，她的家庭完成了七件"大事"，这些大事共同构成了改革开放大潮中的一个"温州缩影"。

四十年里完成七件"家庭大事"

二十岁那年，我领到了我的营业执照，开始我的创业之路。没想到的是，这是中国第一张个体工商业营业执照，我成了新中国历史上第一个个体户。这个意外的惊喜，成了我这辈子的骄傲，同时也改变了我的人生轨迹。

今年，我五十八岁，回顾改革开放以来的经历，犹如一场真实的梦，从偷偷摸摸地"投机倒把"，到成为"万元户"、有车一族，登上央视舞台"一夜成名"，注册公司，将"接力棒"传给儿子……四十年来，我的家庭完成了七件大事。

第一件"家庭大事"：领 10101 号营业执照

"个体户没什么丢人的，我们凭本事吃饭，靠双手赚钱。"

如今，我们任何人在说上面这句话时都是很有底气的，因为现在是一个创业创新的好时代。但是时间倒回到 1978 年前后，这句话是不敢讲的。

那个年代，做生意是违法的，当时有一个名称叫"投机倒把"，还有专门的"打击投机倒把办公室"，政府人员走街串巷检查，如果看到做小买卖的，就没收东西。

1960 年 5 月 30 日，我出生在温州一个普通家庭，家中兄妹七人，我排行最小。温州这个地方山多地少，尤其是我们城里人，没有耕地，光靠父母每月几十元的工资，连吃饭都成问题。我家住市区解放北路，从学校毕业以后，哥哥姐姐都有工作，唯独我待业在家。1978 年，我刚满十八岁。

那一年，很多人开始偷偷地做点小生意。其实所谓的小生意也就是在家门口摆张小桌子或者台面，卖些针线、纽扣、纪念章、塑料手表或者金属表带什么的。针线、纽扣的利润只有几分钱，金属表带好一些，一条能赚一角五分，只是买的人很少。1979 年 11 月，我也坐不住了，照葫芦画瓢地在家门口摆上了日用品、纽扣、纪念章及手表表带等一些东西，就这样开张做生意了。当时我家所在的解放路算得是闹市，光这条路上就有两百多户人家做小生意。

虽然生意做起来了，但是我整天提心吊胆，不是怕东西被没收，就是怕同学看到笑话。别看现在的温州人满世界闯，生意遍布海内外，在当年，人们都看不起做小买卖的，都羡慕集体企业和国企的职工。就这样做了一段时间后，我发觉每天还有几块钱进账，感觉特别高兴，人家上班赚钱，我也是赚钱啊！慢慢地我就想开了。

不久以后，温州成立了工商局，开始进行市场改革。这一年年底的一天，刚成立的管辖解放路的鼓楼工商所工作人员找到我，说政府放宽了政策，只要去领张营业执照，就可以光明正大地做生意了。我那时候毕竟才十九岁，心里有点犹豫，最后还是阿爸做了主，鼓励我去领执照。1980 年 12 月 11 日，我在等待了一年后，终于领到了那张编号为 10101 的营业执照，那是一张用毛笔填写、印章鲜红并附有我本人相片的营业执照。这一年，温州市工商局发放了 1844 张个体工商业营业执照。当时的我并不知道，我的这张营业执照竟然是中国首张个体工商业营业执照。

第二件"家庭大事"：当上"万元户"

有了这张营业执照，我心中也多了一份底气。

我把自家的堂屋搬空了做营业场所，又添置了几组柜台，方便摆设商品，卖的东西的种类也翻了倍，主要是做纽扣生意。不过我们的货源不再依赖挑担过路的小贩，而是多着胆子去上海、苏州进货。

1982 年底，我和邻居余新国结婚了。嫁人之后，摊子就交给了哥哥，我成了摊子的帮工，每月 150 元工资。因为温州有个习俗，出嫁了，家里的产业就没有份儿了。时间眨眼到了 1985 年，儿子余上京出生了，我们的家庭负担变重了。当时我们一家三口住在市区水心的一套 40 多平方米的小房子里，那套房子 9000 多元，买房的钱是借来的。我丈夫当时在集体企业上班，每月工资奖金 50 多元，这样的情况下，猴年马月才能还完买房钱？

于是，我和丈夫商量着重新开始做生意。

一个偶然的机会，我和丈夫发现，那时候羊毛衫在温州很流行，连带着羊毛衫上的饰品珠片的需求量也很大。那时候温州有很多羊毛衫加工厂，但是珠片生意却没人做，是一个空白。于是，我们决定做珠片生意，代理销售珠片。

做生意的方向已经有眉目了，但是家里实在没有钱，这可怎么办？咬咬牙，我们决定从银行贷两万元出来当本钱。作为温州地区的代理，我们的珠片都是从外地进货的。在生意上，我和丈夫有着明确的分工，我主内，他主外，我负责在家做销售员，他负责外出进货。那时候交通没这么发达，没有火车，进货都需要坐汽车去广东汕头、福建石狮那边。从温州到进货的地方，坐汽车要一天一夜，特别辛苦。

有时候我也一起出去进货，算是见见世面。在汽车上，我们夫妻两人并排坐着，儿子就躺在我们腿上睡觉。那时候儿子大概只有两岁，一路上颠颠簸簸的，我们也都熬过来了。就这样做珠片生意，一做就是五年。在第二年的时候，我们就还清了 9000 元买房款，很快又赚了一些钱，变成了当时电视、报纸极力宣传的"万元户"。

这算是我们家的第二件"家庭大事"。不过在上世纪 90 年代初的温州，"万元户"不稀罕。

第三件"家庭大事"：变成有车一族

看着珠片生意挣钱，越来越多的人进入这个市场，于是，竞争的人多了，利润也越来越薄了。看到这个情况，我们决定改做皮鞋生意。在当时，皮鞋生意在温州也特别火。

我们雇了几十个帮工，还租了一间厂房，一下子投进去四五万元，等于是把全部的家当都投进去了。谁知，凡事没有一帆风顺的，很快我们发现，自己对这行非常陌生，根本打不开销路。经过这么多年风风雨雨，我们现在很明白"隔行如隔山"的道理，但那时候只想着珠片生意不好做了，皮鞋很时髦，利润挺高，制作起来也不太困难，估计能赚钱。

就这样做皮鞋坚持了一年，一年后我们撑不住了，只能关了那间小作坊。可是积压的皮鞋怎么办？好在丈夫有一个朋友在天津，帮忙联系了一家百货公司，租了一个柜台，我们就跑到天津去卖鞋子。本来是希望卖完鞋子就回来，可是生意很不好，我们想想这样下去也不行，一个月后，我们低价处理了剩余的皮鞋，回到了温州。

这一次，我们赔光了多年辛苦攒下来的10多万元积蓄，还倒欠别人几万元的材料钱。我当时心里真难受，一种说不出来的难受。好在我性格开朗，跌倒了就再爬起来。1995年，我重操旧业，回到纽扣的老本行。

那段时间，闻名全国的温州永嘉桥头纽扣市场兴起，货源地近了，我们的生意也跟着做得如鱼得水。可以说，我们回来的时候，正好是温州市场最好的时候。那时候甚至不需要固定的客源，早晨一开门，客户自己就过来拿货。单包纽扣的利润比较低，一包纽扣200颗，才赚五毛钱。但是客户对纽扣的需求量很大，所以这个生意还是很好做。

每天,我们需要不停地去进货、补货,很多货都需要提前一天备好。我丈夫几乎每天早晨六点半就出发去永嘉桥头采购,每天泡在那里挑选货物,而我则在店铺里销售,从早上七点开门,一直到晚上七点打烊,我一刻不闲地招呼客人。那时也落下了病根子,不能多说话,说多了喉咙就会难受。

一天天地,日子一点点好了起来。

1997 年,在还完所欠债务后,我们家也做了第三件"家庭大事",就是花 30 万元买了一辆桑塔纳,成为令人羡慕的有车一族。

第四件"家庭大事":登上央视舞台"一夜成名"

从 1980 年拿到那本编号为 10101 的营业执照,到后来因为经营范围改变而更换了执照,我一直不知道这张营业执照的意义。直到 2004 年,温州市委宣传部找到了我,让我去参加央视举办的"中国十大最具经济活力城市颁奖典礼",我才知道我拿到的这张营业执照居然是中国第一张个体工商业营业执照。我真没想到会有这样的运气。

因为这张营业执照,我登上了央视舞台,几乎一夜成名,受到了很多关注。此后很多人慕名找到我做生意。所以说,"登上央视"是我们家的第四件"家庭大事"。

2004 年 11 月,和我一起去北京的都是大人物,中瑞财团董事长郑胜涛、浙江大虎打火机总公司董事长周大虎、正泰集团董事长南存辉、苍南县总工会主席黄正瑞,他们都是温州非常有名望的人,只有我是一个小小的个体户。

当时我真的很紧张,尤其是到了北京以后,根本不知道怎么跟他们相处。没想到他们一点架子也没有,就像朋友一样跟我交谈,在北京的四天行程里,我们五个"温州代表"同吃同住,他们很照顾我,稳定我的情绪。尤其周大虎，还一个劲儿地跟我开玩笑，缓解我上台的紧张情绪。

我记得颁奖典礼上对温州的评价是：敢为人先，创新开拓。颁奖词是这样写的：温州，这是一个善于分工也乐于使用合力的城市，一个喜欢以小见大，更会以小博大的城市，一个懂得无中生有的城市。她在创造价值的同时，也创造着生机勃勃的经济模式。作为中国民营经济的领跑者，她清晰的脚印，让人们感受到民间的力量和市场的力量。

那一刻，我真的很骄傲，不是为自己，而是为个体户，为温州，为这个国家骄傲。虽然我们不太懂时政，但真的感觉同以前很不一样，城市不一样了，身边的人也不一样了，大家都通过勤劳的双手富起来了。我的眼里也和许多参会人一样，饱含泪水。

后来，我拿到了首张个体工商业营业执照的复原版本，就把它挂在了店铺的墙上，当作纪念。

第五件"家庭大事"：顺应趋势"个转企"

曾经，有媒体报道，说我要"把个体户进行到底"，在当时，这是我的心里话，我觉得做个体户很好，很轻松。

可是，没过几年，我发现个体户这个身份在生意上有很多不便。举个例子，当时我们的固定客源和供应商跟我们做生意的时候，需要我们拿出正式的增值税发票，可是因为个体户的身份，我们无法开具增值税发票。这样的事情一次次发生，让我们损失了不少订单，十分尴尬。我意识到，我们的事业发展必须跟上时代的节奏，用现在的话说，就是需要转型升级了。个体户的身份像永远长不大的孩子，只有成立公司才能让孩子茁壮成长。

我和丈夫经过深思熟虑，决定走"个转企"的道路。2007年，我们做了第五件"家庭大事"，成立公司——华妹服装辅料有限公司。之所以以我的名字命名，是因为当时考虑了好多个名字，都觉得不如意，后来灵机一动，不如就用我的名字，因为在媒体的报道之后，我的名字也算是具有品牌效应了。我们把店铺搬到市区人民西路，面积从十几平方米扩大到 200 多平方米。

成立公司后，我们在外省跟别人合伙投资了一家纽扣厂，不再单纯地做纽扣经销商。这一决策在一定程度上解决了我们的货源问题，如今我们大部分销售自己工厂生产的纽扣，获得了更多的自主权。

第六件"家庭大事"：受到总理的鼓励

个体户可以说是我们国家民营经济的种子，"温州模式"也是从成千上万个个体户、家庭作坊中形成起来的。1980 年这一年，温州"认证"了全国第一批 1844 个个体工商户，其中不少人后来成了各行各业的翘楚。如果是在"割资本主义尾巴"的年代，国家不允许老百姓搞私营经济，就不会有我们个体户这个群体。所以是改革开放造就了个体户，让很多人过上了富裕的日子，实现了自己的梦想；同时，个体户也孕育了民营经济，为国家发展、为改革开放做出了贡献。

2016 年，我家发生了第六件"家庭大事"，这件事也是我一生中最荣耀的事。2016 年 12 月 5 日，国务院总理李克强首次会见全国先进个体工商户代表，我就是其中之一。

总理对我们说，"你们的作用不可替代"，当时现场 600 多名个体工商户代表特别激动，争相与总理握手并自我介绍。我也很有幸与总理握手并对话了。

那天，我丈夫和儿子守在电视机前，当他们看到总理与我握手的画面时，激动地对着电视拍照片，并第一时间将照片晒到了微信朋友圈里，我们的朋友齐刷刷地点了赞。可以说，被总理接见是我人生中最幸福的一刻，我相信也是温州所有个体户最幸福的时刻。

第七件"家庭大事"：儿子接班了

今年春节，我们召开了一次家庭会议，会议"决议"是：把我任总经理的温州市华妹服装辅料有限公司交给儿子余上京经营。这是我们家的第七件"家庭大事"。

其实我和丈夫有这个想法不是一两天了，我们年纪大了，跟不上时代了，这十多年里，社会变化太快，互联网的快速发展让我们应接不暇。如今，已经是年轻人的时代，所以我们的家族事业也需要交棒到年轻人手上。

就拿销售来说，以前我们的客户都是上门取货，如今呢，客户都不需要上门了，只需要在QQ、微信上看样品，然后直接网上下单，我们发货。现在，我们的业务员多数时候盯着电脑、手机就可以与客户零距离沟通。

另外一个就是创新的问题，虽然纽扣只是服装上的辅料，但其实辅料上面还有很多文章可做。如一些碎布料也是服装辅料，有的金属配件也是服装辅料。我们虽然专一做纽扣生意，但未来也可以多一些拓展。

大家可能认为，我只是退居二线，其实我是真的准备放手了，这几年儿子也在外面闯荡了一番，人家说三十而立，作为三十多岁的人，他现在有担当，也愿意担当了。我当然希望他能传承并发展我们这份事业，但是如果他有其他想法，我们也都支持他。我想，关于"二代接班"这件事，不只是我们家的难题，也会是这个时代许多家庭的难题。

　　在过去的四十年里，我们家只是千千万万普通家庭中的一个，那些我们心目中的"家庭大事"或许也不值一提，但我始终相信，在改革开放这艘巨轮上，留下的不只是那些闻名于世的大企业家，也会有许许多多我们这样因改革开放而获得幸福的小家庭。我们是这段历史的小小缩影。

（章华妹／口述　徐乐静、周传人／整理）

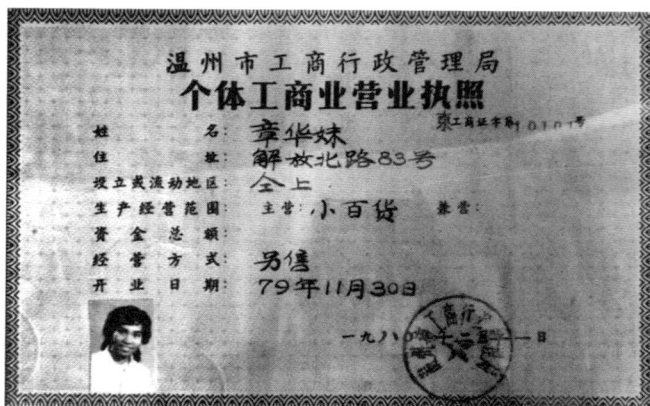

第 10101 号营业
执照

幸运地成为新中
国第一家个体工
商户

"个转企"后拓展
了服装辅料业务

范　渊

◎1975年出生，浙江金华人，现任杭州安恒信息技术股份有限公司董事长兼总裁。毕业于美国加州州立大学，获得计算机科学硕士学位，曾在美国硅谷国际著名安全公司从事多年的技术研发和项目管理工作。第一个在全球顶级信息安全大会——黑帽大会（Black Hat Conference）上演讲的中国人。全国信息安全标准化技术委员会委员、中国计算机学会计算机安全专业委员会常委，曾受邀参加习近平总书记主持召开的网络安全和信息化工作座谈会。曾获中国通信协会"网络与信息安全杰出人才奖"、中国互联网发展基金会首届2016年"网络安全优秀人才奖"、浙江省杰出青年等荣誉。

初心不变，做网络安全忠实的守护者

自 1978 年党的十一届三中全会决定实行改革开放以来，迄今已有四十载。回望改革开放四十年的发展历程，勤劳勇敢的中华儿女，以他们积极探索、开拓创新的精神，走出了一条极具时代特色的发展之路。中国的改革开放，带来了经济文化的飞速发展，也使得国家日益强大。但与此同时，互联网技术的无边界性，也令中国的网络安全问题日益凸显。

在这一历史进程中，有一个叫范渊的创业者，潜心网络安全研究，在看不见的战场中与各个国家的黑客攻击抗衡，在维护国家网络安全的同时，也见证了中国最近十多年来网络安全领域的风云变迁……

我就是范渊。

1993 年，我考入南京邮电大学计算机系，成为南邮的一名学生。彼时，互联网的概念刚刚兴起，国内许多人对互联网还没有太多了解，而我在学校里接触到了许多新兴概念和技术。因此，可以说，我和互联网的缘分从考入南邮就开始了。而大学四年的学习生涯，也为我后来的发展提供了成长的土壤和基础。1997 年大学毕业后，我被分配到浙江省数据通信局工作。

日子就这么一天又一天平淡地过着。有一天，我收到了一封来自猎头的邮件，邀请我去美国硅谷工作。因为我当时是 Java（一种面向对象的编程语言）认证工程师，所以收到这类邮件也实属正常。我当时的想法很简单，就想着要不就出去看看，去看看传说中的美国硅谷究竟是什么样子，究竟有哪些过人之处，去学习一下人家的先进技术，把它们带回国内。

　　怀着这样的想法，我辞掉了当时在国内的工作，来到了美国硅谷。由于我本身就有一些互联网的基础，加上硅谷的网络管理在当时也已经涉及大安全这一领域，所以不论是从工作上来说，还是从自己的研究兴趣上来说，我一直都从事着网络安全领域方面相关的研究和工作。包括我后来在美国加州州立大学攻读硕士学位期间研究的课题，也是选择了网络安全主题，关于设计怎样攻防，怎样精准发现问题、渗透，以及怎样进行更智能的防护。

　　2005 年，我在美国的拉斯韦加斯参加了黑帽大会，这对我的人生产生了很大的影响。黑帽大会是网络安全领域的顶级盛会，每年 7 月底 8 月初的四天，在美国拉斯韦加斯召开。与会者主要是平时只存在于网络上的黑客，还有来自信息安全领域各个方面的人士，涉及企业、政府、学术界。除了会谈之外，每年黑帽大会最精彩的部分是黑客相互比拼环节，会有几个不同的小组来竞赛，叫抢旗大赛。这个比赛以夺旗为目标，几个不同的团队比攻防能力，这也是它的一个特色。与会者的电脑一旦接通大会的网络，十有八九会被各种严重病毒入侵，甚至导致报废，但这里的规矩是电脑真废了，也不能找举办方索赔，只能恨自己技艺不精。当然，如果某个黑客把大会的网络弄瘫痪了，举办方也不可以拿黑客是问。实际上这真是所有顶尖黑客梦想的舞台，也是扬名立万的好机会。

　　我记得当时在报告厅里，底下是七千个“活生生”的黑客，从十几岁到七八十岁不等，“黑压压”一片。我发表了关于《互联网异常入侵检测》的主题演讲，并通过电脑软件，将互联网上一个应用系统后端的所有数据全部搬到我的终端电脑上。在我演示的大屏幕上，一条条信息不停地滚动，像《黑客帝国》里的画面一样，引起了不小的轰动。在这之前，黑帽大会都是外国人参加，我一直期待着这个讲台上出现中国人。没想到，我自己成了第一个。

　　会议结束后，很多人来找我交流，有一部分人表示希望购买我的成果。当时的美国在互联网领域有一套成熟的机制，很少会去购买别人的，尤其是别国技术人员的 Demo 版（演示版本）或者 Alpha 版（初期版本）的成果，所以当时我就意识到，这个技术成果有一定的创新性和前沿性，包括防范技术、发现技术、检测技术等，都有很大的市场需求。

其实当时，即便是在美国，网络信息安全也才刚刚起步。而那时的中国改革开放已近三十年，互联网的浪潮席卷了中国很多城市。在互联网兴起的过程之中，技术更新迭代加快，网络安全的风险越来越高。几乎所有人都狂热地追随新技术，赶着"上网"，却极少关心网络安全问题，国内信息安全领域存在巨大的市场需求。如果我能把所学技术带回祖国，一方面能够填补国内网络安全市场空缺，另一方面也可以实现自己产业报国的理想。所以 2006 年，我带着妻子和孩子回到了杭州，与在 IT 领域从事软件开发的同学、朋友一起，组建了一支十人左右的创业团队，开始创业。

我回国时，正值中国"十一五"规划期间，改革开放已经取得了一定的成果，并不断向纵深推进。同时，科教兴国战略和人才强国战略持续发力，"增强自主创新能力"成为科学技术发展的战略基点。中国的发展和我期待的一样，中国市场的局势也跟我判断的一模一样。我满怀信心地投入到了中国的信息化浪潮中。

万事开头难。彼时，互联网企业如雨后春笋般成立，而这如火如荼的发展态势，在给我创造了创业环境的同时，也令我这一家初创型企业在激烈的市场竞争中举步维艰。在创业初期，我就曾经历过一场"经济危机"。

那个时候，我们筹集的资金所剩无几，公司账面的资金还不到一百万元，仅够维持一个月左右的运营。我向几家银行申请贷款，但都因为小微企业没有任何抵押物而被拒之门外。无奈之下，我想卖掉自己的房子，因为这样一来就可以延长公司十个月的生存期。

我很幸运。当时，经朋友介绍，我们联系到了一家省内的商业银行，他们同意到公司先做考察。银行支行的老总得知我愿意拿自己的房子做抵押时，他马上就同意了。因为他当时接触过很多技术型创业者，一旦要用个人房产抵押换取创业资金的时候，99%的人会打退堂鼓，所以，当他听到我愿意拿个人房产做抵押时，他表示相信我有很大的决心和必胜的信念。

与此同时，改革开放不断深入，之前许多远渡重洋的学子看到了祖国巨大的发展潜能与日益增长的实力，纷纷选择回国，形成了海归回国创业的热潮。这时，各地纷纷以优厚的创业政策吸引人才，而杭州对于我们这一类创业海归的照应，让我备受感动。杭州高新区（滨江）组织部人才办听说了我的窘境，主动找上门来，帮我和投资方牵线搭桥，使我们获得了宝贵的创投资金。此外，他们还给我们提供了中财大厦一整层三年的免费使用权，帮助我们渡过难关。

有了这些帮助，安恒信息的运营资金问题得到了解决，让我能够潜心从事产品的研发与运营。

这十多年来，"技术创新是企业安身立命之本"这一理念，我从未改变。我一直认为，一家企业要获得长久的发展，必须要有自己的核心技术。因此，直到现在，我们公司每一年都会将销售收入的40%左右用于研发，并确保每一年必须推出一款完全自主创新的产品。

2012年，我们参与了中国移动集团漏洞扫描产品的采购竞标，当时最大的竞争对手是IBM（国际商业机器有限公司）。在前几年，外企的优势十分明显。IBM拉了整整一个机柜，势在必得。其实面对IBM这样强劲的对手，我也没有必胜的信心，但是我想拼一拼、试一试，哪怕失败了，也没有遗憾。我们夜以继日，经过半年多的机房测试，最终战胜了包括IBM在内的所有竞争对手。据我所知，这是网络安全领域第一次在中国移动集团内全面替换安全产品线。而这对我们来说，也是一大盛事。

安恒信息一步步走来，在业界的名声越来越大。我们在创建之后，参与了北京奥运会、国庆六十周年盛典、上海世博会、广州亚运会、抗战胜利七十周年纪念大会以及连续四届世界互联网大会、G20杭州峰会、厦门金砖国家峰会等众多重大活动，为这些活动提供网络信息安全保障。

我还记得在 2008 年，北京奥运会开幕式前的某天晚上八点，安恒团队进行系统排查的时候，发现奥运信息网官网被黑客侵入了。从手法上看，这次进攻十分生猛，如果得逞，黑客很容易控制服务器。控制服务器是什么概念？奥运网络的各种系统，包括售票系统、开幕式的进程、比赛的各项安排等都将被控制。如果黑客控制住服务器，那完全可以演绎一出现实版的《虎胆龙威》。那种情形，即使真有超人、蜘蛛侠也无济于事。好在安恒在为奥运信息网做服务的时候，模拟黑客攻击系统，据此建立了一道"铜墙铁壁"。晚上十二点，经过我们团队的及时介入、拦截，黑客被请出，并被"以其人之道，还治其人之身"，总算有惊无险。

当时的安恒，成立只有一年，我们团队被奥组委授予了"奥运信息安全保障杰出贡献奖"，这份荣誉，对我和我们整个团队而言，真的是莫大的鼓舞，也给我们打了一针"强心剂"，让我们更加笃定地在网络安全保障这一领域继续走下去。

如果说参与奥运安保的时候是小试牛刀，那么八年后参与 G20杭州峰会的安保，就是真正面对"智慧城市"级别的全面考验。那个时候的网络安保范围，超出了我原有的想象，除了我们常讲的互联网信息系统，还有 G20 官网注册中心、所有的水电煤等相关信息设施、会场酒店，甚至灯光秀，所有的工业控制以及会议系统，都在网络安保的范围之内。那个时候，安恒信息已经经过了九年的发展，所以有了一定的底气和实力。我记得那次仅仅在峰会的核心信息系统里，我们就发现了 438 个高危以上漏洞，拦截了 3300 万次来自 41 个国家和地区的黑客攻击。

实际上，做网络安全工作越久，越是明白网络安全是一种责任。技术是没有边界的，但是安全最终是会有边界的。从大的方面来看，网络安全关系到整个国家关键系统和社会民生，比如国家和国家之间的对抗，往往是从好几年前就开始精心策划，当某个国家要攻击其他国家的时候，往往已经进行了长期潜伏的攻击，包括一些互联网的漏洞攻击，或是结合社会工程学进行攻击。如美国对伊朗核设施的网攻计划，如斯诺登事件，都向我们敲响了警钟。而从较小一点的层面来说，这几年来，信息技术的发展也引发了个人信息的泄露，很多黑客通过各种不正当的途径进行金融欺诈，获取利益。网络安全问题对国家、民族，对个人都意义重大，作为技术型企业，我们肩负重任。

如果我把过去十一年的发展分成两个阶段的话，真正划开网络安全时代的，我认为是 2012 年。那时，改革开放已三十多年，不论是社会经济，还是文化水平，都获得了前所未有的发展和提高。而在这之后，中国网络安全的发展便日趋完善和成熟，每一次的进步，也让我们一众网络安全领域的从业人员越发欣喜。

2014 年，"中央网络安全和信息化领导小组"成立，习近平总书记亲自担任组长，这再次体现了中央全面深化改革、加强顶层设计的意图，让我对保障网络安全、助推中国信息化发展有了更加坚定的决心。

2016 年 4 月 19 日，习近平总书记在网络安全和信息化工作座谈会上发表讲话，提出"推进网络强国建设，推动我国网信事业发展，让互联网更好造福国家和人民"；2017 年 6 月 1 日，《中华人民共和国网络安全法》正式施行，这是我国网络安全发展过程中一个重要的里程碑，中国的网络安全工作正式从之前的"无法可依"变为"有法可循"，而这对于化解网络风险，让互联网在法治轨道上健康运行提供了法律保障。

带领着安恒信息一步步走到今天，我很荣幸，能够成为中国网络安全发展的见证者和亲历者之一。伴随着公司的成长，我也明白我们的责任会越来越大。不论是过去、现在，还是未来，安恒信息从来不会有市场占有率等相应的要求，只是希望能够以负责任的心态帮助更多的用户去拥抱互联网、云计算、大数据。

今年是改革开放四十周年，在新的征程中，安恒将会继续把自主创新的技术和"以人为本"的理念注入安全领域，继续履行"安恒助力安全中国"的使命。

2005 年，成为第一位在黑帽大会上演讲的中国人

在"2018 西湖论剑·网络安全大会"上演讲

2016 年，安恒信息为 G20 峰会保障了网络安全

余　熙

◎湖北武汉人，50年代出生。当过五年知青，后做过工人、干部、记者，现为武汉市人民政府参事、长江日报报业集团余熙国际文化交流工作室主任、高级记者，武汉大学特邀研究员。20余年来多次以自费和民间方式，前往世界60余国开展交流活动，已采访报道过50余位国家元首和政府首脑、100多位驻华大使、100多位世界名流。现已出版著作26部，在各国举办个人美术摄影展览37场、举办传播中国故事的演讲数百场，并发表国际文化交流主题文稿数千篇。

用精彩的中国故事感动世界

我是一名记者，也是一个画家、摄影家和纪实文学作家。改革开放对我的人生影响非常大，我很庆幸自己遇上了这么好的一个时代，它使我的人生有了更多可能性，增添了许多色彩，也使我勇敢地走向世界舞台。我从 1991 年起以民间交流的方式，自费在六大洲 60 多个国家面向政府、大学、社会机构和新闻媒体，举办了数百场以当代中国故事为主题的演讲，积极向各国传播中国故事，推动世界聆听中国声音，用自己的方式去参与改革开放。其间收获了很多友谊、感动，发生了许多值得一生铭记的故事。我的对外交流故事，还得从三十七年前讲起。

瑞士：因画结缘，首开先声

我出身于一个书香之家，从小对绘画情有独钟。20 世纪 80 年代，我如愿成为湖北省美术家协会会员。当时正值改革开放初期，我们国家向世界敞开了大门，不少外国人怀着强烈的好奇心来到中国，其中也有画家。1981 年，我在长江三峡的客轮上画水彩写生时，邂逅了瑞士画家彼得·迈耶先生。他非常喜爱我的画，我们的友谊也自此开始。

在相识相知的前十年，他常常从瑞士给我寄来小礼品，而我就回赠他水彩画。在第十一个年头，他所在的奥尔滕市的泽塔美术馆馆长在他家看过我陆续寄去的 20 多幅水彩画后，非常惊讶，赞赏道："这些画既不失西方水彩画的清亮和明丽，又有中国水墨画的韵味！"于是邀请我去瑞士举办画展。1991 年 7 月，我带着 80 多幅水彩画到了瑞士。

那个年代，我们国家改革开放不久，瑞士距离中国又十分遥远。瑞士人对中国了解极少但又十分好奇。在展厅里，观众问了我很多匪夷所思的问题："中国女性是否还在缠小脚？""你爸爸是否蓄着长辫子？"……我意识到，西方社会对当代中国存有严重的文化偏见与政治隔膜。尽管国内并无任何组织和领导向我交办外宣任务，但 20 世纪 90 年代资讯相对发达的瑞士人居然对现代中国如此陌生和疏离，令我顿生焦虑，作为中国公民，强烈的国家责任感油然而生——我有义务向瑞士朋友说明当今中国正在飞速发展进步的真相。于是我主动向画展邀请方提议：请为我安排一场中国主题的演讲吧！没想到获得了邀请方的积极支持，他们也十分渴望更深入地了解他们眼中的神秘东方国度，了解那里正在发生的事情。

1991 年 8 月 20 日，我在奥尔滕市最大一座新教教堂的宽敞会议厅里举办了人生首场海外主题演讲——《今日中国的文化艺术》。听众均为瑞士扶轮社成员，全是瑞士工商界卓有成就的知名人士。我在演讲中穿插了各种生动的故事情节，对中国文化和社会现状进行了客观讲述，不断激起掌声和各种提问。新华社日内瓦分社记者施光耀当晚在电讯稿中写道："余熙的演讲受到瑞士人民的热烈欢迎。"瑞士多家媒体也相继报道评论我的演讲内容及绘画展览，中国的不少媒体（《参考消息》等）译载了这些文章。

初战告捷，我信心陡增并得到启示：身处国外的中国公民很适合做中国国家形象的传播者和代言人。中国故事，原本人人可讲啊！这次演讲不仅有效拉近了瑞士人民与今日中国的距离，也拉开了我"公共外交"生涯的序幕。

美国：争取讲述真相的机会

自 1991 年瑞士之行后，我常常奔波于国外，跑了全球六大洲 60

多个国家，见缝插针地寻求各种机会讲述中国故事，而以美国为首的西方发达国家，是我讲述中国故事的主要对象国。

1996 年 2 月 9 日，位于华盛顿的美国国务院外交学院中文系邀我去做一场中国文化主题演讲。正当我着意介绍中国传统文化艺术精粹时，台下年轻学子却纷纷举手，要求我就中国最新政治生态进行介绍。我知道这些"准外交官"将会被派往美国驻华大使馆等机构任职，其渴望知悉当今中国社会现状的心情十分迫切。我决定立即调整主题，把介绍文化改为介绍时政，包括介绍中国人权、知识产权、政治体制改革等社会问题。我将自己长期新闻实践所积累的大量信息，与个性化的经历和见解进行整合，并结合中国社会改革开放以来飞速进步发展的历史性进程，将其演绎成具有生动画面感的社会故事。果然，这些美国准外交官顿时兴趣高涨，提问声与掌声交替响起。

令我感到十分惊喜的是，三年后的 1999 年，我应邀在北京的美国大使馆举办"余熙走向密西西比美术摄影展览"。开幕式上，当年听众之一的美国使馆三等秘书詹姆斯一眼便认出了我。他激动地拽着我的手连声说："您那两个小时的演讲令我至今难忘，它帮助我感知了真实的中国！"

曾多次有听众问我，你在国外遇到过尴尬或气愤的事情吗？

说实在的，尽管去了那么多国家，我却很难回忆起有什么特别不愉快的事情。我信奉"慎独"的法则。"人必自重而后人重之。"若要人们尊重你，首先得尊重人。无论行走到哪个国家，我对自己的品行、举止、谈吐等都有严格要求，这样谁会刻意给你制造不快呢？但有一件事情，确实让我十分气愤。

那是 2014 年 2 月，我因公赴美采访。抵美当日即获悉，美国《世界日报》等媒体相继转载 BBC（英国广播公司）报道《请看中国怎样愚弄世界》，主题为"中国崩溃论"。该文所讲的部分内容是关于武汉的，明显偏颇失实，不仅令在美侨胞读者愤愤不平，也令我这个对武汉市情比较了解的人十分气愤：这明显是在歪曲事实，混淆民众视听，玷污中国形象！我深感自己的责任重大，我要澄清事实，把真相告诉美国民众！

尽管我在美国这些城市停留时间非常短暂（每地只有两三天且日程极满），但我仍然设法争取到中国驻芝加哥和驻旧金山总领事馆及匹兹堡大学孔子学院的支持，在匹兹堡、芝加哥和旧金山相继成功举办了三场演讲会。听众大多是美国媒体记者，包括《世界日报》（美东版、美西版）和《芝加哥论坛报》的多位主编。

演讲会上，我讲述了中国改革开放进程中城市建设发展的多个故事，特别是我亲身经历的武汉发展故事，实事求是地介绍中国地方政府建设城市的状况，有针对性地就 BBC 报道的某些不实内容做了澄清。中国两个总领事馆的总领事、匹兹堡市市长和匹兹堡大学校长，均对我运用自己掌握的信息和亲身经历讲述真实的中国表示赞赏和支持。演讲次日，美国三个城市 20 余家媒体相继发稿传播我的观点，《世界日报》和"世界新闻网"等六家媒体还明确引用我驳斥"中国崩溃论"的原话，这对当时涉华负面舆情的遏制起到了一定作用。《芝加哥论坛报》主编伯根还热情邀请我访问该报社并与总编辑和多位主编座谈交流。

冰岛：对话总统，落实文化节

通过讲述中国故事，"影响有影响的人"，以民间力量架设中外友谊之桥，是我给自己确定的任务之一。而"冰岛·中国文化节"的举办，中国文化艺术绽放在冰岛这个美丽遥远的国度，起源于我与冰岛总统的一次交谈。

2005 年，我自费访问冰岛时，有幸得到冰岛共和国总统奥拉维尔·格里姆松的邀请，到其官邸做客。在与总统的交谈中，我吃惊地得知，冰岛与中国建交三十多年来，从未有任何中国文艺团体来冰岛举办过文化交流活动。总统说，高昂的国际旅费是"拦路虎"。

原来，远离欧洲大陆的冰岛共和国，北衔北极圈，孤悬茫茫北大西洋之一隅，与世界其他国家的交流均不便利。即使从相对毗邻的北欧斯堪的纳维亚半岛前往冰岛，其往返航空费也昂贵得惊人。倘若从中国往返冰岛，其国际旅费及在冰岛生活的费用，将是从中国前往西欧和北欧任何国家同期价格的数倍。因此，中国长期以来没能与冰岛之间开展大型文化交流活动，高昂的活动经费乃是不容小觑的"拦路虎"。

了解到这样一个情况，我觉得是一个很大的遗憾，但也不能因此望而却步呀！我对格里姆松总统讲述了中国的璀璨文化，中国的京剧、杂技、水墨画等等。总统听得十分入迷。我谈道，这样璀璨的艺术文化积淀，如果冰岛人民无缘相见，是很大的遗憾。冰岛人民如果有机会欣赏、领略中国的文化艺术，将会是莫大的幸事。但中国是第三世界国家，冰岛最好能全额承担相关费用。总统对我的建议似感意外但依然颇为欣赏，表示愿意考虑。

2006年，我携新出版的长篇纪实文学《约会极地之缘——冰岛八日》二度赴冰。在新书发布会上，我继续用中国故事打动冰岛外交部部长、教育科学文化部部长等政要，敦请冰方力邀中方组团赴冰交流。回国后，我继续用中国故事游说感染冰岛驻华大使贡纳尔松。2007年2月，贡纳尔松大使以朋友身份从北京来到武汉我的家中做客，转达了冰岛政府的决定：冰岛准备全额出资（折合550万元人民币的冰岛克朗），邀请百位中国艺术家赴冰岛举办中国文化节。我心里一阵高兴：终于可以让冰岛人民在家门口感受到中国文化艺术的魅力了！

2007年9月29日，是我最难忘的一天，"冰岛·中国文化节"在冰岛科波沃隆重开幕。仅开幕当天，就有包括总统在内的600多位冰岛各界知名人士光临，整个活动的参与人数超过冰岛全国国民的半数。许多冰岛人一连数天频频光顾展览馆和演出场地，他们在中国文化艺术作品和表演前如痴如醉，流连忘返；更有不少冰岛人由此萌发了前来中国访问、旅游的念头。

在这次文化节中，我的个人画展"当东方哲学邂逅北极之光——余熙冰岛主题抽象水彩画展览"，有幸被冰岛政府邀请，列入开幕式项目之一。在宽阔的艺术博物馆展厅里，我创作的 30 幅抽象水彩画作品被镶嵌在精致的镜框内陈列。专程从武汉运来的 200 本画集也被陈列于展览现场，任由观众免费取阅。

冰岛总统格里姆松先生和夫人，中国驻冰岛大使馆临时代办雷云霞女士，中国文化代表团团长、武汉市委书记苗圩先生，以及几百位冰岛嘉宾联袂出席了我的画展开幕式。格里姆松总统和夫人再度与我相见，双方都十分高兴。总统回忆起两年前他在总统官邸会见我的情景，同时关切地询问我的画作是什么时候创作的，画了多长时间。总统还高兴地接受了我赠给他的《约会极地之缘——冰岛八日》《当东方哲学邂逅北极之光——余熙冰岛主题抽象水彩画》两部冰岛主题新书。他友好地用双手拿起两部新书，与夫人一起，站在我的画作前面与我合影。总统还在展厅里的留言簿上热情洋溢地题词，称我是在"不懈地架设冰中文化交流之桥"。科波沃艺术博物馆馆长说："余熙先生画册中的英文版《道德经》，能有效诠释画幅意境，使冰岛观众得以形象地了解中国传统文明与当代艺术之间的关系。余熙先生的绘画作品和画册起到了教科书的作用。"曾到我家做客的科波沃市市长比尔吉松先生，在画展开幕式上与我重逢时，高兴之情溢于言表。他紧紧地握着我的手，又是问候又是感谢，半天都不松开。

11 月 18 日，画展结束几天后，我收到科波沃艺术博物馆馆长的电子邮件。她欣喜地告诉我，我的画在冰岛受到少见的欢迎，展品被冰岛观众收藏了近半数。这于我而言真是一个太好的消息：多年来，我多以自费的方式从事着民间国际文化交流活动，能出售自己画作贴补一下活动的支出，岂非好事一桩？

此后，我又促成冰岛科波沃市与武汉市缔结为"国际友城"，中国与冰岛的距离更近了。

初心：不惧"拦路虎"，推进对外交流

我的对外交流生涯也并非一帆风顺。除去旅途疲劳，语言障碍和经费短缺是我对外交流的两大"拦路虎"。

1991 年首次赴瑞士办画展前，我就决定自学德语。当时我是《长江日报》政文部的记者，日常采访任务极其繁重，每天傍晚发完稿后我便蹬上自行车飞奔至数公里外的夜校。为防课堂上因极度疲倦而打盹，我常猛掐自己的手臂来保持头脑清醒。短短三个月，我提前完成原本需一年才能完成的德语基础课程，工作中也未漏报任何重大文化新闻，只是手臂上留下片片瘀青。旅瑞的第三个月里，瑞士《奥尔滕日报》记者吃惊地写道："中国这位记者的德语由生涩到逐渐流利，现在不仅能够接受本报专访，还能直接讲述中国的故事了。"

高昂的费用也曾令我在对外交流之旅上陷入困境。我出国讲述中国故事，除偶尔参加官方团外，经费基本靠自筹。而出国的费用对我这样一名普通的记者而言是非常高昂的。为了实现心中的"中国梦"，我一边节衣缩食，一边办展卖画筹款，加上政府、报社和朋友的帮助，方才勉强维持了一次又一次的高昂支出。还记得 2005 年出访冰岛那次，我为省钱而提前在网上预订廉价青年旅馆，并选择最便宜的狭窄上铺，结果半夜因翻身跌落地上。在外国吃的主餐也多为国内带去的方便面。有人不解地问："你独自在国外，这样苛求自己，何苦呢？"我回答："'位卑未敢忘忧国'是植根于我心底的价值观。只要祖国的国际形象能够得到提升，个人这点苦累微不足道！"

　　去任何一个国家前，我都会做大量的功课。我是自费出国，支付不起请翻译的高昂费用。我采用的方法，一是多语种综合发力，即大胆地用德语、英语、西班牙语、法语中的单词词根进行"杂糅"，加上肢体语言，再结合语言环境与背景，往往都能传达大概意思；二是在比较重要的场合就广泛借力，通过中国大使馆、大学、社会团体及华侨华人的帮助，满足诸如正式演讲、接受记者采访、与政府首脑会见等重要场合的语言需要。所以，我在这条路上也得到了许多人无私的帮助，在此我要衷心地感谢他们！

　　我觉得，外语非常重要，但并不是走向世界不可逾越的绊脚石。外语，充其量不过是工具而已。排在第一位的，是探求世界的巨大勇气和投身公共外交的满腔激情。无论前行的路有多么艰难，我都不会忘却我的"初心"——用一种优雅的姿态、平和的心态和艺术的状态，奋力实现心中的梦想，为推动我们国家对外开放与交流的进程尽自己的绵薄之力。

　　对外交流之路，道阻且长，为什么会坚持这么多年？我觉得一个很重要的动因是，我们这代人，有深深的危机感和使命感。经历了各种各样的变迁，改革开放让我们遇上了美好时代。我们希望看到，日益蓬勃发展的中国与世界其他国家永世交好。中国的发展需要世界，世界的发展也需要中国，增进世界人民对中国的了解，是我们这一代人的使命。

　　这么些年来，我的心头一再地感受到这一份沉甸甸的责任，它使我一次又一次地迈上不同国家的演讲台。而今的我，已年逾六旬，依然乐此不疲地将这重担扛在肩头奋力前行，余生我仍会力争把每一个中国故事都讲述得隽永而富于感染力。

黄 允

◎1932年出生，现居上海，剧作家，国家一级编剧，中国作家协会会员，曾任上海市文联委员、上海市作家协会理事、上海电视艺术家协会常务理事。主要电视剧作品有《上海一家人》《若男和她的儿女们》《永不凋谢的红花》《结婚一年间》《亲属》《故土》等。作品七次获中国电视剧飞天奖、中国电视金鹰奖，一次获国际电视节奖，多次获剧本创作奖，两次获"银屏奖"最佳编剧奖，两次获上海市文学艺术最高荣誉奖——上海文学艺术杰出贡献奖提名奖，并获"上海优秀电视艺术家""中国百佳老电视艺术工作者"称号，2009年获得中国电视剧飞天奖"60年60人突出贡献奖"（编剧）。

我用电视剧记录时代

现在的我已经是一位"85后"，我时常坐在沙发上，看着光从窗户透入，在地面投下影子，也时常坐在书桌前阅读，偶尔也提笔写些小文。

日子安详而宁静。我想我是幸运的，改革开放四十年，中国电视剧在探索中发展，我用我的笔，记录中国社会变化的点点滴滴，我的剧本有机会走上荧屏，在观众心里留下一段有深刻思考的回忆，这是我人生最大的意义。

今年是改革开放四十周年，而我的电视剧创作也正经历了四十年，《永不凋谢的红花》，《结婚一年间》，《上海一家人》，我的每一小步都踩着时代的大步，踏着节奏，一起走过。

一、70年代末——呐喊，那朵红花绽放

2017年，我应邀参加了中国电视剧品质盛典颁奖晚会。在辉煌璀璨的领奖台上，我感受到时光就像一根银线，这一头是盛典上几代电视人诚意的掌声，而那一头就是近四十年前，也就是改革开放之初我与电视剧的相识。

1979年，我怀着一腔热血写出了《永不凋谢的红花——张志新之死》，这是我的第一部电视剧剧本。从此，我与电视剧结缘，电视剧成为我的终身事业。

其实，那一年，张志新还是一个敏感的题材，很多人不敢碰，我不是没有看到政治上的风险与艺术上的难题，但是这些都阻挡不了我创作的热情。当时关于实践是检验真理的唯一标准的大讨论正日渐深

入，解放思想的呐喊在全社会响起，给了我冲破思想樊篱的力量和信心。即使要承担风险，也要把她的事迹与形象再现在电视屏幕上，我要发出时代的呐喊。

电视剧在拍摄阶段就受到了人们极大的关注，在拍摄过程中，新闻里每天报道张志新的事迹和剧组拍摄的消息，我所在的上海电视台门口天天围满了群众，他们就是想跟剧组里的人握一下手，问几句话。台里三十几条电话线全部爆满，观众不断打来电话询问拍摄情况，个个都非常激动。

在中华人民共和国成立三十周年之际，《永不凋谢的红花》播出了。可能现在的人们难以想象当时《永不凋谢的红花》所引起的轰动效应，它不啻一声惊雷，激起人们对"文革"痛定思痛的深刻反思，从电视媒体的角度推动了思想解放运动。那时，改革开放还不到一年，这部电视剧还以其强烈的社会反响引起了国外媒体的关注，甚至还有海外媒体来联系购片，他们认为中国社会正在发生一场巨变。

我想，之所以能产生这样的效应，除了时代、人物、事件本身所蕴含的能量之外，还有时代在关节点上需要这一声呐喊这层原因。在改革开放之初，作为一名文艺工作者，我必须站在思想解放运动的前列，展现这个时代已经萌动变化的精神风貌。对国家命运那份发自内心的责任感，是我创作的根本动力。

通过这部作品，我对电视剧艺术产生了敬畏感，它可以使你讲述的故事在瞬息之间传播到天涯海角，你塑造的人物一夜之间就能家喻户晓。这何等了得啊！从那时起，我仿佛对电视剧萌生了一种为之献身的神圣感。要知道，在这之前的十年，再往前二十年，我们还不知电视为何物，更别说电视剧。我是何等幸运，遇到了这个时代，遇到了电视剧，它能让我的表达在极短的时间里形成强大的共鸣。

《永不凋谢的红花》是那个转折时代的映照，也是我电视剧创作的起点，无论过去多少年，一直在我的生命中绽放着，我也相信，它同样绽放在一代人心中。

二、80 年代——呼唤，与时代共同往前奔跑

时间的大潮很快涌入了 80 年代。近些年很多人都在怀念那个时代，作为亲历者与见证者，我同样感受到那确实是一段光辉岁月。这个时期，我迎来了自己创作的高产期，也是逐步走向成熟的发展期。我取得了一些小小的成绩，却获得了大大的鼓励，中国第一次为一位电视剧作家举行专题研讨会，我有幸成为这"第一个"。我内心深知，自己和中国电视剧一样，在与时代共同往前奔跑中进入了快车道。在电视剧艺术之路上，我上下求索，孜孜不倦：

1981 年的《你是共产党员吗?》是"文革"结束后对于党风建设的追问——真正的共产党员应该是怎样的；

1982 年的《家事》是破碎家庭重组的故事，当时迫切地需要真善美的展现与呼吁；

1984 年的《故土》改编自苏叔阳的长篇小说，力排众议，最终定档春节并获得了当年的中国电视剧飞天奖；

1985 年的《深深的大草甸》运用了文学性较强的散文式结构，至今我都认为它在电视剧艺术的探索中具有特别的美学价值；

1987 年的《亲属》，是与日本合拍的，它的拍摄及播出，实现了我国电视剧的"走出去"，开始了国际交流与合作；

1989 年的《结婚一年间》在文学性与艺术性方面上了新台阶，之后的《离婚前后》在对人性的挖掘上更进了一步。

我这一时期所有的作品都有一个共同的特点：关注普通人在时代背景下的命运与抉择。仿佛声声呼唤，我与人们共同思考人生的这条路该怎么走。

我相信，文学艺术真正的价值，也就是它的灵魂，不在别处，就

在于对时代的思考，对生活的发现，对人生的体味。一个创作者对生活的体验有多深，对生活的感受有多少，能把这种体验和感受转换成思想和艺术表现的能力有多大，决定了作品的创造力和生命力，而这也是剧作家最珍贵的财富。

在创作过程中，我秉持着这种理念，既不无病呻吟，也不故弄玄虚，力求部部作品都有血有肉，不要花样，不玩技巧，只怀着真诚与单纯，去思考和发现，将我对社会、对人生的真切体会和深厚情感展现在电视荧屏上。说到底，我的电视剧创作是我的思想和感受的结晶，也是时代和生活的馈赠。

三、90 年代——回归，上海这座大都市的精气神

时光沙漏的刻度标在 90 年代。改革开放进入了新阶段，人们对文化娱乐的要求日益提高。电视剧进入全盛时期，尤其是长篇连续剧进入了大众视野，并越来越受欢迎。

这时期我创作了 26 集电视连续剧《上海一家人》。这是我写的第一部长篇电视剧，很多人将之看成是我的代表作，也看成是上海电视剧的代表性作品。1992 年播出时那万人空巷的场面，很多人记忆犹新，64％的收视率在整个电视史上都不多见。

这部剧的诞生，经历了一个漫长的过程，它是我投入心血最多的一部作品。《上海一家人》是一部有年代跨度的电视连续剧，展现的是大时代大背景下的个人奋斗史。其实，在影视作品里，以三四十年代的上海作为故事题材或者发生背景的不在少数，但大部分却以流氓大亨为主人公，以江湖仇杀为主线。而我想展现的是这座城市真正的主人——大商埠市民阶层，这座城市真正的精神——"海纳百川"和"创新开拓"，这才是上海真正的"精、气、神"。而 90 年代的上海再次迅速崛起，其发展成就为世人瞩目。上海的发展既有着这座大

都市的历史和文化根基，更有着改革开放所带来的机遇和挑战。我把
对上海这座城市精神的认识和理解，把人生的冷暖甘苦和千姿百态都
融进了这部剧中。从1984年开始着手准备，到1992年播出，我用自
己的心血来为这座城市定性，来展现这座城市的独特精神，同时也完
成了自己的夙愿。

被誉为"上海品牌""中国经典"的《上海一家人》，多年来一
直在重播，还一直有反响，这让我觉得付出的心血很值得。让我备感
欣慰的是，剧本的手稿被中国现代文学馆收藏，成为记录时代的
文献。

四、初心——思考，塑造女性、超越自己

现在的我偶尔也会看看电视剧，荧幕上有不少塑造得不错的女性
形象，不可否认她们也很夺目，我想，这也和当代女性地位越来越
高、女性意识越来越强不无关系。我身边的友人经常会和我谈及
《上海一家人》中的主人公沈若男，他们认为这是中国电视剧最早也
最成功的女性形象之一。

写女性对于我来说，只是一种自然的流露，一种心灵的契合。就
像美国女诗人阿德里安娜·里奇所说的，是一种"自古以来，在妇
女群中天然形成的认同感"。我的电视剧创作，大部分是以女性为主
体的，角度也大多是从家庭来辐射社会。我也探究过其中的原因，可
能和我出生在重男轻女的传统家庭里有关系。我从小心里默默发誓：
长大了一定不会比男孩差，所以我不到十五岁便加入了中国共产党，
十六岁就独自离家，开始了自我奋斗的人生。可能因为较强的女性意
识，使我对女性的命运、心灵、价值观和幸福观都特别敏感和关注。

我非常欣赏女性的人性美，总感觉女人比男人更坚韧，更具有献
身精神。女人可以为家庭、为孩子、为爱情全身心地付出；女人的心

思更为细腻、丰富、敏感、善良，这个世界因为有了女人才更加美丽、温馨。当然，女性的人性中也有弱点，比如依附性、嫉妒心、虚荣心、小心眼、感情脆弱等等。我作品里的女性形象都是随着社会的变迁，随着我当时内心的审美理想、价值追求，甚至困惑等一起变化而形成的，因此具有鲜明的时代特征。

作为一个剧作家，最难的就是突破自己，实现超越。我创作的电视剧被上海的评论家誉为"只只响"，其中的原因，我觉得是我有着广阔的生活空间。杂技演员走钢丝，不是抱头缩颈，而是要尽力伸展手臂。道理很简单，有空间才会有自我调节的余地，才会达到平衡。创作是这样，其实，做人也是这样。

我有三个层次的生活空间。内层是心灵，是自我，它比较孤独、静思，但它绝不狭窄；第二层是家庭，它给予我宁静、宽容，是温暖的避风港，同时，我也拥有自己的个人空间；第三层是朋友，通过他们，我一次次地拓宽了自己对生活的认识和理解，从而使心灵不断保持成长的年轻的状态。

我还有一条人生的主干道，那就是用实力、用作品来证明自己，来描述时代，展现生活。对于自我的超越，我想说，最最根本的原因是思考，这种思考不仅是跟随时代变化的，更是站在时代前沿的。只有这样的思考，才会使作品有思想的价值，有思想的力度，这是文学艺术作品真正有生命力的地方。

五、此刻——守护，天上那颗星闪耀着

我的丈夫何允 2016 年离开了我，他走后，我时常想起我们携手走过的六十二年风雨人生。何允是上海广播电视事业的元老和创建者，新中国广播电视技术的奠基功臣。改革开放之后，随着广电事业的蓬勃发展，身为上海广播事业局的总工程师，他在自己的领域创造

了更加卓越的成就。1990 年开始，年近古稀的他带领团队研发及开通了上海有线电视光纤传输网络，成为全国首创。同时，他还参与了著名的上海东方明珠广播电视塔的选址、工艺方案的起草等工作。

我与何允相识在南通新华广播电台。那时的我还非常年轻，面前展开的新世界让我每天都充满干劲，学习各种知识，积极完成工作，努力让自己更优秀。何允同样如此，他虽然不善言辞，但是业务一流，是台里很出挑的人物，他 1948 年在上海交通大学读研后，先后参与了南通新华广播电台、苏北人民广播电台等的筹建工作。我对恋爱的事没有放在心上，而他却很执着。记得南通电台有一个收音值班室。有一次，我在值班时，看到了前一晚何允值班时的"杰作"，他居然在桌上刻了一帧女子头像，而那正是我的侧面肖像。1954 年，我们走进了婚姻的殿堂。六十二年来，我们携手共进，相濡以沫，走过艰难岁月，走过大时代，彼此支持，都在自己的事业领域取得了一定的成就。

何允的离开，真的是"世界上那个最爱我的人走了"，我感觉整个世界都变了，有很长一段时间无法从悲伤中走出来。好在何允逝世前半个月，也即 2016 年 9 月，国际天文学联合会将 2006 年发现的一颗小行星（编号 2006 HY20）命名为"何允星"，以表彰他在专业领域的突出贡献，使我得以在孤独的夜晚常常仰望星空，我知道那颗星闪耀着，注视着我，守护着我。

与电视剧走过半生，虽留下了一些传世的作品，但我自己还是稍稍有些遗憾，因为我真正的创作期不算太长。在这个不太长的创作期里，我见证了改革开放，记录了时代风貌，描摹了火热的生活，感动激励了几代观众。我想这已足够了，幸好这一生我能遭逢改革开放，遭逢电视事业的蓬勃发展，让我与中国电视剧结缘，拥有了饱满的人生。

（黄允/口述　李葭/整理）

王辉耀

◎1958 年生，籍贯浙江杭州，现居北京。博士，教授，博导，中国与全球化智库（CCG）理事长，国务院参事，西南财经大学发展研究院院长，中国欧美同学会副会长，九三学社中央委员会委员，中国侨联特聘专家委员会副主任，中国人才研究会副会长，中国国际经济合作学会兼职副会长。曾经担任对外经贸部官员、哈佛大学高级研究员、北京大学光华管理学院客座教授等。目前还担任联合国国际移民组织顾问。在全球化、全球治理、人才国际化、企业国际化等领域有深入研究，出版相关中英文著作 70 多部。

我的获得源自改革开放

四十年前，当我还在偏僻农村上山下乡的时候，不会想到自己的命运将发生巨变，成为多个领域的"第一"或前锋：恢复高考后的第一届大学生，最早一批负责中国企业走出去的政府官员之一，最早留学海外的 MBA（工商管理硕士）之一，第一批大型跨国公司的高管之一，最早一拨进入国际主流社会的中国大陆留学生之一，较早回国创业的海归，多家中国海归社团的创办者，中国较大规模社会智库的创始人——而这一切，都源于 1978 年开始的改革开放。

磨难·幸运·命运转折

1976 年初夏，18 岁的我下乡来到四川省金堂县龙王公社接受再教育。每天早上，我五六点钟出门干活，晚上十点才能收工，辛勤的劳动每天换来的是可怜的值两毛钱的工分。在这个小乡村不到两年的时间里，《参考消息》、英语广播讲座成为我最大的慰藉。炎炎酷暑，蚊虫侵袭，我穿着长衣长裤坚持读书；瑟瑟寒冬，我喝着辣椒水坚持读书，因为我始终坚信"吾身虽居寒室里，环球风云装胸中"（我当时写下的诗句）。

1977 年 10 月，恢复高考的消息如一声惊雷响彻中华大地，万分激动的我知道，改变命运的机会终于来了。1978 年初春，我如愿以偿地收到了翘首以盼的大学录取通知书，很幸运地被广州外国语学院（简称广外）录取。山清水秀、琅琅书声、良师益友，广外实现了我上大学的梦想。那个年代，中国说英语的人还非常少。记得有一次成都来了一个外国专家做讲座，人们都觉得特别稀罕，围了个水泄不通。多年的观察与思考告诉我，我的所学终将派上大用场，尽管当时绝大部分人并不了解和认可英文专业。1979 年的一天，当学校大喇叭里传来中美建交的消息时，我深刻感受到中国将进入一个开放的时代，而这个时代将与我息息相关。

广州地处改革开放的前沿地区，除了大学课程学习，我时刻关注改革开放初期中国社会的躁动与争论，并不断思考人生的意义。广外四年，我的眼界、心胸都接受了一场洗礼，在广外的见识和积累为我走向世界更广阔的天地打下了基础。

北京·海外·贯穿东西

20 世纪 80 年代的中国，国际经济贸易成了改革开放的最前沿阵地。大学一毕业，我被选拔到对外经贸部，成为一名参与中国对外经济合作的官员。作为国内最早一批负责中国企业走出去的官员之一，我见证了开放与经济全球化的力量。在与国外政府部门、企业打交道的日常工作中，我发现了自身知识的不足，萌生了出国留学的冲动，我想通过留学看看外面的世界。我选择了 MBA 这个当时国人还比较陌生的专业，成为最早一批赴加拿大读 MBA 的中国大陆留学生中的一员。

留学不只是学习知识这么简单，更要融入当地社会，近距离了解、参与主流社会与文化。在留学期间，我尽量找机会到大公司实习，曾在加拿大帝国商业银行从事项目融资工作，也曾在加拿大城市联合会工作过，参与接待了中国市长代表团，历时一个月，我陪代表团跨越加拿大东西南北，考察了西方现代社会的方方面面，构建起跨文化交流沟通的渠道。1990 年，在加拿大魁北克驻中国香港和大中华地区首席经济代表的公开竞聘中，我从数百人中脱颖而出。在任职期间，我对中加经济和贸易合作做了大量的研究，提出了很多很好的建议。我还策划了 90 年代初期中加之间的多次高层互访，推动了中加之间的合作。

通过国外大学与国际社会的十年历练，我深刻体验了西方文化和制度的精髓，开阔了眼界，形成了开放的思维方式，为我以后的发展奠定了国际化的背景和基础。

社团 · 公益 · 社会企业家

容闳，一直是我敬仰的人物。作为一名当代留学生，我希望自己也可以为国家的留学事业做一些有意义的事情。20 世纪 90 年代，我回国不久就加入了欧美同学会，想通过这个中国留学人员最大的平台汇聚更多志同道合之人，推动中国海归事业。2002 年，我提议创办了欧美同学会商会，为中国日益增长的海归群体中的商务精英搭建一个平台，我被推举为商会的创始会长，开创了中国欧美同学会办会的新模式。在商会的基础上，我和田溯宁、王波明、李山、汤敏、王维嘉等又组织创办了高端海归的精英组织"2005 委员会"，我担任了创始理事长。戴维·伯恩斯坦认为，商业企业家对经济而言意味着什么，那么社会企业家对社会变革而言就意味着什么；他们是那些为理想驱动、有创造力的个体，他们质疑现状，开拓新机遇，拒绝放弃，为建设一个更好的社会而努力。我想，任何一个健康的社会都是政府、企业、社团三足鼎立的——不仅是企业发展，社会的变革也需要企业家来参与推动。在那些正处于急遽转型矛盾多发期的国家，社会企业家的贡献对于社会和谐意义更为重大。

咨政 · 建言 · 启迪民智

2008 年，"同一个世界，同一个梦想"的奥运精神深深感染了我。这一年，我正好 50 岁，到了"知天命"的年龄，回首穿梭于东西方的这几十年，我深刻感受到当社会发展到一定阶段，一个国家不仅需要基础设施等硬实力，同样需要智库等软实力。

智库发端于西方，要做最原汁原味的智库，就要去发端地看个究竟，了解彻底。于是，在广泛阅读文献，研究了数百家智库之后，我先后赴美国、加拿大及欧洲等地，实地考察了 30 多家国际现代智库的"样板"。我申请去全球排名第一的智库布鲁金斯学会做访问研究员，切身融入西方智库当中，去体验它的运作模式和研究方式。此后，我和我太太苗绿博士一起，又专门去哈佛大学做访问研究，对国际智库进行比较研究，回国后在人民出版社出版了《大国智库》一书。所有这些经历，更加坚定了我做好一家国际化社会智库的信念，也奠定了良好的基础。

CCG 成立十年来，我们始终以中国与全球化事业为己任，基于人才国际化、中国企业国际化、全球治理以及国际关系等领域的扎实研究，出版了"国际人才蓝皮书""企业国际化蓝皮书"系列，包括《中国留学发展报告》《中国海归发展报告》《中国国际移民报告》《中国区域人才竞争力报告》《中国企业全球化报告》等，系统全面地分析留学、海归、国际移民、企业全球化的现状、特点与趋势，奠定了 CCG 在相关研究领域的权威地位，影响社会大众，推动舆论形成共识。

智库要成为有决策影响力的研究机构，需要在重大公共政策的制定上，提供独立、专业、可操作和富有建设性的解决方案。十年来，我们通过国家课题、政策报告、建言献策等方式，影响和推动着政府相关决策与制度创新。2008 年，作为中央人才工作协调小组国际人才战略专题研究组组长，我参与了《国家中长期人才发展规划纲要（2010—2020）》的起草工作，积极推动"千人计划"的出台。之后，我们推动了《中国留学人员回国创业启动支持计划》的制定颁发，这一支持全国留学人员回国创业的重要政策实行至今，产生了巨大社会影响。2013 年，CCG 参与了中央统战部和欧美同学会的"留学回国人员面临的形势及未来发展战略建议"及"关于进一步加强欧美同学会建言献策功能的建议"等课题研究。研究中提出的欧美同学会应成为智囊团、人才库、民间外交生力军等新定位和设想，得到了欧美同学会百年庆典大会的采纳。此外，《关于提升中关村国际人才竞争力的建议》、关于华裔卡的建议等均得到中央领导批示与关注。

学术论坛和咨询活动对智库发挥政策咨询、议题设置、引导舆论、达成精英共识等方面的功能有重要积极作用，是智库"咨政启民"的重要途径。CCG 在立足研究的基础上，依据自身的研究领域形成了几大品牌论坛，为社会提供理性、客观的思想与观点，引导舆论，教育公众，服务公众，以此促进公民社会的发展。2017 年，中国企业国际化论坛、中国与全球化圆桌论坛、中国人才 50 人论坛三大品牌论坛入围中国学术论坛影响力排行榜前 100 位。这是 CCG 系列论坛社会、学术影响力的有力体现。我们通过论坛、圆桌会、研讨会等多种形式为中国乃至全球搭建了一个聚焦全球化的平台与桥梁，为全球化理念在中国的传播及社会共识的凝聚起到枢纽作用，为政策制定、企业发展和社会认知提供参考，为不断变化的国际形势下中国继续推动经济全球化，进一步完善对外开放战略布局，促进包容性全球化提供智力支持。

智库可以独立第三方身份担当"民间外交使者"，搭建国际交流平台，开辟高层对话的"第二轨道"。作为社会智库，CCG 率先"走出去"，积极进行民间外交的有益探索。历时十年，我们的足迹已遍布美欧亚的很多国家，为中国与世界的交流贡献了自己的力量。在当今纷繁复杂的国内外政治经济环境下，CCG 扮演了一个国际化社会智库所能扮演的最积极和最有效的角色。

十年磨一剑。我和 CCG 的努力得到了国内外的认可。2018 年 1 月，在全球最具影响力的智库报告美国宾夕法尼亚大学《全球智库报告 2017》中，CCG 位列"2017 全球顶级智库百强榜单"第 91 位，成为首个进入世界百强的中国社会智库，并在"2017 全球最佳社会智库 145 强榜单"上榜的 5 个中国社会智库中位列第一。

1978 年，我有幸搭上了改革开放这班车，从此，与改革开放同呼吸共命运，亲眼见证、参与了中国改革开放四十年的风雨历程。2018 年是贯彻十九大精神的开局之年，也是改革开放四十周年，站在这个新的历史节点，我将不忘初心，砥砺前行，带领 CCG 笃志践行国际化智库在新时代的历史使命和担当，为中国与世界的稳定、发展和繁荣贡献绵薄之力。

王一林

◎1954年生，吉林长春人，经济学博士，中国银行海南省分行原行长、党委书记，中南财经政法大学和海南大学兼职教授、硕士生导师，第六届海南省政协常委，海南省金融发展促进会会长，中金鹰和平发展基金会投资委员会主席，荣获2013年"中国杰出质量人"奖，2014—2015年度"全国企业文化建设突出贡献人物"奖，第六届、第七届海南省优秀企业家，海南省企业社会责任十大功勋人物，海南国际旅游岛十大经济领军人物等十七项荣誉。海南建省引进的第一批人才，海南外汇体制改革的拓荒者。

初心不改系琼州　天涯梦想又逢春

改革开放深深地影响着几代人的命运，记载着一个时代的沧桑巨变。如今四十年过去了，作为 50 年代生人，我们一路承载着改革的阵痛，一路收获着开放的硕果，目睹了国家由封闭、贫穷、落后和缺乏生机到开放、富强、文明和充满活力的历史变迁，见证了中国奇迹的诞生。我在这里——海南，中国最南端、最年轻，也是全国最大的经济特区，我和她一起在改革开放的滚滚洪流中，进行着一次次蜕变，不断刷新祖国南端发展的新篇章。

知青生活，一代人的烙印

1975 年的初春，凛冽的寒风还没有完全退去。长春市的街头锣鼓喧天，他们在夹道欢送知识青年到农村去接受贫下中农的再教育。一辆辆大客车缓缓通过欢送的人群。车厢内一张张稚嫩的脸向车外张望着，希望看到自己的亲人。每个人的脸上都充满着迷茫，因为他们不知道未来在哪里，希望在哪里。那年我刚十八岁，是九个男生和五个女生组建的大家庭的"家长"，集体户的"户长"。户籍也随着一辆辆驶出城的大客车迁到了农村。如果没有后来的恢复高考和改革开放，我们可能一辈子都过着"面朝黄土背朝天"的生活了。

记得第一年的七八月份的一天，火辣辣的太阳高高挂在天上。生产队给我们派的活是将割倒的麦子从地里背到田埂上。由于地处低洼，麦子被泡在水里，所有的人赤着脚，光着身子，弯着腰，一坨一坨地往田埂上背。上边太阳晒着背，下边麦茬扎着脚，从早上一直到太阳落山。一整天，我不停地流泪，熬着、盼着劳动结束。收工的时候，脚上几处都扎破了，疼痛难忍，腰痛得直不起来，那个时候特别想家。当时身高 1.79 米的我，体重只有 116 斤。社员们看到我能吃苦，秋天的时候选举我当了生产大队副大队长。

到了冬天，日子更是难熬。一日三餐都是玉米面疙瘩汤，粗粗的土豆条和玉米面放在一起。睡觉的时候，戴着棉帽子，穿着棉袄棉裤，有时窗纸漏了，凛冽的寒风直接吹进来。一次回家探亲，头发有两个多月没有理了，"二大棉袄"的一个兜掉在了外面，刚进家门母亲就哭了。直到多年以后，才理解了母亲的泪水，原来儿女留给她们的是那么多的牵挂和无奈。当时通信十分落后，没有电话，联系方式只有书信和电报，一年和家里的联系极少。

那个年代，几乎中国的每一个城镇家庭情况都类似。少则一个知青，多则几个。我们家兄弟六个，就有三个当过知青。这些都是时代的产物，也是一代人的人生烙印。

改革开放，深圳"打样儿"

1978 年之前，经济建设被放到了次要的位置。当时有一句很时尚的口号"宁要社会主义的草，不要资本主义的苗"，极左思潮让国家的政治生活和经济生活走了一条曲折的道路。我记得我在担任生产大队副大队长期间，一户农民在自己家的园子里种了一些蔬菜，被发现以后，我们就带着很多人到他家开现场批判会，并将蔬菜全部铲掉。想起来，都是很荒诞的事情。

当时，国家实行的是计划经济，企业生产什么都由计划部门下达计划，吃穿住行的价格都由物价部门定价，包括一块豆腐乳、农民进城卖的蔬菜等等。物资匮乏，国家的进出口规模较小。买粮食要凭粮票，肉类和食用油都受到数量的限制，记得每人每月只有四两豆油，我们家里有八口人，一大锅菜连油花都看不到，爸爸是家里的主要劳动力，吃饭的时候，只有他一个人能够吃到黄色玉米面的馍馍，家里其他人吃的都掺了许多糠和野菜，很难下咽。贫穷和饥饿是儿时深刻的记忆。

1977 年 7 月，邓小平第三次复出。8 月，他在北京主持召开了科学和教育工作座谈会，决定恢复中断了十年的高考制度。消息传出，如春雷炸响，似大地复苏、万物逢春。中国又迎来了尊重知识、尊重人才的春天，使我们这一代知识青年看到了希望。十一届高中毕业生一同走入考场，为自己的人生竞争机会，为报效祖国奋力一搏。这是举世罕见的奇观，学生年龄参差不齐，一个班里有应届高中毕业生，有"老三届"的学生，有的老大哥已经结婚生子。那年我有幸考入了大学，还当上了大学的学生会主席，开启了人生新的旅途。

1978 年 12 月，党的十一届三中全会胜利召开，中国开始实行对内改革、对外开放的政策。经济体制改革的序幕首先从价格体制改革开始，接着是家庭联产承包责任制、国营企业的自主经营权和市场化的重大改革……

1979 年 4 月，中国改革开放的总设计师邓小平首次提出了开办"出口特区"。1979 年 7 月，中共中央、国务院决定在广东省的深圳、珠海、汕头三市和福建省的厦门市试办"出口特区"，后于 1980 年 5 月将"出口特区"改名为"经济特区"并在深圳加以实施，这些改革措施的提出在当时极左思潮尚未退去的背景下是需要极大的勇气和魄力的，也是极其有卓见的。

"白猫黑猫"的理论，"姓资姓社不争论"的胸怀，坚持党的基本路线一百年不动摇的科学决断，无一不饱含着这位无产阶级革命家的爱国情怀和无与伦比的政治智慧。就是这一个个闪耀着思想光辉的科学论断，让中华民族重新焕发出生机和活力。

建省办特区，"闯海"促繁荣

1988 年，党中央为了进一步推进改革开放，决定在海南建省办经济特区，海南从此走向了全国改革开放的最前列。国务院文件赋予了海南省改革更大的灵活性，实行比其他特区更"特"的政策，赋予了海南省人民政府更大的自主权，只要国家政策法规没有明确禁止的，都可以先行先试。

1988 年的初春，我到北京出差，街头偶遇大学同学许森。受海南建省办经济特区的感召，他从一家央企辞职后下海，到海南筹建"南方国际信托投资公司"。闲谈间他邀请我利用假期到海南看看。随后不久，我第一次踏上这个海岛，利用休假时间协助许森筹建南方国际信托投资公司。1988 年 8 月 29 日，当我再一次踏上这个充满希望与活力的海岛时，对这块土地多了一份沉甸甸的爱和期待。也正是由于北京的那次街头偶遇，使我从白山黑水之间的吉林省长春市来到了海南。

建省初期的海口已经是海南的政治、经济、文化中心，面积不到 30 平方公里，人口不足 20 万。整个城市没有红绿灯，交警靠吹哨指挥交通，在上下班的高峰期，行人蜂拥而过，警察只能"望人兴叹"。接待能力也严重不足，仅有两个三星级酒店和一些单位招待所，主要集中在当时的大同路、博爱路和解放西路等主要街道上。说是主要街道，也仅仅是有两条车道的狭窄马路。缺水少电的现象十分严重，每当夜幕降临，街道两旁的店铺都开动自己的柴油发电机，马达的轰鸣声响成一片。

建省伊始，"十万闯海大军"涌入海南，主要集中在海口。这些"闯海人"中多数是刚刚毕业的大学生，也有辞职下海的机关、企事业单位干部。在当时的条件下，很多看上去斯斯文文的大学生也只能在街头擦皮鞋、卖报纸、卖大饼，甚至摆摊看病维持生计，即使这样，人们依然兴致高涨，乐此不疲。这些操着南腔北调的"闯海人"，远离舒适的家园，舍弃优越的工作环境，漂洋过海来到这个曾经是南海边防前哨的海岛，只因怀揣着对海南发展的美好梦想，他们坚信海南的发展会超过深圳，甚至香港，颇有当年美国西部大淘金的味道。

建省初期的几年时间里，与仍旧落后的硬件相比，海南金融业发展迅速，成为当时全国一道亮丽的风景线。在股份制改革和证券市场方面，1992 年 1 月，海南省成立"海南证券报价交易中心"，一年后改名为"海南证券交易中心"。当时，全国股份制企业 10 家中海南就占 5 家。深交所成立后，8 只上市交易的股票中，"琼字号"占据了半壁江山，如琼民源、琼港澳、琼珠江等。在金融产品方面，中国人民银行海南省分行下属的海南省证券公司于 1991 年推出的"怡和房产投资券"，成为我国资产证券化的首例；1992 年创立中国第一只私募基金——富岛基金，主要用于证券和房地产市场。可以说，当时海南的金融创新是走在全国前面的，发挥了经济特区"试验田"的作用。

1988 年到 1992 年短短的几年内，各类信托投资公司多达 21 家，数量居全国之最，还有 34 家城市信用社、3 家外资金融机构、3 家股份制银行，这些金融机构主要集中在海口。当时，海口人均金融机构数迅速达到了香港的水平，可以用"银行多过米铺"来形容。

"烂尾楼"风景，危机中的抉择

这些都是海南建省初期的繁荣。

过快的繁荣也滋生了许多问题。为了治理其中的乱象，保持发展的稳定，1993 年，中央出台了一些清理整顿措施，海南房地产泡沫破灭，经济跌入低谷，来自全国各地的资金开始退潮，大量的房地产公司资金链断裂，"烂尾楼"成为海口的一道风景。紧接着金融风险开始显现，1994年，国家对金融进行清理整顿，海南21家信托投资公司悉数关闭，1996年筹建海口城市商业银行失败，1998年6月海南发展银行被关闭，2000年渣打银行海口分行退出。

很多当年的"闯海人"在经济低迷的时候离开了，到内地去寻求发展，如冯仑、潘石屹、张宝全、王功权、易小迪，还有金融界的张志平、戴志康等。

在2003年，我也曾经尝试离开沉寂下来的海岛。比如成立不久的全国社保基金理事会，我经过了两道面试，见了冯健身副理事长；还有中国太平洋保险公司，经过上海金融管理部门的同意，做总经济师，负责投资（为此我一直把时任太平洋保险公司董事长王国良当作恩人，一生都感谢他对我的赏识）。不过，后来还是没有割舍下对海南岛这块土地的情结和当年"闯海"时对这块土地的"承诺"。

三十年间，我先后担任过中国人民银行海南省分行处长、海口合作银行筹备办公室主任、海南发展银行副行长、中国银行海南省分行行长和党委书记职务。我经历了海口合作银行组建失败的痛苦、海南发展银行关闭的失落和无奈。应该说，我个人经历的种种磨难，也印证了海南经济特区发展的艰难曲折过程。有人问我，来海南后不后悔，我说，人生从来都是直播，没有彩排，所以很难比较。不过，大学毕业不到两年，我就被破格提拔为副处长，若继续坚守在黑土地上，三十年后的今天再翻阅自己的人生书卷也未必不是风景。我把自己与海南的缘分归结为"命中注定"。

稳中求进，我的"百年荣耀"

在中国人民银行海南省分行工作期间，我负责全省的外汇管理工作。当时，中央给海南三项特殊政策：一是外贸方面，即所有企业都享有进出口的权利；二是外汇方面，在海南岛开办的所有企业都可以保留现汇；三是税收方面，企业所得税在内地是35%，而海南只有15%。这三项优惠政策吸引了大量的岛外企业落户海南，其中，前两项政策在中国是第一次，都涉及外汇管理，我工作压力很大，任务也非常繁重。

其间，我主持制定了中国最早的外汇现汇管理办法，其中包括：《现汇留成下外汇额度管理使用暂行规定》《海南省对公单位现汇账户管理办法》《海南省外商投资企业外汇账户管理办法》《企业单位境外汇款管理办法》《海南省提取外币现钞、外汇兑换券管理办法》等。还参与了对外的融资工作，筹集外汇资金3.3亿美元，对海南建省初期的基础设施建设发挥了重要作用。

1996年，为化解城市信用社的风险，国务院在全国35个城市试点组建城市商业银行，我受马蔚华行长的委托，作为行长候选人主持了海口城市商业银行筹建的具体工作，后因种种原因筹建没有成功，是35个试点城市中唯一失败的。这是我个人的失败，也是海南金融发展的波折。同样的波折在1997年5月，我被省委组织部任命到海南发展银行任副行长，一年零一个月后海南发展银行被关闭，我也被称为"下岗行长"。

海南发展银行关闭后，我远赴西安师从我国著名金融专家江其务攻读经济学博士学位，2000年顺利完成了《转轨时期中国商业银行风险研究》的博士论文。同年，进入具有百年历史的中国银行海南省分行担任副行长职务，2008年开始全面主持海南中行的工作，并带领全行取得了骄人的业绩。

2014年中国银行系统全球工作会议上，我作为境内唯一介绍经验的分行代表登上了标志着中国银行最高荣誉的讲台，被海南的员工称为"百年荣耀"。那年，在总行三项主要业务指标中，海南中行取得了两项第一和一项第三的好成绩，同时我积极倡导的"待人要宽，管理要严，思路要新"的企业文化理念也得到了与会代表的高度认同。同年，在美国著名的尼尔森咨询公司的外部测评中，海南中行在系统 36 家一级分行中获得了总分第一的良好评价，在当地同业 18 项业务指标中全部排名第一。分行业绩屡创新高，事业蒸蒸日上，我们都深深植根于海南这块热土中，与其同呼吸共命运。

如今，海南经过三十年的不懈追求与努力，经济社会都发生了天翻地覆的变化。经济社会主要指标实现了数十倍甚至上百倍的增长。2017 年全省实现地区生产总值 4462.5 亿元，与建省前的 1987 年相比，增长 21.8 倍，年均增长 9.7%，高于全国平均 1.8 个百分点，地方一般公共预算收入增长 226.8 倍，城乡居民收入分别增长 30.3 倍和 24.7 倍。金融、教育、医疗、交通等方面都有了突飞猛进的进步。2015 年 12 月环岛高铁建成开通，成为世界上唯一的热带高铁和首条环岛高铁；航空航线由建省时的 4 条拓展到 400 多条，国际航线增加至 56 条……

习近平总书记在 2013 年视察海南时指出，海南岛要好好地发展起来，做改革开放的范例，这样中国特色社会主义就更有说服力，也能促进祖国的和平统一进程。他还指出，海南应该在开放方面先走一步，为全国发展开放型经济提供新鲜的经验。领导人的关怀给海南的发展注入了极大的活力，推动着海南经济社会的蓬勃发展。没有改革开放，就没有海南岛的今天。

自贸区到自由港——我们的新征程

而立之年，海南收获了一份特别的"生日礼物"。2018 年 4 月 13 日，中共中央总书记、国家主席、中央军委主席习近平在庆祝海南建省办经济特区三十周年大会上郑重宣布，党中央决定支持海南全岛建设自由贸易试验区，支持海南逐步探索、稳步推进中国特色自由贸易港建设，分步骤、分阶段建立自由贸易港政策和制度体系。随后，《中共中央、国务院关于支持海南全面深化改革开放的指导意见》正式发布。

习近平总书记强调，在决胜全面建成小康社会、夺取新时代中国特色社会主义伟大胜利的征程上，经济特区不仅要继续办下去，而且要办得更好、办出水平。经济特区要不忘初心、牢记使命，把握好新的战略定位，继续成为改革开放的重要窗口、改革开放的试验平台、改革开放的开拓者、改革开放的实干家。

把海南打造成为自由贸易港，这是海南更大程度开放政策、开放模式的突破，将更有利于发挥海南在"一带一路"建设尤其是在泛南海经济合作中的中心枢纽作用。海南自由贸易港建成后，其面积将远超中国香港、新加坡、迪拜等城市，成为全球最大的自由贸易港。

习近平总书记的重要讲话不仅仅是对海南人民的期待和关爱，更是对中国改革开放四十年的总结，也是彰显我国扩大对外开放、积极推动经济全球化决心的重大举措，势必对实现中华民族走向复兴的伟大梦想产生深远的影响。海南腾飞指日可待！

三十年，人生中最美好的年华，完全融入了海南特区的建设中。回首往事，问心无愧，也无怨无悔。经历了 1988 年海南建省办经济特区的喜悦、90 年代初房地产泡沫破裂的冲刷、金融危机的洗礼、2010 年建设国际旅游岛的冲动和 2018 年习近平总书记宣布逐步推进全岛建设自由贸易港的振奋……看到今日海南的沧桑巨变，憧憬更加美好的未来，曾经的追求与失落、成功与失败、欢笑与泪水，都化作无限的期待。今天，海南再一次站在了中国改革开放的制高点上，很幸运，我仍在这里，一同书写更大的光荣与梦想！祝福海南！

张 森

◎1957 年出生，山东青岛人。1976 年至
1978 年，在青岛崂山大胡埠做下乡知青，
回城后在国营床单厂工作；1982 年至
1985 年，在青岛装饰布总厂工作；1985
年至 1992 年，在青岛市经委拆船公司工
作，曾任办公室主任；1992 年 4 月至今，
在山东省房地产开发集团总公司工作，现
任董事长兼青岛公司总经理。主持青岛公
司工作期间，完成了香港花园、澳门花
园、闽江花园别墅及旧城改造等项目，为
青岛市改善民众住房条件、城市建设和经
济发展做出了突出贡献。

勇立潮头——我与改革开放同行

青岛这座有"东方瑞士"之称的海滨城市，经过改革开放四十年的发展，已成为有近千万人口的大城市。作为青岛最早的房地产开发商之一，能为青岛的飞速发展做出一些贡献，我感到很自豪。山东省房地产开发集团（简称省房集团）自 1993 年开始参与青岛的房地产开发，至今我们已开发建成香港花园、澳门花园、闽江花园别墅、海牛花园等 30 多个项目，累计开发量达到 600 余万平方米，公司资产达到 16 亿元，省房集团已成为青岛市民心目中响当当的品牌企业。回首几十年的奋斗历程，可谓感慨万千。

一

我出身于一个教育世家。小时候父母把我送到农村，度过了十三个春秋，农村的生活让我接近大自然，给我的性格注入自由自在、热情奔放的特质。

高中毕业，我响应国家号召上山下乡来到艰苦的棘洪滩大胡埠村。当天到达的时候，村里敲锣打鼓地迎接，中午和晚上都是七个菜八个碗有鱼有肉地招待。但是，第二天就感觉从天上掉到了地下，什么菜也没有，只有地瓜干、窝窝头、饼子就咸菜，后来也是偶尔炒个大锅菜，连一点儿油星都没有。我们一帮人都是些十七八岁的小伙子，白天下地干上一天活，天天吃这样的伙食怎么能受得了呢？那年秋天，村里一条大狗发疯被打死了，我们知青主动要求去村外埋葬狗，十几个人，拿着镐头、铁锨，抬着死狗，浩浩荡荡地给狗送葬，把狗埋在山坡上。晚上，我们偷偷地去把狗挖出来，用草包着装了抬回宿舍，收拾收拾炖了一锅。出锅后，十几个人狼吞虎咽风卷残云似的吃光了。可以想见当时的生活艰苦到什么程度。记得那一年，冬天特别冷，滴水成冰。那么寒冷的日子，我们每天天不亮就出门，冒着刺骨的寒风，步行五里多路，到枯水期的河里去挖河。一天两顿饭在野外吃。披星戴月干到晚上，累得浑身像散了架，回到宿舍，衣服都不脱，倒头便睡。天天如此，那阵子感觉对生活真绝望了。但就是这样艰苦的环境不断磨炼了我的意志，我从知青组长、小队长，干到民兵连长……

1978 年，改革开放开始了，知青陆续返回了城市。我回城后进了国营床单厂工作。开始的时候天天上夜班，每天晚上干的活就是把上百包的纱包卸下车运到库里码成垛。这样的体力活我一干就是三年多。为什么能坚持下来？一是因为当时进国营企业不容易。当时还没有私营企业，只有国营企业、集体企业和街道企业（也是集体企业），国营企业效益和待遇都比集体企业好。二是，尽管这个工作又苦又累，但是我的体魄和毅力都能得到锻炼，这也是一种财富。我是一个喜欢挑战的人，经历些艰苦、挫折是必要的，这些苦难和挫折练就了我的坚强品质，让我在迎接挑战的日子里有了资本。

后来，青岛床单厂与青岛台布厂合并，成立了青岛装饰布总厂。当时产品出口很多国家，厂里决定扩大生产规模，建一个印染车间。因为年轻能干，我被选为车间的筹建人之一，带着新招来的 18 名应届高中毕业生去印染厂学习，回来后又带着他们调试设备。不到半年的时间，整个印染车间运转起来，生产的产品质量超过了老印染厂，供不应求。由于我在管理方面展现出一定的能力，1982 年，我被提拔为车间常务副主任。当时我只有 25 岁。

三年后，市经委来厂里考察，了解了我的工作情况，一纸调令把我调到了市经委拆船公司工作，在那里，我从科员干到办公室副主任、主任。

这段经历开阔了我的眼界，对我能力的提升起到了很大的作用，但是说实话，就我的性格而言，还是希望有更大的天地，去做更具挑战性的事情。

二

1992 年，邓小平南方谈话发表。新一轮改革大潮轰轰烈烈地掀起，青岛市也迎来了又一次翻天覆地的变化。时任青岛市委书记、市长俞正声，力排众议提出把市政府从老城区搬迁到当时还是农村的东部，以带动青岛的东部大开发。这件事在青岛引起了不亚于地震的效应。我反反复复考虑自己的实际情况，觉着在机关工作很难实现我的价值，青岛东部的开发是千载难逢的机会，机不可失，时不再来，我暗暗下定决心辞去公职下海创业。

但是，下海去干什么呢？我一时也摸不着头脑。

机会总是青睐有准备的人，这话一点儿不假。一次偶然的饭局，我认识了山东省建设厅（原山东省建设委员会）下属的房地产开发公司的总经理。交谈中，知道省房集团有在青岛开发项目的设想。我决定去济南拜访他，看看省房集团青岛的项目能不能让我来做。

我借了辆北京吉普，自己一个人开车去了济南的省房集团。

省房集团的领导被我的真诚所感动，又见我年轻能闯，正好开发青岛项目也需要这样一个人，便领我见了省建设厅厅长、副厅长等领导，当场签了协议，成立山东省房地产开发集团青岛公司。

我拿着合同就像拿到了尚方宝剑，一路狂奔回青岛，自筹资金6000 元，招兵买马，租办公房子，去市里拿项目，甩开膀子大干起来。

由于与青岛市东部开发战略吻合，省房集团青岛公司一成立就得到了市领导的大力支持，我们一下子拿下了吴家村、错埠岭、辛家庄等五个近郊村庄的开发权。辛家庄离新政府大楼很近，两公里多的距离，是青岛最古老的村落，也是青岛东部开发的一个起始点。按照规划，这里将来是青岛的高档公寓住宅区、高档商业区、金融一条街、酒吧一条街……一条贯穿未来青岛最美丽的海滨城区的东西大道——香港路，将从这个村庄穿过。这样的城市规划，决定了辛家庄的改造必须是高起点地建成具有现代风格的、匹配未来国际化大都市的一流小区。

我下决心把辛家庄建成青岛市标杆性的居住小区和一流商业区。

我们借"香港路"之名，把这片将要崛起的高档住宅区定名为"香港花园"。我亲自参与小区的规划设计，四处化缘筹款，好歹凑齐了200万元，便破土动工了。

盖房子就像烧钱，200万根本不好干什么，像打个水漂一样，很快就没有了。没办法，只好拆了东墙补西墙，有一段时间，连我们自己职工的工资都发不出去了，三四个月没钱发工资。

怎么办呢？卖期房。那时候房子不像现在这么好卖，打个广告就有人上门来买。那时候老百姓买房的还很少，主要是单位买房。我们公司全员跑出去卖房，我亲自带队，带了资料，到处拜访，青岛市有钱的机关单位都跑遍了。

卖房子的钱周转慢，房子没盖起来，人家只是付个定金，杯水车薪。有些单位倒是一次付清，但是给的不是钱，是自己单位生产的货品，有些单位一半给钱一半给货。有一家服装厂买了两套房子，给的全是货，我们派车拉了两天，服装才拉完，仓库装满了也装不下，没办法，只能垛在院子里……

顶来这么多东西怎么处理呢？一部分抵账，一部分往外卖，好的送客人。

……

就这样苦熬了两年，香港花园终于建起来了，一个灰扑扑、杂乱无章的乡村变成了一大片时尚、现代化的居民小区，小区的周围还配套建起一片高端商务楼、酒吧一条街、购物一条街、美食一条街、金融一条街，还有幼儿园、小学和中学。

香港花园是一个里程碑。它的建成，标志着青岛东部新区真正开始发生翻天覆地的变化，化茧成蝶，青岛这座固守一隅红瓦绿树的小城，真正开始变成开放、时尚、美丽的现代化大都市；它的建成，也产生了一种蝴蝶效应，青岛房地产业蓬勃发展起来。青岛从此开始发生日新月异的变化。

香港花园的建成，也给我们公司注入了激情和活力，我们乘势而行，全面出击，很快又完成了澳门花园、闽江花园别墅、海牛花园及多个旧城改造项目的开发建设，连战连捷，为青岛市改善民众住房条件、城市建设和经济发展做出了突出贡献。省房集团在青岛的影响力也迅速壮大，成了青岛房地产界响当当的品牌，受到省领导及建设厅的表彰，成为建设部和山东省的标兵单位。

三

高手下棋，走一步要看三步，要统观全局。在企业顺风顺水的时候，也要有危机意识和超前意识。"人无远虑，必有近忧。"做企业搞经营绝对不能盲目跟风，必须有战略发展眼光，必须未雨绸缪。在省房集团快速发展的时候，我看到房地产热急骤升温，北京、上海的大财团、大企业都开始投资房地产业，跟他们比，我们根本不是他们的对手。我预测，以青岛的发展，不出五年，这些房地产大公司的手就会伸到青岛，青岛房价、地价本来就在不断攀升，他们一来，地价肯定会像火山爆发一样蹿升，那个时候，以我们的实力连块骨头都抢不到，光剩喝汤了。于是，我提出了"开发建设一批，跟踪洽谈一批，分析调研一批"的阶梯式开发战略，把重点放在了增加项目和土地储备上。有了钱就买地；没有钱，项目看准了，先贷款借钱买下土地，为公司的未来发展储备能量。同时"苦练内功"，加强队伍建设，提升品牌影响力，提高产品的附加值，使企业的管理和开发建设水平得到了很大提升。有备无患，当万科、绿城、万达等全国性的房地产大公司以泰山压顶之势大举进入青岛房地产市场的时候，很多本地的房地产公司一夜之间消失了，我们却"手里有粮心不慌"，以我们的土地存量优势与产品品质从容应对，在房地产市场大公司遮天蔽日的夹缝中，游刃有余地生存下来，气定神闲，专心做服务青岛的安居工程、民生工程。省房集团青岛公司经受住了市场的大风大浪的冲击，稳健地立于不败之地。

省房集团在青岛发展了二十六年，为青岛几十万人圆了住房梦，提高了青岛人的住房品质。省房集团本身也进入了一个需要自我超越的时期。我们储备的土地再多也有用完之时，居安思危，近几年我们在稳步开发房地产项目的基础上，开始向品质养老、高端旅游、汽车游艇、生态农场等多元化产业发展，在即墨开发了建筑面积 12 万平方米的圣豪庄园，在崂山开发了生态农场，又投资 4000 余万元创办了青岛地泉天然水饮料公司……"采菊东篱下，悠然见南山"，陶渊明式的田园生活，已不再仅仅是古代文人的一种生活状态，也是现在富裕起来的人们的一种休闲生活方式。

党的十九大提出：中国特色社会主义进入了新时代，我国社会主要矛盾已经转化为人民日益增长的美好生活需要和不平衡不充分的发展之间的矛盾。这句话令我深受启发，也更加坚定了我们发展满足人民美好生活需要的产业的信心。我们在扩大、优化即墨圣豪庄园、生态农场、矿泉水厂、汽车游艇等产业的同时，又在城阳选定一处三面环山，山水相连，拥有三百多年历史的宫家村作为品质养老开发基地，以人性化、专业化、高档化的全新标准设计，提供一处"夕阳无限好"的养老示范区。

作为省房集团的决策者，二十六年风雨沉浮、岁月峥嵘，让我认识到人才与团队是企业发展的决定性因素。省房集团从成立以来，一直注重人才培养和团队建设，每年都组织培训学习，注重阶梯式团队建设，努力培养这一领域的精兵强将，让员工在干中学、在学中干，根据能力水平进行阶梯晋级，提高了团队整体的学习力、竞争力和向心力。值得欣慰的是，省房集团现在拥有了一支充满激情和活力的学习型、开拓型队伍，这正是企业可持续发展的活力源泉。我相信省房集团将会以更宽阔的视野、更高的境界、更具开拓创新性的精神和能力迎接新的机遇，迎来新的发展。

数点省房集团完成的遍布青岛市的一处处地标性建筑、一片片居民小区和跨过的一座座事业的峰峦，回首走过的一个个坚实的脚印，心里无比自豪又感慨万千。如果用一句话来概括的话，我一定要说：感谢时代，感谢改革开放给我提供了一个施展才能的平台！

山东省房地产开发集团青岛公司团结创新、勇往直前的管理团队

青岛东部新城区和香港花园小区

刘殿魁

◎出生于 1956 年，现居浙江安吉，主要从事水路运输工作。从 1971 年至 2018 年在江南运河长湖申线安吉至上海跑船四十七年，其间从小木船到水泥挂桨机船，到钢质挂桨机船，到落舱机船，再到集装箱船，经历十余次船舶更新换代，从当初的运石子、黄沙到现在的运绿色家居外贸集装箱，见证了内河水运的转型变化。

运河船家四十年之变

京杭大运河流经湖州，穿越千年，流淌至今。每天，数千艘运货的船只在运河上跑，对于船上的人来说，船就是家，河就是路。

四十七年，我以船为家，撑船为生，从开水泥"蛋壳船"到开集装箱"内河航母"，从跑单帮"运石子"到河海联运"运箱子"，见证了湖州跨入全国亿吨大港行列、创建全国首个内河水运转型发展示范区的历史时刻，亲历了内河水运的转型发展。

一、河之变

我叫刘殿魁，今年六十二岁，常年在安吉川达 21 号内河集装箱船上跑长湖申航道安吉至上海段。这段航程 270 公里，往返一趟需四五天。

黄金水道长湖申线，又称顿塘运河，具有一千七百多年历史，位于经济发达、人口稠密、城市密集的江南水网地区，西起湖州长兴的小浦镇，东至上海西泖河口，与苏申外港线相接，在江苏平望与京杭大运河交汇，全长 143.2 公里，其中湖州段 75.1 公里。江南运河在平望分成东、中、西三条线，东线是经过嘉兴境内的最早的京杭古运河，中线就是现在常说的京杭大运河，西线也就是长湖申线，这三条线在余杭塘栖汇合进入杭州。

四十年前，长湖申航道处于自然状态，船舶通航 100 吨以下。党的十一届三中全会后，老乡们出门"谋生路"的想法多起来，加上湖州周边上海、杭州等城市有许多基础设施开始兴建，石子、黄沙、水泥等建材需求量越来越大，种地农民渴望脱贫致富，胆大敢闯，下水"淘金"，个体经营运输船如雨后春笋般出现。

运河上一派匆匆忙忙的景象，年运量比之前增长了许多。庞大的运输船队犹如水上长龙，把成千上万吨建材运往上海、苏南、杭州、嘉兴的建筑工地。后来看到资料说，1982 年长湖申线一年的货运量达 1900 万吨，比沪杭铁路的年运量还多 300 万吨，运河被誉为"中国小莱茵河"。

那个年代公路欠发达、汽车稀少，很多货物走水运，加上长湖申航道船多、弯多、桥多、浅滩多、河道窄，堵航是那时的常态。尤其是湖州城区、南浔、吴江震泽河段最狭窄，两船不能交会，时常引发堵航，大堵三六九，小堵天天有。航道里密密麻麻的都是船，一堵就是十天半个月。我和妻子吃喝拉撒都在船上，远离集镇，时间一长，菜没了，米没了，也不敢离船上街买，因为全部家当都在上面，而且人一走船就会被挤开"加塞儿"。夏天船上晒得滚烫，最是难熬，逃都没地方逃。

最要命的是，堵航时间长了，码头货物告急，建筑工程告急，周围的"船老大"、船员和我一样，心急如焚！航道一有空隙，相互争抢，再次堵得严严实实，而且挂桨机船冒出的浓烟，把人熏成"包公脸"。遇上洪汛期，长湖申线湖州老市区河水闸关闭，上游长兴、安吉航运中断，有时一停船就是一个月。等开闸通航后，流经闸孔的河水湍急，我好几次开挂桨机船过闸时被急流逼退或冲跑，真是惊险！

长湖申线堵航断航第一次引起中央媒体关注是在 1984 年，新华社刊登了《内河航道要尽快改造》的报道。7 月 29 日，中央领导做出批示，在中央、省、市各级政府的关注、重视下，长湖申线被列入国家第七个五年计划期间长江水系重点整治航道之一。

我听到这一消息后，激动兴奋，这是运河船家和港航人热切期盼的大事。1986 年，长湖申航道"卡脖子"段改造拉开了序幕，让来往船只吃尽苦头的南浔市河"卡脖子"段最先开工，紧接着，湖州市河改造也动起来了，新开挖一条 2.4 公里航道，新建湖州船闸，运输货船既能在洪汛期间通过，又缩短了航行时间，缓解了堵航断航问题。

上世纪 90 年代后，湖州内河航道大规模轮番改造提升。如今，长湖申线、湖嘉申线湖州段建成千吨级航道，京杭运河湖州段、长湖申线西延航道建设正如火如荼，500—1000 吨级高等级航道达 316 公里，形成通江达海的航道网络。

航道拓宽了，沿岸整治了，水乡村庄也越来越美了。一路开船过去，仿佛人在画中游：河水清清，两岸绿色。河面上，鸟飞鱼跃，绝迹很久的白鱼又回来了。河岸边，成群的钓鱼者静静守候，等鱼上钩，乐在其中。

二、船之变

我船上的相册里珍藏着一张张老照片，这些照片见证了我们家这四十多年的风雨航程，也记录了十余次的船舶更新换代：从小木船，到水泥挂桨机船，到钢质挂桨机船，到落舱机船，再到如今的集装箱船。

我与船结下的缘分，还得从小时候说起。我的老家在江苏兴化，小时候我跟着父母撑小木船从老家来到浙江安吉，在梅溪公社上马村平桥生产队落户。1971 年，为了挣工分换口粮，十五岁的我就跟随父亲在安吉梅溪一带跑船运送石块，我们的船是 7 吨木船，纯靠手摇，船上的石块最大的有五六百斤重，也仅靠我和父亲两人合力抬着上下船，很苦很累。十九岁那年，我上了梅溪公社集体运输船队，在船上认识了刘阿娣，并结婚生子。我们夫妻俩靠跑船的微薄工资养家糊口。

1978 年改革开放的号角吹响，为了进一步搞活交通运输业，80 年代初交通部实行了"有水大家行船，有路大家行车"的政策，我由此萌生了在这股时代浪潮中闯一闯，改变自己贫穷日子的想法。1984 年，我和妻子辞掉船队上的工作，决心自己单干，东筹西借了3000 元，从无锡航运公司买了条 40 吨的二手水泥船，安装了一台S195 柴油机，把它变成了一艘水泥挂桨机船，从本地装运黄沙、砾石到上海，赚到了第一桶金。

当时，水泥船小、易碎，被称为"蛋壳船"。船上设施也很简陋，驾驶室与生活舱连为一体，船顶上用帆布盖着，遮风挡雨；与其他的船交会时，或是妻子站在船头手摇着旗子，或是我按喇叭鸣笛、闪烁红绿舷灯发出信号。

水泥船跑在大江大河上，更是险象环生。我最担心的是船开到黄浦江，宽阔的江面上迎面驶来巨轮。因为巨轮会掀起大浪，浪涛一个接一个扑向船舱里，稍微碰擦一下，我们的水泥船立马就四分五裂。每次进入黄浦江，我的心就一下子提到嗓子眼。有一次，我们从上海装废玻璃返回安吉，晚上八九点行驶到长湖申航道湖州雪水桥段时，船头进水，船体下沉，千钧一发时刻，我果断地把船逼到岸滩边堵漏，化险为夷。还有一次，也是在晚上，我们行驶在上海白莲泾河急弯道口，因光线太暗，看不到前面过来的船，结果两船碰擦，站在船头的妻子差一点掉入河里，吓得哭了，还好有惊无险。

像这样惊心动魄的险情，我和妻子遭遇了无数次，那时开船全靠经验和胆量。

四年后，我一狠心卖掉了水泥船，卖船的钱加上自己的积蓄和从亲戚朋友那借的钱，凑足 7 万多元，新建造了一艘 80 吨钢质双机挂桨机船，它的动力和抗碰撞性能比水泥"蛋壳船"强多了。一路开去，引来跑船同行的啧啧称赞。

钢质挂桨机船在当时就像电视机、录音机一样时髦，只有国营航运公司才拥有少量的钢质挂桨机船，个体船户都是开水泥挂桨机船，我是全县第一个淘汰更换的。真的没有想到，这次鼓足勇气换船，使我接下来抓住了商机。1992年，邓小平发表了南方谈话，上海浦东大规模开发，掀起了建设高潮，建筑材料需求剧增，这给水运业带来了勃勃生机。湖州装运到上海的船，还没等卸货，等在码头上的包工老板就迫不及待地把钱扔到船上，生怕这船货被人抢走。

在如此繁忙的业务下，原来80吨的钢质挂桨机船已不够用了，我又建造了一艘150吨的钢质双机挂桨机船，替代原先小吨位挂桨机船，开始跑单帮，自己装运黄沙、石子卖，一趟货可赚上三四千元，一年收入最少10万。

从那以后，我一发不可收，赚了钱就想换船。这四十年间，我在我们县是换船最早、频率最快的，基本上三四年换一次，换船频率越来越高，船越换越大。原来的挂桨机船不仅噪声大，而且柴油机产生的废油水渗漏或外溅到河水中，水面就会漂流一层"油花"，污染严重。挂桨机船淘汰势在必行！为响应国家环境保护的号召，我于1995年果断把挂桨机船卖掉了，第一次买了一艘260吨的二手落舱机船，不仅杜绝了船舶油污、降低了噪声，而且船的动力也提升了，比湖州营运挂桨机船全部淘汰整整提前了十一年。到了2008年，我拥有两艘千吨级船、一艘600吨级船。子承父业，2012年后，我的大儿子、女儿女婿和小儿子先后卖掉改装的船，新造了三艘48标箱集装箱船。我们家的"内河航母"还用上了AIS（船舶自动识别系统）、视频监控、甚高频通信系统等先进驾船辅助设备，并与智慧港航水上交通指挥中心平台联网，实现了船岸信息互联、船舶信息共享。现在过往船舶一目了然，开船既轻松又安全。而且，现在船舶进出港报告，不用打"黑的"到海事所签证，可以在掌上点点手机轻松完成，非常方便。

三、货之变

2005 年，时任浙江省委书记的习近平在我的家乡安吉余村考察时提出"绿水青山就是金山银山"的理念。安吉率先推行生态保护政策，关停了矿山，河道挖沙也被禁止，我们之前运沙的老路行不通了。此外，我跑单帮的风险较大，最困难时，货装运到上海，一个月都卖不掉，真是亏本经营。有一次遇上老板欠款跑路了，拿不到钱，亏了 20 多万元，一年算是白干了。

是继续跑单帮，还是另辟蹊径谋转型？正在我犹豫不决时，2009 年，湖州港跨入全国亿吨港行列，安吉川达集装箱码头建成。码头总经理黄少远找到我说，码头建成投运，急需要一批货船装运集装箱到上海港。安吉是"中国美丽竹乡"，竹制品外贸集装箱生成量非常大，以往都是通过公路集装箱卡车运输，运输费用高不说，而且道路堵车严重，而水路运输则可解决这些问题。以安吉至上海为例，水路运输与公路运输相比，一个标箱可节约柴油 70 升，节省运输成本 300 元，经济实惠又低碳环保。

水运集装箱发展的美好前景让我非常心动，于是我果断转型，第一个签了字，拿出了 30 万元作为启动资金，加入安吉川达船务公司，并把散货船改装成集装箱船，就这样，我从"运石子"转向了"运箱子"。

安吉川达集装箱码头虽然是内陆山区的一个小港码头，但通过与上海国际港务集团进行资本合作，依靠水水中转、河海联运的模式，如今已通达全球 2700 多个港口，吸引了"马士基""地中海""中远海""中外运"等 25 家航运公司入驻。在安吉的外贸企业可在家门口享受属地申报、检验检疫、通关等一条龙服务，建成了企业到口岸"一小时出口圈"。我开内河集装箱船，装运安吉当地生产的转椅、桌子、竹地板等外贸产品到上海港，然后这些产品再从上海港乘船驶向世界各地，集装箱上了我的船就等于"出海"。相比以前，现在开船收入稳当，一年纯收入有 30 多万元。

几年间，我们这支集装箱运河大军不断扩编，已成为江南运河长湖申航道上的一道亮丽的风景线。湖州港集装箱吞吐量一路飙升，增幅位居全国同类型内河港首位，安吉上港成为浙江省内河集装箱运输的"领头羊"。2016 年 10 月，经交通运输部正式批复同意，湖州成为全国首个、目前唯一一个内河水运转型发展示范区。

四、人之变

我们夫妻俩撑了一辈子船，如今退居二线，在小儿子刘华明船上帮忙，船上还聘请了一名驾驶员。

过去有一句老话：人生有三苦——撑船、打铁、磨豆腐。我们船老大的生活就是以船为家，常年漂泊在江河上，既艰苦又寂寞，还不安全！

以前，水泥船驾驶台四周都是露天敞开的。到了冬天，行船在水上，严寒刺骨，我们得全副武装，身上裹了一件又一件，迎面寒风吹来，手上还要拿着撑船的竹篙，滴水成冰，冷得直发抖。到了夏天，白天顶着炎炎烈日，没地方躲藏，晚上又要喂饥肠辘辘的蚊子。而且机器声震耳欲聋，耳朵里整天"嗡嗡"作响，生活条件相当艰苦。三个儿女从小随船，我和妻子既要开船又要带孩子，干活时，用笼头绳把孩子绑在船上，妻子上街买菜也要把他们带在身边，不放心啊！

现在，我们船上冬暖夏凉，有一个客厅两间卧室，厨房卫浴样样齐全，有彩电、空调、冰箱、热水器，可以算得上是一套完整的"公寓房"。行船中途可以停靠沿途水上服务区休息，在服务区可以直接刷卡接取岸电，在超市里购物，很是方便。两个儿子也都在县城买了 120 平方米的商品房，还买了私家车，孙子都在城里上学，我们老两口没事就上岸去住住，陪陪孙子。

我们船上人家以前是艰辛谋生，现在条件好了，富裕了，生活方式也彻底变了。在船上，对于我和老伴来说，最开心的事就是与孙子视频聊天，闲着没事就种花养草，我们的船成了流动的水上花园，既锻炼身体又愉悦心情。

每次船进入黄浦江，两岸高楼林立、灯光璀璨，江面上大小船只来回穿梭，景色美不胜收。我们一家人会站在船头，从江上的视角欣赏繁华都市夜景，自拍留影，定格美丽瞬间。这些高楼大厦的建材都是船家们一船船运来的，如今已变成了上海的新地标和改革开放亮丽的名片，我们也无比自豪！因船而生、因水而兴，我们一家早已离不开这条江南运河，更舍不得这片青山绿水。

（刘殿魁／口述　周雨顺／整理）

20世纪80年代初，长湖申航道处于自然状态，通航能力100吨级以下（湖州港航管理局资料图片）

20世纪80年代的堵航（施延樟拍摄）

1987年，我与妻子在水泥挂桨机船（被称为"蛋壳船"）上，那时开船全凭经验和胆量

梅溪河港停满回港过年船舶，我在 260 吨落舱机船上贴对联、过新年（摄于 1997 年）

以船为家的我们一家三代（摄于 1997 年）

开挂桨机船与船交会时，靠站在船头手摇旗或按喇叭鸣笛、闪烁红绿舷灯发出信号（摄于 2004 年 10 月）

安吉川达集装箱码头,48标箱集装箱船开足马力,装运绿色家居产品(摄于2013年3月5日)

内河集装箱船成为江南运河长湖申航道上一道亮丽的风景线(摄于2017年10月30日)

用上AIS、视频监控、甚高频通信系统等先进驾船辅助设备,开船既安全又轻松(摄于2018年6月2日)

翻开相册，回忆这四十年的风雨航程（摄于 2018 年 6 月 2 日）

2018 年 6 月 2 日，船进入黄浦江，小儿子刘华明拿起手机与船家们一船船运出来的高楼大厦合影

周仕超

◎山东艺术学院副教授，中国当代著名油画家。1965 年生于山东青岛，1989 年毕业于山东艺术学院设计系壁画专业。2010 年 10 月周仕超"日出·马赛"油画展在法国著名的马赛当代艺术中心举办。这是马赛市政府首次邀请中国艺术家在政府艺术中心举办个展，引起巨大轰动。后在多国举办画展，作品被美国、法国、意大利、日本、德国、瑞士、芬兰等国的艺术机构和收藏家收藏。被法国著名艺术评论家克劳德·达拉斯评为 18 世纪至今全球七十位著名画家之一。

我的绘画"走出去"

改革开放前，美术被看作"偏门"，有些人虽然很喜欢画画，却很难以此为生：他们中的大多数进了工厂，绘画特长也只能施展在车间里和工会的板报上。改革开放的四十年里，不仅人们的物质生活得到了改善，文化环境也多元、丰富了起来，对美的诉求甚于以往。在这样的社会背景下，我有幸以绘画为职业，在和平与发展的时代主题中追求艺术理想。近几年欧洲的朋友常邀我去办展览，我作为华人画家在西方社会逐渐有了影响，欣慰之余也深知这一切得益于改革开放四十年来的成果——祖国强盛是我在海外得到尊重与认可的前提。

一

三四岁的时候，我就很爱随意画一些东西，也谈不上绘画，就是一些简单的涂鸦。那还是在 60 年代，物资很匮乏，也没有水彩笔、蜡笔，连纸本这类文具都很紧张，于是粉笔、红砖头就成了我最好的画画工具，好在我的父母是医生，平日能余下些稿纸给我画。

记得有一回，我仰着头反复看窗外电线杆上的灯，看久了就画了出来，母亲看到我的画很是意外，叫来父亲一起反复端详后问我：这真是你画的?! 很少接触绘画的他们似乎惊异：这么小的孩子能画出这样的画？自此，我画画的爱好便引起了他们的注意，他们也为我找来了更多的纸笔鼓励我画，这在当时的家庭教育中已算难得。

一次偶然的机会，父母的一位老朋友来医院看病，当时这位老师的多本连环画集已在国内出版。父母请他给我做一些小示范，他给我讲了一些基本的绘画常识，鼓励我多动笔，这算是我接触到的第一位美术老师。

上了小学，每天上学我都出门很早，但母亲却意外地接到老师的通知，说我经常不按时上学。母亲起初不解，希望我能解释，我就带着她去了每天早上都会路过的用滑石和红砖头画画的空地——原来每次迟到都因为我在这画画而忘了时间。看到画满画的墙面和地面，母亲意识到了我对画画的浓厚兴趣，回家同父亲商量，以后能否让我走美术专业的道路，父亲表示忧虑。

六七十年代的中国，美术专业还非常小众，人们深受"学好数理化，走遍天下都不怕"的思维影响，认为学美术没有什么出路，父亲也不赞成我在美术上过于投入。母亲却希望我能继续画画，认为坚持自己的爱好，一定能出成绩。我清楚记得当时父母在这件事情上有过几次争论，我学习画画的事才渐渐被父亲默许。

我父母都是大学生，他们内心希望我也能考上大学有所建树。1977年恢复高考时我才十二岁，对美术高考认识很模糊，根本谈不上有什么规划，只在心里希望将来能一直画画。现在回想，那时的坚持纯粹就是出于对绘画的喜爱。

1982年我考进了青岛六中，那是岛城第一所美术职业高中。一进高中我对大学就有了向往，想要参加美术高考：一是这样能满足自己坚持画画的心愿，二来也能照顾到父母对我未来发展的期望。高二的时候我提前参加了美术高考，未能如愿，第二年再考仍未过关，直到第三年我才考入了山东艺术学院。那时高校美术专业招生名额很少，有人考了五六年才考进大学也不足为奇，即便这样，大家无不感念高考的恢复，若非如此，绘画发展为职业不知要等到何时。

二

山东艺术学院是一所集音乐、美术、戏剧等艺术专业为一体的综合性艺术高校，气氛活跃。那会儿学校周末晚上有舞会，课余生活非常丰富，这却令父母较为担心：他们叮嘱我考进大学不容易，要将所有的精力用到学习和创作中去。只要能画画，我都愿意顺着父母，所以我的大学生活主要在画室和图书馆中度过。

80年代以前，人们的文化生活可以说是在一条线上：电影、文学、音乐、绘画等精神营养皆来自苏联，"红光亮、高大全"成为当时评价艺术创作的最高标准。进入80年代，学院专业课程依然延续苏联的教学体系：写实绘画是美术教学的主要部分。当时以客观再现为出发点的绘画我也认真学习过，这种总是在重复某些东西的绘画，不是我想要的表达方式。当时学校刚刚有了外文阅览室，向师生提供一些外文书籍、画册，我常去阅览，从古典主义、写实主义看到印象主义、现代主义，很多新的绘画风格是在那里接触到的……

1989年，我大学毕业后留校工作，我并没有全身心投入绘画创作中，我想停笔反思，希望从当时绘画界"千人一面"的模式中解脱出来，寻找一种新的可能。

90年代初，随着改革开放的逐步深化，海外、港台流行文化向内地席卷而来：北京的地下摇滚如雨后春笋般出现，唐朝、张楚成为那个时期音乐人的代名词，谭咏麟、童安格、齐秦的歌曲响遍街头巷尾，新潮的人们以出入马克西姆西餐厅为荣……暂歇画笔的我也喜欢上了这些东西，投身于音乐。在两年多的时间里，我对情绪的表达有了新的认识，潜意识里这些新的体悟拨动着我绘画的神经，我开始重执画笔，要在绘画表现上探索一种新的面貌。

沉寂两年后，我画了一批新作品，在省政协大厦办了一个小型画展。这些作品在形式、手法上与以往的画作有很大的不同，很多同仁、老朋友看过我的画展反响不一。有人说很好、耳目一新、很另类，大多数人不敢相信这是我的作品：具象与写实的影子不见了，让人有些"看不懂"。有人甚至直言说我怎么画得越来越差了，以前画得那么好，不知道现在画的是些什么东西，从前一身的写实功夫算是废了。这是画圈里的一些评论，一般观众更少有人能接受我的新风格。

改革开放中经济的发展也带动了文化交流，拓展了人们的视野，促进了人们思想解放和观念更新。在短短几年时间里，大众审美意识悄然转变，我的画风也开始被小部分观众认可。90 年代末，我在学院的名人画廊办了一次展览，没有想到反响特别好。当时院长杨松林先生对我的绘画给予了充分肯定，鼓励我到北京办画展。北京是中国艺术的前沿阵地，办展览的事当时不敢想。杨松林院长随后给我写了一封介绍信，让我带给北京美协主席刘迅先生，推荐我在国际艺苑办一次展览。到国际艺苑做展在当时很不容易，不仅需要等档期排队，还要接受审核，门槛比较高。刘迅先生看了我的作品以后当即给予肯定，但要听艺委会的评审意见，让我等通知。两个月后我得到了通知，开始筹备北京的展览。

1999 年 12 月底，我的展览在北京国际艺苑开展，参观展览的人很多，反响很好。让我意外的是，北京几所高校的美术系教授十分欣赏我的画，希望我能去他们的院校教色彩课程。其中包括李天祥和赵友萍夫妇，他们是中国油画界的大家。我的画能在几年时间里从不被理解，到获得业内权威和专业人士的一致好评，这得益于社会艺术理念的不断转变。

三

因为北京展览的影响，有越来越多的人请我去高校交流绘画创作经验，也有一些企业家因为喜欢我的画，给予我一些支持。还记得刚参加工作的时候，一个月工资七十多元，我每月买画材的开销就要两百多元，有时甚至连吃饭的钱都很紧张，需要朋友周济才能度日。在教育产业化、学院扩大招生的背景下，我周围很多朋友纷纷办起了美术培训班，有的朋友让我去代课挣一些外快，我也心动过，随后考虑培训教学会很牵扯精力、占用时间，会影响到自己的绘画创作，所以还是谢绝了。我屏蔽外界的干扰，咬牙坚持在绘画上继续探索，今天回想起来，那段艰难的经历是一笔不可多得的财富，如果当初没有这种坚定，也很难说之后所办的一系列展览能有什么影响。

从 90 年代开始，我相继结识了一些来山东工作的外国专家、学者，他们对我的画很赞赏，说我不同于大多数中国画家，作品别有特点。这些外国朋友时常带他们的朋友来看我的画，这样我的作品在济南竟也有了一群外国"粉丝"，这在当时也让我颇为自得。然而真正引起国外的注意还是在 2010 年 10 月，那时我受法国马赛市政府邀请，在马赛举办"日出·马赛"画展。起初只是抱着交流尝试的态度，不承想却引起了不小的轰动，用一位法国画家朋友的话来说：不仅仅在美术界，我的画展让全马赛都兴奋了。

马赛市政府作为主办方，为展览宣传做了五十五个六米高的巨幅海报，立满市区；法国国家电视台、《普罗旺斯报》等主流媒体也相继对画展进行了报道；三百多位来自各界的嘉宾出席了展览的开幕酒会，其中有法国原总理德·维尔潘先生、马赛市市长、议员、中国驻马赛总领事……嘉宾们纷纷向我表示祝贺，一位在马赛生活了三十多年的法籍华人激动地说，他来法国这么多年，第一次看到法国各界这样仰慕一个中国人，此刻他感到无比自豪和激动。这样高规格的接待，也体现了西方主流社会对一个中国艺术家的肯定和尊敬。

据展馆统计，整个展览为期二十二天，参观人次近七千，而同一时间其他的展览参观人次最多也只能达到三千。现场画册、海报被抢购一空，找我签名、合影的人排成长队，有的观众从周边城市专程赶来，还有的观众看过展览后，又多次带着朋友返回展馆再次参观。在许多人的心目中，法国是个浪漫、纯粹的艺术国度，我的作品能在法国被这样追捧，当时感觉好像做梦一样。

我一直坚信，绘画的价值在于作品要有自己独到的绘画语言。油画源自西方，作为一个中国画家，我希望能通过自身的探索实践，将东方精神融进油画创作中，继而形成自己的风格。并不是要用油画技法去表现国画山水，或者仅是水墨到油彩的工具转换，而是对一些更本质的东西进行探索，才能形成绘画的独特性。

如果法国有任何一位与我风格相同的画家，那边的观众不会接纳我这个外邦人——高卢人特有的高傲让他们对待艺术十分严苛。一位法国观众曾坦言：他看过很多人画马赛，但没想到有人能将这座城市画得这样与众不同。这些作品居然还是出自一个外国人之手，当下的法国反倒没有这样的画家，作为法国人他甚至感到惭愧。

由于画展所产生的影响，在年底的网络投票中我被选为当年马赛市最受欢迎的人。塞尚的故乡艾克斯市、沃内勒市相继邀请我举办画展，马赛高等美术学院院长邀请我为该学院的油画研究生举办学术讲座——"爱，推动艺术的进步"，我的作品《日出·马赛2》也被马赛市政府收藏。为了表达对作品的尊重，法方计划举行收藏典礼时在作品上搭一面法国国旗，由马赛市市长戈丹先生揭幕，这是法国官方的最高礼遇。得知此消息，我十分激动，并建议他们在这幅作品上也覆盖中国国旗，因为我是一个来自中国的画家。他们尊重了我的建议。

因临时决定，五星红旗竟一时找不到。几经周折，在翻译的帮助下联系到一名在艾克斯的中国留学生，他有一面中国国旗，只是艾克斯与马赛距离不近，典礼开幕前几分钟才将国旗送到现场。晚上，近百位马赛的各界精英、名流出席收藏典礼，五星红旗成了活动的焦点。戈丹市长在典礼仪式的致辞中表示，能举办周仕超的画展是马赛市的荣幸，作品《日出·马赛2》将永久陈列在马赛市政大厅。揭幕仪式上的五星红旗为典礼赢得了喝彩。

展览期间我有幸结识了七十九岁的老艺术家盖伊·杜蓬，他是法国南方表现主义的杰出代表，虽然我们语言不通，年龄差距也很大，但在绘画的探索和研究上我们有着共同的理念和追求。他对我的作品给予了很高的评价，他说："这样的画面正是许多法国画家想要寻找的感觉，在你的画里我看到了。你的作品既有西方色彩的感染力，又有东方的理念和视角，这对我很有启发。"他邀请我在"日出·马赛"展览结束后，到他生活的城市举办"交互马赛"的联展，由于杜蓬在法国南部的影响力，展览非常成功。市长及周边城市的市长、议员等都前来参观，对中法艺术家的联展给予了高度评价。2011年年底，我邀请杜蓬先生在北京举办"马赛之光"联展，马赛市副市长、法国驻华大使和文化参赞以及法国学术界、企业界的二十多人专程出席了这次展览的开幕式。在开幕式上，受马赛市市长戈丹先生的委托，副市长哈曼先生授予我"马赛荣誉市民"勋章，以表彰我对中法文化交流所做出的贡献。通过联展，中法双方加深了交流，中国给杜蓬及随行的法国朋友留下了难忘的印象。

在北京期间，他画了很多速写，回到法国以后还专门办了有关中国的展览，向他的朋友们介绍中国的故宫、长城，以及他在中国的所见和感受：通过艺术，可以打破种族、文化之间的隔阂而产生共鸣。

四

我的画展在欧洲影响力逐步扩大，有些外国人不相信，甚至不愿意相信我是中国人：很多外国人对中国抱有不小的偏见。我在欧洲接受媒体采访时，常有一些记者会有意诱导我说一些偏激的话，我都直接回应，纠正他们的偏见。只要在采访和交流时遇到对我产生疑惑的人，我都直接在他们的手掌上清楚地写上China。近几年有的文人、艺术家带着情绪出了国，在海外受到一些政治团体的利用，发表一些片面偏激的言论，为了个人名利不顾国家形象蒙损。我认为一个真正的艺术家应该感恩养育自己的祖国，专注于画好自己的作品，埋怨与发牢骚其实也意味着自身能力的不足。

在一次画展中，我结识了一位德国教授，见到我时她有些激动，眼睛里闪烁着泪光，告诉我这是她第三次来看我的画展。她双手捧着我的画册看着我说，在东方，她最崇尚日本文化，其次是韩国文化，边说边从挎包里拿出一个日式化妆品盒给我看。这位教授说2008年她到过中国，对中国的发展感到惊讶，但没有特别的好感。她被这次展览的作品深深打动，十分惊讶于这些作品是出自中国画家之手，她坦言这次展览改变了她对中国以往的认识。随后她请我在画册上签字留念，我写下："感谢与您的交流，很高兴通过艺术使您对中国的认识有了全新的转变。"

在法国，我和朋友聊天时说到这段经历：油画的力量居然大到能改变一个人对中国的印象；画油画这边的氛围很好，在这里我充分感受到人们对作品的理解，对艺术的尊重，对艺术家的热情！他笑着跟我说："法国可不缺油画家，大多数引不起他们这么大兴趣，对你算是例外。"

起初我以为他是在恭维我，时间久了我渐渐意识到：他们是由衷地喜欢我的作品。从2010年举办"日出·马赛"画展以来，收藏我的作品的欧美藏家也多了起来，其中有法拉利家族等。

也是在2013年，我应意大利菲拉格慕家族的邀请，参加佛罗伦萨艺术基金的典礼。菲拉格慕先生提议与我合作，以我的作品《里程》为图案推出一款限量版丝巾。直到今天还有朋友告诉我，在欧美的电影、电视节目中仍时常见到嘉宾或演员佩戴这款丝巾。

嘉丽萨酒庄是法国普罗旺斯的一座百年酒庄，酒庄选择了我的画普罗旺斯风景的三幅作品，将其设计成酒标，推出了三款红酒，这些红酒后来成了爱丽舍宫的国宴用酒之一。起初这种艺术向高端商业品牌上的衍生发展让我感到新鲜，但随后我就清醒认识到：我作品的艺术价值绝不是促成这些合作的全部因素——在中国经济的全球影响力空前发展的今天，华人艺术家的标签成了我的好运符。

2015年，我成为法国著名评论家克劳德·达拉斯笔下的第一个华人艺术家：他为我撰写的个人传记 *Zhou Shichao* 的英法双语版在巴黎首发。早在2012年他跟我说想为我写本个人传记时，我连忙拒绝，总觉得自己的成就不能跟那些被他撰写过传记的大师相提并论。中国人对树碑立传这个事看得很重！我知道达拉斯十分欣赏我的作品，我担心这会影响他在为我写传记这件事上的客观判断。后来他跟我谈：首先，他肯定我作品的水准和影响；第二，在法国甚至欧洲极少有华人艺术家的传记；第三，当今的国际趋势中，流行打"中国牌"，他认为一本以纪传体形式展现一名优秀华人画家艺术历程的书，会受到大家瞩目。那就写吧！2013年11月，年近七十的克劳德·达拉斯第一次来到中国，分别在青岛、济南和北京——我成长、生活和工作过的地方，为我的第一本传记采集素材，整个写作过程历时两年。

2016年10月，我应邀在摩纳哥游艇俱乐部举办个展。这个俱乐部是由摩纳哥皇室建立的，是全球顶级的俱乐部之一，会员都是欧洲的名门贵族，我认为这是通过作品展示中国文化的一个很好的平台。开幕酒会上，主持人为我一一介绍前来出席的嘉宾，他们都是各领域的精英和代表人物。俱乐部主席在致辞中强调，这个展览有着特殊的意义：这是俱乐部成立以来第一次举办个人展览，我也是第一个被他们邀请来办展的华人艺术家。晚宴上，嘉宾们除了和我谈论中国的文化和艺术之外，他们各自与中国有关的经历和见闻也成了交流的主题。那个夜晚真是应了我那次画展的主题："金色时光"。

改革开放四十年来，中国各领域的飞速发展也为中国文化走出国门、面向世界创造了一个"金色的时代"。国家之间的互相尊重与认同，不仅依靠经济的往来：经济合作是建立在利益关系的基础上，而对一个民族最深层的尊敬源于对它文化与品格的认同。在中国国际影响力日渐增强的今天，文化艺术的繁荣已成为民族崛起的重要标志，越来越受到世界关注。作为一名中国艺术家，我为此感到无比自豪。愿中国优秀的艺术与文化能继续走出去，让世界真正地认识一个美丽富强的中国。

与马赛市市长戈丹先生共
同揭幕《日出·马赛2》

2010年11月,应沃内勒市
市长邀请,在沃内勒市举
办画展留影

应沃内勒市少儿艺术基金
会邀请,为孩子们讲解绘
画和中国文化

2010年底，应杜蓬先生邀请，与他共同举办"交互马赛"联展

2010年上海世博会期间，马赛市副市长罗兰先生代表马赛市政府向上海市政府赠送我的油画《上海的早晨》

2011年底，在北京举办的"马赛之光"联展开幕式上马赛市副市长致辞

与马赛友人合影

作品《里程》

于秦峰

◎1962年生，现居青岛，高级技师，高级工程师。即墨妙府老酒创始人、即墨黄酒传统酿造工艺传承人，国家黄酒专家组专家、中国黄酒学会副会长、中国酒业协会黄酒分会副理事长。从事酿酒科研与企业管理工作近四十年。2011年被中国轻工业联合会和中国酿酒工业协会授予"中国酿酒大师"称号，2016年荣获全国五一劳动奖章，2017年研发的大师品鉴级老酒荣获"2017年度青酌奖酒类新品"称号，2017年8月被评为"山东省食品行业杰出贡献人物"。

矢志不渝，做大叫响北派黄酒

　　1978 年，是我一生中难忘的年份。因为这一年，农家子弟跳出农门的两条路径——升学和当兵我都尝试了，结果均是铩羽而归。当年的 7 月 20 日至 22 日，十六岁的我参加了全国统一命题的高等学校招生考试，成绩离录取线仅 3 分之差，我落榜了！带着遗憾，我参加了年底的全县征兵，体检筛查时，身体出了点小状况，使我穿军装的梦想又刹那间破灭了。

　　这一年，我充满了挫败感，情绪低落。但我并不悲观绝望，因为，1978 年，国家发生了很多大事，让我心中始终蕴藏着希望的火种：

　　3 月 18 日至 31 日，全国科学大会召开，邓小平在会上出人意料地提出了"科学技术是生产力""知识分子是工人阶级自己的一部分"的重要论断；12 月 18 日召开的十一届三中全会强调以经济建设为中心，决定实行对内改革、对外开放的国策；小说《第二次握手》在中学生、大学生中产生了巨大的影响，很多年轻人热情地追求青春的梦想。

　　一时的失败并不意味着永远的失败，新时代的曙光很快驱散了我心中的阴霾。

一、老酒缘

　　新时代需要新作为。进入 1979 年，我很快从高考、当兵失利的阴影中走出来，全力以赴准备秋季全县统一招工考试。

　　功夫不负有心人，这次我考了全县第一！我顿时有了扬眉吐气之感，兴冲冲地报考了此次招工中最热门的单位——即墨县检察院。但事与愿违，我被调剂到即墨县黄酒厂政工科，这是当时全县最好的企业。

10月17日，我到黄酒厂报到时，按照"新员工必须先到生产车间实习锻炼"的要求，进了黄酒厂生产车间，从事一线生产工作。虽然这与我当初对自己的设想有挺大的落差，但"干一行，爱一行，钻一行"这个当时响亮的时代口号，将我的落差感冲刷得了无踪影。在生产车间，我挥汗三载，先后干过老酒烧火工、糖化工、榨酒工、制曲工和化验员。在传统酿造技艺师徒传承的形式下，我跟随张信根、张廷智两位师傅学艺，熟练地掌握了老酒生产的酒曲制作、糖化、糊化等关键技术。钻研得越深入就越了解其中的妙处，越是喜爱这项传统的"老手艺"。我这一生，由此与黄酒结下不解之缘。

1982年3月，我调回厂政工科，任厂文书兼团总支书记、政工干事。离开生产一线，我有了系统学习理论知识的机会，于是，我如饥似渴，边工作边"充电"，先后参加了青岛第一轻工业学校酿酒食品工程专业、北京大学函授经济管理专业、无锡轻工业学院酿造大专班的培训学习。

这一年起，历史机遇屡屡垂青像我这样积极向上的年轻人。9月，干部"四化"标准在中共十二大上被写入新党章；1983年7月，中共中央组织部在北京召开全国组织工作座谈会，会议强调以改革的精神加速领导班子的革命化、年轻化、知识化、专业化建设，改善领导班子结构，提高干部素质。得益于"四化"干部队伍的选拔培养政策，1983年10月，我被选调到厂质检科，兼任即墨黄酒研究所副所长。1984年6月，工厂安排我到中国人民大学进行为期三个月的进修，其间，我有幸与常来授课的著名营养学家、陈云同志夫人于若木相识。此前，把老酒酿造传统工艺琢磨透，干好这个行业，曾是我的奋斗目标。认识于老后，我对即墨传统老酒的历史文化有了更深入的认识：对个人来说，钻研这门传统工艺是我的人生目标；对民族、历史来说，继承、保护和发扬光大中国黄酒历史文化遗产更是我的一种责任。

在这种更高远的历史责任感的指引下，我的眼界开阔起来，人生之路走得更宽广。到 1988 年，我相继成为省级和国家级黄酒评酒委员会评委。1978 年到 1988 年，也就是改革开放的第一个十年，我与老酒结下了情缘，也为"老酒梦想"打下了基础。

二、妙府业

到 90 年代，我在黄酒行业积累了一些经验，黄酒工艺的传承发展也引起了更多人的关注。1993 年 6 月 15 日，即墨市政府下发文件，决定以拳头产品和骨干企业（包括我所在的黄酒厂）为主体，组建即墨黄酒工业集团公司。我因工作之需调到即墨市政府管理部门。突然离开钟爱的老酒行业，我心里空落落的。是在新单位新领域从头再来，还是在熟悉的老酒行业另起炉灶？我坚定地选择了后者。我的这一勇气，来自 1992 年初邓小平南方谈话。"三个有利于"标准的提出，使一度甚嚣尘上的"姓社姓资"争论戛然而止，自南到北，一股前所未有的知识分子"下海"创业热、基层公务员辞职"下海"风刮起。

这一年，我辞去了公职，准备去实现我的老酒梦想。对于我的大胆选择，亲友们很是担心。当时，由于利益驱使和行业门槛太低，个体黄酒小厂、小作坊正一哄而上，假冒伪劣产品已使拥有四千年历史的即墨老酒声誉扫地，产业发展步履蹒跚。另外，我是工薪家庭出身，生产老酒的厂房、设备、原料等动辄上百万元，这笔创业资金从何而来？即使产品生产了出来，在这个即墨老酒行业整体不景气的时候又能把产品卖给谁？

对此，我没有丝毫犹豫和动摇，我坚信，只要掌握全面、过硬的老酒生产技术，又能恪守老酒传统生产工艺，牢牢遵循"斤米斤酒"这一古训，即墨传统老酒在市场上正名、翻身并不难。而且，更重要的是，我热爱这个行业，我有义务有责任把即墨老酒做成响当当的品牌，把即墨老酒的传统文化发扬光大。于老当时也知道了我的境况，为我题写了"百折不挠"四个大字，给了我莫大的关怀和鼓舞。

但创业之初的困难不会因为我的信心而减少分毫，需要资金、需要市场、需要设备，甚至需要一个"名字"。有史料记载，明朝嘉靖年间，即墨诗人蓝田入仕后晋升为河南道监察御史，后因贪官污吏攻击被贬还乡。回到即墨后，蓝田建起"即墨妙府酒坊"，并制定了一套严格的操作工艺，生产出的老酒醇香细腻，口感绝佳，是即墨老酒中的上品。到了20世纪40年代末，由于战乱，酒坊大多萧条，而妙府酒坊依然屹立不倒，传承竟长达400年！"妙府"既有深厚的历史文化内涵，又因注重工艺品质而流传甚广，以此作为商号，为市场所认可，可事半功倍。基于此认识，我果断地选择了"妙府"，并注册了"妙府老酒"商标。加上若干亲人、好心领导、同学的鼓励和帮助，1993年底，即墨妙府老酒有限公司成立了，于老欣然题写了公司名称。

企业初建，我全力以赴抓产品品质，几近痴迷的程度。我经常凌晨一两点从被窝里爬起来，胡乱地穿上衣服，然后跑到发酵车间，痴痴地坐在大缸旁。妻子还以为我压力太大，精神出了问题，后来才发现是虚惊一场。

即墨传统老酒历史文化深厚，"古遗六法"是它的精髓。"黍米必齐，曲蘖必时，水泉必香，陶器必良，湛炽必洁，火齐必得"，一连出现六次的"必"字，实质是在强调六法标准在酿造即墨传统老酒中的重要性。在对历史、技艺进行了深入的研究后，我将六法工艺确定为妙府的生产标准。采用这样的酿酒古法是一项系统工程，从原料到设备、到技术，都需要严格控制。

与江南黄酒主要以糯米为原料不同，北派黄酒，特别是即墨老酒，以黍米为原料。可是这些年，即墨周边的黍米种植面积锐减，找不到更多优质的黍米，老酒梦就要破碎在第一步。为此，我从内蒙古、华北到东北，费尽周折选点，我的目的只有一个——从原料上保证传统老酒的纯度。最后，我选择了气候适宜、无任何污染的内蒙古清水河一带，建起黍米种植基地；2005 年起，我又多次到东北"踩点"，试种有机黍米。

我又将"古遗六法"升级为"糗糜法"，即以黍米为酿造原料，以陈伏麦曲为糖化发酵剂，以崂山麦饭石泉水（次火山地带独有的水系，富含多种矿物质）为酿造用水，将糊化、糖化、发酵、压榨、陈储一气呵成的方法，得到了中国黄酒界的充分肯定。在一丝不苟的坚持下，妙府的品质有了保证，得到越来越多消费者的喜爱。

经过十三年品质立企、传统与创新结合的努力，2007 年 9 月 21 日，山东省质量技术监督局公布了 2006 年山东名牌产品名单，妙府老酒赫然在列，企业发展由此站在了一个新的起点上。2008 年，妙府获得了全国食品安全示范企业、山东名牌、山东省著名商标等诸多荣誉，上缴税额突破 300 万元。

2008 年底，以"糗糜法"为核心的妙府黄酒传统酿造技艺，被列入青岛市非物质文化遗产名录；2013 年，被列入山东省非物质文化遗产名录；同年 8 月 10 日，在第七届中国品牌节上，妙府荣膺"最佳品质奖"。此前，妙府已将中国驰名商标收入囊中。这年，我也被青岛市确立为即墨黄酒传统酿造工艺传承人。这一点点的成绩让我看到的是业界、消费者对妙府老酒的肯定，对我弘扬传统技法理念的认同，这给了我更多的激励。

三、封坛情

我是一个非常重孝道的人。1993 年妙府呱呱坠地时，我就将"以孝心酿造放心老酒"作为妙府的立身之本，将每一坛酒都视为献给自己长辈的酒，慢慢确立了妙府的企业形象，在当时低迷的市场环境中生存了下来。于老曾经嘱咐我："做食品要像给老人做饭一样，讲良心、讲诚信、讲道德、讲孝心，做好妙府老酒就是为人类健康做贡献。"我将"孝心""良心""爱心""诚心"写进了企业管理细则，没有孝心的人不能进妙府，并把"孝"作为招聘和考核员工的一项硬指标，从不变更。

但是，孝德远远不止一个企业形象那么简单，也不仅是一个黄酒行业的转向盘而已，它是中华民族的美德，我们每个人都应心怀善良和孝心，正直为人。这么多年来，做酒的同时我也不遗余力地推动孝文化的传承。做老酒是对传统文化的传承，也可以是传承"孝心""良心""爱心""诚心"的途径，怎样找到两者的契合点，是我很长一段时间绞尽脑汁思考的问题。我再次细致梳理了老酒的生产工艺，封坛这一环节引起了我的思考。

封坛是妙府老酒酿造过程中的重要环节，是将刚刚榨出的鲜酒杀菌后装于质地优良的老坛，以荷叶罩口。以特质泥坯封坛，通过陈酿使酒品更为醇和。我经过多年试验改进的陶坛年份贮存方法对保证黄酒的氨基酸态氮指标达标十分奏效，能有效地弥补老工艺自身存在的不足，大大提高老酒品质。这种方法已经在妙府的生产过程中全面推行。同时，封坛也是我国北方一种古老的民间习俗，有着四千年的历史。最初是农户为了庆祝一年的丰收，把新酿的酒封到雪地里去，为来年祈福。将古老的民间习俗和妙府的生产工艺结合起来，既能弘扬传统文化，又能宣传妙府老酒，还能打造旅游品牌，岂不是一举多得的好事？所以，2007 年，我们举办了首届妙府老酒封坛盛典。盛典热闹而温情，市民朋友购买一坛酒封存，封存的不仅是浓郁美酒，更是人生中值得纪念与期待的盛事、喜事——为老人祈福健康，为孩子许下心愿，为朋友赠送一份具有特色且值得珍藏的友情。待老人庆贺寿辰，孩子金榜题名或喜结良缘，或者朋友相聚的时刻，再来开启封坛美酒，品着醇厚的妙府老酒，沉浸在喜庆气氛中，体会情谊之真切美好。这也是我最喜欢看到的……

　　妙府老酒封坛节每两年举办一次，一般选在冬至节气。自 2007 年至 2016 年，妙府老酒封坛节已成功举办五届，声名日隆，现在已成为青岛地区的一个特色节庆日，封坛老酒留念也逐渐成为消费者寄托愿望、表达孝心、传承亲情和友情的一项时尚又有纪念意义的活动。随着社会的发展，封坛节的形式和内容也在不断与时俱进，上一届封坛节我们还推行了二维码封坛，将具有中国传统文化特色的黄酒与现代互联网结合，为传统赋予了现代的质感。

　　一份亲情，一份孝心，一份关爱，一份感动——能让妙府成为许多人生感动的见证者，我由衷地感到幸福！

　　因为坚定不移推行孝德文化，身体力行参加敬老爱老助老活动，我先后获得"中华孝亲敬老楷模"提名奖、"感动齐鲁　敬老楷模"提名奖，妙府老酒公司也成为全国企业孝德文化推广示范单位。孝德传统文化是温暖人情关系、洗濯企业良心的一剂良药，我想，弘扬孝德文化也是我为推动和谐社会建设所做的一点贡献。

四、传承心

　　黄酒是我一生钟爱的事业，传承北派黄酒技艺，不仅要"承"，要创新，也要"传"，往广了传，往下一代、下下代传。不同于现代企业对技艺的严格保密，为了将黄酒的传统工艺更好地推广、留存，我想方设法告诉同行、告诉社会，这项工艺的珍贵要诀。作为中国酿酒大师、中国酒业协会黄酒分会副理事长、中国黄酒学会副会长，我与协会同仁一起，为提高北派黄酒生产工艺和技术标准、做大叫响区域黄酒品牌积极奔走，实地考察，亲自示范。

2017年10月18日，我和中国黄酒学会部分专家抵达河南省邓州市黄酒企业，面授黄酒酿制绝技，并现场释疑解惑，目的是尽快推进河南省黄酒产业发展。11月25—28日，我前往平凉市，组织召开黄酒酿造技术（甘肃）培训会，做了长篇主旨发言，并结合自己近四十年的从业经验，从六个方面进行黄酒酿造技艺专题培训；在柳湖春酒业公司酿造车间，我就浸米、烫米、煮米、焖饭、糖化、摊晾、入缸发酵等工艺流程，进行现场培训并提出操作要求。在试验现场，我带领技术人员对煮好的黄米进行摊晾，并亲自加曲，向技术人员讲解黄米入缸发酵注意事项。

每到一地培训，我都亲力亲为，专业、认真、求实、严谨、务实的作风，赢得了河南、山西、陕西、甘肃、内蒙古等沿黄流域相关黄酒企业的高度认可。

2018年1月3日，中央电视台中文国际频道《非常传奇》（第二季）摄制组一行39人来妙府老酒公司拍摄山东省非遗项目——"即墨黄酒传统酿造工艺"专题纪录片，并记录我的家国情怀和际遇命运。在我的操作演示下，节目组全程拍摄了妙府老酒"古遗六法"制作十二道工序及上百个工艺要领，参与嘉宾在我的指导下，体验了踏曲、发酵搅拌、封坛等关键环节。

传承，一方面要传播好方法，另一方面也要治理乱象。我认为，建立食品安全黑名单制度、加大监管力度、制定地方性法规，是从源头上消除"黑食品"的有效途径。为此，我起草制定了多个黄酒行业地域性标准，也连续三次参与国家黄酒标准的制定工作。受中国食品工业协会委托，我起草了黄酒质量考评标准《国家优质食品评选标准和办法》的北方黄酒部分，并编撰完成了 20 余万字的《简明黄酒工业生产技术手册》。我想，这些标准的实施，能为即墨老酒构建起一堵高大的"防火墙"，对保证黄酒品质发挥积极作用。

这些年来，于老"做食品要像给老人做饭一样"的嘱咐一直铭刻我心。今天的妙府生产的仍是不加人工添加剂特别是焦糖色素的黄酒，是中国第一个通过国家有机认证的黄酒企业，这是妙府黄酒值得骄傲的两项纪录。打造一个规模、品牌均居全国黄酒行业一流的企业，使"南绍兴，北即墨"并驾齐驱，我对此信心满怀。

从结缘黄酒开始，我创办企业、著书立说、举办封坛节、制定行业标准、培训宣讲……"传承"一直是我生命中的核心词语，传工艺、传文化、传精神，我的人生因此而充实、丰满、富有。改革开放三十年时，我被评为"改革开放 30 年中国酒界领军人物（30 年 30 人）"；如今到了四十周年，依然能在这一行业里亲历改革开放，为国家发展出一份力，我是无比幸运而幸福的。

娄宏霞

◎笔名侠妹，70后，现居浙江绍兴，公务员。工作期间，曾经在 2008 年北京奥运会前后被派到外交部实习；作为主持、翻译，主持绍兴与日本福光町（现为南砺市）友城结好二十周年纪念晚会及东京的招商宣传晚会；还曾受绍兴市人民政府派遣到绍兴友城日本西宫市执教中文。回国后做过经济工作，干过拆迁，当过河长，整治过工业小区，参与了行政审批改革（高效审批 100 天及高效审批 50 天）的试点实践。帮助多所绍兴本地学校与美国、新加坡、韩国等地的学校结为友好学校，推动柯桥与美国、日本等地城市缔结友好关系。

我和我的外国友人们

　　我是改革开放的同龄人，是乘着改革开放的春风长大的孩子。绍兴，这个位于长三角南翼、杭州以东六十公里处的古越之都，是中国改革开放的前沿城市之一，也是我的家乡。我很自豪我是绍兴人！我也很开心，能在家门口跟世界各国的人打交道。

　　孩提之年的我第一次遇到的外国人是一对日本夫妇。那时的我只有五岁，梳着两个羊角小辫，正牵着爸爸的手，一蹦一跳地从鲁迅纪念馆门口经过。这时那对日本夫妇微笑着向我招手，他们身旁过来一位阿姨跟我爸爸说："这对夫妇从日本来，他们想跟您女儿照个相。"我一听赶紧躲到爸爸身后。现在想想，当时那么害怕大概是怕"人家给你拍照，你的魂儿就被拍走了"，而且还是俩外国人，追都追不回来！后来，那位翻译阿姨跟我们解释了好久，因为对这两位稀有的外国游客的好奇，我居然没有拔腿就跑，可是我已经记不起来最后有没有跟这对日本夫妇合影了。我想，那时的国人对于难得一见的外国人以及慢慢打开的国门，可能就是这样一种心态，有一些些好奇，又有一些些害怕。在好奇、害怕、探索、交流中，心门在逐渐打开，国门在逐渐敞开，开放的潮流吸引越来越多的外商来中国学习、淘金。

　　大学时代，我在天津度过。那时的我结识的第一位外国朋友是来自马来西亚的玉婉姐姐。那天傍晚，我从天津去北京找同学丹丹，这在现在来讲，也就是一次说走就走的旅行。但在二十多年前，从天津到北京，说走就走的后果就是"赶不上趟儿"！那时第一次乘坐地铁去天津站，老黄牛一样的地铁开到中途不知道什么原因停下来了，等开到天津站，原定的班次早开走了。只好改签了末班火车票，开到北京站都已经晚上十点多了。丹丹因为没接到我，学校又在郊区，早已经回学校了。还好坐地铁时遇到商学院的几个学生，一路跟着他们来到北京，我和其中一位同学结伴前往北师大住宿。90年代末的北京地铁只有1号线和2号线，在地图上看就像是一块大饼夹了根油条。出了2号线积水潭站，沿着一条大马路一直往北走，走了好久终于到了北师大。半夜三更的北师大静悄悄。女生宿舍楼已经关闭，正发愁去哪里，忽然迎面走来一位美丽的大姐姐，于是我们两个女生就问她学校招待所在哪里。这位大姐姐好热心，她说："你们跟我来吧，我今天刚从马来西亚飞过来，就住在招待所。"我们像是遇到了大救星，跟着这位大姐姐去招待所。遇到这位大姐姐真的是我的幸运。因为第二天一早，商学院的那位女生就去找她的同学了。而我，第一次到北京，东南西北都分不清，却必须独自去丹丹的学校。那时还没有手机，联络只能靠公用电话。那时也没有那么多直达的公交车，有些线路只能坐招手中巴。单独坐车是对勇气和智慧的一种考验。还好，这位美丽善良的玉婉姐姐在得知我要单独坐车去那么远的地方时，她说她陪我一起去。可是我们还是低估了交通的复杂性，尽管是两个人结伴而行，但我们俩一个是外地人，一个是外国人，最后还是坐错了车，倒了三班车，走了两三个小时的乡村公路，太阳快下山的时候，终于找到了丹丹的学校。

我依然记得，一路上玉婉姐姐一直微笑着，跟我讲述她的故事，和我一起唱邓丽君的歌，一起看公路两边的田野。尽管好几次被路人指错了方向，走了不少冤枉路，心里却一点也不害怕。从这时开始，我和玉婉姐姐成了好朋友。

大学时代，我还有一个外国好朋友是来自日本的女久美同学。她是日本留学生的学生会主席，我是我们学校东语学院的学生会主席，所以在进行中日学生交流的时候，我们俩话最多，而且经常是她拼命跟我讲中文，我拼命跟她讲日语，有点意思。学习外语需要语言氛围。我再次庆幸我选择了去大城市的大学学外语。因为在那个年代，北京、天津等大城市的高校里已经有了大批的留学生，但是在绍兴，除了少数的外教老师，好像不怎么看得到留学生。倒是有不少本地人去日本当研修生，一边学习语言，一边学习技术。女久美回国以后，一直没有她的音信。直到若干年后的某一天，我接到天津大学一位教授的电话。这位教授说他儿子马上要带女久美回国来结婚，所以特地邀请我去天津参加他们的婚礼！我欣喜若狂，女久美要嫁给中国人！立马买了火车票，登上北去的列车，为这门跨国婚姻送去我最诚挚的祝福。跨国婚姻被认可，甚至变得司空见惯，是中国社会开放到一个新高度的标志。当一对对中外夫妇走入结婚殿堂，接受亲朋好友的祝福时，中国和世界就有了更深的血肉联系。

工作以后，兜兜转转，我又回到了绍兴，回到了生我养我的故土。作为东南沿海经济较发达的城市，这里外国人的数量与日俱增。这当中，有短期来的，也有常住的。根据近几年出入境管理局的统计，每年常住在绍兴柯桥的外国人大约有 5000 人，每年临时出入境的外国人有 7 万—8 万人。在这些人中间，我第一个认识的应该是来自印度的马海士先生。还记得那是 2010 年的夏天，作为世界合唱比赛的志愿者，我被分配去负责印度合唱二团的志愿者服务工作。可是当我把这批年龄大小不一、个头高低不同的年轻人从上海接到绍兴的营地时，他们跟我说他们身无分文，没有钱交餐费（因为根据比赛组委会规定，餐费是需要每个团自己预交的，而他们出国之前并没有人告诉他们需要自己承担餐费）。当时，我把这个问题反映给了组委会。第二天一早，四位印度企业家就赶到了营地，把钱送到了合唱团，让他们交餐费。马海士先生就是其中一位。原来，组委会接到情况报告后，立即联系了印度领事馆，领事馆就联系了马海士先生，因为当时他是绍兴印度人社团的首领。他二话不说，第二天就带着钱和几个朋友一起到营地来探访。

"虽然我并不认识这个合唱团里的任何成员，但是作为一名在绍兴的印度企业家首领，我有义务去帮助我的同胞。"最近一次我去采访马海士先生，向他了解改革开放四十年对他的影响时，他如是说。

关于中国的改革开放，他满怀感激。因为他是 80 年代末来到中国的。但他一开始并不知道绍兴柯桥这个地方，他辗转于北京、上海、香港等地，也去过迪拜，最后在 2000 年左右，他发现绍兴柯桥有中国轻纺城这样一个规模庞大、品类齐全的纺织品交易中心，就毅然带着家人定居下来。

"我们最早常住在这里的只有十多个人，纺织生意很好做，办公室虽然很小，只有几十个平方，但是交易量很大。后来，不断有印度商人闻风来到这里做纺织品生意，我们也给后来的人很多帮助和指导。所以大家就推选我为印度人社团的首领。当地政府也给我们很多帮助，我们在这里生活也越来越方便。随着印度侨民人数越来越多，这里开始有了印度餐馆，我们还和当地的一家民办学校一起办了国际班，给世界各国来这里工作的家长解决小孩的读书问题。当然，他们也可以送小孩去公办学校接受中国学校的教育，但不少人还是希望在一个全英文的教学体系和环境下让孩子接受教育。现在在柯桥的印度人已经超过了 2000 人，生意也不像以前那么好做，现在我的办公室比以前大了十倍，业务量却并没有增长那么多。事实上，第二代印度侨民已经慢慢长大，年轻一代来柯桥的印度人还在不断增多。但是我不后悔，如果有更多的印度人愿意到柯桥来，我还是愿意帮助他们。就像那个合唱团，他们后来得了金奖，而且回国后他们还在《印度达人秀》获得了冠军，但是我并没有去想要他们还钱的事情。如果有可能，我希望他们能再来中国演唱。"马海士先生如是说。

中国轻纺城成立以来的这二十五年，柯桥的开放程度不断提高。我在这里工作，为他们服务，同他们交朋友，看到他们慢慢融入柯桥这个大家庭，我由衷地高兴。从 2007 年的允许外籍人员子女在义务教育阶段入读公办学校，到外商服务绿卡制度的实施，到行政审批改革试点，再到现在的"最多跑一次"，我参与的许多实实在在的工作，把改革开放的红利送到外国朋友手中，让他们在工作和生活当中享受到了便利，让他们自觉地拥抱这个充满现代感的国际化城市，他们自豪地当起了"新柯桥人"。如今，绍兴柯桥就如一个磁场，不断地吸引一代又一代外商进驻到这个轻纺大市场中来。

　　说到年轻一代外国创业者，轻纺城里有一位很有名的黎巴嫩小伙。他给自己取了个中国名字叫"李天明"。这名字比他本名叫得还响。这位小帅哥，顶一头乌黑的卷发，说一口流利的中文，做事情非常认真。他的爸爸是黎巴嫩人，妈妈是法国人，所以他来中国之前就会讲阿拉伯语、英语、法语等五种语言，并且在法国拿到了色彩学的学士学位。2001 年，李天明来到浙江大学学习中文，一年以后他又到绍兴文理学院纺织系学习。四年以后，李天明拿到了纺织专业的本科文凭，并且到轻纺城市场里工作。李天明是个勤奋的人，也很有想法，同时也敢想敢干。所以，当 2014 年他开始投资办厂生产户外遮阳产品时，谁都没有感到意外。天明的户外遮阳产品主要是户外遮阳伞、户外遮阳篷以及沙滩椅等等。学过色彩学的他，对面料花样设计驾轻就熟，所有产品的花样设计都是他亲自完成。还别说，不同色彩的线条经过他一搭配，还真是各有韵味，所以产品销路一直很好。但是李天明也有苦恼。产品花样不时地被模仿，厂房租金也在节节攀升。这些年随着轻纺城的蓬勃发展，特别是政府实施行政审批改革，经济活力越来越强，越来越多的外贸企业或者增加仓库面积，或者开始延长产业链，建立工厂，柯桥城区周边的厂房供不应求，厂房租金也在连年上涨。人工成本和厂房租金的高企，对这个初创型企业也是两大考验。回望轻纺城的发展，这些同样是很多初创型生产企业在发展过程中遇到的难题。李天明也无数次跟我说，租金太高了，除了搬去便宜一点的地方，好像没有选择了。但是，每次到最后，他还是选择了留下来。因为这里有关心他的政府，有关心他的朋友们。而他自己在产品质量上下的功夫，特别是在开发新花样、提升产品附加值上下的功夫，也为他克服租金上涨压力赢得了空间。

改革开放的欢歌唱响在中国大地，激起了人们干事创业的雄心。有想法、有闯劲、有勇气的创业者们前赴后继地来到柯桥，中国轻纺城的建立为这些人提供了舞台。而宽松开放的环境和政策为中外企业的汇聚助了一臂之力。但是，面对市场经济的海洋，老外们的企业也不都是一帆风顺的，安全生产、产品质量、资金周转、劳资关系，哪个环节都不能大意。差之毫厘，失之千里。群雄逐鹿的竞争如大浪淘沙，轻纺城里的企业不管是国内企业还是外商投资企业都如八仙过海，各显神通，力求立于不败之地。有的在更新设备上下功夫，通过技术的进步和效率的提高，企业越做越大，越做越强；有的独辟蹊径，通过独特的技术来赢得竞争力；有的通过开发新产品，抓住时尚的先机，获得主动权。李天明是幸运的，因为日新月异、生机勃发的中国为他提供了施展才华的舞台；李天明也是勤奋的，他的勤奋为他在这个优胜劣汰的市场中站稳脚跟夯实了基础。

说到经营危机，韩国的金先生在跟我讲他的故事时，心有余悸地慨叹诚实守信的重要性。金先生的工厂是生产婴儿爬行垫的。去年下半年他公司生产的一批爬行垫发到韩国后被告知不符合要求。经过现场检测，最后发现是爬行垫的面料出了问题，而这款面料是他委托中国国内的一个企业开发的。韩国方面要求索赔，货值有好几百万元。面临巨额的索赔，金先生没有选择跑路，没有选择逃避，而是说服面料提供商，共同分担损失，同时他又努力筹措资金，先行垫付了所有的赔偿金，减轻了面料提供商的压力，为产品的重新定制赢得了供货商的全力支持和采购商的完全信赖。当全新货品检验合格重新装柜后，金先生一颗悬着的心总算落地。他说，这件事情不仅没有影响到他的生意，还为他带来了好运气，很多采购商听说了他的故事后，纷纷找到他，要求向他订货。今年，他的业务量上涨了很多。说到这里，金先生憨厚的脸上泛起了发自心田的笑容。是的，在市场经济的大海中游泳，难免会遇到风浪，而诚信恰恰是战胜风浪的救生圈。改革开放之风吹热了市场经济，市场经济则用活生生的事例教育每一个参与者要遵守规则、珍惜信誉。

　　从我的外国朋友身上，我看到了改革开放以来的中国繁荣发展的一个侧面。四十年来，绍兴这颗长三角南翼的明珠，因外国留学生以及外国投资者的不断涌入而变得越来越国际化；有外商参与的市场秩序在激烈的竞争中不断规范，这个城市的经济活力日益增强。所以，回想起十几年前从国外回家乡绍兴的决定，我丝毫不后悔，今天的绍兴印证了我当时的判断——新的发展机遇将会在中国，世界发展的重心将会在中国，而我和我的外国朋友们，正在这条路上。

2006年3月，在日本西宫市市民中文讲座中级班的结业仪式上，我为学员们颁发了结业证书

2010年，为庆祝绍兴建城2500周年，世界合唱比赛在绍兴举行。我有幸作为志愿者参加大会服务活动，并担任印度二团的领队

外商在柯桥献血

吾建英

◎1969 年出生，浙江人，1989 年参加农村金融工作。中共党员，经济师职称。兼任衢州市衢江区网络作家协会主席，第二届浙江省网络作家协会理事。改革开放以来，亲身经历了分田到户、"下海"高潮、信用社改革等改革开放历史中的重要节点，见证了时代变革的脚步。

一个乡里囡妮的四十年

灯黑，蜡烛亮起，大家给我唱生日歌，儿子送上祝福："妈妈，祝您下半场更精彩。"这也是他在订的蛋糕上写的话。是的，你猜对了，今年"五一"节，我刚过了五十岁生日。

我，1969 年出生，1978 年，十岁。农村是讲虚岁的，所以那一年是我出生以来的第一个大生日。妈妈剪了一尺深红与黑色相间的格子厚棉布，请村里的裁缝帮我做了个绲边书包，作为我的十岁生日礼物。姐姐大我三岁，当妈妈把那个新书包交给我的时候，姐姐也要新书包，她的书包已经洗得发白，但家里的情况不允许两个人同时背上新书包。一开始，妈妈好言相劝，但姐姐不肯妥协，一直跳着哭。看见姐姐哭，我很难过，我想拿我的书包跟姐姐换，但妈妈不答应，为这，姐姐还挨了一巴掌。

我家姐弟四个，妈妈严重贫血，常常烧着火做着饭就晕在灶台边；夜里睡梦中听见爸爸叫妈妈的名字，就知道大事不好，姐姐就会去叫住在同一幢老房子里的三叔，与爸爸一起把妈妈抱上家里那张破竹躺椅，扎上麻绳，连夜抬去离我们村三四里路外的卫生所……家里吃口重，靠爸爸一个肩膀，即使爸爸能挑三百斤，且每天早上出早工，晚上总是比别人回来得晚，我们家还是一直戴着"缺粮户"的帽子。粮食不够吃，无论哪一餐，都得用杂粮凑。番薯粥、玉米糊、玉米饭，桌上能看见一碗白米饭简直就是奢侈。我打小性格挺随和的，也不怎么挑食，但就是不愿意吃杂粮。我是家里的老二，照说上有使力劳动的爸爸，还有比我懂事的姐姐，下有妹妹和家里唯一的男孩子——弟弟，奶奶轮到我家派饭的时候，还有奶奶，怎么轮得到我吃白米饭？但是那时我任性，不吃杂粮，即使饿着也不吃。妈妈没办法，煮粥的时候，在放杂粮前，要用爪篱先捞一碗饭留给我吃；蒸玉米饭的时候，妈妈也要留一个角的饭不拌玉米粒。

后来包干到组，我们一个四十来户的生产队一分为二，成为两个组，我爸爸被社员选为其中一个组的组长。每天晚上吃过饭，同一个组的社员们都会到我家围着一张八仙桌评工分，平日里基分都是一年一定的，但比如说出早工的，哪几个人，干了什么活，计多少分；出工时带了肥料到田里的计几分……只要是基分之外的工分都要放到桌面讨论过，大家同意计几分，才由记账员将工分记到相应的名下。天天如此。暑假我和姐姐都参加"双抢"（抢收抢种），我每天 2.5 个工分，姐姐大些，她一天 3 个工分。因为交不起学费，妹妹从六岁开始就负责放队里的一头牛，一年到头赚 300 个工分。我从小木里木拙，不会干农活，割稻稻把持不整齐，插秧不仅慢，还老是把秧插在自己的脚印里，脚一移，秧又浮起来了。包干到组之后，人少了，积极性好调动，很显然，我们家粮食是够吃了。

1982 年分田到户，我爸爸是组长，分田的时候以他的意见为主定方案。爸爸的方案是按产量定面积。比如，一家有五口人，需要 2500 斤口粮。爸爸他们把每块地值的口粮先标注起来：同样是一亩地，位置好、肥沃又好放水的地，值 1000 斤口粮；而那贫瘠、非旱即涝的，可能只值 300 斤或 400 斤口粮。规矩定出来后，让大家自己认领。认好的地，面积少一些；认差的地，则面积多一些。没参与定方案的人先认地，参与定方案的人后认。我爸当然是最后认了，结果是，我们家分了好多的田，都是些非旱即涝的没人要的田。印象最深的是靠溪边的那一亩多叫"塘潭"的田，因为田在灌水渠的下面，田里又有好多泉眼，所以不断渗出水来，一年四季没有干的时候，经常被水淹。家里的孩子还都只是十来岁，拿着稻把根本够不着打稻机，更别说使上劲了。常常是同一个村的堂姨父来帮忙，带领我们喊着"稻草还田啰"，非常艰难地完成收割。我们埋怨爸爸，爸爸总是笑笑说，田多了才有机会多产稻谷，人辛苦一点，力气花了睡一觉就回来了。

分田到户第一年，风调雨顺，我们家收了一万多斤稻谷，可把爸爸高兴坏了。那一个秋天，刚初中毕业的姐姐和爸爸每天天没亮就起床，爸爸推、姐姐拉，一独轮车一独轮车的稻谷推到妈妈看病那个卫生所旁的粮站，排队卖粮。粮站的工作人员拿着一根钢钎，不管装谷的是新箩旧箩，还是麻袋，都斜着眼从半腰插进，然后看钢钎里带出的稻谷成色。"瘪谷太多！""没晒干！"短短几个字，通常让半夜起来排队的人一下子从头顶凉到脚底。因为这不仅那箩筐、麻袋上的洞白挨了，半夜的队也白排了。卖粮的季节地上已经有霜了呀，好多人是带了棉袄棉被去的。

我们村是大村，村里有初中，还办过类似高中速成班的"五七"班，但轮到我上初中的时候，只能到镇上读，也就只能住校了。饭是蒸的，菜是带的，萝卜丝、霉干菜、榨菜皮、黄豆酱等都曾是我带的菜。一个星期，家里给两毛钱零花，只够买几颗薄荷糖，一小包葵花子。初三时来月经，那个时候是没有卫生巾的，两毛八分钱一包的卫生纸是不舍得用来招待"大姨妈"的，而是裁成一小方块一小方块，包在粗草纸的外面。因为两毛八分钱的粗草纸有一大刀，可以用好久，而两毛八分钱一包的卫生纸，一下子就用完了。学校经常停电，买蜡烛费钱，用废墨水瓶、旧的铝牙膏壳制作的煤油灯，是我至今最值得骄傲的手工作品。晚自习下课肚子饿了，用铅笔刀把带去的年糕削成一片片，放在刷牙杯里，用开水泡，泡软了，加点腌菜拌了吃，有咸味和酸味。家里田多，爸爸那么辛苦，我想到了辍学，希望自己把成绩考差一些，初二考完就能毕业回家。但没能如愿，还是读了初三。中考，我离分数线差了9分。

新的学期开始，家里借了钱让我踏上"初四"的路。同村一起复读的同学中，有一个叫新梅的同学，她爸爸在新疆地质队工作，是工人。我们经常周日去约新梅一起回学校，偶尔能遇到她探亲休假在家的爸爸，她爸爸会很"怜爱"地对我们说："你们能干，我的新梅吃不了你们的苦，她是要考技校的。"复读班里有十来个人是与新梅一样吃"商品粮"的，复习就奔着考技校去，他们有一种天生的优越感。在我们背英语、背政治背得焦头烂额的时候，他们大谈翻墙出去在录像室里看到的洪七公、欧阳锋，笑脸灿烂成一朵花。我当时并没有感觉到什么，觉得他们拥有那一份优越感是理所应当的。自从有一次回家听到隔壁大婶议论我爸爸没算盘，"自己苦死却让一个赔钱货复习……"之后，我才有一定要考上高中争一口气的动力。

1986 年，我到一个离家四十多公里的中学读高中，要转三次车，车费总共八毛五分钱，为了省车费，我不止一次早上天蒙蒙亮起床，花六七个小时抄小路走回家……1988 年高中毕业，没考上大学。爸爸妈妈又一次借了钱让我进城复习。我与同学租住在城区的一个柴间，每月房租十五元。房东是一对七十岁左右的老人，对我们挺不错，就是无意间的"乡里囡妮、乡里囡妮"让我们听着有点刺耳。上复读班时，我是理转文，高中时，因为学校没有文科老师，我学了理科，复读终于可以选择文科了。但由于之前没有系统地学过文科，复读班上老师贯通古今中外的讲课对我而言简直是说天书！

那年春天，我的亲戚带来信用社招工的消息。虽然金融不是我心里想从事的职业，但又不好意思拂了亲戚的好意，加上自己一直跟不上老师上课的节奏、考上大学希望渺茫，所以我报了名。心里有些忐忑，我没有"背景"，亲戚只是一名普通员工。但亲戚说，要招二十多个人，如果能考到全县前三名，应该就没有什么问题。后来，我被录取了。据说是全县第一名，我没有考证过。二十岁的我，走上了工作的岗位，虽然在一个很偏远的山区，虽然月收入只有 128 元。我曾无数次想过我的未来，但有一份属于自己的工作这个结果从来没有想过，也不敢想。算盘、蘸缸和笔是我的劳动工具，数钱算账是我的工作内容。年轻人对钱总是有一种故作清高的不屑。但我的爸爸说："你今后或许会遇到很多机会，但不管什么时候，都不要放弃这份工作，要努力做好它。"后来，有同学到绍兴柯桥的布厂打工，工资挺高；有同学自己办厂，曾经也风生水起……年轻的我，听了跃跃欲试。但在单位雄心勃勃，回到家里吃个饭，与爸爸一起坐一坐，我就打消了跟别人出去的念头。

1992 年，有了"买户口"的政策，县城户口要一万元，市里的城区户口要一万三千元，而当时我们这里的"万元户"是要戴大红花被政府表彰的。一些有钱的人蜂拥至银行取钱买户口，我工作的那个偏僻乡村也不例外。一个先我几年在卫生院工作的前辈，拿了一大沓存单来取钱，"贴花"，有奖储蓄，还有定期存单，金额最大的 500元一张，全部是她工作几年来一点点地攒起来的。好不容易攒了这些钱，一下子全花出去了，她其实是不舍的。但听说买了户口就有机会转为正式工，并有机会调到别的卫生院，也就管不了那么多了。事实证明，她是具有远见卓识的。买了户口之后，她的工作直接转正了；几年之内，从一名临时工做到了院长，后来又调到别的发达乡镇卫生院、县妇保院和县卫生局工作。但也有很多买了户口没有派上用场的。我姨一家省吃俭用，把两个哥哥的"老婆本"都花了，为高中毕业的表姐买了一万三千元的城区户口，希望她能有机会获得一份相对体面的、与"城里人"一样的工作。结果表姐数次参加考试都没有考上，后来年龄超过了，不得不作罢。我工作的地方有个办砖瓦厂的老板，赚了一些钱，一次买了十二个户口，夫妻双方兄弟姐妹的孩子和双方已六十多岁的父母的户口都买了，引来无数惊讶的眼光。我自己没存上钱，家里也没有钱，所以，那时我也就没有机会操这份心。

1993 年，我结了婚，1994 年生了儿子。为了让儿子有更稳定、更优质的教育，加上刚刚在城里买了房的姐姐、姐夫的劝导和帮助，我们东拼西凑借钱在城里买了房，总共 11.2 万，那是 1997 年。有了房子之后，按当时的政策，我们一家三口的户口都可以迁入。我们也拿到了"购粮证"。这个证于我仅相当于一本荣誉证，一次都没用过。因为，粮食放开了，国家取消了粮票。户口对我而言并没有意义，但对儿子读书还是派上了用场。

进城生活后，我们上班成了"走读生"，早上离家到乡镇上班，晚上从乡镇回到城里的家。因为信用社夜里要大家轮流守库值班，每月差不多要轮到值半个月的班，有时遇到特殊情况，得值二十天。孩子好多天看不到妈妈会哭，有时值班中途抽空回家洗个澡、换个衣服，他每每都拉着我的衣袖哭着不让我离家。这样过了五年。2003年，联社有一土政策，带资上岗。就是你如果能组织到存款，就有机会调进城里的网点上班。为了让我能进城里的网点上班，不用晚上值班，我们全家铆足了劲。姐姐冒着大雪，把自己之前陆续存在各家银行的定期存款提前支取，还动员朋友帮我找存款，共组织到 400 多万元的存款，这些存款被按要求以活期的方式存满一年。最终，我如愿以偿。但姐姐、姐夫的代价是，他们 180 多万元的资金从月息9.45‰、年息 11.34% 的定期全部变为活期支取，又以活期利息存了整整一年，还欠了很多帮我拉来存款的人的人情。

进城后，在原单位是主办会计的我，先后做了记账、复核、交换和综合柜员岗位。2005 年 10 月，我调入联社办公室从事文秘工作，之后相应地做了办公室副主任、办公室主任、董事办主任、董事会秘书。工作三十年来，金融人曾经的劳动工具——算盘已经退出银行柜台，珠算成了非物质文化遗产；点钞用上了点钞机；手工账取消，记账、编制报表全部由电脑自动生成。支付手段从 5 元券、10 元券、到 50 元券、100 元券，到现在的无现金支付，人们把银行装进口袋，几乎所有的支付都能用一部手机轻松完成；农村网点的值班，被社会化押运和 24 小时远程监控所取代；2017 年 3 月，我所在的联社顺利完成农商银行改革，几代农信人所期待的银行梦想成为现实……

四十年，我从一个不谙世事的农村女孩，一个高考落榜生，长成双鬓如霜、年届五十的妇人，有一个受到良好教育长大成人的儿子，一个生活规律、可以一起聊天散步的丈夫，一份在本地堪称白领的稳定工作……我感到很满足，我很幸运成长在这个时代。

程 华

◎70 年代出生，现居深圳，文学学士、经济学硕士，中国散文学会会员，深圳市作家协会会员。曾任省报记者、编辑，省级都市报部门主任，招行深圳分行办公室主任，现供职于某知名金融企业总部。新闻作品、经济类论文多次在国内获奖，散文集《橘与橙》被誉为"当代生活的女儿经"。

我所见证的银行二十年

一、向往

上世纪 90 年代，涉世之初的我第一份工作是省报记者，整天心急火燎地奔赴新闻现场，没日没夜地写稿，所以特别向往朝九晚五的工作节奏。那时常跑各家银行采访，看着接待的白领端着茶杯款款而来，优雅得让我好生羡慕。在众多行业中，银行职业形象好，工作稳定，收入丰厚。当时在大伙眼里，进银行工作是可遇不可求的，要有很大的本事才行。

当时的银行网点都是高高的柜台，客户办理业务需隔着窄小的窗与工作人员对话，似乎里面装的都是钞票，一不小心就会被抢走。那时的银行业务相对简单，大家熟悉的就是存款、贷款业务，个人与银行打交道最多的也就是工资提取和存款。那时社会财富总量远远不及今天，老百姓荷包相对干瘪，对财富的想象力没有如今这么丰富，工薪一族有点闲钱，大多放银行里以备急用和将来养老，吃点利息就很满足了。由此，中国成为高储蓄率国家，银行多是"国字号"，每天不急不慢地开门关门。

那个年代流行孔雀东南飞，先海南热，后深圳火。心里装着梦想的我，也像不一样的卡梅拉一样，想去外面看世界。1999 年我辞去省报的工作，来到深圳，成为"深漂"大军的一员。和大多数南下深圳的人一样，我开始也干这么几件事：一是跑人才大市场，逛摊点；二是买份《深圳特区报》，看招聘版广告；三是四处打听同学和老乡，请他们帮我投递简历。

　　记得有一位同学，她的家属在招行工作，打听到招行正在招聘，便给我找来刊登招聘广告的那张《深圳特区报》。当看到头版报眼那则红色的招聘广告时，我顿时感受到招行的实力。对照招聘要求，除没有银行工作经历，自己感觉其他条件挺吻合，于是急急忙忙请同学帮我投递简历。她看了看我随身携带的简历，直言不讳地说："这简历有点褶皱，这是对别人不尊重。"接着，又补一刀："进招行很难的。"听了她的话，我有些不快，最终没请她帮忙。可那一瞬间，让我领略到深圳银行的文化，也给了我第一次职业化教育。之后我吸取教训，投递了一份精心准备的简历，参加了招行的招聘考试，这是我在深圳的第一次应聘。

　　笔试幸运过关后，我进入了第一轮面试。面试安排在位于深南中路新闻大厦的招商银行总行进行，时间是晚上，从时间安排上便可看出银行工作的紧锣密鼓了。记得当时我走进这家银行大楼，一进门就被那很闪很炫的电梯和光滑的大理石地面所吸引：原来银行可以长成这样。面试时，一排不苟言笑、穿西服打领带的考官提出了各种刁钻的问题，让我应接不暇。最后那位主考官说："你很优秀，很自信，只是我们需要有银行工作经验的熟手。"离开考场，已是晚上九点多，可我看到在外候场的还有一大堆人。哦，这就是深圳，这就是招行。

　　第一轮面试过后，我感觉进入下一轮的机会很渺茫，为了早日找到工作，我还向报社、期刊社等投了简历。一位老乡告诉我，深圳的用人需求很多，只要你有做事的意愿和能力，是有很多机会的。果不其然，我很快接到一些专业报纸、期刊抛来的橄榄枝，有教育类，有女性类，还有财经类。我想，虽然未能去银行工作，但去采访报道财经类的新闻也算贴近我最初来深圳的梦想吧，便选择成为一名财经记者。

二、相逢

深圳是改革开放的前沿阵地，毗邻金融中心香港，这里金融市场发展成熟，在当时人行深圳分行行长王喜义的带领下，银行业、证券业、保险业等团结起来，大胆进行金融改革和创新，创造了全国无数个第一。初来乍到，我有点刘姥姥进大观园的感觉，什么国有银行、股份制银行、外资银行，证券公司、证券交易所，中外资保险，以及资产管理、信托、担保公司等等，名目繁多的金融机构，花样迭出的金融创新，潮水般冲刷着我的视野，我开始探索与书本里不一样的现代金融。

初到深圳，就感觉到这里媒体的市场化程度很高，每个月都有任务，完不成便拿不到奖金。当时深圳的金融机构基本上都集中在最好的路段，坐拥当地最摩登的大楼，我便采用扫楼的方式，一家家跑，很快建立起自己的新闻渠道网络。一个月下来，在深圳这般强紫外线照射下，我皮肤黝黑，被当时来深圳参加高交会（中国国际高新技术成果交易会）的老领导赵抗援看在眼里。付出终有回报，随后，我每天都能收到不少于两个新闻发布会的邀请，得以全面体验深圳金融的丰富与活力。

1997年的亚洲经济危机过后，银行业不良资产井喷，信达、东方、华融、长城四大资产管理公司应运而生，掀起一轮不良资产处置热潮。记得我的江西老乡——建行青岛分行行长王建华被派到信达资产管理公司深圳分公司当老总，我们有时会聚在一起聊经济、金融。做财经记者，自然会结识不少金融界的人士，如民生银行深圳分行的杨东行长、光大银行深圳分行的贾信江行长、人行深圳分行金融研究所的李强所长、深圳发展银行总行发展研究部的吉卫民，他们个个都是一部金融教科书。

　　记得 1999 年金秋时节，全国股份制商业银行行长会议第一次在深圳召开，当年由交行轮值承办，会议主题是金融创新与合作，交行、招行、光大、民生、华夏等十家股份制商业银行行长济济一堂，讨论热烈。会议期间，我采访了招行新任行长马蔚华，他刚卸任人行海南省分行行长兼国家外汇管理局海南分局局长的职务，从一个金融监管者变为商业银行掌舵人。这位行长视角独特，滔滔不绝。听说我报考过招行，他很高兴，认为我很专业很职业，正是招行所需人才。后来给他送审新闻稿件，秘书意味深长地看了我两眼。

　　马行长的话激励了我，使我重拾起了进入银行工作的梦想，12月，我竟然接到了招行第二轮面试的通知，马蔚华行长担任主考官。当时我也接到深圳特区报社和民生银行深圳分行的聘用意向书，于是抱着体验的心理参加了这次面试。结果这位资深银行家现场说，常看我的稿子，视角独特，语言生动。他身边的面试官也频频点赞。就在当月，我成为招行当年新招的八名员工之一，成为招行总行第 828 号员工。那一年，招行十二岁。后来，我得知，由于金融危机影响，各家银行为降低成本，减少进人，也正因此我们的招聘历时半年。能在银行过紧日子的节点被录取，我备感幸运，决心要好好工作，不辜负领导对我的期望。

三、成长

　　进入招行后，我的第一份工作是做媒体关系、品牌管理和内宣，也很快发现这里的银行并不是之前想象的朝九晚五的工作节奏。我的直属领导经常在下班后和周末催我交作业，那时单位给配 BP 机，一被呼叫就得马上复机。我的老总李南青（现任腾讯入股的微众银行行长）做过四川省社科院《社会科学研究》期刊总编，他不仅纠观点，还经常纠错别字和标点，比过去报社总编室同事严格得多。我害怕被批评，只有下班后多学习金融知识，了解银行业务，写的稿也一再仔细检查，生怕出现错误。

那时的招行不像现在这样名声在外，因为首任董事长袁庚和首任行长王世桢都很低调。记得当时和中央媒体记者联系，对方说："哦，招行，很有活力，是民营银行。"我只得不断解释招行的前世今生。为做好与媒体的沟通工作，我拿出当年当记者的精神，书写招行、推介招行，一时间，招行频频在中央媒体和财经类主流媒体上露面。

招行的确是一家有故事可讲的企业。1987 年，招行作为我国境内第一家完全由企业法人持股的股份制商业银行在改革开放的先行地深圳蛇口诞生。尽管只有招商局一家股东，但却实行董事会领导下的总经理负责制，严格按照公司模式运作，从一开始就摆脱了国有银行的经营管理模式。1995 年，在其他银行纷纷致力于储蓄存折的电子化的时候，招行却从西方人使用的电子货币银行卡中获得灵感，大胆创新，使用"客户号"的管理方式，在全国率先推出了集各项功能于一身的"一卡通"，代替了携带不便的存折和存单。在 1999 年第一波互联网热潮中，以"科技领先型银行"著称的招行又开始在互联网上发力，推出后来誉满天下的产品——"一网通"，开启网络银行服务，实现了"把银行带回家"的愿景。在当时国内最火的"72小时生存测试"中，全国第一束鲜花的网购就是通过"一网通"这个当时特别神奇的产品实现的。这让我切切实实领略到了招行的风采，原来银行是离科技最近的企业之一，科技与金融能够碰撞出如此耀眼的火花。

让我印象深刻的是，招行是境内第一家引进商业企业营销模式的金融机构，当时最热的整合营销理论——4P 理论在这里变成现实。我入行后第一次出差的场景一直定格在记忆里。那是 2000 年春天，招行参加了由教育部和人民日报社共同举办的"首届中国大学生电脑节"活动。总行组建了一个跨部门的工作小组，由办公室、零售银行部、离岸业务部的同事组成，与各分行内支行的同事一起，走进全国 8 个城市 40 多所知名大学举办各种形式的营销活动。我们是第一家走出营业大楼，走进校园和社区的银行。我们搭舞台摆摊点，宣传产品，提供体验服务，而行长们则走进校园，和大学生们交流。与知名银行家们互动，在当时大学生眼中是新鲜事，所以每到一所高校，都会掀起一股热潮。从广州到上海、南京，再到武汉、成都，从南到北，从东到西，在做中国最好的零售银行这一目标的激励下，我和同事们马不停蹄。每到一地，分行接待都很简单，完全没有繁文缛节，让我深刻感受到商业银行务实、高效的工作作风。

这些形式多样的营销活动使一卡通的发卡量大大提升，很快突破 1000 万张。在汹涌澎湃的互联网浪潮中，招行红薪火传承，柜台替代率不断提升。记得当时的行长时常挂在嘴边的话是，比尔·盖茨说，传统银行业将是行将灭绝的恐龙。正是这种忧患意识，让招行时刻保持危机感，不断推进金融创新。虽然论规模，招行比不上工行、农行、中行、建行，但招行有灵活的体制机制，"干部能上能下，员工能进能出，收入能高能低"，这"六能机制"引领招行一路向前。当时我们做招行品牌，在央视和凤凰卫视黄金时段投放的广告就是"铸民族银行业精品"。媒体对招行的报道是"一'招'鲜，吃遍天"。一时间，招行成了媒体关注的焦点。庆幸的是，我在银行做内宣，有机会去钻研现代商业银行的基本脉络，做外宣，又能经常陪同媒体记者聆听公司高层的发展思路和理念，这给了我非常好的成长机会。

随后，我相继在总行银行部做大客户营销，在分行做办公室主任，在总行战略发展部做研究规划，这些岗位的变化，帮我在不同侧面更好地理解中国银行业。

四、蝶变

招行是中国商业银行的一个缩影，透过她，大家能感受到新时期银行业在悄悄地发生变化。有人说，她变年轻了，变亲切了，变得与大家的生活更近了。银行理财、代收水电费、办理信用卡、办理买房买车按揭等等功能纷纷上线，为百姓的生活带来了许多便利和实惠。招行一方面通过科技改变服务，一方面通过国际化、资本化来提升管理水平，先后在 A 股和 H 股上市，在纽约、伦敦、新加坡、悉尼等地开办分行，以国际银行标准来要求自己。过去，只知道加入 WTO 后，狼来了，我们会面临来自外企的挑战，可如今，在华尔街，在澳大利亚街头，都可以看到一抹招行红。跟随"客户走出去"战略，自家的银行漂洋过海款款来到海外华侨华人身边，于是海外同胞可在中秋节来招行品尝月饼，随时享受来自家乡的贴心的金融服务。

金融是经济的命脉，而质量是银行发展的第一主题，是生命线。银行发生不良贷款，是要用真金白银去冲销的。在这近二十年的时间里，我见证了两轮银行狠抓资产质量和清收不良资产的情景。1997 年金融危机后，银行不良资产问题逐渐暴露，2001 年开始，招行提出以风险文化为主要内容的管理文化理念，开始内部信用评级，组织实施"防患固本"工程，启动企业文化体系工程项目，治标治本开展风险管理。随后在常务副行长陈小宪的带领下，重拳出击，铁腕治风险。2014 年底，新任行长田惠宇又提出"四大战役"，资产质量保卫战是其中之一，之后招行迎来"鹰的重生"。

国内银行因盆满钵满的利润、居高不下的不良资产、嫌贫爱富的服务态度曾一度被社会质疑。用某银行行长的话来说就是，挣钱挣得都不好意思。马云看不下去，说，银行再不改变，我就要改变银行。2004 年，支付宝开始冲击金融市场，银行家们开始坐不住了。京东金融、微众银行、百度金融等平台金融应运而生，P2P（点对点网络借款）风起云涌。这些年在深圳，去餐厅随便问一桌人，可能都说是搞金融的。与此同时，类金融业、影子银行野蛮生长，扰乱正常的金融秩序。新金融到底是市场的颠覆者还是搅局者这一讨论尚在进行时，传统银行与新金融就已展开正面交锋，彼此互掐，水火不容。新金融一方面以新技术、大数据为基础，呈现出灵活、便捷的特点，受到市场的关注，另一方面又倒逼传统银行蝶变。如今，传统金融与新金融握手言和，走向融合，普惠金融开始登上舞台，越来越多过去不曾受银行"待见"的老百姓和企业开始获得金融服务。

金融是推动经济发展的加速器，也是改革和发展的关键，作为银行二十年风起云涌历程的见证者，我深深感叹，改革开放不断吐故纳新，新旧事物的更迭快到让我应接不暇。进入银行业二十年来，我感到每天都在和时间赛跑，丝毫不敢有职业倦怠，不断提醒自己要走出舒适区，让自己随时处于充电的状态。在这个过程中，我也跟随企业一同成长，完成经济学、管理学和心理学等专业的研修，并让自己保持对世界的浓厚兴趣和强烈的好奇心，如是方可跟上时代的步伐，承担起金融从业者的使命。银行业的未来已来，而我也满怀信心去迎接下一个银行业的改革开放四十年。

刘真骅

◎1936年出生，中国老年形象大使、青岛市老干部文体协会主席（法人代表）、青岛市十大"华龄之星"。自1991年退休以来，她充分发挥个人专长，让更多的老年人走进了丰富多彩的晚年生活。整理出版《知侠文集》。2002年以自己的名字注册商标开办了中老年服装设计室，2009年开办了"刘真骅中老年时尚生活会馆"，提供老年服装及生活用品，深受老年朋友的喜爱。现还担任青岛电视台生活服务频道《七彩华龄》栏目策划、嘉宾主持，以及山东电视台公共频道《银龄金秋》栏目的嘉宾主持。

心不长皱纹就永远年轻

　　我今年八十二岁，1951 年参加革命工作，工龄都六十七年了。回首来路，悲喜交集。前四十年，尝尽了酸甜苦辣，而后四十年，有泪水，但更多的是幸福和快乐，尤其是进入新时代，我变得年轻起来，越来越开心。我现在是青岛市老干部艺术团艺术总监、服饰表演团团长，先后被评为"中国老年形象大使""2018 年全国社区春晚公益形象大使"。

　　我一生最幸运的是遇到了我的先生，他就是写出《铁道游击队》《红嫂》等作品的作家刘知侠。我们相识的时候，他正蒙受冤屈，在泥泞路上，我们搀扶着，一步一步走到了新时期。他是我的丈夫，更是我的师长和文友，我们相识、相知、相爱，一起生活了二十二年。遗憾的是，1991 年 9 月 3 日，青岛市政协召开老干部国际形势座谈会，刘知侠发言时，对东欧剧变的局势忧心如焚，慷慨陈词，突发脑出血，倒在了讲台上，没有留下一句话，只在我手里轻轻一握，却留给我生命不能承受之重。

　　我不是个坚强的人，但命运逼着我不坚强都不行。没有人帮我走出阴影，我只能默默承受。消沉过后，我把对知侠的思念化为继续走下去的动力，我试着自己站起来，完成知侠未竟的事业，我要让自己找回年轻时的梦想，活出自我。

　　在刘知侠去世二十一天后，我含泪写完长长的悼文《我的太阳》，我站起来了，我鼓励自己，要坚强地活着，乐观地迎接每一天！

整理知侠文稿，灵魂得到升华

刘知侠临终前轻轻的那一握，是嘱托，很轻，但也很重，这是无言的嘱托，我将用余生去完成他没有做完的事儿。

刘知侠担任山东省文联党组书记、山东省作协主席时，为别的作家主持过无数次作品讨论会，但是他从来没考虑过给自己的作品组织研讨会。他去世的第一年，我就多方奔走，促成了山东省文联、河南省文联、青岛市文联、济南市文联联合举办的"刘知侠作品研讨会"。

在刘知侠逝世两周年的日子里，我多次往返河南、山东，联系刘知侠的骨灰安放事宜。先是将刘知侠的骨灰安放在济南英雄山烈士陵园，让他和先他而逝的老战友们相聚，后又将他和前妻刘苏大姐的骨灰一起合葬在河南刘知侠的故土。我把自己的长发剪了一缕也与他们的骨灰一起入土（发肤受之父母），并用宣纸写下：我心我情都已随你而去，今后的日子都是多余的，什么人也不能取代，我的灵魂与你同在。

刘知侠是著名作家，但没有文集，他的作品散落在报纸、杂志上，给他的作品开完研讨会，我就着手整理《知侠文集》，用了八年时间。为了查找新中国成立前刘知侠在《大众日报》上发表的作品，我找到《大众日报》老总编朱民的夫人余林，请她帮忙，我们一起找了一星期，把散落的稿子一点点凑齐了，旧报纸有种刺鼻的味道，我和余大姐趴在报纸上，一趴就是一天。终于，五卷250万字的《知侠文集》得以出版。随后，出版了刘知侠封笔之作《战地日记——淮海战役见闻录》。

革命现代京剧《红云岗》，是根据知侠小说《红嫂》改编的，毛主席的评价是"玲珑剔透"，然后说，如果能拍成电影，让更多的人知道多好。结果是《红云岗》京剧舞台剧被直接搬上了银幕。事实上《红云岗》一直就没有拍成真正的电影。知侠去世后，我一直有这个心愿，京剧搞了，舞剧搞了，我想改成一部真正的电影。最终电影《红嫂》上映了，接着是电视剧《刘知侠与芳林嫂》播出了。电视连续剧《铁道游击队》《小小飞虎队》都先后播出了。国内几家出版社同时推出长篇小说《铁道游击队》，列入"共和国经典名著丛书"，并由当时的总政歌舞团改编成民族舞剧《铁道游击队》，在全国巡回演出。

"文革"初期，刘知侠正处于人生和事业的最低谷，从 1969 年到 1971 年，刘知侠下乡到回城的三年时间，我们写了 160 万字的书信，它是我们在那段特殊时期的风雨真情，他走后，我选编出了 46 万字，以《黄昏雨》的名字出版了。这是我们爱情的见证，也是历史见证。

说真的，每次整理知侠的文稿，我都有一种灵魂上的升华，正是对知侠的思念化作了"信仰"，让我一天一天变得坚强起来。

未来的日子，我将笑着走过

1993 年，一次偶然的机会，我被八位老姐妹拉着参加了在青岛举办的山东省时装表演大赛，意外地获得了团体第一名。九位老姐妹有五人获奖，我竟然获得了二等奖。青岛电视二台《黄海纪事》栏目，还跟踪拍了上下集。后来这期节目被山东卫视转播了，紧接着被中央电视台的《老百姓自己的故事》栏目播出。因为有穿旗袍的演示，没有想到竟在全国引起了强烈的反响，掀起了一股新的潮流。我们在青岛带动了中老年人追求时尚的潮流。"模特大赛"接连不断，那些年只要有比赛，我们都参加，曾经创下了八次比赛都拿冠军的佳绩。

我突然觉得生活的空间被打开了，青岛市老干部活动中心成了我第二个家。2000 年，在青岛市老干部活动中心的支持下，我自筹资金注册了老干部文体协会，我除了忙碌知侠的事儿，就在这个"家"里，跟老姐妹们一起。我们一起创办了青岛市老干部服饰表演团、合唱团、民乐团、京剧队、舞蹈队及台球室、麻将室……创造了很多个"第一"。四百多位离退休老干部在这里欢度晚年幸福时光，参加全国全省大赛屡屡获奖。

后来应青岛电视台的邀请，我担任了该台生活服务频道《七彩华龄》栏目策划、嘉宾主持，长达七年；又被邀请到山东电视台担任《银龄金秋》栏目嘉宾主持；还受邀到青岛电视台《新说法》栏目，深入农村普及法律知识。每一个角色，我都尽心尽力。我连续三年被青岛电视台授予"特殊贡献奖"。在花甲之年，我写出的《且把花甲当花季》的文章被广泛传阅；古稀之年我也笔耕不辍，写出了不少的作品，终于在 2013 年我被批准加入了中国作家协会。

我对自己说，经历过人生太多的苦辣酸甜，我哭着走过了前半生，未来的日子我将笑着走过，我一定把经历过的苦难都酿造成笑的甘醴，奉献给大家。在青岛市老干部活动中心成立二十周年的大会上，我代表离退休干部发言，我说，我在这里活动了二十年，这二十年也是我生命中最精彩的二十年。过去做梦也不承想自己能在 T 型台上走猫步当模特，不仅自己年轻了、漂亮了，还带领着一大群老姐妹一起年轻漂亮。

精彩地活着，优雅地老去

许多人会说，年纪大了，喝喝茶、聊聊天、养养花、散散步，含饴弄孙，得过且过。也有一些人老了，吃不讲究，穿也不讲究，邋邋遢遢，了无生气。

老年学上有个家庭角色转换理论：一般人在进入老年后，在家庭中的地位逐渐弱化，由一家之主逐渐弱化为依赖子女的角色，社会角色亦然。但冷静想，我们的经历本身就是增长的"学历"，阅历和智慧是越老越深厚，越追求越发光，叶芝的名诗《长久的沉默之后》有一句"肉身衰朽乃见智慧"，尊严是自己争取的，为何要放弃呢？

对漂亮衣服的向往和喜欢是每个女人都有的情结。小的时候我们上学的校服夏天都是海蓝色的中式风格上衣和黑裙子，冬天都是蓝色中式棉旗袍服，从小见惯了女人穿旗袍，就认为旗袍是我们日常生活中的一部分。

穿旗袍走秀，刚开始，旗袍都是借的，很多时候并不合身，2002年我干脆开办了自己的中老年服装设计室，并将自己的名字注册为商标。我所设计的老年服装深受老年人喜爱，在连续几届青岛市国际时装周"百姓秀"市民时装设计大赛中获奖。没想到年过花甲，还有了自己的品牌，实现了儿时的设计梦。

当时我带领的时装表演团，年龄最大的已经八十五岁，最年轻的也已六十岁以上，大家不仅穿着靓丽、形体匀称，行为举止也颇有几分"贵族风范"，满头银发的服饰表演也成为岛城 T 型台上一道特殊的亮丽风景线。我们在一点点地渗透着、引领着"庄重得体"的旗袍文化。

2004 年 10 月，我在全国首届"银龄美"比赛中，从六千多名选手中脱颖而出，获得了"中国老年形象大使"称号，并获得唯一"最佳气质奖"。在颁奖晚会前，中央军委原副主席迟浩田在接见我时伸出大拇指说："真给山东人争光！"

评委们说我气质优雅、仪表端庄、文化底蕴深厚……说得我都不好意思了。我不过就是很自然地展现出了我们老年人健康时尚的一面而已。

针对时下老年人尤其是空巢老人、独居老人的心理健康问题，我创办了"牵挂你的人是我——刘真骅聊天室",每周三上午都会来到社区聊天室,听取一些前来寻求帮助的老人倾诉苦衷,帮他们出出主意,有时候还会慷慨解囊。很多老年朋友怀揣烦恼而来,面带释怀的笑容而去。有一次在公交车上,一个老人认出了我,突然泪流满面地跪在地上感谢我。有的人还将自己的想法写成长信,用特快专递寄给我。

有人说,我就是一个正能量辐射源,我走到哪里,就把热闹和快乐辐射到哪里。我喜欢和年轻人在一起谈天说地,跟他们在一起,我觉得自己特别年轻,跟我的同龄人在一起,我就带着他们一起年轻。

晚上,是属于我自己的时间,我常常笔耕到深夜,享受着创作的快乐、文学的快乐。我先后创作了反映当代老年人生活的《夕阳里的故事》,与他人合作了《杀人街的故事》等。

"微尘"再小,也不忘感恩

"微尘"是青岛公益品牌,我喜欢"微尘"这个名字,我本人也是一粒微尘。我 2013 年被评为青岛市"十大微尘公益之星",2014年被青岛市红十字会授予"青岛市红十字勋章奖"。

刘知侠有个恩人,就是他小时候就读的一个学校的校长,叫李祥芝。当初刘知侠想考中学,但家里穷,父亲不让,而这个李祥芝校长竭力支持他考,结果他考了全县第一名,考上了现在的河南省卫辉一中,但是他没钱上学,是李校长资助他上了两年初中。两年后李校长因病去世,刘知侠失学、失业。现在想来,没有这个好校长,就没有后来的知侠。没有这两年的中学学习,刘知侠也写不了《铁道游击队》。新中国成立后刘知侠将李校长的女儿李云珠接到济南上学,直到大学毕业,时至今日我们仍然如亲人般往来。1995 年,一个全国性的征文大赛,我写了篇《刘知侠当年的希望工程》,就是写的这个故事,还获得了一等奖呢。

2013 年 5 月，我向卫辉一中捐赠 10 万元稿费和《铁道游击队》著作权，以报答母校当年对知侠的培养之恩，效仿李校长的资助之举。青岛微尘基金会的理事们也随同我一起，向卫辉一中捐助了 10 万元，共计 20 万元，成立"微尘·真知"基金，以帮助更多的贫困学生完成学业。

那次我们去河南，来回的费用都是自己出，不给人家添乱。不巧的是，在我联系这个事儿的一个礼拜前，脚崴了，骨裂，我谁都没告诉，连微尘基金的人也没告诉。到了飞机场，我坐着轮椅，脚一着地就疼，骨头疼是干疼。好容易上了飞机，飞机有故障，让我们另换飞机，又忍痛下来上去，折腾了四个多小时，到新郑机场已是半夜一点多了。第二天，参加仪式，我打着石膏，坐着轮椅，在会上我讲述了当年刘知侠与李校长的故事……好多人听着都掉泪了。

刘知侠在蒙受磨难的岁月里，在不发工资只发生活费的情况下，仍然按期给党组织寄党费，为了不让造反派知道他的行踪，有时竟然骑自行车跑上百里路，到另外一个县城寄党费。那几元党费里凝聚着他对党深沉的爱和赤诚之心。他还在上世纪 60 年代初，一次性上交党费 3 万元。这里补充一点：上世纪 50 年代中期在青岛龙江路上有个资本家的小楼带一个院子想出手，要价人民币 5000 元，托人找到知侠想让他买下，知侠请示省委组织部，没有批准。我说这个事儿的意思是，上交的 3 万元党费在当时可以买六栋像样的花园洋房。

知侠一直告诫我，党费一定要亲自交，而不能从工资里扣。知侠有个铁打的规矩，不管收到多少稿费一定要把其中的 10% 上交党组织。

2008 年汶川地震后，我以刘知侠的名义，以特殊党费的形式，为震区捐款 1 万元。我想，虽然他走了这么多年了，但是我们一直心灵相通，我相信，知侠地下有知，也一定赞成我这样做的。

这些年，我经常应邀到部队、企业、中小学校做报告，对学生进行爱国主义教育；为部队官兵讲述战争年代刘知侠的战斗故事；给老年人讲，人老了该怎么活；给女企业家讲，如何做强女人……从2005年起，我一直担任青岛市山东路小学校外辅导员，后被聘为名誉校长。每年清明节跟孩子们一起到青岛百花苑刘知侠铜像前举行少先队入队仪式，遇到一些重要活动，我也跟老师和孩子们一起度过。我还把一个祖传的玉镯拍卖了3.8万元，为学校建起"真知书屋"。

生命的意义在于不断增加宽度

2017年单位组织老干部查体，我被确诊患肝癌。孩子一开始瞒着我，我说，是福不是祸，是祸躲不过，没什么大不了的。你妈妈啥事儿没经历过。"伸头是一刀，缩头也是一刀"，干吗要缩头！

经过短暂的自我调整，我是真正释然了。把人生的悲欢离合、生老病死当成一次次"转场"吧！夜里我过电影一样想着我的后半生，当我五十五岁失去知侠的时候，我的"转场"宣言是"完成知侠未竟的事业"，我基本完成了；当我花甲之年，勇敢走上T型台时，我的"转场"宣言是"且把花甲当花季"；当我六十八岁获得"中国老年形象大使"称号时，我的"转场"宣言是"脸长皱纹不要紧，只要心不长皱纹，我就永远年轻"；当我八十岁获得"中国十佳魅力旗袍人"称号时，我的"转场"宣言是"做女人，不做老人"。每一次"转场"，我都是华丽转身。

面对病魔的考验，我站到青岛百花苑刘知侠的铜像前，我去说给他听，我默默地对他说："你用灵魂走完了生命的山川丘壑，才成就了现在如此高大的风景。我站在你的投影里找不到自己，但我们曾经携手，彼此传递过温暖。你会给我战胜病魔的力量。"

面对病魔，我写下了我新的"转场"宣言："生命的意义在于不断增加宽度。"

　　我一点点变得坚强起来。今年是刘知侠百年诞辰，我在去年治疗过程中就开始为他做最后一件事，出一本纪念文集《痴侠》，将他去世后，他的许多老战友、朋友写的悼念文章，还有《知侠文集》中没有收进去的文章，结成一个集子。

　　因为生病，这一年是我生命中最艰难的日子，但回望四十年，经受了磕磕碰碰的岁月，我依然迎来了一段美好的"暮春"，享受了改革开放带来的幸福晚年。触摸着面颊上日渐消失的青春，感受着年轻时的梦想，心里慢慢升腾起丝丝缕缕的满足感。

　　顺便告诉亲爱的读者，我的病经过近一年的治疗，已经基本上痊愈了，各项生理指标都恢复到正常了。目前，我正投入到纪念知侠百年诞辰的活动中。

1990年夏与刘知侠留影于青岛

2017年秋,我(前排右一)与服饰团姐妹们

周香莲

◎1952 年生，江西南昌人，教师，中共党员。1972 年至 1979 年为乡村教师，教小学一、二年级语文，1979 年至 1992 年在核工业七二〇厂子弟学校任教。业余自学汉语言文学本科课程。1992 年至 2002 年为七二〇厂基层党校教师。2002 年由于企业改革内退。2003 年 2 月，应聘于高校上课，2018 年 3 月在南昌理工学院再次退休。终身从教，曾获"江西省基层党校优秀党课教员"等光荣称号。改革开放四十年，从乡村教师、子弟学校教师、党校教师到大学教师，亲身经历了教育的改革与发展。

四十年，四个讲台谱写人生

改革开放四十年，伟大祖国旧貌换新颜。我是一名人民教师。四十多年来，我先后在乡村小学、企业子弟学校、企业基层党校、民办高校任教，从乡村小学一年级一路教来，到站在高校讲台授课，是改革开放成就了我的事业，使我成为教育战线辉煌成就的见证者、参与者、受益者。

公社小学：祠堂里安家

你知道厚田沙漠吗？它是江南第一沙漠。江西省南昌市新建区厚田乡就坐落在沙漠脚下。1978 年，我是厚田公社中心小学公办教师。教师宿舍及低年级教室设在原地主的老宅里。这是学校的一小部分。老宅正面朝南，大门对着厚田街。街对面，穿过小巷，就是厚田小学的主体。它以原来的老祠堂为中心，两旁加盖些砖瓦房做教室，教室把中间的空地围成个操场，祠堂正中是教师的办公室。

当时，公社各地的小学不是安置在祠堂里就是安置在庙宇里。

1978 年 6 月 16 日晚上，我就在这座地主老宅的教工宿舍的床上生下了第二个女儿。

我爱人在外地工作，我一年四季住校。这 56 天的产假也只有住学校，真正是以校为家了。

厚田小学有 20 名教师，原有 4 名公办教师，陆续调走了 3 名。在我生孩子时只剩我一人是公办教师，其他都是民办教师。民办教师都是本地人，住在自己家里。所以偌大的破旧的"老宅学校"就显得空空荡荡。

民办教师是指当时中小学中不列入国家编制的教学人员。他们是拿生产大队工分的，清早干完自家田里的活，打着赤脚急匆匆小跑进教室上课。不过他们可认真了，是学校的主力军。校长、主任全是民办教师。没有民办教师，学校只能关门。

我是唯一的公办教师，国家教师编制，那就是"天之骄子"。每月按时拿国家工资 34.5 元。不用下田，不用风吹雨打日头晒，谁不羡慕？

期中考试快到了，我们要刻试卷了。我把蜡纸铺在钢板上。刻钢板可是个技术活，刻轻了，字不清晰；刻重了，会划破蜡纸。我细心地刻完一段又一段，小心地移动蜡纸，终于"大功告成"。再搬来油印机，将蜡纸小心平贴在油印机的纱网上，再手握滚筒把手，将油墨滚匀，在纱网上均匀地滚动。呵呵！这张卷子好漂亮哦！再印，加油墨。不好，油墨弄到滚筒把上，沾了我一手。终于全印完了，我用手背轻轻擦汗。旁边传来嘻嘻哈哈的笑声。

"哇！大花脸唱戏来了！"原来我擦汗之时把自己弄成大花脸了。

我和程老师是一年级语文老师，我们各教一个班语文，再配些副课，每周 20 节课。这里没有幼儿园，孩子们都是从小打着赤脚举着棍棒追追打打野惯了的，进校时大字不识一个，一口的方言。教拼音就是难关。说到拼音，我得益于假期拼音辅导班的学习。那时，南昌市派有经验的老师下乡辅导乡村教师，她们辅导时把平舌音、翘舌音的舌头位置示范得很到位，我也就记牢了。

为了提高识字量，我探索了一套识字教学方法。用教鞭上下舞动，学生在鞭子的指挥下"书空、默空"（用指头比画，嘴里念笔顺），然后培养班干部。我只需在黑板上写生字、拼音，讲讲字义，"小老师"就上黑板前指挥了。

后来，县教育局来学校检查工作，校长安排我上公开教学课，我展示了这一教学方法。

1978年，学校为我们每个老师发了一本相当于中专水平的语文、数学合订书，要求我们自学。教育改革已处于萌芽状态。

子弟学校："天之骄子"成了"土包子"

1979年10月，因照顾夫妻关系，我被调进了核工业七二〇厂子弟学校。七二〇厂是央企。

什么是子弟学校？就是企业离市区较远，为方便职工子女上学专门办的学校。一般只招收本厂职工子女，教师的工资由企业发放。

这所学校是小学、初中、高中联办，有四十多名教师，他们很多是大中专学校毕业分配来的。学生的父母来自各地，多是大学毕业生和退伍军人。孩子们打扮得跟"洋娃娃"似的，与乡村孩子有天壤之别。教学楼有三层。

来到企业子弟学校，我在乡村"天之骄子"的优势荡然无存，成了别人心目中的"土包子"。加之我是初中毕业后去共大（江西共产主义劳动大学）师训班学习的，拿的是结业证，在学历一栏我老老实实地填上"初中"。我的学历在全校垫底。

我还是被安排教小学低年级语文课兼任班主任。我努力工作，认真听别的老师上课。长期教一年级语文的李老师，田字格书写教得特别好。一个字点在什么位置，横在什么位置，撇捺如何甩出笔锋，讲得清清楚楚。她写一笔学生练一笔。我听了她的课，受益匪浅，再贯彻到我的教学中，之后，我们班学生的字也写得非常漂亮。学校的活动一个接一个。春游、运动会、文艺演出，我带的班一项也不甘落后。记得一年运动会，学生比赛结束老师再比，我属于教师女子中青年组，能报名的项目全报，抱回一摞奖品，全是毛巾。腿跑肿了，但我要强地挺着，就为了证明自己的实力。

虽然工作在各方面都没有落后，但文凭问题还是挂在我心头。

不久，文件下来了，要求没文凭的教师必须通过教材教法过关考试，之后是备课考试，再后来又有文件规定，小学老师最低要拿到中专文凭。

唉，要是有一张中专文凭该多好啊！可我又到哪儿去弄一张文凭呢？

我借来了初中一至六册的语文书，业余时间一课一课自学（初中时正值"文革"，我没上成课）。生字、词语、句子摘抄了一本又一本。所有的文言文、诗歌、短文全部背诵、默写。课后题全部做几遍，实在不懂的就向中学老师请教。一年多以后，我就把六本初中课本全学完了。

我又借来高中六本语文书，正当我准备继续学习时，一天，厂教育科熊科长对我说："现在教师都要文凭，你业余读电大吧！"

"我哪能读哦，我的数理化不行。"我说。

"可以，汉语言文学专业，不用考数学，一门一门考，全部考过拿毕业证。"

"哦，那我读。"

当时电大都是大教授讲课，从收音机里收听。为了准时听课，给学生上的课有的我调换了时间。

因为没有高中语文基础，学习特别吃力。我总是一边烧饭一边背题，饭不知烧煳了多少次。我和女儿都是剪短发，省得梳辫子。

有一年冬天清晨，外面冰天雪地，我们厂参加电大学习的大半车人去南昌市参加考试。汽车经过几十里路的颠簸，来到赣江八一桥边。啊！封桥了，汽车不能过桥。怎么办？大家手牵手踏着冰，跑步过桥。摔倒了，爬起来，拉起来，继续跑。赶到考场，还好，考试刚开始，我们一个个大口喘气。

三年过去了，我顺利拿到电大大专毕业证，学校把我从小学部调入初中部。

电大当时没有设本科，可我很想继续学习。我又转学自学考试本科课程，还是汉语言文学，但要加考三门选修课。

报考自考本科已经没伴了，其他人不愿继续学习，我就独自一人坐厂车（当时厂区没通公交车）去南昌市报考，找考场，考试。考试非常严格，坚持、坚持，我默默给自己打气加油。

英语是本科必修课程，我决定用两年的时间攻下它。我从 ABCD 开始学，天天听广播，做了十几盒卡片，家里墙上到处贴了英语单词。考了两次都没有及格。当时有文件规定，年龄超过 35 岁的可以不考英语，但需加考三门选修课，不拿学位。我只好做出了这无奈的选择。这样，加上本科应有的三门选修课，我选修课就考了六门。

五年后，完成毕业论文答辩，我终于拿到本科毕业证，头发都考白了。

上世纪 80 年代，教育改革已拉开大幕。学校之间比成果，教师拼教学质量、拼文凭，我以自强不息的精神，教学、自学两不误。

基层党校：迎接挑战，渐入佳境

上世纪 90 年代初，改革的步伐加快。子弟学校变化很大，"砍"了高中，学生都是独生子女，生源数急剧下降，全校只有 180 个学生，教师相对富余。

七二○厂党委是由南昌市委领导。市委规定：凡设党委的单位都要办基层党校，轮训党员。

1992 年初，厂组织科科长来学校物色党课教师，找我谈话。

"经考察，组织上准备安排你去任党课教师，将培养你入党。你在子弟学校是教师，在党校也同样是教师，只是党校对教师的要求更高。这可是组织上对你的信任哦！"

我说："服从组织安排。"

1992 年 5 月，我开始任党课教师。这是一项全新的富有挑战性的工作。

我以各种形式开展党校工作，办党员轮训班，印学习资料发给各党支部，去南昌市委党教科借录像带播放，发书本到个人，自学之后印发试卷测试，组织知识抢答赛……党校工作做得风生水起。

一次大型知识抢答赛，要筹备约两个月时间。全厂有 17 个党支部，每个支部出一个或两个队。内容围绕当前形势展开，每年一次。中共十四大文件知识赛、学习邓小平理论知识抢答赛、党的知识抢答赛等，从出题到组队，忙个不停。

在基层党校，我的文化水平和工作能力也得到明显提升。每次起草文件，党校校长都亲自修改；组织大型知识抢答赛，主任让我锻炼当主持人；党校每年一次思研会、一次理论研讨会，收几十篇论文我一人审稿、修改；对内对外的宣传稿件，我笔耕不辍，仅刊登在《中国核工业报》上的大大小小稿件就有五六十篇。

出色的工作得到了肯定。1997 年，我们厂基层党校被评为"南昌市优秀基层党校"，我个人也被评为"南昌市基层党校优秀党课教员"，并上报省委宣传部，被评为"江西省基层党校优秀党课教员"。

企业改革的步伐越来越快，一切以经济建设为中心。2002 年 12 月，我年过五十，企业"一刀切"，我迈进了内退队伍。内退也是适应改革的需要。

民办高校：我的教育事业的制高点

内退了，怎么办呢？

这时，江西的民办高校如雨后春笋，蓬勃发展。我应聘于民办高校，成为按课时拿薪酬的兼职教师，上一节课是 30 元。2003 年 2 月开学，我上了两个学校的课。在蓝天职业技术学院（现江西科技学院）每周上 8 节"思想道德修养与法律基础"，在江西大宇职业技术学院（现南昌管理科技学院）每周上 8 节"大学语文"。为了上好法律基础课，我买了《法学概论》《宪法》《刑法》《民法通则》等书自学。语文教学中我收集了大量剪报，再就是去书店、图书馆，做笔记摘抄。

兼职教师没有办公桌，都在自己家备课。有的学校中午没有地方睡，我就把几张椅子拼在一起，吃完午饭倒头便睡。坐车也很累，先坐公交车，然后转车到指定的地点等校车，只能提早不能迟到，风雨无阻。

考大学教师资格证，我印象尤为深刻。2005 年初，我接了三个学校的课，真的很累，但我还是报考了教育学、心理学。一天，突然接到通知，提前四十多天考试。

呀！我可怎么办呢？就剩五十多天了，原来的学习安排全要打乱。已经任教的课是不能中途扔掉的，那太不负责任了。放弃考试吧，我心不甘。

那段时间真叫没日没夜。上完课回家，吃完饭就打呼噜，睡上几个小时爬起来再看书、背书。天亮吃完饭又要出发去上课。考试时间到了，地点在江西师大。上午考教育学，下午考心理学，人紧张得打颤。分数公布了，我教育学考了 86 分，心理学考了 60 分，好险！

"考试"，这辈子进了多少考场，我已经记不清了！

2005 年秋，我在江西大宇职业技术学院接了五个班共 20 节大学语文课，并把别的学校的课都推掉了。8 月 26 日，大宇教务处突然来电话："现在大学语文全部改用大教室多媒体上课。"

这下我蒙了！

"哦！我不会用电脑，没上过多媒体课，怎么办？"

"没关系，我们有课件，你只管按课件讲课就行。"

我选择了放弃，这种心里不踏实的课我不能上，也不敢上。

快开学了，我再到哪儿去接课呢？

自己原先不是一直在江西航天科技职业学院上课吗？对，赶快给他们公教部打电话。

"我们的课都排完了。"电话那头传来排课老师的声音，"你如果真要上课，可以安排去我们学院设在共青的校区上课。不过从我们主校区出发，还有将近一小时的高速路。"

本来从家到主校区就有一小时路程，再去共青校区上课，路上来回得四个多小时。

"好，我去。"我毫不犹豫地回答。

当年，江西航天科技职业学院更名为南昌理工学院。这是一所教育部批准设置的普通本科高校。我被转为南昌理工学院专职教师。这是我人生事业的制高点。

2007 年，学院本部急需大学语文教师，我又被调回主校区上课。

我开始学电脑，学做课件。向其他老师学，向孩子学，向学生学。终于，我会做课件了，而且做得很漂亮。

大学真是个大学堂，我在学校办了借书卡，任何时候包里都放一本书备看。在共用的多媒体教室的电脑里，别人的课件、视频我用优盘拷回家，细细研学。学校教研活动，听课，写论文，我都积极参加。

我乐滋滋地遨游在知识的海洋里。

现在，南昌理工学院经过快速发展壮大，已经成为一所以航天科技为教学特色的应用型大学。2018 年 3 月，我年过 66 岁，从南昌理工学院光荣退休。

我娘家厚田乡社林冈周家，祖上是理学开山鼻祖周敦颐的后人，到我爷爷这一代我们家已是九代教书。我唯一的姑姑却没有条件上学，只能带着一手好女红、摇摆着三寸金莲成为山里人的媳妇。我的母亲从小就被送进育婴堂，现在一百岁了，还嚷嚷想找娘家人。我作为女性，有幸生在新中国，成为一名人民教师，我真的很幸福。

现在，上世纪 70 年代我所在的厚田乡村小学再没有民办教师。他们沐浴着党的阳光，全部转为公办教师。学校新建的教学楼光亮宽敞。

上世纪八九十年代我教学过的企业子弟学校由社会接管，教师全部享受事业单位待遇。三层楼的旧校舍哗啦啦推倒，设计合理、结实漂亮的新教学楼巍然耸立。

四十年风云激荡，四十年波澜壮阔，四十年弹指一挥间。我从一名乡村小学教师到工厂子弟学校教师，再到基层党校教师，再到大学教师，四个讲台见证了我近乎脱胎换骨般的变化。一路走来，既有不懈奋斗的艰辛，更有沐浴春风的幸运。我深怀感恩之心：感恩党，感恩祖国，感恩改革开放新时代。

徐金波

◎出生于 1961 年，吉林蛟河人，曾在机关单位做过公务员，也在国企任过"一把手"。1995 年下海经商至今，修路、办驾校、生产矿泉水、经销化工产品、出口地板……如今，已经 57 岁的他比以往任何时候都忙，因为，他有一个"梦"，一个让他开始二次创业的"冰酒梦"。

"无中生有"，创造中国冰酒

我叫徐金波。在词典里，金波有四项解释：月光，月亮，反射着耀眼光芒的水波，以及酒。以前，我更喜欢前三项解释，觉得很有美感，但在2007年接触冰酒后，我更喜欢第四项了。我与冰酒的情缘，或许从一出生就结下了。

说起与冰酒的情缘，最要感谢的是国家的改革开放。我永远记得，1995年，我毅然决然走出国企，选择商海沉浮。之后，我怀揣一场又一场的梦，坚定又坚韧地走在实现它们的路上。

松花湖畔谋改革

1961年，我出生在吉林省蛟河市松江镇爱林村，这个村在松花湖畔，我家是这个村落的临湖第一家。

"水明三峡少，林秀西子无。此行傲范蠡，输我松花湖。"当代著名诗人贺敬之曾这样称赞松花湖。这里山清水秀，四季分明，湖畔居民都很喜欢它。从出生起，我与它就像母子一样血脉相连。三岁那年，因为父亲工作调动，我们全家搬离爱林村，来到吉林市丰满区旺起镇旺起村，也在松花湖畔，临湖第一家。

1979年，我考上吉林省交通学校，学习运输企业管理；1981年毕业后，在吉林市交通局计划处做一名机关干部。在机关一干就是九年，其间，我在电大进修了工业企业管理专科，后来"专升本"学习了涉外企业管理。学习让年轻的我充满激情，胸中像有火在燃烧，总觉得枯燥的机关工作不能学以致用，向往更多的实践。于是，在第九个年头，我向组织提出调动申请，不久，我被调到一家国企——吉林省航运旅游总公司。担任副总经理半年后，我正式成为这家国企的第十任总经理。巧的是，我的办公室仍在松花湖畔，仍是临湖第一间。

改革开放之前，国企并不像企业，作为计划经济的一部分，国企生产需要的原材料、生产什么产品、产品的销售渠道等都由上级单位统一安排，工人干多干少收入都一样。彼时，虽然改革开放已实行十来年，但在东北这个老工业基地，许多当惯了国有"老大哥"的企业还没有真正转型，吉林省航运旅游总公司一直处于严重亏损状态，有时工人的工资都不能按时发放。改革开放的新理念和我的专业知识告诉我，想让企业起死回生，必须改革。于是，我壮着胆子与财政、税务等政府部门签订了"投入产出总承包"协议。以前，国企赚钱都归国家，亏损国家填补，这家公司连续亏损，已经成为政府的包袱。作为新的改革尝试，我与政府达成协议，承诺第一年不用政府填补亏空，但也不上交利润。如果赚钱，由公司支配；如果亏损，我承担责任。

这是有很大风险的，压力非常大，但年轻，不怕，我决定放手一搏。那时满脑子都在想如何把企业做好，每天只能抽空睡三四个小时。我们家族里没有掉头发的，唯独我当了三年国企总经理，就惹上了"聪明绝顶"的尴尬。

我连续推出了新举措，先是对公司班子进行了改革，班子领导都兼任下面各厂的"一把手"，他们见识广、能力强，一旦调动起积极性，对各厂发展意义重大；同时实施岗位责任制，每个分公司都有指标，做得好有奖励，做不好就要调离岗位。第一年，我撤免了 20 多个不称职的中层干部，也提拔了 10 多个积极肯干的，工作氛围明显转变。

岗位责任制先在我们的沙石公司试点，这家公司效益相对还好一些，前一年上交了 10 万元利润。我到这个公司和负责人谈话，要求利润提高到年上交 30 万，否则就换人。这位负责人咬咬牙同意了。我又告诉他，每增加 10 万，就会增加包括领导在内的所有人员的奖金，增加越多，奖励越大，工人每月兑现，领导班子年底兑现。

眼看着每月的收入渐长，工人干劲越来越足。这项奖励机制带来的结果超出我的意料，那年年底，沙石公司共上交利润 110 多万元，工人的收入增长了 1—3 倍，经过上级部门批准，奖励给这位负责人一套房子。

沙石公司的成功案例让公司其他领导和工人备受激励，大家一改以往混日子的状态，都忙了起来。我到公司的第二年，公司扭亏为盈 130 多万元，我也因此被评为"吉林省优秀青年企业家"。

改革总是要触碰一部分人的利益，还没来得及回味这份成功带来的喜悦，我就陷入了麻烦——被反复举报。利益被触碰的一些员工以各种理由给不同的部门写举报信，刚开始上级信任我，但总被举报，领导说信任归信任，调查还是必需的。纪检委、检察院找过我多次，每次谈完话，我内心都会有一小段崩溃的状态：凭什么兢兢业业地工作换来的是无中生有的诬蔑？我一肚子的委屈。

萎靡过后，工作还是要踏实干的，不能因为少数人的反对停下前行的脚步。带着公司上下在改革的关口打拼了三四年，吉林省航运旅游总公司已小有名气。1993 年底，我被提拔到吉林雾凇集团做总裁。两年后，身边下海经商的人越来越多，我的心思也更活络起来，办企业如果经营决策能自己说了算，个人能凭本事多赚点钱，多好。

1995 年，我辞职了。

试错中邂逅冰酒

我辞职时，改革开放已走过十七载，改革的红利已经显现，老百姓手里的钱渐渐多了，市场越来越活跃，经过一番考察和深思熟虑，我决定做现代服务业：开广告公司、办驾校。

90 年代的市场，给了商人们前所未有的机遇。我的公司也经营得红红火火，同时，我也开始多种经营，接一些修路工程。第一桶金就这样积累下来。

我们这代企业家都有一个共同的理想——民族品牌梦，都希望自己打造出一个叫得响的著名品牌。最能做出品牌的当然是产品。1997年，我开始尝试打造品牌产品，也开始了一连串的亏钱试错。

先做纯净水，企业运行了两年多，以失败告终；随后接触化工产品，从做经销商，到自己生产，但因为销售渠道没有把控好，最后也关门了。

2005 年初，吉林省蛟河经济开发区设立，作为第一家拿地进驻的企业，我决定做出口地板生意。蛟河木材比较多，我想利用资源优势，生产优质地板，并让它们走出国门。

地板的销售并不顺利，参加展会是打开市场的重要途径。2007年，我带着团队去德国汉诺威参加国际展会，布好展，因为语言不通，我在展位上无所事事，就决定找个中国导游带我去德国的母亲河——摩泽尔河观光。

摩泽尔河的两岸，酒庄一家接着一家。在其中一家酒庄品酒时，我遇到了彼得·斯托克先生，他是德国斯托克酒庄的庄主，这是一家有着几百年历史的老酒庄。我们一边品着德国"雷司令"葡萄酒，一边随意地聊着天。聊着聊着，我被他的一个话题吸引了。彼得·斯托克说，他的爷爷在一百年前成功酿造了被誉为"酒中皇后"和"液体黄金"的"冰酒"。冰酒有两百多年的历史，当时老彼得先生酿制出的冰酒是德国摩泽尔河地区的第一瓶，引起很大轰动。彼得先生绘声绘色地向我讲述当年冰酒的故事：所有的葡萄园主人每年总像期待爱情一般祈盼着霜冻降临深秋的果园，能够品尝到真正冰酒的人就像能够得到真正爱情的人一样稀少。

"遗憾的是，因为气候变暖，我们这里每年都是温暖的冬天，已经不能酿制冰酒，家族的荣耀在我这里无法延续了，我酿不出来甜美的冰酒给你品尝。"看我饶有兴趣，彼得·斯托克先生有点失落地说。

这是我第一次听到冰酒这个概念。它竟被欧洲人誉为"酒中皇后""液体黄金"，一定是珍贵的佳酿。商人的天性让我自然地生出了做冰酒的冲动，它在中国一定会有巨大的市场。

当晚，我拿出从国内带去的茅台酒邀请彼得·斯托克先生共进晚餐，聊得畅快时，我向他发出邀请："或许我可以帮助你实现酿冰酒的理想。"

我告诉彼得·斯托克：六年前（2001年），我在中国吉林省蛟河市庆岭镇联江村的松花湖畔买了一幢房子，又承包了附近村民50亩土地，想打造休闲、养老的小农场。那里的冰雪资源丰富，这个小农场种的葡萄应该能酿造出高品质的"酒中皇后"。

我把那里的自然情况、地理优势、松花湖环境都说给他听，他听完慎重地思考了一会儿，答应退休后带着另一位酿酒师史蒂芬·瓦格纳来中国考察。

那次地板参展销售情况很不乐观，我却异常兴奋。酿制冰酒所用的葡萄必须是树龄五年以上的，一回国，我就做起了准备，种葡萄、建厂房、采购酿酒的设备。三年后，彼得·斯托克和史蒂芬·瓦格纳终于来了，并决定与我合作酿造冰酒。而就在这一年，我的地板生意在亏了一笔巨款后寿终正寝，但它完成了它的使命——让我邂逅冰酒。

特别金奖和中国第一款冰起泡（香槟）酒

冰酒酿制的进展缓慢。起初，因为语言不通，翻译无法准确译出冰酒酿制过程中的那些专业术语，导致沟通时理解错误而走了不少弯路。加上冰酒对葡萄的品种、种植栽培、采摘、发酵储藏等方面要求极高，两位德国酿酒师不断试验，时间一晃又过了好几年。

一直到了 2016 年春节，彼得·斯托克先生满脸兴奋地告诉我："我们的冰酒，已经达到国际标准。"当我把果香浓郁、清新可口的冰酒缓缓咽下时，这九年的坚持甘之如饴。

这些年，我一直靠驾校和修路的收入维持冰酒酿制的投入，虽然冰酒赢利之路十分艰辛，但我坚信，它会实现我的品牌梦。经过多年的相处，我和彼得·斯托克先生已经亲如兄弟。我们的冰酒是中国与德国"义结金兰"的成果，所以，我给酒庄取名"华兰德"。

让我们都没想到的是，2017 年，在世界五大葡萄酒大奖赛之一的德国柏林世界葡萄酒大奖赛冬季赛中，华兰德冰酒（2015 年款）在来自 32 个国家的 6488 款参赛酒品中获得特别金奖。这也是柏林世界葡萄酒大奖赛冬季赛开赛 20 届来，中国区唯一获得特别金奖的葡萄酒。我的品牌梦，一夜成为现实。

随后，还发生了一件意想不到的事情，德国冰起泡（香槟）酒之父、77 岁高龄的阿道夫·施密特先生，因为华兰德冰酒获得国际大奖，亲自带领团队于 2017 年 8 月到华兰德酒庄考察，决定和我合作酿造冰起泡（香槟）酒。用华兰德冰酒做原料酿造的第一款中国产的冰起泡（香槟）酒成功问世，并在 2018 年 9 月投放市场。

与德国企业家合作，成功酿制冰酒，这是二十三年前在国企跌跌撞撞的那个我做梦都想不到的。现在，华兰德酒庄葡萄种植面积已经扩展到 1200 亩，产品也出口到了德国和韩国。

世界唯一的冰酒博物馆

2007 年对冰酒产生兴趣后，我便成为欧洲特别是德国的常客。

2013 年，在英国伦敦参观大英博物馆时，我突发奇想，大多数人对冰酒历史文化了解不多，何不在酒庄建一个世界冰酒博物馆？

于是我便开始筹划建造世界冰酒博物馆，委托五位德国朋友组成收藏团队，以德国冰酒发源地，即莱茵兰-普法尔茨州美因茨-宾根县的道美斯海姆为中心，方圆 200 公里为半径，收集冰酒酿造设备及与之相关的文化物品。大约花了三年的时间，收集到 300 多件与冰酒有关的物品，包括老酒桶、榨汁机、过滤机、抽酒泵等，它们见证了世界冰酒产生和发展的历史。

收集的这些物品运回国时，"长满欧"中欧班列已开通，大大小小的物件装了一个集装箱，这趟往返于中国长春与德国施瓦茨海德的专列，架起了"一带一路"亚欧通商新桥梁，也把冰酒文化送到了华兰德酒庄。

2017 年，博物馆开始陆续接待来自世界各地的葡萄酒爱好者。作为世界唯一的冰酒博物馆，当年 9 月 23 日，我们还在此举办了首届华兰德世界冰酒论坛。

博物馆的建成、论坛的举办，对在中国推广冰酒历史文化起到了重要作用，接下来我们也将不断地推出冰酒文化活动，让更多的中国人认识冰酒、了解冰酒、爱上冰酒。

冰酒小镇升级为世界级产区

华兰德冰酒刚获奖时，政府部门找到我，有意依托冰酒产业打造特色小镇。这些年，"特色小镇"是高频词，能把冰酒由我的个人爱好变成政府的特色、国家的产业，我毫不犹豫地十分愉快地答应了，并提出三个目标：让农民更富裕，让环境更美好，让农村更繁荣。我心想，这就是我后半生的追求了，如果能把这三件事办成，此生也就没有白活。

目前，这个冰酒特色小镇已经入围吉林省发改委确定的省级特色小镇发展计划。我们的目标不仅是建一个特色小镇，还要通过这个特色小镇的引领，建成一万公顷的中国吉林松花湖世界冰酒产区，引入国际知名酒庄，开创一个冰酒的天地。

习近平总书记说，绿水青山就是金山银山，冰天雪地也是金山银山。松花湖冰雪资源得天独厚的优势也吸引了清华大学的关注。清华大学协同创新生态设计中心副主任王海军博士带领课题组对华兰德酒庄和冰酒产区进行了总体规划研究，提出的"建设世界冰酒产区和国际生态旅游目的地"得到了保利文化集团考察团队的认同。

在松花湖畔打造一个世界冰酒产区，这是大事，太大了，我无力独自完成，需要政府参与引导，引进央企投资。在吉林省政府和吉林省政府驻广州办事处的支持、推动下，2018年1月13日至1月16日，保利文化集团组成考察团，来到酒庄考察，意向投资100亿元与吉林市及蛟河市政府合作建设华兰德冰酒小镇和万公顷中国吉林松花湖世界冰酒产区。

冰酒产区建设采取"三步走"战略：第一步是千亩做品牌，华兰德酒庄已经实现；第二步是万亩做产业，争取在三到五年内，我们附近形成万亩的产业带；最后一步，预计在2035年，实现万公顷世界冰酒产区的目标。

万公顷世界冰酒产区的种植规模将是目前酒庄的100倍，也就是要把沿松花湖一万公顷玉米地全部变成葡萄园。不只是改变土地用途，还要阻断泥土和农药对湖区水质的污染，保护和恢复松花湖的生态环境。虽然任重而道远，但效益是可期的，生态效益、社会效益、经济效益都将有良好的体现，说得上是利国利民的好事。以租给我土地的村民为例，他们种玉米时，每亩平均利润在300元，我们给的租金每亩是880元，如果到酒庄打工，每年每人额外有两万元左右的收入。这些都符合我们设想的"让农民更富裕，让环境更美好，让农村更繁荣"的目标。

我已经奔六了，早过了创业的年龄，说实话，操持着当下的这番事业，挺累的。但我仍然会坚定不移地往前走，从中国市场上罕见冰酒，到华兰德冰酒酿造成功，到获得特别金奖，到建设冰酒小镇，再到打造世界冰酒产区，我的酒庄、中国的冰酒经历了从无到有的过程。我们每天都在进步，做大做强只是眼前的目标，创造美好幸福家园才是我们的愿景。若干年后，随着冰酒小镇和冰酒产区的建成，松花湖沿岸的玉米地变成生态葡萄园，湖区经济繁荣、环境优美，再没有农药化肥污染和水土流失，这一切，让我这个在湖边出生长大的孩子无比憧憬，虽累，但我会快乐地走下去。

陈文华

◎1971 年 10 月出生于山东日照，俄罗斯国立师范大学艺术学博士、俄罗斯列宾美术学院油画博士。2013 年创立中俄油画协会，2017 年任中央民族大学美术学院客座教授、俄罗斯列宾美术学院客座教授、俄罗斯国立师范大学研究生导师、中俄油画协会执行主席、中匈美术家协会主席。2003 年在中国国家博物馆成功策划并举办了"俄罗斯当代油画·素描大展"，随后十年内在全国 20 多个城市举办了巡回画展，为中外文化艺术交流搭建了一座坚实的桥梁。主编近 20 套艺术图书。2017 年至今，全力筹建"中国五千年历史绘画博物馆"。

改革开放与我的艺术圆梦之旅

艺术家以追求完美艺术价值为最终梦想，但梦想的实现离不开自己的努力和坚持，更离不开实现梦想的机遇和环境。我作为一名俄罗斯求学归来的油画艺术家、收藏家，深刻感受到国家的富强、人民的富裕对油画艺术的传播、传承及发展起着举足轻重的作用。我很幸运，赶上了改革开放的好时代。当我有梦想时，祖国给了我实现梦想的无限可能。当我拿着双博士学位从俄罗斯学成归国时，当我从俄罗斯带回许多艺术珍品在国内举办巡回画展时，当我看到络绎不绝、如痴如醉的参观者时，当我感觉离梦想的实现又近了一步时，我发自内心地想说：没有改革开放，这一切，我办不到！

一、求学之路

我 1971 出生在山东农村的一个大家族中。父亲是海军退伍军人，复员后成为家乡的村党支部书记；母亲读过私塾，是一个有思想、勤劳朴实的家庭妇女。他们希望孩子们将来都有出息，成为国家的栋梁之材。我上小学后逐渐对绘画产生了浓厚兴趣，为了学习绘画，清晨和大人一起到海边捡拾海货，骑三十公里自行车到镇上贩售。十二岁那年，为了学习绘画，我只身前往辽宁拜仇世杰先生为师。中学期间与同学们一起睡地铺，大冬天睡在一起取暖，冻得睡不着时，就起来画素描，往往一画就是一个通宵。那时立志要考上大学。

上了大学后，我勤工俭学，给施工单位设计图纸，画海报，只要跟艺术专业沾边的工作都做。大学毕业后，得益于改革开放，人们的生活水平不断提高，对美、对艺术欣赏有了新的需求，我把握时机，和朋友一起开办了一个小型艺术设计公司，用我所学专业为人们提供装修设计服务，通过两年的摸爬滚打，有了一点积蓄。而此时的我并没有忘记最初的梦想，对艺术的执着追求和情怀也丝毫没有改变，艰辛的磨炼反而让我更加清楚地知道，自己的追求是什么。

我怀揣艺术抱负，孤身来到了北京，来到了中国顶级艺术学府——中央美术学院进修。对于一个进修生来说，中央美院的学费可不便宜。我一边开餐厅，一边上学。我还用挣来的钱资助了一个和我一起从山东来求学的老乡，现在他已成为中央美院的一位教授。

通过在中央美院依照系统的教学体系学习，我不仅提高了油画专业水平，也接触和学习到了国内外艺术大师的艺术理念与精髓，尤其是苏联油画名家的，毕竟苏联对新中国的油画教学体系、理论研究及实践起到了引领作用。当时中国很多的油画艺术大师，以及美院的院长、教授都师从苏联派来的艺术大师或者从苏联留学归国。这些增加了我对苏联油画及后来俄罗斯油画的极大兴趣，当时我就在想：要是能去那里参观学习该多好啊！

2001年，"俄罗斯绘画艺术三百年——叶卡捷琳堡艺术博物馆馆藏画展"在中国革命博物馆展出，震惊了当时的中国画坛，很多人都是通过这次展览第一次看到俄罗斯顶级艺术大师的作品。我参观这些作品的时候，才感受到什么是艺术，什么是绘画，我决心要到俄罗斯去，要亲身去感受俄罗斯绘画，要去列宾美术学院学习，向艺术大师学习。我卖掉了在北京的饭店，孤身一人登上了前往俄罗斯的火车。

金秋的圣彼得堡格外迷人，天高云低，艳阳高照，五颜六色的树林点缀在古老的巴洛克式建筑中，涅瓦河及其支流穿城而过、波光潋滟，俨然就是北方的威尼斯。我驻足在涅瓦河边，面向河对岸的艾尔米塔什博物馆，双手撑在彼得大帝建造的石头围挡上，闭上眼睛，张开鼻翼呼吸着夹杂波罗的海味道的空气，似乎也能嗅到圣彼得堡三百年的艺术气息。

为了全面系统地学习俄罗斯油画教学体系及技艺，我同时报考了两所大学，第一所是列宾美院，就读于油画专业的彼缅诺夫工作室；第二所是俄罗斯国立师范大学，就读于艺术教育系。由于我在国内已大学毕业，按照惯例我可以直接读硕士研究生，但我为了多学习一些东西，便选择从本科四年级开始读。

列宾美院全称俄罗斯圣彼得堡油画、雕塑与建筑艺术研究学院，建于 1757 年，是俄罗斯美术教育的最高学府，培养出了许多世界知名美术家。俄罗斯国立师范大学创立时间为 1797 年，已经有两百多年的历史，是世界上著名的师范大学，是俄罗斯历史最悠久的，也是唯一冠有"俄罗斯"国家名称的师范大学。

这两所一流大学采取的是"宽进严出"制度，结业考试没有通过就会被开除或者要求重读。虽说是"宽进"，但也得考试，进列宾美院首先考的就是素描，素描考过再谈其他，还好我在国内学得比较扎实，素描考试轻松通过。第二项考的是语言，通过到俄罗斯后的学习，语言也勉强过关，但还要加强学习。同时在两所一流大学学习，学习压力可想而知，每天的课程从早到晚排得很满，在列宾美院上完课我得马上转场到俄罗斯国立师范大学学习，每天非常忙碌。2001年到 2009 年间，我陆续取得了俄罗斯国立师范大学美术教育学学士学位、艺术系油画专业硕士学位、造型装饰应用艺术与建筑专业博士学位，以及列宾美术学院油画博士学位。在这期间，我还结识了很多优秀的艺术家和教授，与他们建立了深厚的友谊，这是我人生的巨大财富。

在求学期间最让我难忘的是 2006 年，在列宾美院建院近二百五十年的历史上从来不对外国人开放的博士学位，专门为我开放了，而且由列宾美院前院长叶列梅耶夫教授担任我的博士生导师，我开始攻读博士学位。2006 年到 2009 年这三年间，我和导师叶列梅耶夫教授朝夕相处，导师谆谆教导、言传身教，我废寝忘食、勤学苦练，我们之间是朋友，是师生，也像父子，建立了深厚的感情，而且导师对我给予了极高的期望。

在俄罗斯求学是艰辛的，费用是高昂的，尤其是学艺术，但来这里学习的中国留学生逐年递增，这反映了中国经济的快速发展、人民生活水平的提高，大家有条件走出国门，来到自己渴望的学校追求梦想。我很幸运成为他们中的一员，而且也很幸运顺利完成了学业。2009 年底，我怀揣两个博士学位和导师的嘱托回到了国内，开始继续追求我的艺术梦想。

二、举办画展

"Обход"是列宾美院的学生和老师的作品展，只有优秀的作品才能参展。很荣幸，我的作品能得到老师的好评，得以参展。参展后，我产生了一个想法：这些作品能不能拿到中国去，在中国做一次俄罗斯油画、素描大展，让国内的艺术爱好者感受这些优秀作品的魅力，促进中俄两国之间的文化交流？我把我的想法跟我的导师尼古拉·列宾说了，他是列宾美院外教主任。他很高兴，他说从 20 世纪 50 年代开始还没有一个中国留学生做过这个事情，他很支持。我也很高兴，决心把这件事办好，我随即开始了筹备工作。

2003 年 5 月，我满怀喜悦地带着千辛万苦收集来的列宾美院各工作室的三百幅油画、素描作品回到国内。但天有不测风云，此时的国内正经历着严重的"非典"疫情，为了防止疫情扩散，人流密集的展览集会等活动被纷纷取消。难道精心策划的展览要泡汤？面对困境，我没有放弃，我以"初生牛犊不怕虎"的劲头找到了当时的中国国家博物馆馆长潘震宙，向他陈述举办一个完整的俄罗斯油画艺术大展的重大意义，并提出了建立中国五千年历史绘画博物馆的初步设想。潘馆长听后，为一个青年留学生竟然有这样的情怀而感动，决定举办画展。2003 年 9 月 26 日，"俄罗斯当代油画·素描大展"开展了，这也是中国国家博物馆成立后举办的第一个大展，当时的俄罗斯驻华大使馆公使衔参赞贡恰罗夫先生、俄罗斯列宾美院教授我的导师尼古拉·列宾先生、俄罗斯国立师范大学美术系教授库兹米乔夫先生及我国的靳尚谊先生、杨云飞先生、冯法祀先生等艺术大家悉数出席开幕式，全国各地的艺术爱好者蜂拥而至。展览每天接待的参观者达上万人，当时的展期计划是二十天，后来应观众的要求，延期两个月。此次展览震撼了整个中国艺术界，好评如潮。国家博物馆决定进行全国巡展。自此，我们开始了历时十年的全国巡回大展，先后在西安、重庆、武汉、长沙、太原、济南、珠海、深圳、厦门、沈阳、大连等二十多个城市举办了巡展。

在策划巡展的同时，我主编了《俄罗斯当代油画素描精品集》、《俄罗斯列宾美院素描精品集》、"圣彼得堡列宾美术学院学院派素描习作"系列（8 本）、"［俄］列宾美院·高等院校实验教材"系列（3 本）、"俄罗斯油画素描精品集"系列（3 本）等近二十套艺术图书，分别由广西美术出版社和长城出版社出版发行，发行量达几十万册，为艺术爱好者提供了系统的、内容丰富的油画、素描学习资料，也为未能去画展观展的人们提供了欣赏俄罗斯优秀油画、素描作品的机会。

另外，从 2006 年开始至今，我还组织策划了"中俄当代油画名家邀请展""重庆艺术节邀请展""俄罗斯油画大师作品展"等多种不同类型的艺术大展。

列宾美院前院长叶列梅耶夫教授 2003 年来中国时说道，他在这里真正看到了艺术的交流，没想到这次画展有这么大的影响，真正在中俄之间架起了一座艺术交流的桥梁。

当我在俄罗斯遇到来自中国的留学生时，他们对我说："陈老师，您的展览给了我们很大的启发，让我们了解了真正的俄罗斯油画艺术，可以说我们是看了您的展览才来到俄罗斯求学的。"我听后感到很欣慰，我觉得我的艺术之路是正确的，是有意义的！

三、油画收藏

作为一个画家，当一幅优秀作品展现在我面前时，它就像一块磁石把我牢牢吸引住，令我无法自拔，我会有强烈的把它据为己有的冲动。在2003年画展之前，我也有一些收藏，只不过数量相对较少。经过那一次展览，我看到俄罗斯油画得到了中国观众的认可和喜爱，此时我觉得我应该投入更多的精力去做收藏，把更多更好的俄罗斯油画带回国，让大家参观学习。当时巡展的有三百件作品，为了把它们留在中国，我个人就全部收藏了，包括一百五十件油画和一百五十件素描。

名画，不是你有钱就可以买得到的，大家只看到了结果，其实过程跟求学一样也历经坎坷，有时也要看缘分！阿列尼申科夫是俄罗斯最伟大的艺术家之一，同时也是一位教育家，他在俄罗斯油画界的地位与列宾、苏里科夫、谢洛夫齐名。我收藏了他十幅油画作品。1987年以前这些作品陈列在俄罗斯国家博物馆里。阿列尼申科夫去世后，他的儿子萨沙从博物馆取回了这些作品，当时闻讯赶来的很多美国艺术品经纪人都想花大价钱买下这些作品，但都被萨沙拒绝了。

机缘巧合，我通过俄罗斯朋友结识了萨沙，我们相约去他的别墅喝酒聊天。渐渐地，我们成了朋友。萨沙的妻子说，阿列尼申科夫教授在世时特别喜欢中国，特别向往中国。我对他们夫妻说，阿列尼申科夫教授在中国的影响力很大，有很多中国美术类院校的校长、教授都学习他的技法和风格。如果他的作品能到中国展览，将对中俄两国的文化艺术交流起到极大的推动作用，我希望能将他的作品带到中国长期展览。我说完后，萨沙有些疑虑。后来我向他展示了我们在中国举办的系列俄罗斯油画大展的相关资料和画册，他看后感到非常震撼，也对我有了更多的认识和信赖。后来经过多次交流沟通，他的疑虑打消了，他让我来选画。他向我展示了他父亲很多博物馆级的油画和素描作品，这些作品平时是看不到的，在收藏性、学术性、教学性等方面都有极高的价值。我当时一口气选了十幅油画、十九幅素描，都是他作品中的极品。我将这些作品带回中国后举办了展览，靳尚谊、李天祥、赵友萍、奚静之、陈鹏、李俊、杨飞云等艺术前辈和大家看后都很激动，他们做梦都没有想到阿列尼申科夫教授的作品能来到中国而且被中国人收藏。这些艺术前辈在我的展馆里学习、研究、讨论了一整天。

得到这些艺术前辈的认可和欣赏，我觉得我的辛苦没有白费，也坚定了我继续收藏的决心，我要把更多的俄罗斯艺术精品带到中国来，让中国的艺术爱好者不出国门就能欣赏到俄罗斯顶级油画作品，学习、研究完整的俄罗斯油画技法体系。为了构建完整的体系，我将北京的五套房产变卖，甚至借钱去买画，直到今天我都没有放弃过收藏。虽说背负了巨大的压力，但我觉得为了梦想这些都是值得的。

四、成立油画协会及合作办学

从 2003 年举办俄罗斯油画大展到现在，俄罗斯油画在中国产生了广泛的影响，我逐渐觉得建立一个中俄两国间文化艺术交流的桥梁和平台至关重要。我把这个想法跟中、俄许多艺术家说明后，大家都非常高兴，也非常支持。2013 年，中俄油画协会正式成立，俄方主席由叶列梅耶夫教授担任，中方主席由著名艺术评论家王仲先生担任，我担任执行会长。会员包括俄罗斯列宾美院的院长、教授和中国美术类院校的部分校长、教授，以及中俄两国其他优秀艺术家，目前中俄油画协会的会员已达五百多人。

随着改革开放逐步深入，中国国门向世界敞开，中外艺术家的交流日益频繁。2016年，我与朋友一起成立了中匈美术家协会，截至目前中匈美术家协会会员已达一百多人。匈牙利是我们文化艺术交流在欧洲的桥头堡，我们将在那里举办更多的文化艺术交流活动，让国外的艺术家、艺术精品走进中国，让国人感受更多的欧洲艺术气息，也让中国的艺术家走出去，让中国文化艺术走进欧洲，走向世界。

在俄罗斯留学九年，陆续举办各类展览十五年，了解了俄罗斯近五十位艺术家的创作历程，对我的油画创作产生了重要影响。有感而发，我也想让跟我有同样艺术情怀的广大学子有机会学习俄罗斯油画艺术，2013年我任院长的日照油画院与俄罗斯国立师范大学、俄罗斯航空航天仪器仪表大学签订了合作办学的协议，宗旨是给油画艺术学子提供一个学习深造的渠道。

五、中国五千年历史绘画博物馆

2004年，"俄罗斯当代油画·素描大展"全国巡展在西安成功举办，在当地引起了不小的轰动，得到了广泛好评。西安美院想邀请俄罗斯列宾美院联合举办画展，同时也想邀请叶列梅耶夫教授参加画展，进行指导交流。当时西安美院的一位副院长，也是我的好朋友，找到我，请我帮忙邀请。我很乐意做中俄艺术交流的事。在我的联系下，画展如期举办，叶列梅耶夫教授也应邀出席，陪同他来中国的是列宾美院现任副院长别西科夫。让人没有想到的是，叶列梅耶夫教授在西安创作了一幅写生作品送给了西安美院。叶列梅耶夫教授在西安参观了众多文物古迹及博物馆后，语重心长地对我说："我在这里感受到了中国历史文化的博大精深，但是通过翻译讲解，我也只能清楚地了解一小部分。我来过中国九次，去过中国很多城市，但没有见到一个博物馆像俄罗斯的博物馆一样让观众可以通过眼睛直接了解历史文化的，比如说在艾尔米塔什博物馆，观众可以通过油画这种载体，直接了解当时的历史场景和故事内涵。希望中国也能有类似的博物馆，把中国历史文化用油画的形式展现出来。陈文华，你是我最得力的学生，你要完成这一历史重任。"老师的这一想法和我不谋而合，其实早在 2003 年，在国家博物馆举办展览期间，我就向文化部提交了一份关于创立中国五千年历史绘画博物馆的报告。文化部非常认可，同时也及时做出了批示。

中国五千年历史绘画博物馆的藏品所要表现的是中国历史长河中政治、经济、文化、艺术、军事等方方面面的内容，这是一项伟大而繁重的工程。我全身心地投入到中国五千年历史绘画博物馆的筹建工作中。目前，江西省、鹰潭市及龙虎山风景名胜区对我们这个项目给予了极大支持与帮助，特别为我们提供了土地，我深表感激！诚然，中国五千年历史绘画博物馆的建设是一项宏大的事业，需要全社会各方面的支持和帮助，但是不管困难有多大，我都有信心完成它，让它成为继大英博物馆、卢浮宫、艾尔米塔什博物馆、大都会艺术博物馆这四大博物馆之后的第五大博物馆，为中国文化艺术的发展和历史文化传承鞠躬尽瘁！

改革开放至今已四十年，而我今年四十七岁，可以说是与改革开放一起成长的。从我的梦想一步步实现，到我更大的梦想需要去实现，每一步都与改革开放分不开。在改革开放的推动下，我才得以去学习我所热爱的油画艺术，才有机会出国深造，才有能力收藏画作、举办画展。我是亿万中国人中的一个，和我一样在改革开放大背景下改变命运、实现梦想的人不计其数。改革开放提高了人民的生活水平，增强了国力，让人民有想法、有能力去追求艺术、实现梦想，让国人有能力去世界文化艺术强国旅游、参观、学习，增进国际文化艺术交流，也让中国文化艺术快速传播到世界各地。现今，在"一带一路"倡议的背景下，我相信我们能更好更快地发展文化艺术事业，做好与"一带一路"沿线国家的文化艺术交流，提升中国的文化软实力。习总书记提出的"中国梦"，是由全体中国人民每个人的梦想组成的，我相信，在党和政府的正确领导下，我的中国五千年历史绘画博物馆之梦一定能够实现！

陈秀民

◎1961 年出生，笔名沙柳，蒙古族，大学文化。内蒙古自治区作家协会会员，中国少数民族作家学会会员。1986 年开始发表作品，出版散文集三部，长篇小说《守望》列入中国作家协会重点扶持计划，在省级以上报刊发表中短篇小说百余万字。

草原人的幸福

爱人最近老往房产中介跑，她又想换房了，选中城郊河畔景地小区新开盘的一处高层。她嫌城中心吵得慌。新居背依锡伯河，南望学院区，最是宜居。这已是十年间第三次换房了，这样倒腾来倒腾去她就不知道烦。

四十年不算长，也不算短。我从一个风华正茂的青年学生变成两鬓霜白的半大老头儿，仿如白驹过隙，梦幻般变化的节奏平生出隔世的惶惑。山还是那座山，河还是那条河，然物是人非，朴素的美又平添时尚，很难找到怀旧的入口了。

1978 年我读初三，夏末秋初，我家新房竣工了。原来住的两间土房，推倒重建后变成三间，也是土房。多了一间房，仿佛这个世界无限大，兄弟几个不再和父母挤在一个火炕上。每年麦子收割后，麦秸是断不可扔掉的。我们乡下习惯将麦秸叫苫草，每年雨季到来前，用苫草苫房，这样房子就不会漏雨。爸爸是苫房的高手，手里的木拍有节奏地拍打，苫草便均匀铺在房顶上，密度和厚度适中，风吹雨淋竟然纹丝不动地贴在房顶上。爸爸经常被请去苫房，那些年不知给多少家铺过苫草，遮挡了多少风雨。我读高中去县城住宿，考学毕业后分到他乡。再次回到故乡，三间土房摇身变成砖瓦房，唯有院子里那棵老榆树未变，鸟巢里正孕育着几只雏鸟。

1983 年 8 月，我走进了巴林草原。初秋的草原荡漾着牧草的醇香，即便是旗政府所在地大板镇的马路上，也有毛驴车或马车穿梭而过，从牧区进城的老乡多穿着蒙古袍。看到他们，我想到父母，在从牧区迁往农区前，他们也是这身装束。听到蒙古话，备感久别邂逅般的亲切。

旗人事局在一幢灰砖灰瓦的平房里，同来的还有其他高校毕业生。接待我们的是位蒙古族女同志，或许她遇到不顺心的事了，脸色冰冷得让人发怵。把证明材料交给这位冷姐后，就在政府宾馆静候。宾馆是平房，红砖红瓦，八间客房对称排列。几十棵柳树看来有些年头了，蓬开的树头枝条下垂，像密发垂肩的妇人。我人生地不熟，连一个沾边的远房亲戚都没有。目睹他人四处活动，投亲靠友想留城，我不急不躁，心里释然，买几本小说躲在房间里阅读。几天下来，我与基度山伯爵在孤岛上相会，与格里高利一起蹚过静静的顿河，窥视于连与德·瑞纳夫人月光下偷情，聆听克利斯朵夫悠扬的琴声，巴黎圣母院的钟声敲响了，我疲惫地躺在床上，望着初秋的太阳把院里的柳树涂抹成金色。几位出去找路子的同学回到宾馆，有滋有味地细数外面世界的精彩，好像他们从战场凯旋。我不感兴趣，满脑子装着苔丝、聂赫留朵夫和玛丝洛娃，工作就听从政府的安排吧。

大约十天以后，分配方案下来了。我清晰地记得冷姐那天像分配房间一样，把我们摆放到最需要的地方。那几个使尽浑身解数的做了无用功，耷拉着脑袋，垂头丧气的样子。

我被分到草原深处的一个畜牧工作站。身在"象牙塔"时对未来做过多种设想，唯独没有想到会再回到草原。坐在车上，我的脸色比人事局的那位大姐强不了多少。命运好像跟我开了个玩笑，几年前我玩命地拼搏，终于挣脱束缚一样走进城市求学，可最终我又被送回原点，唯一不同的是农区换成了牧区。

听说要来一位大学生，畜牧工作站像迎接新娘一样给我腾宿舍，把纵横交错的蜘蛛网清理干净，站长派人到镇上来接。当我兴致勃勃搬着行李走出宾馆时，看到接我的"专车"就停在柳树下，毛驴正在吃草。

"驾！"毛驴听到指令如同被踩下"油门"，快速行走在草原上。前面是一道沙漠，在绵延起伏的沙漠上行走，就像爬不出叶片的甲虫。赶车的是位蒙古老汉，尽管他很健谈，可蒙汉夹杂的语腔还是弄得我有些蒙圈。我出生时父母已从牧区搬到农区，我那点儿蒙古话对付日常用语还凑合，与这位车夫对话就有些吃力了。他说是畜牧站雇的他，来回一趟二十元，我暗暗咋舌，这车费与我月工资一半相当，我感到有些奢侈。走过沙漠是一片湿地草原。太阳越过头顶，阳光里裹着甘醇的味道。在湿地草原上行走要格外小心，稍有不慎就会陷进绿草下面的沼泽中。车夫扬起鞭杆在空中潇洒地一甩，发出清脆的鞭响，就像打个优雅的响指，毛驴在他的指挥下巧妙地躲过坑坑洼洼的沼泽。

"咦咦咦"这是左转向的指令，"喔喔喔"便是右转舵，草原上的牛马都能听得懂。毛驴膘情并不是很好，坐在车上我清晰地看到驴背两侧凸显的肋骨，不禁想到手风琴键。来到一座木桥边，这是我看到的最简陋的桥了。木桥下溪水淙淙，没有桥墩，十几根枕木并排挤在一起，形同江面上的竹排，枕木上铺垫树枝，上面铺着黄土，已经被来往车辆碾压得"衣不遮体"，两端裸露的茅茬就像老人龇出的牙齿。还没上桥我就开始颤抖，认定这种所谓的桥根本无力承重，可车夫竟泰然自若，娴熟地挥舞鞭子，把车趔趔趄趄地赶上陷阱似的桥面。遗憾的是我们一路行进，我竟不知他的名字，以后再也没见到他。

我领到了工资，月薪 42.5 元，那天是 8 月 3 日，对这个日子，我记得与生日一样牢。

牧区地方大，近十亩的院落只有五间房子，孤零零立在院中央。单位同事都是蒙古族，他们交谈全用蒙古语，我半半拉拉听懂一些。下班以后，整个大院就我一个人住宿，寂静得让人发毛，我发自内心地羡慕城市的嘈杂。尤其是夜间，躺在床上听着草原的风不厌其烦地吹，震得门窗无节奏地乱颤，心里下意识地惊悸，总觉得有个面目狰狞的魔鬼潜伏在黑魆魆的暗处，指不定哪会儿破门而入。

生活是色彩绚烂的，意识上的偏执和糟糕的情绪迷蒙了我，实际上并非像我目击的那样枯燥，草原的博大胸怀和草原人的忠厚仁爱，校正了我的人生坐标。苏木（相当于镇）驻地有机关学校，供销社家属院有位姓乌的额吉（大娘）对我很好，经常叫我过去喝奶茶，吃奶制品。一把二胡与我相依相伴，琴声悠悠，月亮走我也走。在团市委上班的同学来旗里下乡，绕道来探望我，记得那是一个风沙肆虐的下午，仿佛他来自另一个星球，我如同见到久别的亲人，有一种不知所措的感动。我初来乍到，在包村时同事让我负责相对轻松的家属村，挨家挨户做防疫时，牧民几乎把我摁在凳上留下吃饭。家属村西面是一片平坦的草原，有位叫哈斯的青年主动教我骑马。开始我战战兢兢，哈斯说只要双腿夹住马肚，身体前倾，马跑得越快，身子越稳。牧民自酿的马奶酒，就像葡萄酒一样，后劲足，在吉日木图家，我喝得酩酊大醉。我尤喜欢住牧民的蒙古包，地上铺着羊毛毡，睡梦中常常被牛羊的叫声惊醒，走出蒙古包，空旷的草原在夜幕下安眠，天空缀满繁星。至今我还保留着牧民大妈萨仁送给我的云钩靴，千针万线缝缀着爱的质朴。我渐渐爱上这里，爱上了淳朴善良的草原人。在那里工作两年后，几经辗转，我又回到了城里。

这些年来，我的工资连滚带爬蹿升到八千多，可与儿子相比却是中等水平。我念念不忘第一次领取四十几元工资的地方，曾经怀着感恩和怀旧的心态故地重游，那里已经变得我认不出来了。机构改革把苏木撤并了，机关单位撤走了，足球场一样的畜牧站大院改成饲养场。原来的二中成了浩饶沁嘎查村部。最让我惊喜的是，当年来时走过的沙漠变成了绿洲，墨绿色灌木丛滋养双眼，那片沼泽地开发成了稻田，北面的一级路两侧立着绿色的护栏，再往北是集通铁路，那座摇摇欲坠的木桥，消失得无影无踪。蒙古包不见了，清一色的砖瓦房排列得酷似城里的格局，厨房、客厅、餐室、卧室，和城市的商品房相差无几。牧民后生很少骑马了，小汽车静卧在房前屋后，有线电视、太阳能热水器等电器配置很齐全。手机使用相当普遍，我在集市还目睹一位蒙古族大妈熟练刷二维码，那位常叫我喝奶茶吃奶豆腐的额吉已经举家迁到城里。

说到从草原走进城市，我的进城之路可是充满了煎熬。

那时的大板镇还没有一幢住宅楼，即使是平房也相当紧张，我唯一的志向是分到公房，无奈僧多粥少，那么多老同志排在前面，只能望洋兴叹，暗暗地祈盼。结婚时单位腾出一间宿舍，这等窘状迫使生育孩子的计划一推再推。后调入政府大院，条件有所改善，无非是一间宿舍变成两间。在狭小的空间里，鞋架成了书橱，餐桌兼做书桌，有时也坐在矮凳上伏床疾书，给报刊投稿，在无奈的状态下激发出的适应力连我自己都佩服。1990年秋，我终于有了自己的房子。尽管只是两室一厅，建筑面积五十六平方米，可对我来说已经是小康生活了。两年后房改，以优惠价八千元买下，须知这八千元有一半是借的。靠两人每月合起来百元上下的工薪弥补买房的亏空谈何容易。恰在这时父母相继离世，两个弟弟上学的费用压在肩上，无奈之下爱人辞职下海了。我至今还记得爱人下海捞回第一桶金的情景。"你猜我赚了多少？"故作神秘的姿态让我怦然心动，幸福感涌遍全身，我们家从此跨入"万元户"的行列。不久，我们家的住房就换成了跃层式的宽敞新居。又过了几年，举家搬进新城，住上了高层。每次乔迁，都是一次生活的跨越，伴随着城市成长，房价日新月异。

前不久我再次回到阔别多年的大板镇，这座草原新城变得靓丽明秀，《草原上有一座美丽的城》这首草原人作词作曲的歌曲，在大街小巷回荡。变化的速度实在太快了，感觉像是走在时间的前面。

提到车子并不陌生，最早家里有辆毛驴车，乡下人习惯叫"驴吉普"，我去草原深处上班时，就是坐的"驴吉普"。现在的车子与四十年前的毛驴车是完全不同的两个概念。初中时徒步上学，学校离家五公里。那段乡路，记载了那段徒步人生。在我眼里，自行车是令人羡慕的奢侈品，极少数同学骑着自行车穿行而过，简直是一种高傲的炫耀和无言的挑衅，看得人心里痒痒的。参加工作后我开始攒钱，我想买辆自行车。工资不高，除去生活开销，满打满算每月只能存十元。经一年多锲而不舍的努力，钱攒够了，还是不能买车，因手表、自行车之类要凭票供应。单位不定期有指标分下来，如何公平公正分配让领导挠头，遂采取传统方式——抓阄。那次手气好得让人难以置信，一百多人十辆自行车，我竟然摸中一辆，我终于有了自己的"飞鸽"。骑车的感觉真好，随着骑车技术日趋娴熟，我可以做出前后左右几种上车动作，就像孔乙己的"茴"字有多种写法一样，我甚至可以一只手扶把，另一只手悠闲自如，随手按几下白馒头一样的车铃，"丁零零"如同吹着潇洒的口哨。下班第一件事就是擦车，把"飞鸽"擦得一尘不染，怕雨淋着搬进卧室，让它享受与主人同睡的待遇。爱人坐在后座上，幸福一路，温馨一路。十年后换成了摩托，用脚一踩，发出令人惬意的轰鸣，骑行在上班的路上，屁股后头一缕白烟，行人被掠过身后，顿有一种夸张的自豪感。淘汰的"飞鸽"备受冷落，摆在角落无言昏睡，最后觉得碍事碍眼就送到了乡下。

"买辆车吧。"这样的动议是上世纪80年代提出的，可时光辗转到2007年，城里的私家车已不在少数，这一提议才得以落实。爱人整天泡在驾校，前进倒车，左右转向，回到家还不停地重复动作要领。拿到驾照那天，像买彩票中了头彩，开上自己的车来到郊外，湛蓝的天空云卷云舒，查干沐沦河绕城而过，一派葱绿中格桑花争艳。遗憾的是没有车库，老式楼房设计时压根儿就没有考虑这一点。当下城市成长的速度惊人，住宅小区吹泡似的崛起，困扰人的不是人没地方住，而是车存放在哪里，商场或酒店若没有停车场，指定影响生意，违章停车罚款倒成了不少人担心的问题。城市马路几次拓宽，可还是照样塞车。

清明回乡祭祖，早晨遛弯儿见一年轻人开车匆匆驶向田野："凤阁的车陷在地里了，我去帮他拖出来。"如今的农村，土房基本绝迹了，街巷都铺着水泥，小汽车黄牛一样卧在房前屋后，不会开车就像当年不会骑自行车一样，是不入流的。还是那段五公里的乡路，宽阔的黑色路面平展延伸，距离似乎缩短了。

我的故乡，我的草原，在与时俱进中重做了系统，沙漠变绿洲，沼泽成稻田，艰苦的工作环境转换为追索回忆的休闲胜地。"驴吉普"和苫房退出了历史舞台，淳朴忠厚的乡亲们过上了舒心的新生活，房子车子票子便是最好的诠释，是草原人可触可摸的幸福。

张文静

◎出生于 1963 年，现居四川成都，退休前主要从事工厂管理工作。从 1980 年至 2018 年在成都量具刃具厂工作了三十八年，在这期间从事磨具加工、产品绘图、组织宣传、工段管理等工作，全面深入地见证了这家国有企业在时代中的变迁。

我与红楼的不解情缘

贾樟柯导演的电影《二十四城记》中说:"仅你消逝的一面,已经足以让我荣耀一生。"成都东郊的红楼,仿佛是时光刻录机,承载了我近四十年的记忆,那段岁月虽已溜走,但足以让我回味一生。它经历了风霜雨雪,经历了改革变迁,经历了辉煌岁月,也经历了寂静时光。如今,再次伫立在红楼下,过去孤独的傲然挺立变成了今天的高楼簇拥,我不得不惊叹成都改革开放的翻天巨变,感慨我的人生竟然与这座红楼结下了深深的情缘……

说起这座红楼的历史,还要回溯到上世纪 50 年代。那时,中国上下都点燃了全面建设社会主义的激情,对于成都这座西南重镇而言,工业的迅速崛起是快速推进城市化进程和经济发展的基础与前提。因此,当时成都市政府将东郊片区设立为工业集中发展区。1953年初,国家正式实施第一个五年计划,政府初步规划在成都东郊建成一个以电子、机械、仪表工业为主体的大型工业区。这项规划在1955 年获得了国务院批准,成都量具刃具厂就是其中的一个重要项目。1956 年,哈尔滨量具刃具厂委托苏联专家规划厂房设计图纸,并交给成都量具刃具厂建设,就这样,具有浓厚俄罗斯风情的成都"莫斯科红楼"拔地而起,成为东郊一道亮丽的风景。

1980 年,我十七岁。父母都是由北京机械技工学校毕业分配到成都量具刃具厂(以下简称"刃具厂")的职工。母亲在卡尺分厂铣工小组干活,而父亲在工具科从事技术管理工作。高考失利,让我放弃了继续学业深造的梦想,我开始渴望工作,进入这家国有企业的愿望越来越强烈。母亲似乎看出了我的心思,就悄悄对我说:"文静,你哥哥马上要生小孩儿了,现在我们厂还可以实行'顶岗'制度，要不你顶替我进刀具厂上班吧?"我满心欢喜地给了母亲一个大大的拥抱。就这样，我和这座红楼的情缘从那一年就开始了。

"顶岗"的程序并不是那么简单，经过一系列折腾，我终于收到了进厂报到的通知。母亲看见我高兴的样子，笑着对我说:"明天我带你去。"第二天早上，母亲带着我来到了刀具厂的大门——红楼前，我第一次和它相见。它给我的感觉是那么的雄伟。周围光秃秃的荒野映衬出它的自豪与荣耀。我站在红楼前许久，母亲拍了拍我的肩膀:"文静，以后的路靠你自己了，走吧……"我回过神来，跟着母亲来到红楼左边的大钻头分厂报到，我被分到了大钻头分厂外圆磨小组，做了一名磨工。当时的心情激动、兴奋，还略带一些自豪:我进入刀具厂工作了，我也成了一名国有企业的工人。

从工作第一天开始，我就在心里不断地提醒自己:不能给母亲丢脸，要努力上进，奋勇争先。我的踏实努力被单位领导和同事们看在眼里，于是连续几年都被评为"三八红旗手"和"先进工作者"。不知不觉自己也已经二十多岁了，到了恋爱结婚的年龄。在父母张罗相亲五六次都没有成功之后，因为一场突如其来的暴雨，我寻找到了生命中的那份爱情……

我记得那是 1986 年 5 月 13 日，因为当时国有企业经济效益特别好，全厂所有的生产部门几乎都在加班，我当然也不例外。从早上八点持续加班到晚上八点，除了中午吃了两个包子，一直没有休息。下班之后，拖着劳累疲惫的双腿刚到红楼时，突然下起了暴雨。我恰巧没带雨具，又饿又困，心里感到烦躁不安。就在此时，我身后突然有只大手拍了我一下:"来，拿着。"我转身一看，一个帅气的小伙子微笑地看着我，我愣了一下，然后一边接过伞，一边说:"谢谢，请问你……"他没有等我把话说完，就把自己的外套往头上一遮，快步跑入了雨中，消失在大门口。我一边感动一边疑惑地回家了。一连好几天，我拿着他的伞往返于单位和家，想碰巧遇见他把雨伞还给他，但是都没有见到他。就这样到了年底，我又一次被分厂推荐评为"先进工作者"。依照惯例，每个分厂的"先进工作者"要到红楼下集体合影留念。这一天的合影居然让我意外地又一次看见了他……我们就这样在 1986 年 12 月"先进工作者"的合影上留下了美好的青春记忆。这是红楼见证我爱情萌芽的照片。那天之后，我们谈起了恋爱。

1987 年 10 月，我和刘刚决定结婚。在拍婚纱照的时候，我们觉得我们的红娘是这座红楼，所以，红楼成了我们的主要外景地。我们结婚之后，住房成了一个关键的问题。我父母家虽然是一套三室的房子，但是我哥哥一家住在那里，如果我们也住在里面的话，极为不便。而刘刚父母家只有两个单间，厕所和厨房还是公用的，并且他的弟弟和妹妹也都没有结婚，家里的空间更为紧张。我们前思后想，决定在外面租筒子楼单间，面积嘛，只有 11 平方米，虽然空间比较狭小，并且厕所和厨房都是公用的，但毕竟过上了自己独立的生活，虽然刚开始不太适应，不过仍然有一种独立的自豪感。随着自己收获了爱情，工作似乎更加顺风顺水，单位领导见我工作认真，将我从生产线磨工岗位上撤下，调至办公室从事描图、资料管理工作。

结婚不到一年，好事接踵而至。1988 年 8 月，我生下了爱情的结晶，是一个儿子，取名刘长宇。儿子虎头虎脑，甚是招人喜爱。那时的产假 90 天，母亲在我家里细致呵护、照顾我和孩子。产假结束前的一个下午，风和日丽，我和丈夫带着儿子出去散步，不知不觉走到红楼前，我们又说起了我们相遇时的情景，于是丈夫对我说："既然我们跟红楼有缘，那就在这里照一张相片吧，也纪念我们儿子的出生。"丈夫立刻去照相馆请来摄影师，给我们一家人在红楼前拍了一张全家福，这是红楼见证我幸福生活的照片。

产假结束后，我回到单位上班，没过多久赶上了成人高考。经分厂领导推荐，我参加了刀具厂职工大学的成人高考，幸运地被录取，开始了三年的脱产学习。在学习的三年中，我忙碌而幸福。白天在学校上课，下午放学回家写作业，到了晚上陪儿子和丈夫说说话，我的婆婆在我家里帮我带儿子，所以我非常感谢她，让我能够腾出时间来完成上大学的梦想。

1991年12月底，我顺利毕业了，一种成就感和自豪感油然而生。我还记得拍毕业照的那个下午，阳光明媚，我作为班长，将我们班二十多个同学组织起来，又是在红楼前排好队，再把给我们上过课的老师一一请来，就这样拍下了毕业照，这是红楼见证我学业有成的照片。

1992年1月，我回到大钻头分厂继续工作，很荣幸被推荐担任团支部书记，于是在本职工作之外还负责团支部的工作。现在回忆起来，我真正得到组织能力方面的锻炼，还真要归功于那几年担负团支部的工作这一经历。1992年9月，我从描图、资料管理工作岗位调至人事管理岗位。

随着时间的推移，儿子逐渐长大，11平方米的房子已经不能满足我们一家三口的正常生活，我和丈夫为此甚是烦躁，无奈之下给儿子买了一个折叠床，白天把床收起来，晚上吃完饭再把折叠床打开。随着改革开放不断深入推进，私营企业不断崛起，像刃具厂这样的国有企业受到市场经济洪流的冲击，与私营企业一比较，在体制机制、生产效率、产品更新换代等方面明显处于劣势。我清晰地记得，1997年下半年，由于厂里效益不好，连续三个月每人只发200元定额工资。回过头再来说说住房，1999年9月，刃具厂的三栋集资房建好了，准备便宜点卖给厂里有住房困难的职工。我和丈夫分别写申请、打报告，在一系列努力之后，幸运地排到了105号，尽管当时轮到我们选房时已经没有好楼层了，但是我们依然心满意足地选了七楼（顶楼）。三个月后，我们告别了生活了十二年的筒子楼单间，搬进了具有独立厨房和洗手间的新家。搬进去了才欣喜地发现，我们家阳台正对着刃具厂的红楼，拉开客厅的窗帘，我就能够一眼看见红楼。

　　搬进新房不久，刃具厂乃至整个东郊工厂的重要转折点来了。成都东郊原来是城郊，随着城市建设的发展，这里已然成了城区的一部分，固定居住人口迅猛增长，而工业区带来的"三废"问题以及热岛效应都对城市环境造成不良影响。与此同时，传统工厂出现厂房破旧、设施老化、工艺落后等问题，亟待改革，政府从多方面思考，初步构想将东郊工业区企业往成都市区外搬迁。2001年8月，市政府印发了《关于成都市东郊工业区产业结构调整的思路和建议》，2002年1月，下发了《成都市东郊工业企业搬迁改造暂行办法》，要求调整区域内的严重污染企业、高能耗企业和大运输量企业必须实施搬迁改造；一般性工业企业应服从城市规划主动实施搬迁改造；严重亏损、资不抵债、不能偿还到期债务、扭亏无望的企业就地关闭依法破产。东郊工业企业将重点向成都经济技术开发区、高新西区、新都、青白江等方向转移。由此，东郊国企轰轰烈烈的搬迁改造序幕拉开了。

　　东郊国有工厂的搬迁不是一件小事，涉及一百多家企业、十几万名职工。对我们双职工家庭而言，更是影响巨大。2002年5月，由于领导的安排，我依依不舍地离开了工作了二十二年的大钻头分厂，被调到了红楼右边的电子量具分厂从事行政管理工作。周围一些工厂被关闭破产，一些工厂开始启动搬迁工作。我虽然不知道我们刃具厂的未来会怎样，但我相信国企改革一定是利国利民的好事情，未来的道路肯定会越走越好，便一如既往地做好本职工作，安心等待我们厂搬迁改造的那一天。

　　2004年，我们刃具厂发布了搬迁的消息。首先是成都市二环路东三段的厂区要往三环路以外搬迁，所有的老厂房要全部拆掉。我最为牵挂的还是那座见证刃具厂发展的红楼的命运。丈夫告诉我，最初计划是一并拆掉的，后来厂领导和成都市委、市政府领导多次协商，终于保留下这一建筑，其余建筑全部拆掉。其次，就是老厂拆迁，新厂地址位于成都市新都区三河场。鉴于厂里很多职工的家距离新厂远的问题，工厂的政策是：愿意继续在刃具厂工作的职工，发放遣散费（按工龄计算）的30%；不愿意继续在刃具厂工作的职工，发放100%的遣散费。我和丈夫商量了很久，还是决定继续留在厂里工作。于是问题就出现了，去了新厂，就不能每天回现在的家了，很不方便。我和丈夫商量了一下，把现在老厂旁边的集资房住房卖了，在新厂附近买了一套住房。从那年起，我离开了那座红楼。在搬迁的过程中，厂里对红楼也进行了修缮粉刷。

2014年，我们电子量具分厂被卡尺分厂合并，变为电子量具工段，我被任命为电子量具工段工段长。从2014年到2017年，我带领工段的职工努力工作，我们连续三年都是产值最高的工段，而我也连续三年在总公司年终总结大会上以"优秀工段领导"的身份讲话，获得了总公司董事长和总经理的表扬。

人总是不知不觉就老了。2018年，为了照顾生病瘫痪的母亲，我放弃了返聘工作的机会，提前半年办理了退休。每天的生活从工厂转移到了母亲家里：早上起来做早餐，吃过早饭后推着母亲到楼下花园里透透气，到了中午回来做饭，下午给母亲按摩，晚上做晚饭。每天重复单一而充实的事情，但心里始终对原来的工作有一份怀念，不时地还要给单位的同事打电话聊两句工厂的现况才觉得心安。最想念的要数那座见证了我近四十年人生的红楼，离开它十四年了，真想再回去看看。

4月5日，中午吃饭时，母亲跟我说："文静，今天天气不错，我很久没有去原来的老厂了，正好刘刚今天休息，我们下午开车去看看吧。"母亲一句随意的话让我很意外，也很激动，连连答应。饭后，丈夫开着车，我带上父母亲一起来到了老厂。老厂已经大大变样了：原来的厂区上盖起了通瑞浅水半岛的商品楼房，厂医院变成了成都中铁二局玛塞城的商品楼房，厂小学变成了电子科技大学附属小学。这一切都让我觉得很陌生，只有那座红楼还屹立在那里，已成为省级文物保护单位。我推着母亲，与父亲、丈夫一起来到红楼的面前。当年我刚进厂时，它是周围最高大的建筑，而如今，它是最矮小的一个。我父亲说："文静，我们要不在这里照张相吧？"于是我们四人在红楼前拍了一张照片，记录下这温馨的一刻。

我站在那里突然思绪万千：第一天进厂工作，当选劳模，我和丈夫邂逅，儿子出生，职大毕业，第一次住进自己的房子，以及今天故地重游，这一切的一切，仿佛是命运将我和这座红楼紧紧地连在了一起，它见证了我的事业发展和家庭幸福的收获，也见证了改革开放四十年成都东郊的变迁。想到这里，我的眼眶红了，母亲坐在轮椅上，抬起头看看我，我轻轻地拍了一下母亲的肩膀，对她说："妈妈，当年刚进厂第一天，你对我说以后的路靠我自己了。今天，你对我还满意吧？"母亲笑了，我也笑了。

（张文静/口述　刘长宇/整理）

杨嘉利

◎出生于 1970 年 11 月，四川人。半岁时因高烧严重损伤小脑神经，落下终身残疾，无缘上学，便开始自学和文学写作。十八岁发表第一首诗，二十四岁时诗集《青春雨季》获得成都市当时最高文学奖——"金芙蓉"文学奖，成为这项文学奖自设立以来最年轻的获奖者。二十五岁，成为《蜀报》特约记者，其后陆续为各大新闻媒体撰稿。二十六岁，加入四川省作家协会，二十七岁获四川新闻奖。经过二十多年坚持不懈的奋斗，终于在四十六岁入职四川经济日报社，得到了一份自己热爱的稳定的工作。截至目前，已先后发表诗文作品近千万字，出版个人诗集《青春雨季》和《彼岸花》。

幸福是奋斗出来的

一

"只有奋斗的人生才称得上幸福的人生。"2018 年新春团拜会上，习近平主席发表的献词中，当我听到这样一句掷地有声的话语时，我不由感慨万千，心绪难平——刚刚走过的 2017 年，对于我应该是终生难忘的一年，因为时隔二十四年，我出版了我的第二本个人诗集《彼岸花》。

尽管这一年，我已是年近半百，头上也有了几许白发，在很多人看来，从事写作三十多年才出版两本诗集（第一本是我二十三岁时出版的《青春雨季》），实在算不上是值得炫耀的事。毕竟，这二十多年来，中国改革开放迅猛推进，经济上日新月异，文艺上空前繁荣，我却在创作上长久地沉寂，似乎完全没有跟上时代的步伐。然而，作为一名身体上严重残疾的脑瘫患者，从小失去上学机会，完全靠自学走上文学创作这条路的我，自知这条路万分不易。虽然在二十四岁时很幸运地成为当年成都市政府设立的最高文学奖——"金芙蓉"文学奖最年轻的获奖者，可这并不能减轻我人生路上的艰难，接下来我所要面临的一个很严峻的问题依然是我将如何自食其力。要知道在那个年代，稿费普遍不高，诗歌的稿费更低，要想靠写诗挣钱养活自己完全没有可能。

那么，这样的现实，我又将如何突破？

有一些钟声，敲响在所有的钟声之外

有一些花朵，开放在所有的阳光之外

有一些记忆，深藏在所有的生命之外

有一些泪水，流淌在所有的心灵之外

有一些脚步，跋涉在所有的道路之外

……

这是我当时写下的一首短诗。迷茫与困惑，不甘与挣扎，应该是我二十四岁时面对生活与现实的真实写照。因为，这个年龄，我无论如何不再甘心被家里人养活，尽管父母多次说，我一分钱不挣他们也会养活我一辈子。

父母的这种想法，也许在我还很幼小的时候就已经有了吧。毕竟，我不仅说话不清，走路一瘸一拐，双手也有很严重的残疾，这样的身体长大后要找一份工作谈何容易。特别是我七岁时，到了应该上学的年龄，爸爸连续五年送我去工厂的子弟学校报名，结果每次老师都会用同样一句话来打发我："明年再来报名吧……"最终，我的同龄人上中学了，我还是被学校拒之门外，也永远失去了上学的机会。

这，便是我人生的开始，更是我需要面对的命运——身体上有残疾，还不能上学读书。谁相信这样一个人长大后能挣钱养活自己呢？正因为这样，四十多年后，听见习近平主席用洪亮的声音说"只有奋斗的人生才称得上幸福的人生"时，我才会更加感激自己能够生活在一个可以用奋斗来改变人生和命运的时代，而这个时代也正是中国改革开放的四十年！

我常想，如果不是有幸赶上了国家的改革开放，如果不是有幸生活在了这样一个伟大的时代，那么我的人生将会是一番什么模样呢？尽管，以我的性格，我还是会很努力地奋斗；但这样的奋斗，如果不能植根于一个伟大的时代，又能够在多大程度上改变一个人的命运呢？

二

在获得成都市政府设立的最高文学奖后，我的身体还是让我没有办法获得一份稳定的职业，拥有一份稳定的收入。

但，也就是在那一年，成都雨后春笋般办起了很多报纸，也让我意外地找到了可以发挥才华的舞台，我由此从单纯文学创作转向了新闻写作，开始了自己作为媒体人的生涯。而这样的转变，归根到底还是因为生活在一个朝气蓬勃的美好时代。

我至今不能忘记，成都当时有一张刚创办的报纸叫《蜀报》，是新华社四川分社主办的，由于常给该报副刊写稿，便渐渐和副总编杨力先生熟悉起来。了解到我完全靠写作为生，发表一两篇文学作品的稿费又很微薄，他便鼓励我尝试写写新闻。老实说，第一次听杨力先生叫我写新闻，我既意外又惶恐，因为我从没想到自己有一天能去采写新闻，便怯生生地答道："我真能写新闻吗？"杨力先生大笑说："当然能……你的文笔不错，要是能发现好的新闻线索，你应该一样可以写出很好的新闻稿。"他还说，文学刊物上稿很难，报纸的副刊版面又有限，要靠写文学作品挣稿费养活自己会是一件很困难的事，所以建议我采写新闻，上稿的机会大，能挣到的稿费自然也会更多……终于，杨力先生的话让我蠢蠢欲动了。

不久后，共青团四川省委青年创业办公室要搞一次全国性的金点子拍卖活动，我了解到消息后，立即意识到是很好的新闻线索，便赶到团省委做了采访，写成一篇小稿送到报社。杨力先生看后很满意，第二天刊发在了《蜀报》经济新闻版上。

这就是我采写的第一篇新闻稿，没想到竟能如此顺利地刊发出来，心里自然是美滋滋的，但更重要的是对我有莫大的鼓励意义。我更没想到，几天后金点子拍卖活动就要在乐山举行，杨力先生又安排我以"特约记者"的身份前去采访！

　　知道报社有这样的安排，我非常兴奋，同时也很犹豫。毕竟要离开成都去另一座城市采访，又是代表一家报社，这对我来说都是第一次，我害怕万一采访不好，不能很好地完成报道任务，不是会砸了《蜀报》的牌子吗？大概是看出了我的心思，杨力先生再次鼓励我说："我对你很有信心，你对自己也要有信心呀。去吧，相信你一定会采写回很好的新闻。"

　　这次去乐山，所采写的稿件最终刊发在了经济版头条！不过，正如杨力先生后来多次对我说的一句话："你能写新闻，是你的努力，更是遇上了一个好时代！"我明白，这是一句大实话——上个世纪90年代，在成都包括《蜀报》在内，之所以会创办那么多报纸，一个很重要的原因就是邓小平南方谈话如同春风般激荡着神州大地，也让这座地处祖国西南的古老城市再次焕发出了她的青春和活力。

　　我，不过是很幸运地赶上了这样一个时代，用自己的奋斗抓住了后来改变人生和命运的机遇！

　　做新闻采访，对于我来说最大的困难不在写稿上，也不在发现新闻线索的眼光上，而更多是在采访时的记录和与采访对象的交流上——我说话不清楚，很难让采访对象一下子听懂；同时，双手的残疾也让我无法做到像其他记者那样很流畅地记录，很多时候对方说了一大堆话，我在采访本上才写下几个字。这样，交流和做记录就成为我做新闻采访最大的障碍。交流上的障碍，我可以用放慢语速或者多说上几遍等方式解决，可如何加快写字和做记录的速度，我却始终没有找到一个很好的解决办法。而这时候，幸运又降临了。一次采访，我认识了当时在记者圈里已是"名记"的李银昭先生，他看见我很艰难地写字和记录，便要把他自费购买的一台采访机送给我！

　　李银昭先生的这台采访机，看上去只有巴掌般大小，那时候的价格却不便宜，大约是几个月的工资，我说什么也不肯接受这样贵重的礼物。李银昭先生坚定地说："这台采访机，对你更有用，拿着。"

后来几年，就是用这台采访机，我采写出了越来越多的新闻作品，包括获得 1997 年度四川新闻奖的长篇通讯《总得给下一代留下点什么》。

三

从二十四岁开始，我从一个文学青年转型做上了新闻记者，并在这条路上坚持走了二十多年。其间，我担任过成都很多报社的特约记者，还做过四川有线电视台新闻栏目的通讯员。

1997 年香港回归祖国的前夕，我参与策划、拍摄的反映成都老年人骑车去一代伟人邓小平故乡旅游的两集电视片《春日小平故乡行》，播出后好评如潮，被评为当年四川有线电视台的优秀节目。

尽管我以"通讯员""特约记者"这样的身份在新闻界耕耘二十多年，也做出了在很多人看来以我这样的身体条件根本做不到的成绩，但我还是没办法以正式员工的身份入职一家媒体工作。原因很简单，像当年杨力先生对我说的那样，我虽然做采访、写新闻都没问题，可身体上的残疾是不争的事实，作为媒体，如果要聘用我，很大的一个障碍是，行动上的不便会让我在出行上有很多障碍，也会给工作带来很多潜在的风险——我要是在上下班的路上，或者外出采访时发生了意外怎么办？我明白，这样的风险，任何一家单位都不可能没有顾虑。

所以，这么多年来，我只想在自己的身体还允许的情况下继续以通讯员和特约记者的身份多采写一些新闻，为我所生活的这个时代喝彩。

但伟大的时代，必然不会辜负每个奋斗的人。2016 年初，当年的"名记"李银昭先生，已任四川经济日报社社长兼总编辑了。他知道这么多年过去了，我还在坚持写作，竟破例要安排我去报社做副刊编辑，并鼓励我继续文学创作！就在去报社签订劳动合同的那天，李银昭先生对我说："好好干，报社需要一位有经验的副刊编辑……你虽然没从事过这方面的工作，可写作这么多年，从诗歌、散文到新闻报道，你对报纸的运作应该很熟悉，你来编副刊完全有能力胜任。"

就这样，在我四十六岁那年，我以为我要一个正式工作的梦想将要完全破灭时，竟意外地被四川经济日报社聘用，入职成为一名正式编辑！

四

当生命的钟

敲响起来的时候

我相信在每一个生命的港口

都有一艘运载风的红帆船

正等待起航

……

回首自己四十八年的人生，由于身体上的原因，我从小到大的很多梦想都无法实现了，尽管这些梦想在很多人看来会是那么渺小而又微不足道，比如小时候上学的梦想，长大后对爱情和家庭的梦想，等等。但我真正难以实现的梦想、最大的梦想还是拥有一份工作，也就是在某个单位的办公室里能拥有一张属于我的办公桌，开会时能被领导叫到我的名字，还能被一些原本并不相识的人亲切地称作"同事"……随着时间的流逝，我已不再年轻，我无数次地想与这个梦想告别，但这个可以用奋斗改变命运的时代给了我转机，我为之奋斗了二十多年的工作梦，终于在我四十六岁时成真！

记得第一天去报社上班，当我要对报社领导表示感谢时，李银昭先生却像多年前杨力先生一样对我说："你真正要感谢的是我们所生活的这个伟大时代，你多年坚持不懈的努力，和这个越来越包容、越来越美好的时代完美融合，才最终帮助你实现了人生中最难以实现的一个梦想。"

是呀，在我八岁时，中国开始了改革开放。那时候，我虽然还是一个懵懵懂懂的小孩，可身体上的残疾，还是让我过早品尝到了人生的艰辛。后来四十年，我便一直渴望能用不懈的努力和奋斗来改变自己的命运。很幸运，我生活在一个开明的时代，一个文明程度越来越高的时代，一个蓬勃而充满机会的时代，一个可以用奋斗改变人生的时代，这对一个被上帝关上了一扇门的孩子来说是多么的宝贵呀！这大概就是杨力先生和李银昭先生所说的我真正应该感谢的是这个时代的原因吧。

由此，我也更加明白，"奋斗"应该是没有止境的。我入职报社，有了一份正式工作，我更应该在文学上创作出更多、更优秀的作品，方能够回报我所生活的时代和众多给予我帮助和信任的人。

2017年夏天，时隔二十四年后，我的第二本个人诗集《彼岸花》问世出版。这本薄薄的诗集，很多诗句是我对人生、对生命的思考和叩问，同时更是我向一个时代的致敬。

"幸福是奋斗出来的！"在改革开放的中国，我用二十多年的坚持让自己从媒体的通讯员、特约记者到正式入职报社工作，拥有了一份稳定收入，能过上温饱不愁的新生活，还能在精神世界种出自己的文学之花——我的奋斗，没有辜负人生，也没有辜负这个时代！

郭梦月

◎生于 1978 年，河南郸城人。1994 年毕业于河南纺织高等专科学校（现已合并到河南工程学院），系统学习服装纺织专业课程。毕业后一直从事服装销售与企业管理工作，曾任天津跃进服饰公司营销总监，郑州七月天服装有限公司总经理。2009 年至今先后创立纽珀、伊顿蓓迪等多个知名服装品牌，致力于中国校园服饰的创新与推广，取得丰硕成果。2018 年 3 月当选为河南时尚界十大女杰，现为河南省服装行业协会常务副会长。

梦想是一轮明月

中国有这样一个习俗，孩子生下来满周岁的时候，父母会举行一个抓周仪式，把代表各种职业和前途的生活用品摆在红布上，让婴儿去抓。我问过母亲，周岁时候让我抓过周没有，母亲说没有，就是让我抓的话，我选的也一定是刀、剪子、尺子、针线这些，因为我成长的每一步都离不开这些工具，我和服装似乎天生就有不解之缘。

七岁的设计师

我出生于 1978 年，刚好是中国改革开放的元年。老家在周口的郸城县，位于河南的东部，紧邻着安徽，是一个普通的北方平原县城。在我四五岁记得事情的时候，虽然生活条件还不好，但已经能吃饱饭了。我在家里排行老三，上面有两个姐姐，下面还有两个妹妹和一个弟弟，五女一儿，加上父母是八口之家。我父亲是食品公司的职员，母亲是农民，在那个年代，靠着种地及微薄的工资能扶养这么多的孩子，现在想来真的很不容易。吃的问题解决了以后，穿成了另一个问题。我的相册里有一张小时候的照片，已经微微有些泛黄了。我和小伙伴站在村外的麦田里，穿着军绿色的衣服，眼睛紧紧地盯着前方，表情很严肃。我女儿和儿子每次看到这张照片，都会异口同声地给出一个字评价——土！土吗？我总会开心地笑起来。小孩子家知道什么，这在当年，军绿可是最时尚的流行色呢。几乎每个农村孩子都有这么一身绿军装，男孩子还会有一顶带五角星的军帽，别提多神气了，比现在的阿迪、耐克都让人着迷。那时候我们家因为兄弟姐妹多，经常有一种击鼓传花的穿衣法，老大添了一件新衣服，过一年穿小了，就给老二穿，老二穿一段时间，觉得不合身了又给老三，以此类推，直到这件衣服烂了才能"光荣退休"。但无论怎么困难，过年的时候，父母总会给我们兄弟姐妹或买或做一身新衣服，规矩是大年初一的早上才能穿，图个喜庆热闹。除夕夜里，听着外面炸响的鞭炮声，闻着叠放在枕边的新衣服散发的清香味，想象着自己穿上新衣服，在村里呼朋引伴地奔跑，比比谁的衣服更漂亮，谁戴的头花更新潮，那种幸福，现在的孩子很难体会到了。

80 年代中期，县城里面开始有了卖服装的小摊贩，贩卖一些从南方过来的衣服。比起当时村里裁缝或者自己妈妈做的衣服，色彩和款式都好看太多了。我记得有一年特别流行一种小女孩的裙子，纯色，上面装饰着一朵大的绢花，还有小小的腰带，穿上以后像一个小公主。我特别希望母亲给最小的六妹买一件，缠了她好久，也不知道是没有钱还是没时间，反正母亲是没有买。我当时刚刚七岁，不知怎么着好像织女附体，毅然决定给我亲爱的小妹亲手做一条小裙子。这个事情到现在提起来，母亲还老是气得举起手来做出要打我的样子：因为我做裙子的面料来自她的一条新裤子。当时母亲刚买了一条时兴的墨绿色涤纶裤子，下地干活的时候舍不得穿，只有进城或者走亲戚的时候才换上，平时就叠放在衣柜里。我趁着家里没有人，带着六妹开始了人生第一次服装设计和生产。我用剪刀剪下了两条裤腿，拆开，再用针线把两片缝在一起，我把这个裙子做成 A 字形，腰小，下摆大，腰上缝上皮筋，下摆的底边缝上一圈黄色的布条，再别一朵妹妹的头花在裙子上。小妹虽然刚会走路，但也知道臭美，穿上以后高兴得非要到外面去找妈妈，让她看看漂不漂亮。当时把我这个七岁的小服装设计师吓得跑去了邻村的姥姥家，躲过风头以后才被姥爷送了回来。

到我上中学的时候，已经开始流行喇叭裤，然后是蝙蝠衫，跳霹雳舞穿的大裆裤，再往后是但凡性别为女，人手一条的一脚蹬黑色弹力裤，现在想想没有一款符合人体曲线，能展现人体的健康美，但在当时依然闭塞的中国农村，显得那么时尚，那么出众。当时各个学校里的风云人物，都是那些留着长头发、穿着白色高帮运动鞋、走路滑着太空步的少年。那时候有一个邻居女孩叫玉春，比我大几岁，在县城的服装培训班学了裁剪，会做衣服。我和玉春脾气相投，放学了经常到她家帮忙。玉春帮我做过一件蝙蝠衫，穿上以后，看着同学羡慕的眼光，真有种想飞起来的感觉。到了90年代末，我到郑州上学的时候，年轻人已经开始流行穿哈伦裤、西装、连衣裙，色彩越来越大胆，款式也越来越多样。慢慢地，一点一点从保守到开放，从单调到丰富，从怪异到雅致，从盲目到个性，好像一幅逐渐晕染开来的绚丽图画。

现在的中国，无论城市还是农村，很少会有人为买不到衣服犯难了。今年春节回家的时候，父母的新衣服还是在县城的商场里选，但孩子们的服装，却大部分是在淘宝、微信朋友圈里买，谁的好看，谁的便宜，谁的新潮，品头论足一番，还要把店铺的链接分享一下。年迈的父母总是一边埋怨天冷孩子们穿得太少容易感冒，一边摇头叹气，现在小孩子穿的都是啥呀，根本就不像件衣服。时下的审美已经与当年截然不同了。

私人定制

去年妹妹家的女儿小雨考上了河南工程学院，成了我的学妹。开学的时候，我准备去车站接她。妹妹说不用，说村里一个邻居经常开车跑郑州，可以把小雨直接送到学校门口。这让我想起了我到郑州上学的时候，学校那时还叫河南纺织高等专科学校，没有"工程学院"这么高大上。当时从郸城到郑州，坐破旧的四面透风的客车，在县道、省道、国道上颠簸，需要八个多小时，中途还要在西华停靠点加油、加水、吃饭，真的像一次长途旅行，来回一次，至少两天缓不过劲儿来，浑身像散了架似的难受。后来客运车换成了"依维柯"，干净的白布椅套，柔软的座位，舒服了很多，就是有点挤。再后来很快就全部换成豪华大巴，厚重的茶色玻璃，双层卧铺，有热水，带空调。我去上学经常坐父亲一个熟人的客车，帮他卖票，顺便也省了票钱。那时候客车上老是挤满了外出打工的农村青年，每人标配都是一个或者几个巨大的鱼鳞袋，装着被褥、衣服和其他的用品，他们在县城的车站里拥挤着、推搡着，然后客车像一只只灵活的触手，飞快地伸向远方，把这些带着浓重口音的乡亲送到一个个他们只在电视或广播里听到过名字的地方，开始全新的生活。不过现在客车的生意差了很多，因为好多打工的人都在城市安了家，买了车，回老家的时候自己开车，每年春节县城里都会堵车，各种挂着苏 A、皖 B、浙 D 等等车牌的轿车里，走出来衣着光鲜的老乡，说着亲切的郸城话，互相招呼着。

记得当年我们全班一共 40 多个同学，大部分都是农村来的。看着这些和我年龄相仿、口音各异的同学，我没有想到，他们会成为我的第一批服装"客户"，其中有几个还会升级成 VIP（贵宾）。起因就是刚开学没几天，班主任宣布班里要做班服，每人一身。在大家都把注意力放在服装的款式、颜色和价格上的时候，我又一次天才附体，向老师提出来我可以承包！我的理由很有说服力：我在老家有一个好朋友玉春，她在我们县城当裁缝，会打版，手艺特别好，价钱也不高；另外，重要的一点是，我跟着玉春学会了量体，能够给同学们量腰围、裤长、胸围等等，让班服合体。没有人能提供我这么优质的服务，老师当场宣布我中标了。接着，我趁着课余去纺织大世界选布料，然后又通过客车把布料带回老家，电话通知玉春接货，同时又买了软尺，给同学们一个一个地量体，汇总了以后写信报给玉春，她能接到这样一个"大单"，也对我言听计从，拿出自己最好的手艺去做。衣服在一个月后做好了，按名字发给了同学们，竟然还不错，款式新颖，大小胖瘦也很合身，衣服款顺利地收了上来。除去玉春的工钱、布料钱、来回的运费，利润还有400多元！这也算我在服装上挣到的第一桶金吧。要知道，当时我一年的学费才230块钱。这之后，我成了纺织学校的小名人，班里学校里的女同学经常找我量体，做裤子，做衬衣，其中几个熟客成为我"私人定制"业务的VIP，价格给予重点优惠，每件衣服只赚不到3元钱！二十年后同学聚会，谈起当年我在纺织学校的"生意"，几个VIP也是后来的好闺密，纷纷要求我把当年赚她们的钱吐出来，完全不顾我曾经给她们的关照，用现在网络上的话说，真是塑料姐妹情啊。哈哈！好玩的是，我的服装公司2017年开展了高级私人定制业务，同学闺密们再次成为我的客户，当然还是VIP。

城市的脚步

服装圈里流传这样一句话：天将降大任于是人也，必将让他做服装。在我对这句话有刻骨铭心的认识之前，我是这样设想的：毕业以后应该很快开店，卖服装，赚钱，然后再开店，再赚钱，又开店，又赚钱，最后成为百万富姐，走向人生的巅峰。但是不对，时代的车轮滚滚向前，城市日新月异，没有人能在这个变化的生活里轻易成功，我也不例外。

我毕业的时候是1997年，距离中国改革开放开始已经接近二十年，几乎所有的行业都处在一个井喷式的发展期。当时郑州二七广场附近有亚细亚、华联商城、百货大楼等几大商场，它们掀起了一场轰动全国的商战。"中原之行哪里去，郑州亚细亚"，这句很普通的广告语，在中央电视台不停地播放，使一个商场成了郑州的地标。外地人来郑州，坐公交车经过二七广场时，本地人总是骄傲地指着外面说：看，那就是亚细亚！后来亚细亚由于过度扩张而陨落，在二七商圈逐渐变得越来越不起眼，楼层变成了最低的一个，现在已经完全湮灭在周边新建的高楼大厦里。但浓厚的商业氛围、便利的交通给这座"火车拉来的城市"带来了勃勃生机：南方人以郑州为跳板，把小商品、服装、电器、食品、布料通过郑州四通八达的铁路线贩卖到全国各地。郑州人也跟着这些温州人、义乌人、慈溪人、顺德人学会了做生意。

刚毕业的好几年，我买衣服都在敦睦路、"七彩"或者"银基"，那里是郑州服装行业的风向标。外地的商贩拉着小车，拖着大大小小的黑色打包袋，熟练地穿梭在各个商场和摊位前讨价还价，满载而归。我喜欢在服装街闲逛，和卖服装的老板聊天，逐渐发现，很多挂着洋气品牌的服装原来都是郑州本地生产的，这样前店后厂的好处是款式更新快，上货也快，并且价格也比南方便宜些。经过一番考察，我决定：做服装！下决心很容易，做起来就太难了。凑资金、找厂房、买设备、招工人、办手续、跑市场、进布料，幸好有我家人的支持，我咬着牙把这个服装厂开了起来。第一件T恤下线，我仔细地剪掉了每一处的线头，熨烫平整，放在桌子上面，看了很久，像一个母亲看着初生的婴儿，怎么也看不够。开始的时候，订单很小，又怕占压资金，进布料的时候经常是我与妹妹骑着自行车去纺织大世界一匹匹带回车间。每次经过农业路铁路隧道时，都要先把其中一辆自行车停在下面，两个人合力把载着布料的那辆车推上长长的斜坡，然后再推另外一辆上来。

我从小就喜欢折腾，做企业也不消停。我很早就花钱做了企业的网站，淘宝兴起的时候开了淘宝店，做过百度推广，还投放过微信朋友圈广告，总之，我像一只变色龙，随着时代的变化而变换着自己企业的生存方式。就这样不断努力着，公司的业务逐渐走入了正轨，我们注册了自己的服装品牌，把业务开展到了省外。我在公司里接待过哈萨克斯坦人、美国人、马来西亚人、缅甸人、韩国人和非洲人，他们不远千里万里来到中国，因为变化中的中国就像一个冒险乐园，到处充满了机遇和挑战。有一个美国客户曾经对我说，他每一次来中国，都好像到了一个新的国家：淘宝、支付宝、微信、外卖、共享单车，新的道路、新的建筑，到处都是新的，他爱中国。我告诉他，我也爱我的祖国，我从乡村走出来，好像一粒被候鸟从外地衔到郑州的种子，生根，发芽，生长，有了自己的事业，买了房，买了车，有了孩子，在这个城市安了家，成为这里的一分子。而城市也像我们一样，不停地向前走着。1999 年，我们创业时厂房在航海路附近；2003 年，房租上涨，搬到了南三环；没过几年，因为拆迁又搬到了南四环；2014 年，又因为拆迁搬到了绕城高速附近；2017 年，新的厂房在新郑龙湖建成。从简易的工棚到现代化的厂房，从郑州的市中心到外环远郊，我们伴随着城市扩张的步伐，一同成长。

不一样的月光

2018 年 3 月 8 日，我参加河南省服装行业协会举办的时尚界十大女杰网络评选，获得第二名。颁奖典礼上，组委会给我的颁奖词是这样的：从院校学子到卓越企业家，她敢为人先，诚信经营，誓让校服更时尚，誓让孩子更漂亮。她，让纽珀品牌遍布大江南北，走向五大洲四大洋，她就是纽珀品牌创始人，十大女杰郭梦月。

我当时站在领奖台上，心里想，这说的是我吗？我是谁？我是那个七岁就开始服装设计的乡村小女孩，我是那个上学时就开始服装私人定制的青春少女，我是那个蹬着自行车跑业务的女汉子。

我知道我是谁，我也知道我的梦想是什么。

梦想是一轮明月，有时能圆有时缺。在中国这片生机勃发的土地上，只要有梦想，总会有不一样的月光。

杨木华

◎1972 年出生，彝族，云南大理人，中学语文教师，云南省作家协会会员。在《民族文学》《山东文学》等报刊发表散文作品数百篇。散文《弥渡的味道》获中国大众文学学会、散文选刊杂志社主办的"美文天下·首届全国旅游散文大赛"一等奖。出版散文集《岁月有痕》。

穿越我生命的四十年光阴

　　我的家乡在美丽的大理苍山西坡，自古是博南古道、茶马古道上的重镇，生活着彝族、汉族、白族、回族等十七个民族。在过去四十多年的生命历程中，我与这片土地一样，不知不觉在改革开放的浪潮中一步步蜕变。

一、借粮

　　我出生于上世纪70年代初，幼时跟着父亲去借粮的画面如今依然清晰，甚至恍如昨日。当年村子里是生产队组织大家一起劳动，各家还在努力挣工分。我们家九口人，小孩六个，只有父母两个壮年劳动力，一年生产队所分的粮食只够吃半年，剩下的半年，自家弄点杂粮打发几个月，始终有那么一段时间缺粮。于是，借粮就成为我们家一年一度的艰难事。

　　每年五月间，父亲就不得不背一条大布袋到坝区他的朋友家借粮。也许是父亲喜欢带我外出，又或许是瘦弱的我跟在他后面让人心生怜悯，人家更容易把粮食借给我们，每每外出借粮，父亲都会把我带在身边。有时我们能顺利借到粮，有时要跑好多家才不空手而归。这些借来的粮食我们都省着吃，等秋熟后，再用苞谷、黄豆等来归还人家。那时的我，还曾挣到一个"工分"，我参与生产队积肥，捡了两小篓牛粪交了，被记分员记了生命中唯一的"一个工分"。能挣工分了，开心的我问父亲：一个工分值多少粮食？父亲的回答让我大失所望：小半茶杯苞谷子！

　　其实，苍山西坡一直用自己丰腴的土地哺育着世代居住在这里的子民。那些年浅浅的记忆中，我印象最深的事除了借粮就是守荞麦地。因为缺粮，在生产队的默许下，很多人家都自行烧块野地，三月间种下荞麦，六月间荞麦渐渐成熟，我们一群干不了什么活的野孩子，就去守荞麦地——怕鸟偷吃。那年月，鸟雀多到诡异，且似乎鸟儿也到了"五黄六月"，集体偷袭苦荞。我们打响竹吓鸟，用弹弓驱鸟，从早到晚绕着荞麦地奔波不息。半个月后荞麦收获，立即成为餐桌上的主角。那时，我特别怕吃荞面，荞面用水弄湿后揉搓成小颗粒蒸熟，样子好看可味道很苦，那苦味一直侵入味蕾深处，尽管不爱吃，但也只能忍受着苦味吞下肚。如今荞麦成为不少人追捧的高档粗粮，我却不再热爱。

六岁那年，老师登门动员我父亲让我去上学，父亲也就咬咬牙让我去读书，那是 1978 年。三年后土地承包到户，承包后的第一个秋天，我家的粮食大获丰收，"再不用借粮了"这句话父亲念叨了很久很久。

二、交不起的一块五毛钱

年少时的记忆，一直以极其深刻的方式隐秘在时光暗角，只需一丝光闪过，灌注真情的细胞就即刻鲜活。我读小学的记忆焦点，是那交不起的一块五毛钱。

三个姐姐没上过学，早早地就充当劳动力，挑起生活的重担了。我们三兄弟先后上了小学。解决了粮食问题的父母，却无法解决钱的问题，一块五毛的课本费难倒了父亲。我记不得两个哥哥是否有课本，我只记得读一年级的我，因父亲没有交那一块五毛钱而没有课本，每天小布包里就装两本作业本和半截铅笔去上学。二三十人的班级里，上课时看到别人有课本分外羡慕，可那时我却并不忧伤，对上学依旧十分喜欢。一天，大概是到学校下边水磨房磨玉米的父亲在等待的间隙到学校看我。当然，当时的我并不知晓，当我在教室门口看见他进大门，以为他是来给我交课本费的，便立即疯跑到他身边，心里开心极了。他叫了我一声"老三"后进了一楼老师的办公室。天真的我以为他会拿着崭新的课本出来。不料，父亲出来依旧两手空空，摸了摸我的后脑勺，然后一言不发地走了。在父亲转身的瞬间，掺杂着委屈和失落的泪水打湿了我破烂的衣襟……

转眼到了 1984 年，我以优异的成绩考入了县里的民族班，进入县城的漾濞一中学习。我们三兄弟中，大哥小学毕业没有考取民族班而回家务农，二哥考取了民族班而得以继续读书。当时民族班的学生来自全县各地，读书改变命运的理念深深扎入每个人的内心，大家都十分珍惜来之不易的机会。民族班的学生，每月有 12 元的生活补助。当时的 12 元，够我们一个月的生活费，若节俭还有些微节余。而班主任黄老师是一位对我们关怀无微不至的好老师，也是改变了我一生命运的"贵人"，她的不断鼓励让我最终达成了理想。

我们那时的物质条件虽然还是比较艰苦，但我们心中分外感恩。学校食堂一个窗口打饭，横走两步在另一个窗口打上一勺菜，站在空地上吃饭，简单却心满意足。一个月一次的"打牙祭"让全校如过节一般热闹。打牙祭是单独出售肉票，五角钱一份肉，我们连碗边的油星都舔得干干净净。后来读阿城的小说《棋王》，对吃油花细节的描写特别感动，那是我曾经历的生活。读初中时，家中的经济情况已稍稍好转，父亲每星期给我们一元的零花钱。这一元钱，更多时候舍不得花，有时周末回家，又把浸透汗水的一元钱还给父母。村里有好几个读民族班的同学，周末大家相约，一起走二十多公里的路回家，因为有梦相随，并不觉得遥远。

三、难忘的乡村教师岁月

我初中读了四年，因为第一次考师范学校没有考上，在黄老师的鼓励下，我又补习了一年，终于在 1988 年 8 月考取了地区师范学校。在那个四年制的中等师范学校，我度过了属于自己的最美时光。1992 年 7 月，我毕业分配回本地一所叫金盏的小学任教，终于实现了做一名教师的梦想。

1998 年 8 月，我回故乡上邑完小任教。上邑完小的校舍最初由本地的庙宇改造而成。我读小学时，学校由三间两层的瓦屋组成。正房有四间教室，五个年级的学生集中在此上课。两侧的厢房是拆除了佛像之后的庙房，低矮潮湿，光线差。一侧的厢房已经成为危房不再使用，另一侧的厢房上下各有两间教室。1978 年改革开放的春风吹遍了苍山西坡的沟沟壑壑，很多原来的适龄儿童由于各种原因耽误了上学，这时都齐来上学。我们一年级和二年级同在一个教室上课，老师给一年级上半节课，布置作业，然后给二年级上课。三年级开始，就可以拥有单独的教室了。那时虽然条件差，但我们都很懂事，知道家里送我们来上学是多么不容易，所以上课都聚精会神，是很开心地在学习。

如今再来，原来的老师成为同事，学校也有了不小的改变。这一年，为了方便路远的师生上班上学，学校在上级党委、政府的支持下，购买了生产队原来的仓库作为学校的宿舍。学校分成上下两院，距离约八百米。上院是教学区，新购买的下院作为生活区，我也住在下院。

下院有个一百多平方米的水泥院坝，院坝里有一栋房子。我住二楼的两间，住校学生住一楼的两间，一间小平房作为学生的厨房。清晨，我去上院上课，学生去上院读书，中午放学我们都跑回下院生火做饭，一时间炊烟缭绕，锅碗瓢盆叮叮当当的。吃过饭之后稍稍休整，我们又跑去上院继续各自的任务，下午放学后相同的节目再次上演。生活，在单调的重复中有滋有味地继续。短暂的休息时段里，我和学生们会在场院中快乐玩耍，我之于他们，亦师亦友。

上邑完小附近有一条简易的泥石路，每周赶集买菜都要搭乘固定的货车出行，如果错过，要步行很久才能到达乡镇街场。即使是坐上车，也是一路扬尘，出行成为一种沉重的负担。那些住校生的家都不通公路，周末步行往返，还要背负一周生活所需的柴米油盐来上学，辛劳不言而喻。

那些日子，我们毫无怨言，一起负重前行。

四、放飞梦想的地方

历史，在某些特定的时间节点上，竟惊人地相似。连我也不相信，2008 年 8 月，我参加城区教师公开招考，正式考入县里的中学——漾濞一中初中部。

漾濞一中是我的母校，也是我放飞梦想的地方。我当学生时，这里是初高中一起办学，初中每级两个班。校园狭窄古旧，最高大上的建筑是由土木结构的三间房屋组合成的 U 字形大楼。当我考入漾濞一中任教时，学校已在两年前实现初高中分开办学，高中部外迁新建，初中部在原址办学，一切早已今非昔比。

考入初中部后，我在教学之余，把那些年所有的遇见倾注在笔尖，写成一篇篇散文。学校领导不仅未批评我"不务正业"，反而是褒扬有加，只要有机会就向外界推荐我。自 2008 年开始动笔写文章，短短几年间，我的作品不断见诸各级各类报刊，2013 年还结集出版了散文集《岁月有痕》。在实现了教师的梦想后，我又实现了作家的梦想。当年那个连课本都买不起的小孩，如今已成为教书、写书之人，这真是当初想也不敢想的事情！

光阴流转，历史的巨轮在深度的改革开放中快速向前。2018 年，漾濞一中的历史再一次被改写，我本不想用"时代华章"这个被人用滥了的词语，可除了这个词语，我似乎找不到更适合的词语来形容。如果不是朝夕相处，我想，我也会和很多毕业后重回母校的学生一样有恍如隔世之感。

学校新建了食堂、女生宿舍，翻新改造了教学楼和实验楼，铺筑了崭新的塑胶跑道，篮球场也焕然一新。硬件的变化有目共睹，而更多软实力的提升，让学生的全面发展不再是纸上谈兵。音乐室、美术室、科技馆的全面使用，为学生们开启了一扇扇大门。阳光小屋（心理辅导室）的使用，使学生们的烦恼能够得到及时疏解。每年的寒假，学校都开展大规模家访，老师们进入全县的村村寨寨做工作，不让任何一个学生因贫困失学。今年的家访，我遇到一个特殊的家庭。父亲意外身故，母亲改嫁他乡，这个刚上初中的小姑娘和奶奶一起生活。虽然如此，她却把这些埋在心里，学习非常用功。七十多岁的奶奶心疼孙女，含着泪对我说："我们家经济一直受到政府的照顾，不用担心，但这娃娃的心负担了太多，希望老师能给予更多的关爱！"是的，作为教师，我们不仅要让学生"一个都不能少"，更要给予他们关爱和鼓励，让他们放飞自己的梦想。学校多年的努力，终于喜获丰收：在改革开放四十周年到来之际，我们学校以高分通过了国家义务教育均衡发展检查验收，在地区初中教育质量评比中大放异彩……

四十年的光阴转眼成为过去，我们这个边陲小县的教育发展成果有目共睹。我工作过的小学母校，早已发生天翻地覆的变化，原先的瓦房已拆除，取而代之的是崭新的教学楼、功能室、宿舍、食堂、操场。学校早已免收学杂费，全体学生用的是免费的教科书，再也不用担心没课本读不起书了。学校的餐厅每天都提供免费的营养餐，住校生还享受生活补助，餐厅宽大得可以惬意地坐着吃饭而再也不用站着吃或蹲着吃，菜品丰富，再也不用像以前那样自己带米带菜，烟熏火燎地做饭了……富裕起来的村民，对孩子的教育格外重视。我所任教的中学，每个周末放学时，学校大门外停满了家长来接孩子的各种车辆，如今的学生再也不用像三十多年前的我一样走几十公里的路上学了。

今年春节，我回了趟故乡。吃年夜饭时，我吃到一碗久违的苦荞饭，淡淡的苦在舌尖上轻轻滑过，一种历经沧桑苦尽甘来的曼妙，在心中久久回荡……

开心上课的学生

在学校新篮球场上活动的学生们

漾濞第一中学大门

丰富多彩的校园活动

龙玉纯

◎1971年出生于湖南宁乡，毕业于某军事院校，曾在广东、江苏、湖北、北京等地部队服役多年，现居长沙，供职于某机关单位。湖南省作家协会会员，先后在《人民日报》《解放军报》等报刊发表作品并多次获奖，出版作品多部。

幸福的赶路人

　　每个人都走在路上，每个人都有自己的路。我的人生之路完全是自己选择的，至今无怨无悔。1989 年 3 月，我选择用一种体面的方式，告别了对我高考寄予厚望的老师和父母，"逃离"了贫困的家乡。

　　我至今还清楚地记得，当我拿着红色的入伍通知书，背着那一大包书和简单的行李，出现在家中父母面前时，他们顿时惊讶得不知所措。事先没有征求父母的意见，自己就做主在学校报名参了军，连充满希望的高考也不参加了，这是他们心目中那个平常很听话的孩子的所作所为吗？也难怪父母当时会目瞪口呆。对于我的选择，父母没有责怪。母亲默默地为我收拾书本和行李，父亲翻来覆去地看着我的入伍通知书，半天才说出一句话："去当兵保卫国家，没什么错！"

　　临行前的那个晚上，父亲认真地问了我一个问题，他说："孩子，你也快十八岁了，又在县城上了三年高中，应该懂事了，父母尊重你的选择。我们想知道的是，你为什么要急着去参军呢？参加完今年高考明年再去也不迟呀！"不知天高地厚的我，当时是这么回答的："我们这里太穷了，改革开放这么多年了，还有哪一个地方像我们这里一样一不通电二不通公路？看着别的地方越来越富裕，农民生活越来越好，我就越想离开这里。爸爸您是村党支部书记，怎么就没有一点紧迫感呢？您不是常说部队是个大熔炉大学校吗？所以我要去当兵，我的青春我做主！"我的回答让父亲顿时一脸尴尬，他说："孩子，不是当父亲的工作不努力，实在是我们这里的自然条件太不如人意了，大山深处的村子，要想很快改变面貌，谈何容易啊！"我接着说："我到部队里一定多学点东西，到时回来再接您的班。"父亲说："那好，希望你到部队后好好工作，加强学习，学点真本领回来。"我回答说："你们放心吧，不在部队搞出点名堂，我是不会回来的！"

就这样，带着父母的叮嘱，我满怀雄心壮志一路小跑，出逃似的离开了家乡，跨进了部队的大门，成为广州军区某部火红木棉花下的一名哨兵。野战部队的生活是紧张艰苦的，也是幸福快乐的，连队里兵爱官、官爱兵，大家不怕苦不怕累，互相关心互相帮助。在军队优良传统的哺育下，我健康成长。参加新兵训练三个月，我磨破军装两套、解放鞋三双，整个人脱了一层皮，换得了自己军旅生涯的第一次嘉奖；参加海训一个月，整个人被海水泡得变了形，又脱了一层皮，换得了自己军旅生涯的第一个"优秀士兵"的荣誉称号；参加港口工程建设施工半年，人被晒得像炭一样黑，雨落在皮肤上不沾半点，又脱了一层皮，换得了自己军旅生涯的第一个三等功。因为每天能看到改革开放前沿城市的变化，我没有叫过一次苦，尤其是在支持特区的港口工程建设中，我亲身感受到了改革开放的"魔力"，工作虽累但心中自豪不已。我努力工作与学习，赢得了领导的信任，一年多以后，我被选中参加全军军校招生统考，最终我以良好的军事素质与优异的文化课成绩考上了军内一所有名的军事学院。

如果父母知道我考上了军校，那该有多高兴啊，可惜当时家里没有电话，只能写信告知。我的报喜信还未写好，就收到了父亲的来信，他在信中高兴地告诉我，在市、县两级政府的大力支持下，在全村人民的辛苦努力下，我们村终于告别了煤油灯通电了，电灯亮的那天刚好是爷爷七十大寿之日，他老人家喝醉了……这么一封简单的家信，竟然读得我流下了眼泪！

四年的军校生活，前三年我都没有回家休假。我利用宝贵的寒暑假，积极参加学院的各种活动，既学到了很多书本上没有的知识，又为自己挣得了一些生活费。虽然军校不用交学费和伙食费，每月还有几十元的津贴，但买学习资料和其他生活用品还是要花钱的，我不想增加父母的负担。我每月都给家里写信，告诉父母我在军校的学习生活情况，让他们放心。家里的来信很少，父亲在信中说他很忙，村里的事情很多，他发誓要在三年之内举全村之力把村里的公路修好，要把电话线架通。他还开玩笑说，自从被儿子批评没有紧迫感后，脑袋终于开窍了，知道要努力把改革开放的春风引进小山村了，但愿儿子回家休假那天，看到村里的变化后会给予表扬。每次写信他都要反复嘱咐：儿子你一定要好好学习，争取早日成为一名光荣的共产党员！

军校毕业命令一宣布，我就迫不及待地赶往火车站，我要回家！离家快六年了，那个大山深处的小村庄变得怎样了呢？父亲在来信中没有透露半点信息，他希望儿子回家眼见为实。坐了二十三个小时火车，我回到了家乡省城，也得到了在此工作的堂兄的热情接待。休息了一晚，他第二天执意要开车送我回去，小山村离省城有近两百公里，坐堂兄的车回去肯定比坐大巴强，于是我也没推辞。

第二天一早我们就出发了。一路上的风景让我感慨不已，省城到我们县城的路变成了高速公路，县城到我们镇的沙石路变成了宽阔的柏油马路，马路旁低矮的平房变成了漂亮的楼房……车进山后，我更是欣喜不已，镇上到我们村的路是一条崭新的水泥马路，山坡上树木郁郁葱葱，田地中庄稼丰收在望，茅屋不见了踪影，只见到处都是新楼房……车一直开到我家楼下，父母和邻居们见车里走出的人是我和堂兄，都激动得大喊：来贵客啦！

让我意想不到的是，父亲的头发白了好多，母亲说是这几年累的，邻居说是为村里的事操心太多了。父亲说，白了点头发也值得，现在电通了，路通了，电话电视也有了，新房子也建了，大家生活变样了，归根到底，这要感谢党的政策好！要说唯一的遗憾，那就是当年那个吹牛想接我班的人，现在当军官了不能回来接班了！大家哈哈大笑……笑过以后，父亲严肃地问我："儿子，你现在是个准军官了，入党了吗？"我自豪地回答说："报告书记，经过部队党组织的精心培养，现在我是一名唱着军歌的预备党员！"

短暂的家庭团聚给了我继续赶路的力量，在家休息三天后我便向分配的单位——驻鄂西北大山深处的某部出发。没想到这里与神农架紧挨着，我们的革命前辈贺龙元帅曾率部在这里浴血奋战并建立了红色政权。这里山连着山，岭挨着岭，环境恶劣，交通不便，信息闭塞，现在还是一个国家级贫困县。我成为这支部队的一员以后惊讶地发现，这里的官兵们不但没有怨天尤人的情绪，而且大都不怕苦，非常爱学习。可能艰难困苦真是文学近亲的缘故，这里有许多官兵是文学爱好者，他们在工作训练之余便把大部分精力放在读书写作上，有的写新闻报道，有的写诗歌散文，有的专门写小说，还有的什么都写。近朱者赤，本来刚分配来时还有些不安心的我，在这里工作不到两个月，也变得像战友们一样大小事情兢兢业业，业余时间看书读报积极学习了。

正当我下定决心要扎根大山深处干出一番业绩来时，上级的一个电话通知又让我辗转反侧，彻夜难眠。本来以为改革开放的春风被挡在大山外面无法吹进我山沟部队，没想到我们部队就要配备进口的先进装备了，我接完电话后，除了无比激动，顿时还有些许自豪。配备新装备首先是要派人去学习的，上级打电话来征求我的意见，问我是否愿意去北京参加接装学习，时间是半年，如果愿意就立即做好准备，并填写好申请表格上报。是什么进口装备呢？接装学习直接关系到今后新装备的普及和使用，更关系到部队战斗力的提升，责任重大啊，我能圆满完成任务吗？

我清楚记得在军校学习时老师说过，军人要有"明知山有虎，偏向虎山行"的勇气与智慧。犹豫什么呢？怕学不好会影响自己的前途？我一个刚毕业的军校大学生，离开老师才几个月，知识在脑海里还冒着热气呢，怕学不好纯属多虑。第二天出完早操后，我就立即在申请表格上签下了自己的名字。感谢组织信任，部队派出两名军官、三名战士一起去学习，我被上级口头任命为接装学习小组组长。

那时还没有高铁，我们坐了二十多个小时火车才到北京，然后又坐了一个多小时汽车，终于到达部队装备研究所。几乎没有休息，在招待所放下行李，洗了把脸后，就走进了课堂。正如研究所的领导在学习动员会上所说的，改革开放打开了窗户，让我们看到了与西方国家的差距，我们一定要有时不我待的紧迫感去学习学习再学习，努力努力再努力，不然在强大的外敌面前我们是没有办法去保家卫国的。现在国家的财力并不雄厚，但还是花巨资进口了这些先进装备，目的是要确保战争来临时能做到打得准、打得赢。

新装备的核心部件是一台电脑，这对于我这个刚学过计算机原理和操作的人来说还不算特别复杂，但对当时根本没接触过电脑的三位战士来说简直就是无从下手。从原理开始学起？那是不可能的，只有半年时间，要学的东西多着呢。面对茫然的三位战士，我告诉他们平时多花点功夫，先死记硬背，把程序步骤先记住，一步一步往下走，多练习，做到滚瓜烂熟，最后也就能操作会使用了。我除了自己努力掌握相关知识，还自觉地给战士们当起了课外老师。加班加点成了常态，一个问题也不放过成了基本要求。大家开玩笑说，敌人的碉堡冒着枪林弹雨也要攻破，学习的难题坚决不留着过夜。

在来北京的火车上，大家还盘算着抽空去看看军事博物馆、逛逛故宫、爬爬八达岭长城，可直到学习结束，没有一个人休息过一天，也没有一个人走出过研究所，大家过着从招待所到食堂、到学习室三点一线的生活，参加接装学习的还有几家单位，大家互相学习相互竞争，争夺先进红旗个个都不手软。半年时间转瞬而过，终于到了告别的时候，经过最后考核，我们小组被评为优秀学习小组，我个人也被评为优秀学员。研究所领导看大家学习如此认真，考核后专门派车送大家参观了军事博物馆。在结业典礼上，研究所领导对大家说，随着改革开放的进一步深入，我军的装备会变得越来越先进，希望下次接装培训时还能见到各位！

接装学习的结束，意味着新装备很快就要配发给部队。我一个农家子弟，真想不到能够有机会操作如此先进的装备，从走进研究所见到新装备开始，一直到学习培训结束，我的心里都是美滋滋的。在返回部队的火车上，我静静躺在卧铺上思绪万千，心里想得最多的，还是我的军旅梦，将在改革开放的春风中起航高飞……

时光易逝永不回，往事让人常回味。仿佛转眼间，我离开老家已快三十年了。今天回过头来看，首先庆幸的是自己的青春赶上了一个好时代，其次庆幸的是自己当年的选择还不错，虽然有些冒失。当然，我想得最多的还是，如果没有部队的培养，今天的我又会是个什么样子呢？

江辉生

◎1978年出生于江西余干，与改革开放同龄，从军二十五载。现居江苏南京，武警江苏总队后勤基地政委，江苏省作家协会会员，创作以散文、小小说和诗歌为主，出版文学作品四部，另有作品散见于《解放军报》《人民武警报》《橄榄绿》《检察日报》《小小说选刊》等。

爱上橄榄绿

2018 年，祖国的改革开放已悄然走到了第四十年，作为改革开放的同龄人，我从一名农村青年转变为一名合格的武警战士，再成长为一名团职干部，亲历了改革开放浪潮的奔涌向前。这段激情澎湃的岁月，蕴含着我无尽的汗水与拼搏，承载着我的光荣与梦想。我的逝水流年虽未能绽放绚烂的光彩，但却因为涂上了橄榄绿而变得深厚、斑斓；四十年的历史虽无法和五千年的悠久文明相媲美，但却因每一个充满激情的丰富的人生而美好灿烂。

一

1978 年，我出生在江西省余干县鄱阳湖边的一幢老屋里，村子里以江姓为主，另有涂姓和龚姓的几户人家。村子依山傍水，旁边还有一片杉树林，是个蛙鼓虫鸣、风景优美的地方。

小时候，我们村主要以种地为生，另有少数人家以捕鱼为主业，并没有其他什么像样的副业贴补生活。如此一来，乡亲们的日子也只能是填饱肚子而已。记得当时我们家住的老屋还是带天井的那种老房子，五六户人家挤在一幢老屋里，平日里孩子们在一起尽情玩耍，很是热闹。那时候虽然生活条件差一些，但大家彼此间的氛围还是蛮融洽的。吃饭时，大家都是端着碗这家串到那家，谁家有好吃的都会端出来分享。

我家兄妹四人，唯有我一人读书读到了高中毕业。因为家里经济困难，两个哥哥小学没上完，就开始跟着父母到田地里劳动，他们年纪虽小，可很快就成了父母干农活的好帮手。而我妹妹从小就很懂事，她大概认为让我读书将来能给家里光宗耀祖吧，她自己则从初二开始便辍学在家，帮助父母打理家务，从来没有过一句怨言。从记事起，我除了偶尔帮家里放放牛，其他的农活基本没做过。到了农忙时，大人就安排我看家，顺带看书复习。所以说我能有今天的发展，两个哥哥和妹妹是有很大功劳的，是他们把读书的机会让给了我。直到现在，我都很感激他们。

那个年代，读书考大学是农村青年跳出农门的唯一途径。谁家的孩子考上了大学或者是中专，那都是不得了的事，从此可以吃上商品粮，成为城里人。不知是压力过大，还是没有读书的天赋，任凭我费尽九牛二虎之力，终究还是输在了挤往大学的"独木桥"上。上大学没有了指望，日子还得过下去。为了能进城里去，改变自己和家庭的命运，经过反复的思想斗争，我决定再给自己一次机会，报名参军。幸运的是，我顺利通过了体检，于是带着父母的叮嘱，怀揣着"不破楼兰终不还"的豪情，穿上了令人向往的迷彩服，满怀雄心地投身到火热的军营，成了橄榄绿方阵下的一名武警战士。因为是背水一战，所以从那时起，我就决心在部队好好干，一定要竭尽全力去拼搏，争取混出个人样来，否则真就无法回去见江东父老了。

二

还记得 1993 年底应征入伍后，我给自己定下了两个方面的目标：一方面是锻炼自己瘦弱的体魄，增强体质；另一方面就是必须努力考取军校，力争在部队实现自己的大学梦。理想确实很美好，但现实却往往很骨感，一切都并非想象中的那么简单。强化训练得有营养跟上，但那个时候部队的伙食并不是很好，记得新兵连的三个月，几乎天天就是白菜、土豆、萝卜、豆腐，肉偶尔能吃上一顿，鱼基本上就没吃到过。说来也是没有办法，那个年代本来物资就比较匮乏，当时部队的伙食费标准只有 1.68 元一天，要不是开展一些农副业生产，能适当地改善一下伙食，战士们想吃好还真成问题。可那时候我们正是长身体的年纪，加上当时训练强度特别大，尤其是晚上还得半夜里起床去上哨执勤，所以经常会觉得身体吃不消。实在没有办法，便去门口的小店买方便面吃，半夜里下完哨觉得肚子饿了就自己泡一袋方便面，然后再暖暖地去睡觉。但买方便面也只能是偶尔一两次，因为当时我们一个月的津贴只有 18 块钱，后来涨到了 35 块，除了购买日常的生活用品，还得用来到外面澡堂洗澡，偶尔买些书看，所以钱必须省着花，否则根本就不够。虽是这样，我还是坚持省吃俭用，回家探亲时把积攒下来的几十块钱交给父母。

当兵第二年，我调到了炊事班。炊事班的条件比想象中艰苦。那时候用的灶是烧煤炭的那种老灶，烧饭炒菜时要不停地跑到灶口添煤捅火，每一顿饭做下来，全身上下满是煤灰。那时候连队里又没有浴室，不可能天天洗澡，满身油烟和煤灰的我只能简单用热水擦一擦了事。要是遇上下雨天，那我们烧饭做菜就更麻烦了。因为当时的厨房屋顶是用石棉瓦盖的，时间一长就开始漏雨了，有时外面下着雨，我只能打着雨伞在厨房里炒菜。二十多年后的今天再来回想，那还真是一幅充满苦乐趣味的画面。

而今，眼前的军营已是另一番景象。官兵每天的伙食营养丰富，早上除了有两样以上的主食外，还有两个炒菜、两道小菜、一个鸡蛋和一杯牛奶，中午有六菜一汤，还有水果。现在新兵一入伍的津贴就有近千元，足够零用。同时，部队的整体实力也随着国力的增强而增强，装备日益现代化、数字化，短短二十来年，已不可同日而语。我们当兵那个年代，基层连队能用"八一"自动步枪进行实弹射击练习就兴奋得不行，现在"八一"自动步枪都淘汰报废了，取而代之的是更为先进的步枪。军营信息中心、数据中心等发挥强大作用，信息化概念已渗入军营的每一个角落。军事实力的突飞猛进和军营面貌的焕然一新，是综合国力的体现，是国家强大的象征，也是我一身绿军装的荣光。

三

　　要说我个人在部队实现的最大梦想，当数 1997 年考上军校。说实话，刚入伍时我的文化基础还是比较薄弱的。一个来自农村的普通高中生，要想在考军校时打个翻身仗，圆自己的大学梦，那可真不是容易之事，非得下一番苦功夫加强学习不可。但当时的军营学习环境和读书条件非常有限，内部的图书室学习资料少之又少，根本没有可供复习的参考书。后来有一个周末，我请假外出时，刚好路过县里的图书馆，抱着进去看热闹的心情，走了进去。还记得，当时馆里的人并不多，书架上的书也不是很多，但相比于我们部队的图书室，那要丰富很多了。办理完登记手续，我选在最后一排靠窗的位子坐了下来，手中捧着复习资料，看着屋外的阳光懒洋洋地穿透玻璃窗照射进来，我突然有种找到"港湾"的感觉，仿佛遇见相识很久的朋友。不知不觉间伴着书香的味道，我一坐就是半天，原本复杂的心情安静下来。从此，我如饥似渴地迷恋上了图书馆，一有空就往图书馆跑。图书馆不仅成了我精神的后花园、心灵休憩的驿站，也是我梦想的港湾，我从这里扬帆起航，三年后，我考上了武警南京指挥学院。

　　后来我就养成了泡图书馆的习惯，在那里度过了千百个恬静而充实的午后时光。那一本本书像是一个个朋友，在我的生活中与我并肩走过春夏秋冬。读书不仅帮我实现了大学梦，还改变了我的业余生活。我勤于练笔，这些年先后出版了四本书，在一百多家报刊发表了一千多篇文学作品，在军内外杂志发表理论研讨文章上百篇，被多家媒体聘为签约作家或特约记者，并被省、市作家协会吸纳为会员。我何曾想过，在部队里我竟然实现了当作家的梦想！

四

军旅路悠悠，最宝贵的是那段军校时光，爱上这身绿军装，也是从军校开始的。在那里我不仅学到了现代军事理论，练就了过硬的军事技能，更重要的是真切体会到军人的责任担当和人民的嘱托。这种由内向外的责任感托起了我的整个军旅人生。

最难忘的经历是1998年参与抗洪抢险任务。当时，我们学校就在长江边上，临近南京的某个港口，对汛情我们特别清楚。受领任务后，我们全校学员充当急先锋，成为抗击洪峰的第一梯队。在抗洪前线，在波涛翻滚的长江大堤上，我们每天扛着上百斤的沙袋来回穿梭，渴了就喝口水，饿了就啃两口干粮，中午战友们在平坦的地方背靠背打个盹儿……刚开始我还心存怨气，因为实在太累了，但看到自己亲自护送的乡亲眉头舒展，看到肆虐的洪水被拦住了，心里还是喜悦满满的。我们在大堤上奔忙，乡亲们就在大堤下搞后勤保障，烧水、送饭、洗衣裳他们都抢着干，我们不好意思让他们做，他们就真跟我们生气："你们为了群众的利益能放弃一切，我们做一些力所能及的事，有什么不行的，你们这是不信任老百姓呀！"直把我们这些小伙子说得不知所措。

抗洪任务结束后，我们准备趁晚上悄悄撤离，不给群众添麻烦，可刚一出驻扎的营地，只见路两旁已站满了送行的乡亲，他们敲锣打鼓，挥舞着彩旗，满怀深情地送了我们一程又一程。那天我们都是满含热泪离开的，我第一次懂得"军民鱼水情"的深意。我从抗洪前线回到学校，尽管很累，但我深感身上责任重大，保卫人民生命财产安全是军人的神圣职责，这股信念在我心中扎下了根。同时，这场生死攸关的抗洪抢险经历，也培养了我"特别能吃苦、特别能忍耐、特别能团结、特别能战斗、特别能奉献"的精神品格，影响和激励着我。

五

2000 年军校毕业后，我在基层中队当了半年排长，之后分到另一中队当司务长。司务长是一个单位的"管家"，官兵的"吃喝拉撒"和"冷暖病痛"样样都要放在心上，事事都要想周全、做周到。三年里，感到压力的同时也得到了锻炼，可喜的是，中队的后勤工作质量也在这期间有了很大的提升。2001 年，我带领中队后勤人员参加支队的后勤大比武，创下了三项个人第一及总评第一的优异成绩，受到支队隆重表彰，中队全体官兵都为此感到扬眉吐气。

2003 年，我从司务长岗位被选调到支队机关政治处工作。政治处的工作枯燥却又很重要，具体琐碎却又宏大抽象，既管头脑中的思想，又管纸面上的材料，还要管脸面上的精神风貌。我深深感到责任重大、任务艰巨。面对全新的挑战，我始终谨记当时政治处周竞生主任跟我说的一句话，"屋里灯火通明，才能看见光明"。自己的头脑武装起来才能武装全支队的头脑，部门里的工作清晰明了，才有望在支队产生影响，才能发挥政治处的效用。于是，我又开始了一段新的攀登之旅，加强理论学习，强化文字能力……功夫不负有心人，通过加班加点的学习，我的业务能力不断得到拓展和提升，干宣传写报道，干组织当秘书，统材料搞活动，很快成了部门的业务骨干。当时在政治处，我经常成为部门的"消防员"，哪里需要就去哪里。现在想想，那两年的进步非常明显，个人能力全面提高，也为部门解决了许多实际问题。2004 年，支队新闻报道工作排在了总队前列，我个人也因此荣立三等功一次。

2005 年，正当我在支队政治处干得风生水起的时候，总队财务处的一纸命令，把我"挖"到了机关工作。总队财务处是个有着优良传统的团队，在处长王宇新的带领下，大家非常敬业，凡事都精益求精力求完美，"白加黑，五加二"一点都不足为奇。干财务我又是从零学起，但凡事就怕"用心"二字，通过自己循序渐进的学习，加上日积月累的实践，很快我便在业务上有了起色，先后从事了出纳、内勤和经费决算等岗位的工作。同时，我发挥自己的文字特长，主动把处里的材料起草任务担当起来，有效推动了全处工作质的提升。我在处里工作的那几年，财务处每年都被武警总部和总队评为先进处室，总队的财务工作在全武警部队都具有突出的示范作用，我个人也在 2009 年因成绩突出，再次荣立三等功。

一程山水，一段经历，一帮兄弟，一些故事。2011 年至今，我在后勤基地工作已有七年了。这些年，我见证了军队的改革进程，也亲历了基地的逐步成长。为了带好部队，在基地工作的七年里，我始终牢记"功成不必在我任期"的发展理念，尽力干好党委书记这个"班长"的工作，敢于担当，维护团结，不贪一时之功，不图一时之名，心向下沉，劲往下使，多干打基础利长远的事，多跟基层官兵交朋友，多听取基层官兵的呼声。应该说，在我任期内为部队营造了一股好风气，建设了一支好队伍，留下了一个好摊子，带领部队完成了大量的急难险重等保障任务，单位也因此赢得了不少荣誉，先后被武警部队评为红旗仓库、园林式绿化单位、营建房产管理先进单位、安全管理先进单位、装备管理先进单位等。我个人也因工作业绩突出，于 2011 年荣立三等功一次；同时，2016 年被南京市委市政府、市警备区表彰为"双拥共建"先进个人，荣立三等功一次；2017 年被武警江苏总队评为优秀党务工作者，并出席总队党代会。

人的一生犹如一条长河，流经每一个地方，都会溅起朵朵美丽的浪花。弹指间，二十五年的军旅生涯悄然走过，部队的三十六行，我几乎什么行当都干过了，立过功受过奖，一路走来，过去的点点滴滴，不论艰辛还是荣誉，都一样是我的人生财富。迈过四十岁的门槛，改革开放也站在了一个新起点上，我相信每一个坚守自己职责、踏实做好身边事的人都是四十年历史的创造者，而我就是来自橄榄绿阵营的一个。

吴明志

◎1940 年出生，浙江杭州人，副主任医师，杭州名医。中医执业四十余载，擅长肝病、肾病诊治，主张中医为体、西医为用，中西医有机结合治疗疑难性肝病、肾病，获得了病人的赞扬和同仁的认可。年近八旬，仍坚持周六、周日半日门诊，待病人如亲人，用实际行动诠释"大医精诚"的内涵。

做民族瑰宝的守护传承人

四十年前，改革开放开启大幕，我这样一个原本学习文科的知识分子，变轨换车，走上技术岗，成为一名坚定的中医药工作者。酸甜苦辣是一言难尽的。从我被平反落实政策到今年刚好就是四十年，这也是国家改革开放的四十年，也是国家高速发展的四十年。四十年里，我的人生、我的事业，与国家的发展息息相关。

一、遇上良机，入中医学会获名师教导

"文革"结束后，百废待兴，各行各业人才缺口很大。在工厂做工、接受再教育的我，遇到了可以重新择业上岗的机会。我对后半生进行了第二次谨慎的规划，经过反复思考，我决定走我父亲生前企盼我走的道路——做一个治病救人的医生，我参加了医生资格考试并高分通过，获得了行医资格。接着，我又第一批获得了浙江中医学院与杭州市科委联合办学的五年制半脱产中医专业的毕业证书，拿到了此生第二张大学毕业文凭。从此之后，我在杭州钢铁厂的医务室从事中医工作，尽管医疗条件非常简陋，患者也不多，但是终于开始从事自己喜欢的工作，内心是非常欢喜的。

我发自内心地崇尚悬壶济世之道，全身心地投入这份新的事业。我不时告诫自己，要始终坚持病人至上、服务第一的原则，行医之路顺畅而平淡，也慢慢获得了病人的信任和口碑。但另一方面，随着接触的病人越来越多，我越来越深刻地感到自己学不敷用，阅历浅薄，志大才疏，遇到疑难杂症往往难以下手，不知所措，多受牵制；更担心因此造成误诊和失治，给病人雪上加霜，带来更多的痛苦甚至灾

难。这常常让我诚惶诚恐，寝食难安。

要提高自己，我迫切需要高人指导，医院领导给了我充分的理解和支持。经过多方努力争取，1986 年我终于如愿调入名医荟萃、人才济济的浙江省中医学会（现已更名为浙江省中医药学会），得以寻师学艺，登堂入室。这是彻底改变我人生的机遇。

省中医学会当时是省卫生厅和省科协双重领导的事业单位，成立不到两年，甚至还没有自己的办公场地。因为会长由浙江中医学院院长何任兼任，于是省中医学会在浙江中医学院针灸推拿系办公楼借用了三个 12 平方米的房间，作为办公用房。办公室比较狭小，比起来远不如我原来的诊室明亮宽敞。室内陈设很简陋，除了几张半新不旧的办公桌椅和几个文件柜，别无他物，喝开水也要去很远的开水房打来。

虽然办公条件较差，月工资也没有在原单位多（原来是 126 元，调入学会后是 97 元），但当时我一心渴望求知，何况改革开放初期，各行各业都尚待振兴复苏，所以根本不在意物质条件。刘禹锡的《陋室铭》写道："山不在高，有仙则名。水不在深，有龙则灵。斯是陋室，惟吾德馨……孔子云，何陋之有？"不正是当时我在中医学会的心境写照吗？简陋的办公场地蕴藏着无数的知识宝藏。一座不起眼的"小庙"，却是高手云集，卧虎藏龙。

我的幸运就在于，能够与我省四十三位名副其实的国家级名医共事数年，得到他们的亲身教导。这些中医界的精英，在经历了"文革"长达十年的压抑和束缚之后，刚刚摆脱有力无处使的困境，个个精神振奋，蓄势待发。他们当时年龄都是六十上下，学识和经验都处在巅峰时期，他们也极其希望有生之年能再一显身手，为广大病人和社会做出贡献。而由对浙江省中医事业贡献巨大的何任担任会长重任，中医学会更是如虎添翼。在何任会长的引领指导下，中医学会的名医们为改革开放后浙江省中医发展史书写了华丽而夺目的篇章。但凡习医的人都知道，仅仅依靠老师上课教授知识和从书本上学习，哪怕学到能倒背如流的程度，你也无法成为一名真正的医生。医学的学习，最重要的是临床见习，随诊学习，这样才能灵活掌握辨证施治、理法方药的中医药理论，不然就会成为一个知病而不识病的"医生"，遇到病人根本无处入手，更不必说下处方给药了。所以，我能师从四十三位中医大家，收获丰富的知识宝藏，这是我一生最大的财富。

1986 年 4 月，中医学会克服种种困难创建了门诊部，开始运作后，我的日常工作是每天负责接送名医，陪伴相随，为他们临诊抄方，同时，我还能得到他们的言传身教。我丝毫不敢马虎懈怠，尽心尽力工作，勤勤恳恳学习，并利用下班休息时间来整理归纳白天所学。几年下来，虽然不能全部继承，但是老师们在临床上的辨证思路和理法方药，特别是用药和处方的独到之处，已经深深刻印在我的脑海里。今日想来，想再一次获得这样的机会，就是踏破铁鞋，也不可能了，因为当时的条件和环境如今不可复制。我有幸相知相交的先贤大师们，个个德艺双馨，要是健在的话，他们如今全都已经是百岁老人了。

二、走出国门，弘扬中医文化

1988 年我被调去杭州市上城区中医院，在那里一直工作到 1998 年。偶然机缘之下，我得到莫斯科"东方医疗中心"的邀请，于是办了提前退休手续，去了异国他乡。

东方医疗中心的"老大"是俄罗斯驻华大使馆的原文化参赞卡雷莫夫。他是一位德高望重的"中国通"，讲一口标准的中国话。他昔日在做运动员时患上腰腿伤痛，此病折磨了他几十年，而在中国任职时，正是中医治好了他的伤痛，他因此对中医十分热爱。卸任回国以后，他便在莫斯科创办了东方医疗中心，推广心仪的中医药文化。

当时的俄罗斯刚刚经历了苏联解体，市场经济的发展处于起步阶段，物资相对匮乏，此商机正好吸引了改革开放大潮中活跃起来的大批中国"淘金者"，一时间大量的中国皮夹克、酒、鞋等日用品涌入俄罗斯。据俄罗斯朋友说，那个时候，大约75%的俄罗斯人穿的全是中国生产的衣服和鞋帽，五六十美元一件的猪皮夹克很是畅销。

随着大量不通俄语的中国商人涌入俄罗斯，中文翻译的身价陡升，平均要价每月一千美元。一般生意往来和日常生活用语，普通的翻译尚可应对，但中医药的专业翻译就少之又少了。所以东方医疗中心在招聘条件中就明言，应聘者必须是会俄语的中医药专业人士。这样我就成了当时唯一的候选人了。很快，我和夫人就到了东方医疗中心任职。东方医疗中心地处莫斯科河边，毗邻声名显赫的莫斯科电影制片厂。风景秀丽的列宁山和美丽的莫斯科大学都近在咫尺。我每天上午九点上班，下午一点下班，下午基本休息。这样的安排正合我意，淘金不是我的本意：一则走出国门，见见外面的世界，尤其是昔日想象中的"天堂"；二则难得有机会，曾经花了十几年修炼的中医药和俄语两个专业能同时用上，这更是我梦寐以求的。至少我这十几年没有碌碌无为、虚度光阴，我学的全都用上了，我感到了前所未有的心理安慰。我夫人则一直是我的助手。同样学俄语的她，当然也十分高兴，这辈子专业没有白学。

在东方医疗中心，一个上午我可以不紧不慢地接待大约二十个病人，过得很从容，也很充实。在那里，我还带教了一名毕业于俄罗斯国立医科大学的硕士、热爱中医药的俄国医生柳德米拉，她非常好学，甚至在吃饭的时候还边听我解释边做笔记，而且一点就通，悟性非同一般。

莫斯科冬天太过寒冷，我和夫人无法承受零下三十摄氏度的气温。尽管室内还是二十四摄氏度，温暖如春，但是不可能整天窝在家

里，寸步不出，于是我们在冬季来临之前就选择返回杭州。从 1998
年开始到 2002 年往返三次，冬季在杭，其他时间在东方医疗中心门
诊，在莫斯科游览。

中医药虽然受到俄罗斯民众欢迎，但是中药饮片从国内运去却很
麻烦。当时俄罗斯海关对中药进口有所限制，只能"灰色通关"，即
将中药粉碎后，以茶叶名义入关，成本特高，安全又得不到保障，所
以在俄罗斯推广中医药还是有一定困难。另外，在外久了，就想叶落
归根，于是 2002 年暮春，我们依依不舍地告别了莫斯科，回到家乡
西子湖畔。那年我刚六十二岁。

三、坐诊胡庆余堂，为祖国医疗事业贡献余热

回来以后，一向好动的我，是不可能过陶渊明式的隐居生活的，
于是经亲友推荐，来到胡庆余堂，一切从头开始。记得第一天出门
诊，一个上午只有两三个病人，倒是陆陆续续有俄罗斯病人经人介绍
找来看病。一转眼，如今在胡庆余堂"坐堂"已经是第十七个年头
了。年龄大了，我须量力而行，每周只出两三个上午的门诊，但我依
旧坚持用心看病，每个月的病人一直维持在四百人左右，应该说晚年
生活是十分充实而有意义的。特别是看到病人康复，心里更是乐不
可支。

退休的商老师在直肠癌术后，从 2002 年起一直随我就医，其间
病情好几次反复，但每次都转危为安，如今已经九十高龄，仍然健
在。六十岁的王女士因车祸而致瘫痪，不能吞咽，靠鼻饲管注入喂
食，大小便失禁。根据久病治络的原则，我大胆地用王清任的补阳还
五汤加减，益气化瘀通络。在病情有起色后，我"效不更方"，继续
用原方加上开窍的菖蒲和远志，仍然鼻饲。半个月后，王女士的嘴和
上下肢能微微活动了。此后我就守法加减，治疗了将近八个月，同时

对其加强功能锻炼。而今王女士已基本痊愈，生活能够自理。

经过几十年的摸索、归纳和总结，特别是吸取了先贤前辈的宝贵经验，在现代医学相对缺乏有效药物的慢性肝病领域，我逐渐积累了一些心得和体会。尤其是对脂肪肝、酒精肝发展为肝纤维化和肝硬化的诊治，通过辨证加活血通络治疗，能有效地恢复受损的脏器功能。早中期肝病的病人通过降酶、抗病毒和抗纤维化治疗，不仅病情稳定，逐渐好转，甚至小三阳转阴的案例也屡见不鲜。

至于慢性肾病，除了肾盂肾炎，都不是感染性疾病，如 IgA、IgG 肾病和肾病综合征等免疫系统的疾病，现代医学一般都是采用激素治疗。一旦肾功能不全，或者出现早期肾萎缩，就会使用血透、腹透或者换肾等"替代疗法"来维持生命，因为现代医学认为肾功能损伤不可逆转。祖国医学几千年前就言明，肾脏在人体生命活动中具有"先天之本"不可替代的重要作用。慢性肾病必然导致肾虚，"久病必虚"，肾功能的逐渐下降，代谢产物的排泄受阻，日久就会造成体内酸性改变而致尿毒症，所以对慢性肾病患者必须辨证分型，分清阴阳气血，而不是一味盲目补肾。"久病必瘀"，在补肾的同时，加以活血化瘀通络之品，通过肾脏的血液循环，来改善和提高肾脏功能。长期以来，我们采用分型补肾，佐以活血通络、提高免疫力的方法治疗了无数肾病病人，总体效果相当满意，治愈者也绝非个案。

世有收藏家，往往因得到一件几百年前的古玩而自喜，而谁能拥有留传了五六千年的文物呢？我要明白地告诉世人，我们中医药业者坚守并传承的就是这样一件宝贵而绝无仅有的藏品。中医药理论立足于世，几千年不衰，如《扁鹊传》《黄帝内经》《伤寒论》等流传几千年，至今仍然是从业者必读的经典著作。如今，我已年逾古稀，回想四十年前的选择，我无怨无悔，至今非常感激改革开放给了我做出第二次人生选择和师从名中医的机会，感激改革开放给了我们弘扬中华民族优秀传统文化的良好环境。我们所有中医药业者都应该珍爱和珍惜改革开放这一难得的历史机遇，做民族瑰宝的守护者和传承人，把中医药这一历经五千年沧桑的无价之宝，好好地继承和发扬光大，造福民众，造福社会——这是我写这篇文章的初衷，也是我的"中国梦"。

王明忠

◎笔名弄潮儿，1951 年生，吉林人。三十岁前在生产队务农，改革开放后到公社（乡）酒厂工作，曾任酒厂技术员、副厂长、厂长。1984 年承包公社酒厂，是当地第一个承包商。现为吉林省作家协会会员，作品多次获奖。

昔日曾搏击于激流

一、引子

改革开放四十周年之际，回首往事历历在目，情不自禁地想起改革开放初期，自己被改革大潮推上风口浪尖，乐此不疲地跋涉，多年后才明白这段人生的意义。

1978 年 12 月，中共十一届三中全会做出一项重大决策——对内改革、对外开放，同时也明确指出对内改革首先从农村开始，更确切地说是先从南方及沿海地区开始。

众所周知，改革开放之前都是集体所有制管理模式，农村是以生产队为单位，这种管理模式最大的特点就是人人有活干，实行平均主义。我参加生产队劳动时刚十六虚岁，虽未成年却是名副其实的劳动力，这种脸朝黄土背朝天的春种秋收工作一干就是十五年。

我天生有一种"不安分守己"的性格，"大帮哄"年代为贴补家里捉襟见肘的生活，曾在自家房前屋后种植瓜果，结果被说成是"搞资本主义"，几棵果树被当作资本主义尾巴连根挖掉，南瓜秧拔掉时瓜蛋子比拳头还大。不仅在房前屋后"搞资本主义"，我还曾自制过各种工具，欲学走乡串户"磨剪子抢菜刀"的匠人到外面闯荡江湖，却被父母强行阻拦，砸碎了工具，老人担心我被扣上"复辟资本主义"的帽子而遭厄运。无奈只好按部就班地窝在生产队干活，过那种日出而作日落而息的日子，生活在吃不饱、饿不死的状态里……

二、迎来改革

岁月流淌到 1980 年，尽管改革开放已经开始，但我们吉林洮儿河畔这个村子却依旧处于生产队管理模式中。不过，毕竟受到改革开放政策影响，生产队对劳动力管理不再采取强硬措施，只要理由充分，社员可以到外面找事情做，但必须给生产队缴纳一定的费用。这种做法此前是绝对不允许的，擅自外出找事做，生产队秋后将扣发口粮。那时候粮食统购统销凭票供应，村民唯恐掐断口粮无法生存，所以无人敢擅自外出谋生。

1980 年 7 月，听说公社（乡）欲筹建酒厂，我获知招工消息时名额已落实下去，但我依然抱着希望去了大队部，找当书记的同学询问名额落实情况。大队书记听我说完来意笑着说："老同学，你不安分的性格就不能改一改啊？公社给咱大队两个名额早已落实下去，再说了，酒厂招工是有条件的，给你通知自己看吧……"

大队书记说着拉开抽屉，把招工通知拿出来递给我，通知上面写着的条件是：

> 一、年龄 18 至 22 岁未婚男女青年
> 二、每人带 500 元人民币作为建厂资金
> ……

我看完公社招工通知顿时蔫了，其他条款暂且不说，仅年龄一项便不符合招工条件，因为我已经是三个孩子的父亲。而且，那时候 500 元钱对于一个偏僻山区的农民来说简直就是天文数字。但我依然心有不甘地看着书记说："招工不是筹建酒厂吗？建工厂还少得了木匠吗？你把我报上去，并写明我会做木匠活，酒厂录不录用再说

嘛……"

书记为难地看着我说道："每个大队只给两个名额，咱大队名额已落实并通知了本人，怎好意思再把人家名额拿掉啊？"

"我又没说拿掉别人的名额，你不会多报一名吗？又不是什么原则问题……"我依然缠着书记不放。

或许因同学关系，大队书记被逼无奈笑了笑说："这个办法倒不妨一试，我可以把你名字报给公社，是否录用就不属于我的职权范围了……"

于是大队书记就把我名字写在那二人后面，并注明我是木匠，然后上报给了公社。

从大队部回来后我依旧放心不下，为稳妥起见，当天便骑自行车跑几十里赶去公社，打听到负责酒厂筹建的那位公社干部，和人家如实说明具体情况，并着重强调自己是木匠，筹建酒厂定能起到他人无法发挥的作用。那位干部把我所说的情况记录下来，告诉我录用与否需开会研究决定。

某日午饭后，我刚想上床休息，大队值班的老头在大门外喊："小王啊，孙书记让你去大队一趟……"

自打从公社回来，我心里就惴惴不安，常猜测自己是否会被公社酒厂录用，一听说让去大队心里立刻紧张起来，急忙跟随值班老头一路忐忑去了大队部。一进屋大队书记看着我调侃道："你小子还真够幸运的，由于你是木匠被酒厂破格录用了，可不要忘了请我喝酒啊……"

最初找大队书记报名去公社酒厂时，妻子虽不同意但没有干涉，因为她认为我不符合招工条件根本去不成，当我从大队回来满怀喜悦地说被录用时，妻子态度十分坚决地反对我去酒厂工作，理由当然一大堆，并唤来父母打援手，对我横加阻拦。

我想，既然决定的事情怎可随意改变，何况还是费尽周折才争取来的一份工作。于是我便顶着家庭压力及村里一些人的白眼毅然到公社酒厂报到去了。

正如事先预料的那样，筹建酒厂，我果然起到其他人无法替代的作用，打理木料、做厂房框架，乃至后来加工制曲模具等，我都能按要求及时完成各种工序，一位领导颇有感触地说："小王啊，筹建酒厂你可是立下了汗马功劳，这些活计如请木匠，工厂是要花很多钱的……"

或许酒厂筹建期间我工作出色，酒厂建成后我便被领导派去学习制酒新工艺。通过一段时间的学习，结合外地请来的技术员传授的经验，我基本掌握了制酒工艺，并在外地技术员撤离后自行组织生产，而且取得了较好的经济效益。

一年后根据酒厂工作需要，我被公社领导任命为主管技术的副厂长，协助书记和厂长处理日常工作，月工资虽不足七十元，却是公社所属企业工资最高的人员之一，惹得某厂一位厂长调侃道："这小子真走运，才来工厂一年就和我工资一样多，我可是当了十几年厂长了……"

三、"遭遇"下海

在工作岗位上顺风顺水地干了两年多之后，1984 年 7 月中旬，公社召集所属企业领导开会，会议内容为传达改革开放有关文件，领导在会上宣布公社所有企业都要进行改革，由"大帮哄"模式转为个体承包经营方式，并当场决定把酒厂作为本公社改革开放的第一个试点单位。

散会后酒厂支部书记就被留下单独沟通，探讨改革方案……

本公社是一个中型乡镇，酒厂规模不大，但麻雀虽小五脏俱全，拥有一个完整的领导班子，书记、厂长、副厂长、会计、出纳、保管员等一应俱全，如实行承包制度，这些人员统统需要另行安排。

公社领导和酒厂支部书记经过商量之后，考虑到酒厂技术及管理等原因，商定酒厂的改革方案——由我出面承包。支部书记开会回来和我谈话时说："公社主管领导和我经过周密商量，决定由你出面承包酒厂，给你一个星期作为考虑时间，如愿意承包就办理接管手续，如不愿意，酒厂就地解散，工人哪里来的回哪里去……"

支部书记和我谈完话之后，随即召集酒厂领导班子开会传达公社决定，其他人是什么态度暂且不说，我已被突如其来的消息震惊得晕头转向，因为事情来得太突然了，令我难以招架。此时我在酒厂的副厂长工作轻松而简单，各车间有专门的操作人员，出了问题上面有书记、厂长担着，生活在这种无压力的环境里的确很滋润，听完支部书记这些话一时间不知如何是好。

什么叫十字路口？什么叫难以抉择？我在那一刻便被推上本地改革开放的潮头，而且须在七天限定的时间内做出决定，何去何从将决定自己、家人的生活和命运，甚至决定酒厂这一集体产业的存亡。

我不敢头脑一热贸然做出决定，三番五次邀亲朋好友进行探讨，也曾请本地智叟们帮着出谋划策，但是一切都是徒劳之举。因改革开放是一种新生事物，大家在"大帮哄"模式里吃惯了大锅饭，尽管听说南方早已是一派改革开放的欣欣向荣之景，可是谁也不曾经历过，所以请来的诸葛亮们谁也给不出一个可行的方案。与此同时，酒厂也如炸了锅一般，厂里所有人对我边观望边议论纷纷，建议我出面承包的，探听消息的，说风凉话的，劝我不要冒风险的……

酒厂还处于生产状态，我一边考虑如何选择，一边照常打理酒厂的日常生产。我装作若无其事的样子，其实内心深处每时每刻都在翻江倒海地涌动，承包与否搅得我彻夜难眠。心力交瘁也好，焦头烂额也罢，时间不会停留，一个星期之限转眼即到，第八天早晨上班，我刚走进酒厂大门，立即就被支部书记唤进厂办公室，公社的主管领导已经在这里等待结果了。

由于工作关系，支部书记和公社领导跟我都很熟，一进办公室公社领导便调侃道："怎么样，王厂长？承包的事情考虑得咋样了？是上天堂，还是下地狱？"

领导和我谈话态度十分明确，我不出面承包，酒厂即刻就地解散，那么我费尽周折谋得的这份工作便就此终止，我又须回到自己那个偏僻的小山村生活，所以我决定在改革的大潮里搏一回，我说道："还考虑什么啊，本人早就做好了打算，我就做第一个吃螃蟹的人。常言说，不经历风雨怎能见彩虹，人生难得几回搏啊，既然时代给了我这次机会，成与败怎么也得试一试呀，否则不枉为男儿一回吗……"

支部书记是一位睿智的老者，在酒厂工作期间给予了我很大帮助与照顾，如不是遇到这种时代变革，他本打算培养我为酒厂接班人的。他严肃地看着我："小王啊，承包一事经过认真考虑吗？和父母商量过吗？……"

见支部书记态度如此严肃，我便收住笑容和老人家说："认真考虑过了，也和父母商量过了，但别人给不出我确切可行的方案。常言说，利益与风险共存，特别是改革开放这种新生事物怎会没有风险啊？但是，既然做出选择我就会尽力去做，至于结果如何也不考虑太多了，因为瞻前顾后也起不到任何作用……"

公社领导当即在公文包里拿出早已拟好的合同书，随后看着我继续调侃道："王厂长，承包与否你可要想好，合同书就摆在眼前，你我签字即可生效，咱们丑话可说在前面，一旦你经营不善把酒厂弄砸了，可不要赖我们把你忽悠上了贼船……"

我说："这是什么话啊？男子汉大丈夫敢作敢当，本人下十八层地狱也和你们毫无关系……"

我工工整整地在合同书上签上了自己的名字。

四、大刀阔斧

自合同书上签下我名字那一刻起，酒厂的一切便统统由我一人支配，也就是说酒厂原来整个领导班子就地解散，包括会计、出纳、保管员等所有人都要统统交权力、交钥匙，这一举措真可谓是一种天翻地覆的变革啊！

酒厂所有权力归我一人独揽，这就难免剥夺了原来那些人的权力，同时也侵犯了他们的某些利益，大多数人顺应潮流另谋生路，有的人则心有不甘，对我百般刁难，有人甚至找有关部门告我的刁状……

但这些障碍均未能阻止我在改革路上前行，我大刀阔斧地对酒厂进行彻底改革：先撤去人浮于事的办公室人员，继而精简车间工人……见我依然"我行我素"地进行改革，许多"反对派"开始认识到，再赖在酒厂工作有失面子，于是便悄无声息地各自另谋生路去了。

我和公社领导签完合同之后，那位领导却提出一个合同之外的要求，即酒厂虽然由我承包下来，但支部书记食宿暂时还要由酒厂负责，且工资也由我本人支付，时限为半年。这一要求是当着支部书记的面和我商谈的，无论从面子和情理上，我都无法拒绝，所以答应下来。半年后支部书记调去其他单位工作，酒厂从此完全在我的承包下有条不紊地运营了。

五、感谢改革

改革开放产生了许多前所未有的新生事物，本地根本无成功经验可供借鉴，我置身于改革大潮中总有一种诚惶诚恐的感觉。承包初期完全是一种摸着石头过河的状态，相当长一段时期我每天都过着神经紧绷的日子。

常言说，不经历风雨怎能见彩虹，在各级领导的关怀与大力支持下，我逐渐摸索出一套可行的经营方式。酒厂日渐兴旺，产量逐年提升，工人工资也逐年提高。我厂生产的白酒，还曾在地区（市）乡镇企业局举办的白酒行业评比中，分别获 1991 年和 1994 年年度名牌产品称号。尽管当时还不流行发奖金，但上台领奖状时那种激动心情铭刻心底，此刻还记忆犹新。承包期间鉴于多方大力支持，以及自己和家人的努力，酒厂在当地同行业中名列前茅。我个人也得到了财富回报，相比不到七十元的固定工资来说，我已经向"万元户"进发。通过参与承包改制，我锻炼了心智，丰富了人生，为改革开放的推进画上了自己的一笔。

1995 年末，由于多方面原因，我没有再续签承包合同，转年搬到了县城居住，又经营过酒店、出租车，后来随着年龄增长也就不在商海里奔波了。到今天，我有丰富的晚年生活，也离不开承包经营酒厂这段时间的历练。

多年后有人曾问我："老王，当初承包酒厂时哪来的胆略？一旦经营不善弄砸锅了怎么办，老婆孩子不是要跟着你遭罪吗？……"

面对这些问话我回答相当干脆："什么胆略啊！形势逼迫的，当时被改革大潮推上风口浪尖，干吗不试一试啊……"

话是那么说，其中苦味唯有自己明白。我是当地改革开放以来的第一个集体企业承包者，也是初次下海的弄潮儿，那种摸着石头过河的担心，在改革浪涛里遭遇的种种磨难与艰辛，不曾处于那种环境的局外人根本无法感受与理解……但我决不后悔自己做的决定，我很感激生命中的这一程，我很自豪感受过在改革大潮里搏击的惊心动魄，见证了改革开放伟大历程的一小步。

承包酒厂期间用过的汽车

我（后排中）参加吉林省酿酒学习班时白城地区全体学员合影

李文山

◎1962 年出生，湖北省作家协会会员，曾任潜江日报社副总编、副社长，从事新闻工作三十余年，数以百计的作品斩获省级以上新闻奖和文学奖，获"湖北省首届中国记者节百佳新闻工作者"荣誉称号。

我和自行车的故事

　　月朗星稀的夏夜，我接到邻居打来的电话，说是有一点急事需要我去处理。从荆州出发到潜江，大概是七十公里的距离。开着自家的东风雪铁龙，风驰电掣地驶上了沪蓉高速公路，不到一个小时，我就安全抵达了目的地。如今，拥有一辆私家车是很平常的事情。而很早以前，我很想很想有一辆自行车，骑上它，用脚蹬上几圈，就能悄无声息地绝尘而去，十分潇洒。然而，在那个年代，拥有一辆自行车对于我来说是一个遥远的梦。

　　1980 年秋天，我在生产大队担任民兵连长。这是我经历了高考落榜、初恋梦断的第一个人生转折，十八岁的我踌躇满志。

　　然而，我很快就感到了十二分的失落。因为家里穷得买不起一辆自行车，我总是最先出发，却最后到达，致使我蹲点驻队、军训整编、外出开会等多项工作受阻，经常受到上级领导的批评，说是屡教不改。不是我不想改，而是我根本改不了。

　　外婆年事已高。我的姐姐长期卧病在床，几乎耗尽了家里的财力，到二十六岁才医治康复嫁入柴门，而姐夫家也三天两头揭不开锅。父母虽说身强力壮，在生产队里劳动一年也很难确保全家吃饱饭。兄长要结婚成家，正闹着要用钱，一分钱恨不得掰成十瓣花。弟弟出生七个月时得了小儿麻痹症，是个生活都难以自理的少年。

　　此时，自改革开放实施已有两个春秋，一些先富起来的人有了消费的欲望。家境不错的人家结婚时开始需要"三大件"：手表、自行车、缝纫机。当然，购买这些东西是需要凭票用券的，一般人家很难买到。戴了手表的人喜欢卷起袖子，习惯性地将手腕抬得高高地"看看现在几点了"。家里的缝纫机被擦得一尘不染，还要做个很讲究的布套罩起来。自行车也要进行一番精心打扮，车座罩上带穗的套子，车梁用布或彩纸裹起来才好看。车子被擦得锃亮，快快地骑过去，留下一路叮叮当当的脆响，引来一片羡慕的目光。

记得我们湖北的应城县（今应城市）有一个名叫杨小运的农民，在当地先行一步搞联产承包责任制后，向国家超售一万多斤粮食，却提出了一个今天看来十分搞笑的要求：购买一辆"永久"牌自行车。应城县领导满足了他的要求，为他特批了一辆"永久"牌自行车，当时的价格是 169 元，现场采访的媒体及时进行了报道。上海永久自行车厂厂长闻讯，又携五辆自行车专程来应城，提出再奖励他一辆自行车。在杨小运的带动下，应城县有 1232 户农民向国家交售万斤粮。县里召开大会，对超卖粮、棉、油等农副产品的农户给予奖售兑现。上海永久自行车厂还送来 200 辆"永久"牌自行车，把杨小运所在的大堰大队建成"永久村"。杨小运也因此成为轰动全国的新闻人物。

我可没有杨小运的幸运，我周边的乡亲们也没有杨小运的幸运。拥有"三大件"，别说我们这个穷家，就是放眼我所有的亲戚朋友也没有人置办齐整过。外婆娘家的侄孙倒是有那么一辆"武汉"牌自行车，稀罕得跟祖传宝贝似的，我借用过一次。因为我们民兵连也算是"半个军事单位"，命令如山，还是外婆觍着老脸出面，跑了两趟借车才告成功。

1981 年的一个冬日，我又接到上级命令，要我次日早上八时许赶到离家二十公里外一个生产大队的民兵连开会，没有任何代步工具，也没有什么班车可搭，而外婆娘家侄孙的"武汉"牌自行车是无论如何也不能借用了，何以准时抵达二十公里外的现场？这个问题害得我整夜没有睡好，好不容易刚刚入眠，又因惦记着任务强迫自己醒来。由于没有钟表，鸡叫头遍我就起了床，头顶着呼啸的北风前行，踏着泥泞紧赶慢赶，丝毫不敢停顿，眼看着一个又一个比我起得晚的人骑着自行车超越我而去，我只得一路小跑，结果到达会场还是迟到了十五分钟，公社武装部部长劈头盖脸对我好一通训斥："你别以为迟到十五分钟就不打紧，当众做过检讨就完事，若是在战争年代，那就是致命的错误，是要掉脑袋葬送革命的！"

面对严厉的批评，我是哑巴吃黄连——有苦难言哪！这事过去没多久，我被免去民兵连长的职务，改任大队团支部书记。

我从此患上了"自行车强迫妄想症"。睁开眼睛我想的是自行车，闭上眼睛我想的还是自行车；劳动的时候我想的是自行车，休息的时候我想的也是自行车。只要看见自行车，我就要用目光追随一阵。购买一辆"武汉"牌自行车不过150元，可这150元对于我来说是一笔巨款，也就只能望洋兴叹了。

就在患上"自行车强迫妄想症"的日子里，我遭遇了一次爱情。然而因为家境穷，这段恋情也告吹了。我一度消沉，觉得自己倒霉极了：是不是一辈子都得被贫穷困住，找不到幸福？

不久之后，大队改制为村，村干部大量裁减，团支部书记首当其冲。几乎就在同时，领导发现我"不务正业"，稍有空隙就埋头在纸上写写画画，将我"发配"到村经销店做售货员。失之东隅，收之桑榆。在村经销店当了一年的售货员，盘存分红，我刚好得到了150元的报酬，这是我首次领到的一笔"巨款"。不假思索，我当即用它添置了一辆不要票券即可购买的"武汉"牌自行车。也就是说，历尽无数艰难困苦，我终于圆了自己骑自行车奔跑的梦想。

正是从这一辆"武汉"牌自行车开始，我拼命地奔跑，与时间赛跑，与青春赛跑，感觉身体的每个细胞都在沸腾。白天在经销店当售货员，晚上就着昏暗的煤油灯，如饥似渴地扑在书本上读书，并开始了名叫写作的另类奔跑。

改革开放后，社会生活的巨变为文学创作提供了非常丰富的素材，我将这些变化写入文学作品当中。1985年7月，我的一个记者朋友将我在文学道路上的努力记载下来，发表在地区党报副刊上，标题借用了歌德的一句诗：如果是玫瑰，总是要开花的。

次年秋天，我因为"能够在报刊上写几句话"，奉命组建乡镇文化站。借宿的那间废弃的仓库里，连一盏电灯都没有，我就在夜晚骑着我那辆"武汉"牌自行车到办公室去写稿，常常是笔耕到日出东方。须知十年成恨事，且将一日作三秋。我坚信，飞越茫茫大海的鲲鹏之所以能够展翅高飞，其过人的本领就是这样历练出来的。

1989年初，乡镇机关要在村干部中招聘国家干部，镇党委决定让我去一决高下，结果我不负众望，考了第一名，但由于某些原因，未能被录取。情急之下，我想到了向《中国青年报》等多家首都媒体投稿诉说我的心路历程，《获奖使我更苦恼——一位农村青年的自述》一文被刊登了。一石激起千层浪，这篇不起眼的小文章在社会上引起了较大反响。省委分管宣传的领导当即批示，要求有关部门将我"作为宣传文化战线特殊人才给予特别考虑"。是年7月，我加入中国共产党；10月，我被选入国家干部序列。

五年后又是一个春天，我奉调进入复刊不久的市报，从一名普通记者做起，两年后以"全省十佳"的业绩竞得记者部主任岗位，而后获得"湖北省首届中国记者节百佳新闻工作者"荣誉，出任报社副总编，再任副社长，成为本地新闻界中青年专家。

骑着自行车，我唱着《春天的故事》，见证了整个潜江经济的嬗变。踩着改革开放浪尖而来的商业文明使潜江人拥有了闯荡商海的雄心。像带领村民创造"湖北第一村"的周作亮、开稻田养虾先河改变一座城的刘主权、带领家乡企业跻身中国民营企业五百强的舒心等一批商界名人在这段时间声名鹊起。这批弄潮儿深耕实业、锐意改革，在转型潮流中，使得一大批民营企业"轻舟已过万重山"，创造了潜江经济蓝海，也因此成为我和我的同仁关注的焦点。我也在记录潜江变迁的日子里，朝着自己的梦想奔跑。"板凳要坐十年冷，文章不写半句空。"我几乎谢绝了一切与新闻、文学关联不大的应酬活动，"像一个饥饿的汉子扑在面包上"，专心于自己的文学创作和新闻报道。尽管青春不再，华发早生，可我对写作的喜爱有增无减，用自己的汗水为新时期文学百花园培育了数以百计的花朵，斩获了包括人民文学杂志社第二届全国文学社团作品"风流杯"二等奖、"象山杯·我与奥运"有奖征文三等奖在内的多个奖项，并有八十多篇作品入选多种选本及年度排行榜，幸运地被接纳为省作家协会会员。

四十年间，一股奔跑的力量始终澎湃。工业基础薄弱的潜江大地上，开拓出了一片创业创富的芬芳沃土。蓦然回首，我惊喜地发现我的家庭乃至我的整个家族也发生了巨变：出生七个月就患上小儿麻痹症的弟弟，竟然是率先走出故乡的弄潮儿，早在三十年前他就随着第一代打工者进入南粤，加工服装，事业有成。当年一分钱恨不得掰成十瓣花的兄长，后来在农业银行工作，如今即将退休安享晚年。我那嫁入柴门的姐姐虽说曾经遭遇老来丧子的不幸，但也在政府的精准扶贫下走出了困境，一双孙子孙女幸福地成长。年逾八旬的母亲依然健在，随我进城颐养天年，谈起今天美好的生活总是笑容满面。我的宝贝女儿从中国传媒大学毕业后考入一家传媒集团，现已结婚生子，让她刚从编辑岗位退下来的母亲过上了含饴弄孙的快乐生活。

合抱之木，生于毫末；九层之台，起于累土；千里之行，始于足下。正如习近平总书记所说，"幸福都是奋斗出来的"，因为奋斗，在"武汉"牌自行车之后，我接连有了"五羊"牌自行车、"凤凰"牌自行车；再后来，我有了"亚马逊"牌摩托车、"雅迪"牌电动车；而如今，我开上了东风雪铁龙。我常常在想，如果人生能够重来，我仍愿不忘初心，借助改革开放的东风，认准一个远大目标，心无旁骛地奔跑。四十年改革开放给了我实现梦想甚至超越梦想的机会，故事还将继续，我相信我的明天还将拥有更好的生活，可以实现更美好的理想！

盛常国

◎1962 年出生于浙江奉化一个父盲母哑的贫困家庭。1979 年初中毕业后因贫放弃学业，参加农业生产劳动，1981 年开始尝试写作，2002 年初第一篇文章发表。近十余年发表的作品共四百余篇，获奖十余项。现为宁波市奉化区作家协会会员。因患有肢残，丧失一定的劳动能力，仅以修鞋、做杂工维持生计。

一个修鞋匠的文学路

　　我生于一个贫困的家庭，父亲是盲人，母亲是聋哑人，家里兄弟姐妹众多。在过去的四十多年里，书写是我生命中很重要的一部分，它改变了我的命运。我的书写是从写信开始的。通过书信，我获得了亲情，也收获了友情、爱情。由写信，我爱上了写作，拥有了当作家的梦想，这个梦想给我苦难的人生带来了光明和希望，带领着我走向充满阳光的幸福殿堂。

一

　　我是十岁那年上学的。在小学三年级时，老师还没教过书信的写法，我却第一次写信给从未谋面的在上海生活的姑姑，可等了一个月才收到姑姑的回信。当时的邮政系统没有现在发达，省内的信件起码也得三天后到达，即使对方收信后马上回信寄出，也得三天后，这样要收到对方及时的回信，最起码要一星期。而寄往省外最快的速度是一星期到达，顺利的话等待半个月后可收到回信。如果对方有事耽搁，书信来回一个月是正常现象。这次姑姑回信说要好好读书，将来才会有出息，并且说学习上有什么困难可以告诉她。我接着写信说，上一年级时母亲用一条发白了的破裤，在油灯下为我缝制了一个书包，如今已补丁加补丁，很想有一个漂亮的书包。后来我收到了姑姑寄来的书包，里面还有一支闪闪发亮的我梦寐以求的钢笔！我激动万分地回信说一定好好读书，报答姑姑的一片苦心。遗憾的是，经过一年书信往来后，姑姑的回信很少了，后来寄去的信件也因地址无收件人被退回了。到如今四十多年过去，姑姑音讯全无，成为我永远放不下解不开的一个心结。其实姑姑也不知道我那时给她写信，要步行五里路到镇上的邮局买邮票粘贴后，踮起脚尖才能吃力地将信件塞进邮筒。

读小学五年级时，因家里兄弟姐妹多，父母均患残疾，再无力支撑我们的学业，我也就离开了学校，每天与大人们一起披星戴月劳动，十分辛苦。但我爱学校，想念老师和同学，于是就给他们写信，信件大多托住我家附近的同学带去，他们也叫人把信带给我。一年后的秋季开学时，老师带了一大群同学来我家，劝说父亲让我读书。当初父亲火冒三丈坚决不同意，同学们就给父亲念我写的数封信，且每封信都是用父亲丢弃的烟盒子写的。父亲流泪了，终于答应让我继续上学，由于我缺了两个学期的课，所以只能低一个年级就读。

读初中时，"文革"已结束，国家十分重视教育。我是一个十六岁的高个子学生，我爱学校的任何东西，所以校内的许多活动我都积极参加。虽然我的家庭贫穷，但我却很乐观地发奋读书，经常在千名师生大会上受到称赞，也成为许多不爱读书者的榜样。我也经常收到校内一些女同学的来信，虽然这些信称不上情书，但也让我心神难宁，课余也给她们回复信件，鼓励她们好好学习。初中毕业，因家里实在贫困，父亲无法供我去读高中，我也就结束了我的学生时代，成为一个地地道道的农民。

二

1980 年，我在参加生产队一次劳动时，同样的劳动付出，作为一个新农民却只分配到其他人五分之一的钱，经多次向生产队长、大队干部诉求无果后，我写信给省报反映这个情况。信寄出后，我每天心急如焚，白天一看到下村的邮递员，就问有没有我的信，实在等不及了，就一大早去镇上的邮局问，邮局的工作人员都觉得我不可理喻。半个月后，终于等来了报社的来信，信中说非常重视我提出的问题。几天后，有两位公社干部来找我，经他们出面交涉，我的分配从二级提高到六级，并且在生产劳动时也如此计工分，这是从来没有过的事，我一下子成为村内的新闻人物。村里许多人都找我写信，向有关部门或报社反映遇到的难事。我看到了书信带来的另一种力量。

1986 年，我的生活经历在省外一杂志社刊登后，天天有全国来信。那时我们奉化已全面实施了家庭联产承包责任制，改革开放的春风拂面而来。由于分田到户，大家的劳动积极性大大提高，在田间地头花的时间也少了，相应地，我有许多时间读信、写信、寄信。那一年，我用一封又一封的书信劝慰一个伤残的山东姑娘、一个高考落榜的江西考生和一个失恋的江苏姑娘，使她们重新拾起勇气，笑对生活。那个山东姑娘竟然千里迢迢登门致谢。而我也是在这一年书信来往中获得了爱情，收获了幸福。

写信为我打开了一扇门，虽然身处奉化的一个小村落，我却能够通过书信与全国各地的青年交流，探讨人生的意义，相互鼓励，给彼此生活的勇气。由写信，我也爱上了写作。那时全国掀起了文学热，文学青年是最受人崇拜的，而我也向往成为一名文学青年，读着许多文学著作，竟然也拿起笔写文章，把自己的生活感悟、经历记录下来。

从二十岁那年爱上写作起，到四十岁的二十年间，我写下的稿件共三百多万字，却无一篇文章被报刊社刊登。因为家贫如洗，我用人们丢弃的水泥袋或工厂丢在垃圾堆里的报表纸作为稿纸，甚至将许多退稿信封和别人寄来的信封拆开装订成本，而我买方格稿纸的钱，都是拾破烂儿变卖，或者拖着残疾的双腿东倒西歪地上山砍柴卖钱得来。自从三十岁那年在村里的菜市场摆摊修鞋后，我有空时就伏在修鞋机上搭设的小木板上写作。2000 年以后，因这样的书写镜头被省内多家报纸报道，我也受到了大家的关注，成为身残志不残的励志人物。

三

记得第一次看到我的作品发表在报纸上，真的让我流下了百感交集的泪水，是苦是甜说不清，就像一下子喝下五味汤那样。那是2002年初，因为贫穷，我从没有余钱去订阅一份报刊，便经常在村菜场内捡一些水果行丢弃的报纸，我最喜欢看文学副刊类。由于我的这一行为经常被一位下村的邮递员看见，一天，他送给我一张《奉化日报》，而这张报纸的副刊征集命题作文"渴望"，于是我用散文诗的形式写好邮寄过去。一星期后，那个好心的邮递员又将一份《奉化日报》放在我的修鞋机上，我展开一看竟然有我的《渴望温柔》一文，且用很显眼的黑体字放在头条。文中记述了无论做错了什么，我渴望得到安慰而不是责备。这一篇文章的发表，距离我爱上写作，走上文学道路，已有二十载，极大地鼓励了我继续追逐我的文学梦想。从此，我也有了信心，一有机会就向宁波报刊投稿，渐渐有越来越多的作品见报，如《宁波广播电视报》上常常有我写的评论影视作品的文章。稿投得多了，编辑记者也特地来看望我，鼓励我。后来有些作品竟然发表在了省外的报刊上，如《好想出生在城里》发表在了河北著名的《杂文报》上。

再后来，几乎所有的报刊上都很明显地写着尤其欢迎电子稿，几位常联系的编辑在电话中也说要电子邮件，否则编辑人力不足，而我也经常看到一些报刊社说要无纸化办公了，让我感觉到如今走文学道路难上加难。虽然我在多年前听说电脑写稿很方便，但我认为那是遥不可及的东西，所以一直没当回事。而如今已进入信息时代，网络进入了千家万户，不会用电脑、不会上网简直就与时代脱节了。"学电脑，一定要在电脑上写作"几乎成了我的一个最迫切需要实现的梦。恰巧儿子因学习需要，家里不得不拿出多年辛苦积攒下来的钱买了一台电脑。我满以为自己利用修鞋的空隙时间跟儿子学，就很快能在电脑上写作，实现自己的梦想了，可那电脑只是对我直瞪眼，那右手握着的鼠标怎么也不听我的使唤，连箭头飞出屏幕外我也不知，却还在上上下下左左右右地找。好不容易有些搞明白了，下一步就是打开Word写作。由于没有拼音基础，妻儿俩教了我数次拼音输入法我也摸不着头脑。儿子拿来了五笔字型输入法的键位图，可折腾来折腾去，半天时间只打出二十几个字。儿子只好买来了手写板，我像获得了大救星似的。尽管手写板有时候并不听从我的笔迹，须反复书写才能正确，但在电脑屏幕中显示的文字是印刷字体，我心中还是无比开心，想当初看到自己的文字被端端正正地印在报刊上，那是多么令人激动啊。当然，我文化基础比较差，是个地地道道的农民，又步入了中年，几年前学写手机短信也费了九虎二牛之力，何况如今面对的是高科技的产品，要想得心应手，真的难于上青天哪。有时好不容易写好的稿件，因鼠标点错位置而全文丢失，不得不重新写。记得有一次我想写一篇散文《雪美人》，已构思好，便直接坐在电脑桌前写起稿来，等摆弄着鼠标打算保存时，不知点到哪里了，显示屏上的文章突然踪影全无，这可比丢失了一百元钱还要心急如焚。我不断地点击回收站，但这篇文章无影无踪。没办法，只能凭记忆重写，但也不能原样重现了，反正读起来不如当初的好。经过了数月的反复操作后，我终于能坐在电脑桌前从容不迫地写稿发稿了。到后来我还能熟练地修改稿件。最近我不再用手写板写稿，而用电脑里"QQ输入法"中的手写输入，方便快捷。

电脑和网络的普及，让我的生活发生了很大的变化。我双腿不便，却很想看看外面的世界，通过电脑，我能浏览国内外的新闻。电脑还是知识的金钥匙，许多不懂的问题，上网查一下便知。尤其对我的写作有莫大的帮助，有些名言出自谁口，有些名家生平如何，还有全国各地文学类投稿电子邮箱等等，不用求助任何人，电脑会无私地全部告诉你。电脑也是观看影视的大平台，点点鼠标就能看到很多精彩故事。电脑还可用 QQ 聊天，通过打字或语音或视频，与一些亲朋好友聊聊可喜的事，彻底改变了过去邮寄信件的传统。我又学会了用微博，在新浪微博里写下了一条又一条人生感悟，与网友分享，也以此激励自己不断前行，如："因贫困和病魔的折磨以及家庭的变故而受到心灵摧残时，我很想趴倒在地，写下墓志铭，恕我不起来了，但我是一个人，只有顽强地站立，坚强地昂首挺胸，去搏击残酷的命运。我想这样去感染一些自暴自弃甚至无病呻吟的无志者，让他的灵魂中出现一个铁骨铮铮的人……"有些话也被一些陌生的网友多次转发过，我也把这些励志语言放进收藏夹，心想等有了数万字后，找机会出本小册子，不为名不为利，只为让更多的如我一样坎坷的人，不消沉，勇拼搏，拥有钢铁般的意志，唱出自强不息的铿锵赞歌。

在电脑里也可写信，写好的信件只不过打哈欠的工夫就传达到对方的邮箱里，比过去传统信件来往提速了成千上万倍。我多次参加书信大赛，我写给儿子的信《慈孝是家之本国之魂》获得第七届中华慈孝节"温暖生命的微家书"创作大赛优秀奖，写给已故的岳母的信《岳母大人，你的大爱如海》获第八届中华慈孝节十大"最美家书"奖项。自从在电脑上写作，我发表了数百篇文章，其中有多篇夺得征文大奖，如描述交通变迁的亲身经历《乘轮船》，描述社会大爱无疆的故事《修鞋》，展现榜样的力量、弘扬时代正能量的《后竺村有个 30 后的雷锋群》，等等。

我想，如果没有改革开放，我的人生将会黯淡许多，也许只能永远做一名普普通通的农民或修鞋匠。如果没有社会的变迁、科技的发展，我的写作只是传统式的手写，那么我不可能获知那么多的信息，也无法看到那么多优秀的作品，与编辑、笔友的联系就不会那么方便快捷，写作水平也不会提高那么多，也就不可能有太多的文章发表，获奖可能几乎为零，作家梦也就更难实现了。家乡的经济在改革开放四十年中也实现了巨大的飞跃，我的家庭因之受益。我曾被个体养殖户聘请去做管理，去游乐厅做收银工作，到福利企业搞管理，等等，既增加了家庭收入，也丰富了自己的生活，积蓄了大量的写作素材。不少人难以置信我能写出如此多的文章，简直写也写不完，我敢说如果没有改革开放的春风，我肯定还如同井底之蛙哩。几十年前的我，是一个上不起学的孩子，而如今，我也紧跟着时代的步伐，实现了自己的文学梦想。我很满意自己现在的生活，修修鞋、写写文章，把精彩的人生故事分享给世界。

王闽九

◎ 1963 年出生，闽西籍客家人，教师，现居福建漳州。爱好摄影、写作、剪纸、画画、旅行，自小有着一颗走出家门、拥抱世界的心。改革开放以来，随着生活水平的提高，业余生活越发丰富起来，摄影和文字作品多有发表，现仍在努力继续自己的个性化旅程。

用脚步丈量美丽中国

从孩提时代走起

上世纪 70 年代念小学时，我特别想骑父亲的自行车，但它太高，要跨上那横梁上的宝座，对于小学女生而言，难哪！父亲很珍惜这辆"凤凰"牌自行车，那可是名牌中的老大！父亲勤于擦车，却极少骑车，也不允许我随便碰它。那时，城镇人口的大米都要凭票购买，自行车更不是有钱就能随意买的。父亲意外获得凭票购买"名车"的机会，当然机不可失，奢侈一回。我常盯着它胡思乱想，要是能骑行天下，多爽！读初中时，我逮住几次机会，攀上宝座，在家门口原地"踏步"——车子被父亲锁着；偶有两三次车没上锁，停放在家门口，趁父亲不在场，我便壮胆骑到夏夜的大街上，才歪歪扭扭几步路，就摔在水泥地上。我不记得当时自己是否摔痛，只是非常庆幸没伤了亮闪闪的"凤凰"牌，没闯祸。读高中后，我老想学骑车，可惜家中没人支持，自行车停放纠纷又时有发生，我终于死了心，老老实实走我的路。这一走，就走到中年，从计划经济时代，走到改革开放时代。

我的脚力还行，读小学时，时常走街串巷跑码头洗衣、洗菜、提水，没完没了地搬蜂窝煤上骑楼，有时还得跑老长的路进农田，给暂时借用的菜地浇水或采摘包菜、芥菜，拔白萝卜……清晨，我匆匆咽下大米粥后，就背起书包，打赤脚飞奔赶路上学：经过两排骑楼中的水泥大街，经过马尾松夹道的碎石土路……

那时，既无缘自行车时尚潮流，又难以接近汽车。从幼年到青年，我都是晕车大王。上中学后，由于学校对面就是汽车站，我常替东奔西跑的父亲预订三天后的车票。站前一侧的树下停着唯一一辆汽车，每天顶多发一班车。隔着马路，我就能闻到浓重的汽油味，总晕头晕脑，等车开走后才入站订票。订完车票，常很懊恼：什么时候才能和别人一样，不怕汽油味？什么时候，才能和大人一样，常有机会乘车见世面？

壮胆出省见世面

80年代，"旅游"一词开始热起来。名胜古迹众人瞩目，出去走走看看成了很多人的梦想。然而出门旅游费用还是不菲的，周围谁居然自掏腰包旅游，那是要出名的，而我偏偏成了我们家第一个吃螃蟹的人。

年少时，全家省吃俭用，我常穿大人弃置的变形了的破旧衣服，头发也常被母亲修理成很搞笑的发型。参加工作有了工资后，多年来三分之二以上收入上交父母。1989年夏，我决心带着多年的积蓄出省长途旅游，当月收入依旧三分之二以上归家里。家人还是难以认同个人出资旅游的奢侈做法，并且很担心一个女青年独自去外省会很不安全。我在挨了一个耳光后，悄然买了火车硬座票，收拾行装，独自出门。

出门时，我带上一件刚买不到一年的自家奢侈品——国产相机。这台上海产的机械快门相机，连同原装皮套售价仅为110元，明显是低端相机，却可以在上世纪80年代工具书《中外照相机博览》里查到——海鸥KJ！它陪我约十五年，直至胶卷时代已近尾声，才被电子快门傻瓜机取代。手捧八两重的国产半傻瓜机，很有一种自豪感。

这趟独行，沿着出省火车线路，我先后游了四个省。每到一个陌生的省份，都是"得寸进尺"的心态。一路上，我不断地往邮筒里塞信件报平安。半个多月后，顺利返程。回家途中，竟然已有好些人知道我破天荒独自出省，在辗转相传中，我游遍了"大半个中国"！

此后，我总希望能真的游遍大半个中国。趁年轻体健，我可以白天疯玩，夜晚坐火车——坐的是硬座，甚至可以连着三个晚上坐硬座，既充分利用出游时间，又节省住宿费。90 年代末期，家人阻力已大大减弱。个人买单旅游已不再是周围圈子里惊天动地的新闻。千禧年后，老百姓个人掏钱旅游稀松平常，每到节假日，各旅游景点是最热闹的地方。除了常规的跟团游，自由行越来越热，各类高度考验体力体能的户外运动也蓬勃发展起来。

逐梦之旅难停歇

2010 年上海世博会前，我花了十年时间还一套经济适用房贷款，其间省吃俭用，并中断了长途旅游。最奢侈的事，就是买了一台电脑，虽然贵，但是相当值得，有了它，我在家就可以查询 12306 官网上的火车信息了，还可以查看电子地图、做旅游攻略，对我的旅游有莫大的帮助。2010 年房产证到手后，我便迫不及待地冲到上海，在人海里游览世博会的各大展馆。此后一发不可收，年年出游，并且我的足迹由东南沿海伸展到北方、西部，由平原、丘陵地带拓展至高原地区，真正实现了游遍"大半个中国"的梦想。最令我兴奋不已的是，我终于实现了儿时的梦想，难以置信地登上了天安门城楼。为此，我原创了一小幅红色剪纸《天安门》，表达我的赞美与自豪：童年时代在《我爱北京天安门》歌声里成长的人，从小地方坐三天三夜的火车追梦到北京，能不心潮澎湃吗？在见识了大都市的繁华之后，我开始向往祖国的边疆风光，追寻自然、环保、返璞归真的风景线。

2013 年，我独自游新疆。第一站是乌鲁木齐。市区里车水马龙，繁华热闹。我放心大胆地行走在康庄大道上，身边是熙来攘往的各族百姓，头顶上竟然会冷不丁闪现老鹰那充满张力的翅膀。望着老鹰盘旋而去的影子，我非常感慨：人与动物竟可以这般和谐相处，好神奇啊！在乌鲁木齐的人民公园里，听着风情浓郁的维吾尔族音乐，看着维吾尔族女郎曼妙的广场舞，沉醉于这民族欢歌、国泰民安的景象中。

搭乘公园里的旅游车北上游完天山天池后，我迫不及待地向西北探奇。在喀纳斯景区内，我入住图瓦人的木屋。送我来此地的司机身着汉族服装，竟然也是图瓦人。他笑道："你以为图瓦人是三头六臂的怪人哪，我就是图瓦人，喜欢穿汉族服装开车，主要是方便行动。我开的是自己的车，我还在城里买了房呢！现在我们并不会一整年都住这儿。冬天我们回城里住，比这暖和多了。"原来，司机在旅游旺季跑景区，开车接来游客，妻子则照管木屋旅店，收入比以前单纯放牧高了很多。尽管草原上木屋设施大都较为简陋，但放眼四周，木屋、蒙古包、青草、野花、马匹、看家狗，还有从天上溜下来的飞云，一切都是那么赏心悦目，令人心胸开阔。

我依依不舍地离开喀纳斯后，又惦记起老歌里的"克拉玛依"。嗬，昔日闻名全国的油田区，也在周边开发起"世界魔鬼城"景区。这里有非常独特的地貌，曾被评选为"中国最瑰丽的雅丹"和"中国最值得外国人去的五十个地方之一"。之后，霍尔果斯口岸、赛里木湖、伊犁河、库车大寺、那拉提大草原、巴音布鲁克大草原、库尔勒、博斯腾湖、塔里木胡杨景区、吐鲁番火焰山、中国海拔最低的地方艾丁湖等等，接二连三地给我带来惊喜，令我无比兴奋，我着魔似的一路追寻，再疲劳也不愿轻易放弃既定目标。比较遗憾的是，在北疆，很少有机会见到身着典型民族服饰的少数民族同胞。因为北疆已经很开放了，少数民族同胞已经习惯穿流行的服饰。

常言道："北疆看风景，南疆看风情。"好不容易来到这片神奇的土地，我当然不会放弃欣赏南疆风情的绝佳机会。独自转悠到喀什，民族风情果然无比浓郁，令人精神大振。最神秘的还是喀什吐曼河畔那片高崖上维吾尔族巷道民居，据说已有六百年的历史。巧得很，我邂逅了一位刚参加工作的江苏女大学生，她是位独行侠，充满冒险精神，我俩傍晚壮胆同游迷宫一般的高台民居。我们穿行在蜿蜒的巷道中，两旁是维吾尔族的传统土木房。维吾尔族百姓热情好客，主动招呼我们，引导我们参观他们的小店。即使我们不买任何东西，他们也会很和气，甚至允许我们在他们家中拍照，与土陶手艺人合影。有位老奶奶坐在床边，尽情地向我们展示传统编织手工艺，其中有一把绕着手柄转动的彩色毛线扇子，扇子上的花纹极富民族特色，令我大开眼界。我们离开民居后，漫步至著名的艾提尕尔清真寺时，已是夜间九点多，天还很蓝，拍照可以不用闪光灯。太阳落山时间比东南沿海晚几小时，令人由衷赞叹祖国的辽阔！

　　游兴未尽，家里催促我返回的电话却不断响起。我挤入喀什站售票窗前人潮涌动的队伍里，只抢购到一张令人着急的返程火车票——无座位，慢车。不过，坐上车后，我却收获了意外的惊喜，这真是一辈子难忘的回忆，地广人稀的新疆流动着的缤纷色彩和异域风情，此刻浓缩入慢车车厢，震撼人心！窗外，戈壁滩无尽延伸，白杨树成排闪过，而我因要寻找暂时的空位，在白天和黑夜的不同时段、不同车厢一饱眼福。我的视线所及，总颤动着各色长长短短的花头巾，还有男式四角小花帽。维吾尔族、回族、哈萨克族等各民族同胞，热热闹闹地聚在绿皮火车的慢生活中。我发现，他们即使生活在边疆，也能捕捉时尚，追赶潮流，他们都有一样宝贝，忽左忽右，忽前忽后，闪闪烁烁，那就是手机！身边维吾尔族少女娴熟玩转智能手机，令我自愧不如。

　　新疆游结束后，我的信心倍增，第二年探秘青藏高原。出了拉萨火车站，才知拉萨其实很国际化，街上有来自天南地北的人，其中还有不少外国人。接着，步行入小昭寺路，寻找民宿，途遇成片崭新的公共自行车，我感到很惊讶，这里的公共设施竟如此完善！而我虽然生活在经济相对发达的东南沿海闽三角，却对自行取用的公共自行车很陌生。离别拉萨两三年后，我所生活的地方，公共自行车才迅猛发展起来。在这里，我要点赞拉萨的先进，点赞边远地区的发展！

初出国门驿路长

都说行者无疆，我追寻的风景线，也是无限延伸的。近年来，出国看世界成为老百姓旅游的新时尚，我也办了护照，跟团到东南亚转了几国。

2016年，我初出国门的第一站，是被我国古代文献记载为"暹罗"的泰国——海上丝绸之路上的东南亚文明古国。我发现扑面而来的异国风情中，隐现着古老的中国走出去的足迹。除了尖塔林立、珠光宝气的曼谷泰国大王宫，湄南河西岸的郑王庙也令人印象深刻。其实，中国古代不乏对外开放与交流的传奇。马六甲海峡一带的三宝庙，便是海上丝绸之路文化交流史上的珍贵古迹。如今，习总书记提出的"一带一路"倡议，可以说是再续前缘，再创辉煌。

未走出国门前，我通常喜欢"自由行"，追过路车，拼出租车，挤公交车，甚至在祁连山大草原中淋雨过夜，一路上虽然有这样那样的突发状况，但行走在自己祖国的领土上，心里的安全感总是满满的。出国旅游之后，我发现，自己除了跟团游，难有更好的选择。顿时，国内任我行的那种亲切感油然而生：不论在多偏远的地区，总能见到我熟悉的汉字车票，总能遇见汉字路标，总能获得同胞的帮助，还有温暖的"110"和"120"。这一切，成全了我的国内独行尝试。

自我1989年独自背起行囊，用脚步丈量美丽的中国已有三十载。旅游已成了我生命中不可或缺的部分，它拓展了我的生活圈子，令我亲身感受时代向前发展的脉搏，感受改革开放给祖国大地带来的勃勃生机。我将旅行所见用剪纸、版画等艺术形式定格下来，所照的相片也积攒了厚厚一沓，这些都记录了我最宝贵的年华、祖国最壮丽的河山与辉煌的变迁。

　　我希望我护照上的印戳能随岁月的推移，逐渐覆盖五大洲……这个梦想，虽然遥远，却是鼓舞人心的。我将用我的小刻刀，在石头印章上刻出两个字——"乐活"。如今祖国发展得越来越好，老百姓的生活也越来越快乐，有条件去追逐更高的理想了。步履不停，我的旅程仍将继续，期待着遇见更美更和谐的风景线。

刘跃清

◎1972 年出生于湖南隆回。1990 年入伍，从军二十六年。现居江苏南京，供职于江苏省政协。中国作家协会会员，曾是南京军区政治部文艺创作室专业作家，出版、发表多部（篇）小说、散文、报告文学，作品多次被《小说选刊》等刊物转载，多次获奖。

我们一家人

一

　　表哥在我们刘家屋场是个引领潮流的人物。

　　上世纪 80 年代，蝙蝠衫、喇叭裤刚时兴的时候，他上穿花花绿绿张开双臂如一只鸟一样的蝙蝠衫，下穿像两把大扫把一样的喇叭裤，脚蹬尖得像火箭一样的皮鞋，在乡村小路上晃来晃去，很是另类。后来兴起烫头发，表哥又在头发上大做文章，一会儿烫个爆炸式，一会儿弄个狮子头，一会儿整成个鸟窝，真是"无限风光在顶峰"。这中间还流行过拿录音机当"随身听"，表哥走到哪儿都拎着一台双卡录音机，"嘭嚓嚓、嘭嚓嚓"的，经常是人未到声先到，尤其是晚上，老远就能听出表哥来了。

　　那时候表哥的形象，在老人们眼里是嗤之以鼻的"二流子"，在本分朴实的姑娘眼里是"流氓"，在小孩子眼里是令人生畏的坏蛋，姨妈和姨夫干脆咬牙切齿地称他为"辱祖宗的现世报"。那时候表哥常到我们家"避难"，姨妈也常到我们家倾诉，寻求道义支持。我不像别的小孩那样怕表哥，反而还很喜欢他，他很有趣，知道许多新事物。

　　如果说表哥一开始引领的是"肤浅"的潮流，那么后来引领的就是"质实"的潮流。他先是倒腾板栗、核桃、天麻之类的山货，挨家挨户地收购来，然后贩到城里去，攒下几个钱后，买了辆小四轮跑运输。那时候握方向盘可来钱啦，马达一响，钱包鼓鼓。表哥是村里第一个买小汽车的，后来人家也有了，他就将车卖了，承包起荒山洼地，搞起种植、养殖业。现在全村在他的带领和帮助下家家户户搞起了种植业和养殖业，套种套养，不仅发展绿色农业，还搞起了农产品深加工，利用电商平台扩大销路，把山里的货卖到全国各地。乡亲们的日子过得红红火火。人们对表哥刚"出道"时的表现已经淡忘了，大家扎堆一块儿回忆起时也是哈哈一笑。

我前不久回乡，在表哥家吃了顿饭。我们面对满桌的菜肴还在推杯换盏，姨妈猫舔食一样，简单吃了点，说要保持身材，还要去参加一个什么社会活动。好一会儿，姨妈从里屋出来，我看到她的打扮：上穿红绸短袖衫，下穿雪白七分裤，脚上是一双白色的低帮旅游鞋。她的脸上从描眉、画眼、上粉到涂口红等化妆工序一道都没落。这时我才注意到姨妈的头发也染成了黄色。相比之下，昔日的时尚在表哥身上"春去无痕"，他的衣着与乡间普通中年人没什么区别；姨妈这身"前卫"的装束如果在当年，乡亲们不骂她"老妖精"才怪呢。我连声夸姨妈越活越年轻、越活越漂亮了。姨妈微微一笑说："谢谢！"

姨妈出门后，我们随意聊起，原来姨妈是去参加广场舞比赛排练。跳广场舞是姨妈每天晚饭后的必修科目，已经跳了好几年了。前段时间镇里说要组织一次比赛，哪个村跳得好，就上镇里过年时举办的"村（春）晚"。姨妈是第一个报名的。家人已记不清姨妈是什么时候"脱胎换骨"，变得这么新潮的：吃饭注意营养搭配，控制食量，穿衣讲究质地款式。她越活越年轻，越活越精神，平时很注意自己的形象气质，把家当"后台"，把除了家以外的所有地方都当作"T台"，禁不住随时秀秀身材。

现在姨妈反而笑骂表哥土里土气的，像只"土拨鼠"。她常说，爱美是人的天性，尤其是女人，无论活到多大年纪都要爱美。

二

1978 年 5 月的一天，母亲打发我去榨油坊给父亲送蒸馍。油菜收割后，父亲去生产队油坊好几天了。母亲说，等父亲回来家里的油罐就能揭得开盖了。她还说要给我做一大碗油焖饭，把我的小肚子撑得圆滚滚的。5 月的阳光真晃眼，鸟儿在争吵，花儿在喧嚣，空气里飘着好闻的菜油香味儿，我背着个小包袱，哼着不知名的曲调，走在只留下一片油菜秆茬儿的田野上，不时翕动小小的鼻翼，贪婪地吸着空气中的"油星"。

我来到油坊正是晌午时分，父亲和四个汉子（我三表舅也在其中）正忙着收拾工具，摆放桌椅、碗筷，准备开饭。他们几个清一色打扮：赤裸着上身，光着脚丫，一条用各色布条织的腰带扎在腰间，将本来就干瘦的腰勒得如同一只"细腰蜂"。他们的脊背油亮油亮的，仿佛抹了一层油，连腰带都油乎乎的，好像在油里浸过。突然，在浓烈的油香中，我闻到了猪肉的喷香，一瞥，我发现角落里的简易桌子上摆放着半搪瓷盆肉，搪瓷盆呈黄色，面上斑驳的跳瓷显得坑坑洼洼的，露出里面黑色的铁。搪瓷盆敞口比脸盆小，但深度比脸盆深，里面大半盆白亮亮的长条猪肉在零星几片青蒜叶子的点缀下散发出诱人的香味。我的喉咙因吞口水而咕噜噜地响。我不时看看桌上的肉，又望望父亲。父亲一个劲儿地向我使眼色，让我走。可是我觉得双腿像挪不动似的。四个汉子中，有一个低着头耷拉着眼睑忙着洗手、盛饭，不吭声，有两个嘴上说坐下来吃吧，但听得出来很勉强，只是客套话。只有三表舅很热情，起身想过来拉我。这时父亲急剧咳嗽，甚至跺了跺脚，我放下装有蒸馍的包袱，转身就跑，三表舅追到门外喊我的乳名，叫我一起吃。我撒开脚丫跑，边跑边想着那油汪汪的白条肉，咽着口水。我知道父亲也很为难，干重体力活，几个伙伴凑钱打顿牙祭，围着一锅，你多夹几筷，他少夹几筷，各自心里把握着，谁也不会很在意，但如果平白增加一张嘴，大家心里肯定会有意见。虽然添的只是一张小孩嘴，要知道那年月粮食短缺，敞开肚子吃，小孩不会比大人吃得少。

时隔四十年，我再一次来到当年的榨油坊。想象中榨油坊肯定已是风烛残年，破败不堪了，没想到它被修葺一新，连原来的田埂小路都变成了大青石板路，物什还是当年的物什，连摆放的位置都没变，却整洁多了。原来那儿已被开发成民俗游的一个景点。我去的时候正值节假日，好多城里人对过去的这些物件感到很新鲜，嘻嘻哈哈用手机玩自拍，发微信，晒朋友圈。离油坊不远处开有一家"农家乐"，人声鼎沸，生意看起来很火爆。我驻足饭店写有菜单的牌子前，从头到尾也没找到青蒜叶炒白条猪肉这道菜。是啊，当年想吃都吃不着的白条猪肉，现在已被淘汰出餐桌，无人问津了。

三

小时候，我盼下雨又怕下雨。盼，就是下雨天不用上山放牛砍柴，不用下地干活；怕，就是房屋里到处漏雨。那时候我们家房子的屋顶一半是杉树皮盖的，一半是茅草盖的。杉树皮瓦片就是在砍树时把树皮剥下，用石板压平晒干，样子像石棉瓦。杉树皮屋顶也漏，但比茅草屋顶好些。茅草屋顶一下雨就漏，大雨大漏，小雨小漏，一到下雨我们就全家总动员，把家里能找出来的坛罐瓢盆桶全部用来接雨水。从茅草屋顶滴下来的雨水，浊黄得像酱油汤，偶尔还有几条虫子在里面游泳。我们家的厨房位于茅草屋顶和杉树皮屋顶的交界处，那儿漏得最厉害，两股屋檐水汇到一起，外面下大雨时里面甚至要披蓑衣戴斗笠才能做饭，灶台进水，柴火潮湿，浓烟呛得人直流泪，走动须像探雷似的，因为一不小心就会碰上那些接漏的器皿，做一顿饭和上火线打仗差不多，折腾得花头花脸，精疲力尽。爷爷读过几年私塾，常摇头晃脑地教我们背一些古诗，那时我对"留得残荷听雨声""小楼一夜听春雨，深巷明朝卖杏花""好雨知时节，当春乃发生"之类的诗丝毫感觉不到美，反而认为那是一种痛苦的折磨，倒是对杜甫的《茅屋为秋风所破歌》深有感触。

80年代初，我们家扒掉屋顶上的茅草和杉树皮，盖上了瓦。盖瓦时是个大晴天，请了几个师傅，全家老老小小全上阵，搬的搬，递的递，热闹得像过节一样。奶奶直夸自己命好，嫁得茅屋变瓦屋，给夫家带来了好运。

90年代初，父亲推倒住了数十年潮湿逼仄的祖房，盖起了宽敞明亮的两层砖瓦楼房。父亲常以此自豪，认为他给后辈攒下了基业。尤其是几杯酒下肚后，那扬扬自得的样子，好像那两层砖瓦房是他人生一座丰碑似的。

大前年，我们兄妹仨提议把父亲盖的两层砖瓦房推倒，重新设计重新盖。父亲盖的房子虽然质量可以，但设计不合理，自来水管、电线、煤气管道和排污设施的铺排等考虑不周到，生活上有诸多不便。比方说想要添置更多的家用电器，如冰箱、洗衣机、热水器、电脑等等，原来的电线线路就无法满足用电需求；排污管道铺排得不合理，一下雨屋外就污水横流，夏天蚊蝇滋生。弟弟请人设计图纸，参照城里人住的别墅样式，楼下有客厅、餐厅、厨房、储藏间、车库、卫生间等，楼上有书房、棋牌室，每一间卧室都带有卫生间，就和宾馆的标准间客房一样，还有带小客厅的"贵宾房"等。开始父亲心疼钱，说不想折腾了，后来经不住我们劝，最关键的可能还是我儿子那句没遮没拦的话："住爷爷家上卫生间很不习惯，我以后真不想回老家了。"父亲犹豫很久没结果的事，被孙子一句话就坚定了决心。父母和弟弟历经了一年的辛劳，终于把新房盖好。现在父母住的房间有电话、电视（大山深处，天然氧吧，气候宜人，不需要空调），带卫生间，二十四小时都有热水，舒适度绝不亚于星级宾馆；其余每个房间都如宾馆"标准间"，电话、宽带、闭路电视一应俱全。一楼的客厅、餐厅宽敞明亮；储藏间、杂物间、农具间设施齐全，布局合理；考虑到父母多年的生活习惯，特地建了两个厨房，一个专门烧柴火，一个用电和煤气。为一劳永逸地解决用水问题，我们和周围几户邻居联合起来，大家集资并一起出工出力，从远处高山上引来清冽甘甜的山泉水，建造起一个能完全满足大家生活需要的自来水池。

小楼依山傍水，周围树木葱绿，远眺群山心旷神怡，清晨常被鸟鸣声吵醒。现在儿子一放寒暑假就嚷着要回爷爷家住。奶奶和父母亲住在小楼里，天天都乐乐呵呵的。我们每次调侃父亲说："当初说盖房，就您老不乐意，现在感觉怎么样啊？"父亲总是一笑："不错不错，嘿嘿！"

四

我的老家位于湖南山区，改革开放前那儿的人们基本上过着"四个基本"的生活：通话基本靠吼，交通基本靠走，治安基本靠狗，娱乐基本没有。村里的人很少走出去，山外也很少有人走进来，走进来的只有货郎和补锅的师傅。乡亲们对山外的一切都充满好奇，偶尔一架飞机掠过村庄上空，全村男女老少都探出头来指指点点看稀奇。有走南闯北见过世面的回来说：那个叫"电视"的用塑料、金属和玻璃做成的匣子真是个宝，想看北京一按就是北京，想看上海一按就是上海；坐在火车上放杯水，车子开动水不会晃出来。大家都惊讶得合不拢嘴。那时候村里满山的板栗、核桃、柿子、冬笋、药材运不出去，人们也不认为这是啥值钱的东西。山外的东西运不进来，肩挑手提进来的只有煤油和盐巴，这两样东西大家每天都离不开。就这样，人们过着日出而作、日落而息的生活。

我第一次坐公共汽车是初中毕业时去县城参加师范招生考试。车子是教育局包租的，到县城有三个小时左右的车程，那时候我只嫌时间太短了。第一次坐车的感觉像若干年后第一次坐飞机的感觉，飘飘然的。奶奶一辈子没坐过汽车，一次到小镇上去办事，见到开往县城的客车，临时决定尝一尝坐车的滋味，花一毛钱坐两站路，没想到售票员像是理解她想实现坐车的愿望一样，直到三站后才叫她下车。奶奶很高兴，如捡了个大便宜，颠着小脚往回走。那时候初中毕业考师范学校很热门，我已经很努力了也没能"鲤鱼跃龙门"，只能上普通高中。上高中后，学校离家有五十多里路，其中有三十多里简易公路，有几辆小四轮来回跑。小四轮本来是用来载货的，由于客运赚钱些，于是全部用来载客了。从上车的地方到学校要一块五毛钱，绝大多数的时候，我掏不起这个钱，只能走路。有时厚着脸皮爬上车，车子开出没多远，驾驶员便停下车大声吆喝着收钱了，我只得下车，目送小四轮扬着灰尘将我孤零零地丢在公路边，挑着一个月吃的米和菜一步一步往学校挪，想着路，想着车，想着以后的日子，心情很复杂。

要想富，先修路。随着越来越多的乡亲们外出打工，大家越来越认识到公路的重要性。老家第一次修路是 1992 年冬，那年春天邓小平同志发表了南方谈话。当过兵的机灵的村支书好像嗅到了什么，挨家挨户动员修路，也向政府申请资金，政府拨了一部分钱，大部分款项是村民自筹的。大家有钱出钱，有力出力，有的把上等肥田让了出来，有的通情达理地迁走了祖坟。农闲季节，银锄闪烁，扁担咯吱，机器轰鸣，笑语不断，历经两个春秋，一条平整的简易公路蜿蜒在苍山翠岭间，悄然伸向家乡那个小村庄。古老宁静的小村庄由此变得热闹起来，山里的特产源源不断地涌向山外，山外时兴的家电和服装往山里拉，在这一出一进之间，"出口"远远大于"进口"，乡亲们的生活很快富裕而且丰富多彩起来。到了 2008 年，村里第二次修路，在原先简易公路上铺水泥,所需资金政府拨一半,村里自筹一半。乡亲们尝到了通公路的甜头,这次似乎干劲更大,自筹款村委会一宣布很快就交齐了。

现在许多人家有摩托车、电动车,有的还有小汽车、中巴车、大卡车等。乡亲们往公路边一站,手一招,脚一抬,就能乘车进城。人人都觉得自家门口连着县城,到了县城就能坐高铁,高铁更是连着省城、上海、北京,飞机连着世界,想上哪就上哪。

夕阳西下的时候,年近九旬的奶奶总爱坐在躺椅上,静静地望着屋外的公路和不时疾驶而过的车辆。我凑近奶奶的耳边,喊道:"奶奶,您想不想坐车?我叫一辆小轿车请您坐坐。"奶奶咧着没牙的嘴笑了,笑得像个小孩。

五

傍晚,我接到母亲的电话,唠了一会儿家常,临挂电话时,母亲说她从电视里看到天气预报,我们这里明儿要天凉了,让我们记得添加衣服。

放下电话,我回忆起母亲和电话的往事。母亲第一次给我打电话是二十多年前,我刚当兵,母亲想我,就揣着攒下的百十块"私房钱"来到县城邮电局,给我打电话。当时我正在离连队不远的器械训练场搞训练,值班的战友跑来找我,我以百米冲刺的速度跑过去,屏声息气地听了好一会儿才听出是母亲。母亲在电话里的声音很小,比蚊子哼的声音还小,任凭我怎么喊,像是在炮声隆隆的前线喊话一样地喊,母亲也不回答,只是自言自语絮絮叨叨地说,大意是家里一切都好,让我在部队好好干,不要想家,等等。母亲突然来电话,又没完全弄明白她的意思,我忐忑不安了好些天。半个月后,终于从家信中得知,那天母亲打电话的时候,把话筒拿反了,把听的一头用来说，把说的一头用来听了，直到快挂电话时，邮电局的工作人员偶然发现提醒她，她才知道。难怪，我听她的声音那么小，她压根儿就没听到我的声音，只是心想，反正花钱了，她把心里话说出来，就当我听见了。

有了第一次教训后，母亲打电话利索多了，我几乎每次都能接到，除非有任务外出。我知道长途电话费很贵，母亲又是一个很节省的人，说一会儿，我就催母亲挂电话，母亲总是说她有钱。后来了解到，母亲每隔一段时间进城，几乎什么都不买，就为给我打电话，有时候甚至走一段路，省下车钱来给我打电话。

我拿工资后第一件事就是给家里装一部电话。我们家是全村第一个装电话的。家里有电话，母亲和我联系就方便多了，我们随时能听到对方的声音。大部分时候是我打回去，母亲偶尔打过来，说几句，我就挂断回拨过去。这时轮到母亲催促我不要说得时间太长了，电话费贵得牙痛。

我们家的电话方便了自己，也方便了全村人。很长一段时间，我们家的电话是村里的公用电话，村里在外打工的人很多，他们有什么事要和家里说就打电话到我家，有时是母亲转告，有时是通过母亲约定时间，通知他们家人到我家接电话。这项工作很烦琐，而且是无偿服务，母亲对此毫无怨言，整天乐颠颠地来回奔忙，像个通信员似的。当然邻里乡亲也会常送个瓜瓜枣枣什么的。

后来村里很多人家装有电话，年轻一点的或做点生意的腰上都别着手机，有的还不止一部，以便它们各司其职。更年轻一点的就是网民，家里有电脑，装有宽带。母亲第一次坐在电脑旁的神情有点儿像她第一次打电话，先是紧张得手不知该往哪放，不敢靠近键盘，后来渐渐放松了，用半土半白的话和她孙子视频聊天，高兴得合不拢嘴，连声说："这东西好，这东西好，能听声音又能看到相貌。"

现在，村里留守的老人孩子都用上了手机，我父母的手机也从

"老人机"换成"智能机",我们把天南地北的亲人拉到一起,建了一个微信群,大事小事,随时吆喝两嗓子,就可举行电视电话会议;有事没事,点个赞,发段视频,晒一下"小确幸",我们尽管相隔天涯但也近在咫尺。

我们这相亲相爱的一家人,生逢盛世,沐浴阳光,家国情牵,好事连连。改革开放打开了我们一家通向幸福的大门,相信祖国的未来会越来越美好!

王薇芳

◎1977年出生，河南周口人，现居郑州。河南大学心理学研究生在读。曾在某大型国有企业人力资源部门工作八年，某心理咨询机构创始人，国家二级心理咨询师，河南省心理咨询师协会会员。

又是一年麦收季

"五一"过后，我回了趟豫东老家，彼时小麦已经抽穗，放眼望去，像浓墨重彩的巨幅油画。

晚饭后，我和父亲来到村西头的公路上散步，小侄子和小侄女蹦蹦跳跳地在前面跑着。公路东侧是我们的村庄，西侧是我们村的麦地，墨绿色的麦苗郁郁葱葱，像英姿勃发的少年，给人以无限希望。它是村民的大粮仓，哺育了一代又一代的人们。

我说："快收麦了。"

父亲说："快了，'六一'收麦。"

"六一"是国际儿童节，我的童年正值改革开放初期。彼时对于农村的孩子来说，儿童节只是书本上的一个概念而已，麦假才是真正的节日。

6月1日开始，学校会放假半个月，我们称之为麦假。这半个月是农村最繁忙的时候，豫东农村称之为"麦口"，"口"字和年关的"关"字有着异曲同工之妙，它寓意着重要、喜庆和丰收，也寓意辛苦、艰难和付出。麦口和春节一样受重视，一到麦口，学校放假，外出的人从四面八方回家，每家每户都要集中所有的力量投入到麦收中去。

或许，人们对麦收的重视程度、麦收季节的繁忙程度与经济的发展状况有关，随着经济的发展和社会的进步，收麦的方式和人们的心态也在悄悄地发生着变化。

一

每逢麦假，大人们都忙着收麦，我有一个重要的职责，就是看好弟弟妹妹，免得他们受伤害、走失、挨饿。但是八岁那年，我忘记了自己的重要职责，发生了弟弟落水的事件。

那天，爷爷和父亲要去收拾麦场，我和弟弟妹妹也跟着去了。他们先把早熟的麦子割掉，腾出来一块地，经过平整、碾压，整成一片打麦场，每家的麦场连起来就变成了一个超级大麦场，这个大麦场也是孩子们的游乐场。孩子们在这里追逐玩耍，捉迷藏、推铁环、跳橡皮筋，尽情地享受着童年时光。但现在，这个游乐场还没修好，大人们都在赶时间，麦子熟起来一天一个样，天气说变就变，必须尽快把麦场弄好，割回来的麦子才有地可放。

我们姐弟三个和其他小朋友一起在大人身边你追我赶，来回穿梭，惹得他们对我们一脸嫌弃，但是还好，大人能看见自己家的孩子，起码是放心的。弟弟正处于好动的年纪，他总是有办法搞出点小状况。他把茶壶盖弄掉到地上，沾了土，在挨了父亲一巴掌后，他哭着跑开了，我也因为贪玩而忘记了他。不知过了多久，父亲发现弟弟不见了，我们四处寻找，后来在河边找到正在哭泣的弟弟。这条河是我们村灌溉农田的主要水源，河岸陡峭湿滑，两岸长满了茂密的芦苇，被村里人看作危险之地，都严防自己家的孩子接近。弟弟无助地站在那里，小小的身子从头顶到脚底全部湿透，衣服贴在身上，头发上、小脸上淌着水，看着他的样子，我心疼得哭了起来。后来据他说，他头朝下扎进了水里，扑腾了几下，然后自己抓着草爬了上来。难以想象，一个四岁的孩子从落水到爬上来经历了什么。家人后怕极了，父亲心疼弟弟，也为了惩罚我的玩忽职守，在我脑袋上拍了一巴掌，并责问我："你咋看的弟弟？"我哭得更加厉害了，但更多的是心疼弟弟而流的泪。

这一有惊无险的事件过后，全家人又投入麦收中去。而我，也更加用心看护弟弟妹妹了。

麦场很快落成了。大人们开始割麦子，我和弟弟妹妹通常会跟着大人去地里玩，我们坐在树荫下，边玩边看大人干活。镰刀很亮很锋利，是爷爷磨的，一人一把。大家齐头并进，娴熟地挥起镰刀，等割得差不多的时候，他们再分工，有人割，有人捆扎，最后将捆好的麦子装车拉到麦场里。

奶奶则领着我们在麦茬地里或路边捡拾落下的麦穗，通常也有不小的收获，然后再用我们捡拾的麦子换新鲜的瓜果吃，是对我们的奖励。那个时候，每个人都在尽自己最大的努力为家庭做着贡献，抢收增收，争取颗粒归仓。

等麦子割完，我们就跟着大人转战到了打麦场。我和弟弟妹妹仍旧在树荫下玩耍，大人则在火辣辣的太阳下干活。他们先把麦子铺在场中央，爷爷赶着牛，牛拉一个大石磙，在麦子上面一遍一遍地转圈碾压，以使麦粒和麦秸秆分离。每当牛走得慢一点时，爷爷手中的长鞭就会在空中划过一条弧线，然后落在牛的背上，随着一记响亮的鞭声，牛会撅起屁股紧走几步，然后又慢下来，于是爷爷再扬起鞭子。草帽下，爷爷的脸上淌着汗水，他就用搭在肩上的毛巾擦把脸，衣服也湿透了，贴在他的后背上。牛也很累，它耷拉着尾巴，不停地喘息。这时候，爷爷会牵着牛在路边休息一会儿。我心疼爷爷被太阳晒，也心疼牛挨鞭子，碾麦这个过程实在是漫长，我常常在心里默念着赶快结束。就这样，经过无数遍的碾压、翻场、扬场，麦粒终于被分离出来了，再选择好天气晾晒，最后将晒干后的麦粒装袋。

然后邻居们会相互打听：你家打了多少袋粮食啊？今年的公粮要交多少啊？有时，我们会坐在装粮食的车上，跟着父亲去镇上交公粮，粮管所门前装满粮食的车子排得好长，可能一等就是一天。那时的我不懂交公粮的意义，我目睹了生产粮食的过程多么不易，我心疼家人的辛苦付出，我舍不得我家的粮食交出去。

二

不知道什么时候起，牛拉石碌的打麦方式退出了历史舞台，家里的牛不见了，村里随处闲置的石碌成了孩子们的玩伴。

一年麦口的一天，母亲告诉我："明天轮到我们家打麦子，你要早点起床去撑口袋。"我说："好的。"

第二天早上，母亲将我叫醒，说："我们要去场里了，你再睡一会儿就起来过去，别睡过头了。"我说："中。"

然后，我听到门"吱呀"一声被关上了，而我的身体却沉得像灌了铅一样，眼皮像被胶水粘住一样，又进入了梦乡。太阳升到半空的时候，我终于醒了，我突然意识到我耽误了一件重要的事情，来不及洗脸，赶紧往场里跑。半路上，我和父母相遇了，这并不是一场美好的相遇，母亲铁青着脸数落我："你真是个瞌睡虫啊！"但还是给足我面子，并没有当众严厉地批评我，父亲则责成我去场里看麦子。

我赶紧答应，一路小跑到场里，看到一些圆鼓鼓的袋子挤挤挨挨靠在一起，像极了簇拥在一起的企鹅。刚起床睡意还没退去，我一屁股坐在地上，和它们靠在了一起。

不一会儿，我听到不远处一台机器轰隆隆地响起来，抬头看去，一群人围着一台机器忙碌着。这是个神奇的红色机器，它有一头牛那么大，有一个大大的肚子，两边分别是一个宽大的口和一个窄窄的口，还有两个皮带轮子。有人将一捆麦子塞进那个宽大的口，有人拿着袋子在窄口等着，不一会儿，麦子从窄口流进了口袋。我心想，这比牛快多了，我们家的麦子也是这么打出来的吧？接麦子的小川哥告诉我，这个机器叫脱粒机。小川哥和我一样都是家中的老大，在农忙季节，老大们都会早早地被派上用场，帮父母分担一些力所能及的农活。

三

那年中考，我从镇中学考到了县高中，过完麦口，我就离开家去县城上学了。我不知道，脱粒机是什么时候退出麦收的，农业生产方式的更新换代和我的成长一样迅速，无法预料，也没有什么能够阻挡。

一天傍晚，一群人聚在我家门口，兴奋地谈论着什么，我走近他们，听到了"康拜因"三个字，好洋气的名字！看大人们兴奋又神秘的样子，我预感到，有什么好事即将来临。

人越聚越多，父亲作为村干部，他走上一个稍高的土堆，开始给大家讲康拜因的好处及使用它的收费标准。大伙儿认真地听着，人群里不时传来"啧啧"的声音，讲到精彩处，人群里爆发出一阵热烈的掌声，打破了乡村的宁静。

人群散去，父亲激动地对母亲说："这下好了，有了这家伙，麦口就不怕了。"

母亲说："可不吗，以前靠人工，过个麦口像过关一样，弄不好都过到雨肚子里去了，浪费了多少粮食啊，有康拜因，就不怕了。"

几天后，我家就第一个用上了康拜因。那天一大早，得到消息的人就聚在了我家的地头，像迎接远道而来的贵宾。出于好奇，我也加入了迎接"贵宾"的行列。人们谈论着、笑着，闷热的空气中散发着淡淡的麦香味。突然有人喊："来了，来了。"我回过神来，看到一台庞大的机器拖着笨重的身子缓慢地向这边驶来，人们自觉地让出了一条道，刚刚热闹的人群安静了下来，在这个神圣的时刻，人们不约而同地捧出了一颗虔诚的心。这是康拜因第一次驶进我们村子，从此，我们村的麦收进入了一个崭新的阶段。

康拜因在我家的地头停了下来，在父亲的引导下，驾驶员娴熟地调整好姿势，马上投入了工作。后面一家一家排队等着，麦收季节，每个人都提起十二分的精神，斗志昂扬地投入到这场与时间的赛跑中。

驾驶员聚精会神地驾驶着康拜因，缓慢而熟练地从这头驶到那头，所到之处，麦秸秆倒在地上，麦穗被吞进了肚子，等返回到这头时，大人们将准备好的毯子抻开，驾驶员再次巧妙地调整好车头，麦粒倾泻而出，干净而饱满。康拜因掉头继续工作，大人们开始装袋，然后路边停的车就将麦子拉回家。

从十六岁的那个麦季开始，麦子从成熟到归仓，只隔着一台康拜因的距离。也是从那年起，陪伴我整个童年的麦场消失了。时代的车轮滚滚向前，农业机械不断推陈出新，我的童年和少年时代也在一季又一季的更替中过去了，我体会到了父辈们的艰辛，也看到农业机械化给农村带来的翻天覆地的变化。

四

父辈的艰辛和汗水也托起了我的梦想和希望，我考上了大学，毕业后留在城里工作，之后结婚生子，直到带孩子过儿童节，我才蓦然想起：我的儿童节呢？

有一年的麦收前夕，几台大型康拜因收割机从三环路上驶过，我似乎又闻到了熟悉的麦香味，我决定回家帮帮父母。可是，等我安排好孩子和工作回到家时，只看见一些麦秸秆凌乱地散落在地里。

我非常吃惊，问父亲："这就结束了？"

父亲呵呵笑着说："现在的麦口才叫麦口，吧唧嘴的工夫就结束了。"

"那麦子呢?" 我在屋里看了一圈,并没见到一粒麦子。

父亲笑着说:"现在可不像以前把麦子囤起来,现在麦子都不进家,在地里就卖给人家了。"

"那咋吃面呢?" 我似乎有点担忧。

父亲说:"吃面就去买啊。"

我记忆中的麦口一去不复返了,有怀念,更多的是喜悦。

记得小时候,家里有一间房子专门用来放粮食,父亲用砖砌一个正方形的池子,再用塑料布垫一层,把晒干的粮食放进去,美其名曰"麦囤"。每当面粉快吃完的时候,母亲就从麦囤里弄出一袋子麦子,先用簸箕、筛子把小土块、麸皮等扬筛出去,再用水清洗几遍,晒干,再拉到磨面坊,磨成面粉。一家五口人,大概一个多月重复一次这样的工作,对一个家庭妇女来说,这是一项相当繁重的工作。

现在,我们的物质生活资料极大丰富,人们的饮食结构日益多样化,面粉的消耗大大减少。粮食收购价格持续向好,一季麦子能给农民带来一笔可观的收入,这笔钱能抵上一般农家一年的生活费用,也就不必再存放粮食了,既节省了居住空间,又优化了居住环境。

近些年,国家越来越重视"三农"工作,大力推进农业生产机械化和农业现代化进程。2006 年 1 月 1 日起,国家全面取消了农业税,交公粮成为历史。国家还提高了粮食最低收购价格,推出了种粮补贴政策。农业机械的普及与运用,大大缩短了农忙的时间,减少了天气灾害给农业生产带来的损失,节约了大量的人力、物力和财力。富余的农村劳动力转移到城市,既服务了城市建设,又增加了自身的收入。

我问小侄子和小侄女:"你们知道'六一'儿童节吗?"

他们异口同声地说:"当然知道啦,我们还表演节目呢。"

我再问:"你们放麦假吗?"

他们睁大眼睛问我:"姑姑,麦假是啥?"

我说："麦假就是收麦时放假啊！"

我们彼此羡慕着，笑作一团。

四十年过去了，改革开放从最初提出到深化推进，我也从幼儿迈入了中年，沐浴着改革开放的春风，国家从贫弱走向富强，我也从弱小走向独立。我也幸福地看到，祖国的发展速度，赶超了祖辈和父辈老去的速度，他们正依偎在祖国的怀抱里，享受着新时代的新生活。

文章即将收尾时，孩子们正在欢度"六一"儿童节，麦收的大幕也已拉开。此情此景，岁月静好，家国吉祥。

蔡运磊

◎1980年3月生于河南漯河，现居郑州，助理工程师职称。热爱写作，在《瞭望东方周刊》《经济日报》《光明日报》《南方周末》《中国青年报》和FT中文网等平台多次发表文章及摄影作品。从"北漂"到创业，以自己的经历诠释了一个时代青春的激情。

兄弟的步子

我家有一大巧事：我大伯比我爸大九岁，大伯属猴；我比我弟也大九岁，我也属猴。大伯他们兄弟俩和我们兄弟俩都在改革开放四十年中行走至今，步子不同，所见所闻所感自是不同。

大伯高中毕业，先在邻村教小学，后经人介绍，去了公社。先在公社党委书记办公室任秘书、宣传干事，后随同各种工作小组、工作队四处下乡磨炼，逐渐成长起来。他虽然仅有高中学历，但很有组织能力和决断魄力，加之为人豪爽，踏实肯干，情商很高，所以历任书记都很赏识他，每逢有事，就把他当作"消防队长"，派去解决问题。乡里有个乡镇企业，主营切砖机、制瓦机，核心技术是厂里的老工程师研发出来的。但由于决策者思想僵化、观念保守，市场迟迟打不开局面，连工资都发不下来，人心涣散，磨洋工、开小差甚至盗卖企业财产之事，屡屡发生。

1985 年 3 月，大伯接到调令后，二话没说，就像蒋子龙的《乔厂长上任记》中的那位乔光朴赴任一样，大刀阔斧地开始改革：他先从制度入手，规定无论是谁，迟到一分钟就要罚款。有位官员的侄女，人倒也踏实肯干，但有一天因为下大雨，上班迟到了一分钟。大伯立马开出了罚单，理由很简单：下雨虽然是不可抗力，但你为啥不能提前一点儿从家里出发！

制度的威力立竿见影。紧接着，他又按照"贸工技"的路线开始了暴风骤雨般的改革：市场营销采取远交近攻的策略——先吃下小单子、近距离的订单，再用滚雪球的方式聚集资金，最后主攻核心技术。为此，他带着工程师、老工人无数次南征北战，同郑州、武汉、北京、广州等地的机械学院的教授们搞好关系，对方也被他的干劲感染了，倾囊相授。我亲眼看到，他有好几张省级技术奖励证书，证书上他的名字都写在第一位。

技术的进步、产品的升级，带来的是订单量的飙升，结果产能上不去的问题就暴露出来了。在此情况下，大伯依然把好人事关口，面对那些托关系、走后门、递条子的好吃懒做的"少爷小姐"及不学无术之辈，他一概板起脸，统统拒之门外。

产能上不去怎么办？他就身先士卒，就像铁人王进喜那样，坚持长期奋战在一线。他告诉我，有段时间，一开完会，他就换上车间工人的工作服，编入当天的值日班里去了。那些拿着报纸、端着茶杯想去办公室找他喝茶聊天、到家里塞钱送礼的，压根儿就见不着他人影——他们无论如何也想不到，堂堂一个厂长，怎么可能会两手油污地下车间，同工人打成一片呢！

在大伯的铁腕治厂和锐意改革下，机械厂迅速扭亏为盈，市场份额不断增长，还出资买了一块地皮，建立了分厂……

破旧立新，敢于打破条条框框，发展才是硬道理……无形之中，大伯的步子和时代发生了共振，奏出了充满正能量的最强音。

"一母生九子，九子各不同。"相比之下，父亲则没敢迈出大伯那么大的步子。他生性老实怕事儿，初中毕业后因为所谓的"成分"问题，就不能继续升学了。他在老家农村待了一段时间后，也先后进入当地的化工厂、皮革厂、面粉厂。遗憾的是，这些草台班子式的乡镇企业就像流星，昙花一现，不久就纷纷倒闭了。最后，父亲在"凡进必考"的要求下，凭借长期的农村生活实践及过硬的农作物知识底子，一举考入了乡农技站。一干就是十八年，最后以镇农技站农技师的身份光荣退休。

到了我和我弟这一代，社会发展的速度、节奏、内容又不一样了，堪称日新月异、一日千里！我和我弟的步子，自然就迈得更大了。

我生于 1980 年 3 月，差不多和改革开放同岁。但由于乡野偏僻，民风保守，我记得很清楚，一直到我考入镇上的中学，整个村子仅有三台电视机。镇上有个电影院，每逢放映，拥挤不堪，用"门庭若市"来形容毫不夸张。

直到 2001 年考上大学前，我一直在乡村里坐井观天。小时候的我，并不觉得家乡有多么好，天天两点一线，日出而作，日落而息，生活四平八稳，静若死水。到家，除了几本书，以及自己收藏的"火花"（火柴盒）、邮票，再无其他可以打发时间的东西了。"雕梁画栋、古意盎然"的老瓦房倒是不错，冬暖夏凉，好似一株大树稳重、坚实的根。青春期的我，开始四处游走，仿佛这棵大树上"野蛮生长"的枝干。

毕业后，居无定所，四处漂泊。先是跟师兄合住在学校附近乱糟糟的"城中村"里，随即又成为"北漂"一族，住在朝阳区一个既无手机信号又无阳光的大型防空洞里。防空洞的居室陈设，就是林嗣环《口技》中的情景，一人、一桌、一椅、"一床"而已。因此几个月后，不堪忍受土拨鼠般生活的我，带着行李，狼狈归乡……后来，我把这段经历写成文章，发表在了《中国青年报》上，题目就叫《那段睡在别人脚板下的日子》。内容特别提及："一次次地奔波应聘，一次次地大失所望。最远的地方，我跑到了大兴区；最累的一次，在中国农业大学附近，由于找不到公交站牌，我提着行李走了好久，手指都被勒破了。最要命的是，口袋里的钱越来越少，以至于每次在网吧上网，只要发完电子简历，我就赶紧下线闪人……后来再去北京，我已从脚板之下翻到彩云之上了——透过舷窗，京城依然繁华庄严。'告归常局促，苦道来不易。……冠盖满京华，斯人独憔悴。'只不过，在那里，还有我昔日的那些'睡伴'吗？"70 年代、80 年代、90 年代、新世纪，不同的时代不同的青春，也是民族、国家前行的脚印。

前两天听说《手机2》要开拍了，我突然想起了儿时的一件事：大伯所在的宿舍紧挨着乡政府工业办公室。里面经常有人手持摇把，像发动拖拉机那样摇动几下，然后就哇啦哇啦开打了。一次，我趁着没人，悄悄走进去，大模大样地拿起电话，摇了几下，电话那头突然通了，一个女声传来："喂——"吓得我"啪嗒"一声挂了。前两天我弟回来，送给老爸一个二手手机，并装上了微信。现在我爸也成了低头族，没事儿就忍不住掏出手机点开微信看一会儿。不过他也有遗憾，遗憾我大伯不会用微信："每次只能给他打电话，就不能用微信，既麻烦又看不见人，还费钱！"

爸爸腿部做过手术，经常走远一点就嫌累。我准备给他买个自行车，没想到刚一说，老爷子就大发脾气："花那钱干啥？现在街边到处都是共享单车，我随便扫一辆就能走，还买车干啥！"看来，享受到"新四大发明"便利的老爸，步子是越来越大，也越来越时髦了。

前两年回乡，去镇上买东西。昔日门庭若市的电影院已不见踪影，早被林立的各种商铺、足疗馆、饭馆取而代之了。当年破败不堪的小镇，现在俨然一个珠光宝气、浓妆艳抹的贵妇人了。

因为考上了大学，我才平生第一次离开家乡，当然也是第一次乘坐火车，还是那种慢如蜗牛、可以开窗的、只配有电风扇的绿皮车。弟弟也不例外，他也是在考上大学后才有机会第一次离开家乡，第一次乘坐"蜗牛火车"。毕业后，我南征北战，南到深圳，北到沈阳，主要交通工具就是火车，还是那种很慢的、停靠点很多的普通列车。后来换了工作，出行工具也换成了飞机，但对那些在火车上过的"脏、乱、差、慢、挤"的日子，我记忆犹新。

兄弟则不同，他一毕业就去了上海某世界500强企业做事。做了一段时间后，觉得自己的本科文凭已经无法适应工作了，于是考取了西安一高校机械设计专业的研究生。毕业后，他在老师的推荐下，跟河南洛阳某军工企业签了约，没想到还没上岗，远在北京的中国铁科院下属的一家科技企业就抛来了绣球。

"去不去?"小弟一时拿不定主意。

"为啥不去? 北京是中国的心脏,机会多。"

小弟一听,咬牙交了 6000 元的违约金,只身一人去了北京。如今,负责高铁车辆试验、检测的他几乎天天全国各地跑。由于天天和高铁打交道,小弟戏称自己是"中国地面速度第一人":不管是城轨还是高铁,他总是携带各种检测仪器,和同事们一起,不停歇地刷新着中国地面速度的纪录,为乘客安全、舒适指数的提升勤勉工作。

由于工作关系,我们兄弟俩总是聚少离多。同为理科男的我们,平时在微信里交流的,更多是关于科技进步、中国高铁变化等信息和话题。如他去了法国后,拍了张法国人在巴黎地铁车厢里大看手机的照片,还发了句感叹:都说中国人爱看手机不看书,老外爱学习云云,拜托,那是他们过去的车厢里没有 Wi-Fi 信号好不好!

一次我问他:除了快,高铁还有什么特别优秀的表现? 高平顺、高稳定是高速铁路建设的两大关键要求。小弟介绍,过去咱们坐的那种绿皮车的轨道都是有砟的枕木,下面铺一层石块,车子跑起来哐当响;而无砟则是将铁轨直接铺在一块高强度的混凝土板上。有砟省钱,但车速越高,车就晃得越厉害,后期的养护费用也就越大;无砟可以保持列车的高平、高稳运行,维修少。无砟成本虽是有砟的1.3—1.5倍,但运营十年左右,这个成本差不多就连本带息收回来了。现在的高铁线路用的都是无砟轨道技术,所以很平稳。小弟还兴奋地说,今年全国铁路实施新的列车运行图后,"复兴号"动车组会让京沪通行时间减少到 4 小时 18 分。调图后,"复兴号"动车组日开行可达 114.5 对,可通达 23 个直辖市、省会城市和自治区首府……"最近铁总发布消息说,截至 2018 年 6 月 26 日,'复兴号'动车组上线运营满一周年,累计发送旅客 4130 万人次,单日最高客座率达到 97.6%——'多快好省'正在实现,以后回家,我也'复兴'一把，肯定会比以前快许多呢！"小弟自豪地发来消息。

小弟虽是理科男，但一直对文学创作保持着浓厚的兴趣。他曾发给我一首数字诗：

> 三小时，我们跑完武广间曾要十一个小时的旅程；
>
> 四种技术，中国人创造了灿烂夺目的高铁品牌；
>
> 五年时间，龙的传人呼啸飞越了四十年的国际高铁发展之路……

读了他这首诗味不浓的作品，我也被感染了。从当初我们兄弟俩乘坐的绿皮"蜗牛火车"，到有空调的红皮车，再到时速250公里、350公里的"和谐号""复兴号"，我不能不感叹——兄弟的步子越来越大了。当然，中国引领世界高铁的步子也是越来越大了。

喜欢写作、摄影的我，非常注重观察。看到目前不少大型超市排长队结账的情景，我就想，如果把收银员的工作转移给消费者做，人手一个移动式的扫码枪，自扫自结，商品不想要了，就从扫码清单上剔除，然后自己在超市四处可见的终端机上付款，是不是就不用排队结账了？是不是相当于在超市里开设了一条高速公路？而自己手中的扫码枪，是不是相当于开了一辆带有ETC（不停车电子收费系统）的快车？跟兄弟一说，我们一拍即合。去年4月份，我们搞出了一项基于新零售设备的实用新型专利——商超终端支付系统。

看着深绿色的专利证书，我想不能就此止步啊，"双创"时代，猪在风口都能飞起来，何况我们的这项专利还不是猪呢！

说干就干。"兵马未动，宣传先行。"长于文字工作的我，先后就此项专利写了一系列介绍文章，发表在零售网、《销售与市场》杂志微信公众号、《中华工商时报》官网等媒体上，宛若南美洲亚马孙河流域热带雨林中的那只蝴蝶，在业界掀起了一股小旋风。北上广深等地的投资机构、风投代表、中介闻风而动，把我的手机几乎打爆了。

路演、推介了一年多，如今总算快修成正果了——郑州经济技术开发区有家孵化器接纳了我们的创业项目。从工商局办理公司注册到对公账户申请，再到税务局登记，孵化器的工作人员对一穷二白起家、创业一窍不通的我们，进行了保姆式的指导和全程跟踪服务。该孵化器的领导甚至感叹："想当初，我们创业打天下时，哪儿有人指导啊！跟现在的你们一比，我们简直是野孩子！"

除了孵化器，郑州市政府也很给力——从递交注册材料、股东签名直到营业执照批复，全程电子化。创业者再也无须现场排长队，只要动动手指头，在触摸屏上分分钟就可以把材料提交——哪点不行，审批员还会点明原因，创业者重新修改、补充完整即可。"让数据多跑腿，群众少跑路"，多证合一，费用减免，等等，就冲这些，跟昔日创业的前辈相比，现在的我们的确是"宝孩子"。

"举目已觉千山绿，宜趁东风马蹄疾。"如今，我这个80后已年近不惑，梦想已不复轻盈，但幸运的是，遇到了改革开放，在这个"满园春色关不住"的时代，唯有撸起袖子加油干，大步流星，方可对得起这个"万紫千红总是春"的黄金时代！

魏　民

◎1989 年出生于江西赣州。现居深圳。佳简几何工业设计有限公司创始人，深圳市工业设计协会理事，深圳市钟表与智能穿戴研究院专家，江西财经大学客座教授。2015 年入选中国文化产业创业创意人才库，2017 年入选福布斯中国 30 位 30 岁以下精英榜。荣获红点奖、iF 奖等国内外工业设计大奖十余项。2017 年，佳简几何工业设计有限公司被评为深圳市工业设计十佳公司，是中国工业设计历史上成立三年内获得国际设计大奖最多的工业设计公司。

寻梦深圳

——我和小伙伴们的创业故事

　　我出生于 1989 年，是妥妥的 80 后，来自革命老区江西省赣州市大余县。我的家乡坐落在南岭的山间盆地，青山绿水，竹林环绕。小时候的我总爱坐在爷爷家的屋顶上，看着那一重又一重的山，想象着山外边的世界是怎样的。那时家乡还未村村通公路，县城也还未通火车。山里人要去县城得花半天的时间，而从县城去往南昌、广州、上海、北京等大城市，得赶去赣州坐绿皮火车。那时候，对于我们这些山里的孩子来说，山外面的世界是神秘的。从小学到初中、高中，周围越来越多的人怀揣着梦想离开家乡，或去广东、福建，或去江浙沪一带，或去北京，也有少数去国外求学、工作的。老师告诉我们，山外面的世界很大，有很多的机会，是施展才华的舞台，也是实现梦想的地方。

　　怀着对未来的期待和信心，2007 年夏天，我通过高考，走出山里，来到省城南昌，开始了我的大学生活，也开始了我在工业设计这个行业发展的路程。

　　我就读的大学是江西财经大学，也许是时代发展的需要，越来越多的专业类院校开始跨界开设其他专业，我也恰巧在这个时候进入江西财经大学艺术学院工业设计系。工业设计专业是新开设的，而当时的南昌，也并无太多这方面的产业基础。班主任韩吉安和系主任况宇翔老师都非常年轻，带领着同学们建立了江西省第一个工业设计创新工作室，我的大学四年大部分时间也就在工作室和专业设计竞赛中度过。在我读大学的这几年，越来越多的企业开始从贴牌生产进入到自主品牌的研发和设计阶段，工业设计也就越来越受到重视。接着带来的就是企业和政府组织的设计竞赛越来越多，给予了我们这些内陆城市的工业设计学子到沿海发达地区交流学习的机会。大学的我走遍了北京、上海、宁波、杭州、广州、东莞、佛山、深圳，认识了很多行业内的朋友和前辈，这对于我有着太大的意义。在老师的指导下，我拿了多个设计大赛的奖项，如"东莞杯"国际工业设计大赛金奖、"镇海杯"国际工业设计大赛金奖以及德国红点设计概念奖、美国工业设计优秀奖（IDEA）入围奖。证书和奖杯从地面往上摞，也许比自己还要高一些。丰厚的奖金也让我在读大学期间不愁学费和生活费。就这样，我慢慢地在设计行业有了自己清晰的定位和自信。

毕业前夕，大家都开始忙碌起来，我被院里推荐到日本留学，所以我就跑到广州学习日语，在广州天河的棠东村租了个民房安顿了下来。这几个月也许是我这四年最难熬的一段时间，对学习语言没有任何兴趣的我，根本没办法进入真正的学习状态。当时租住的民房很简陋，周围嘈杂、拥挤，我感到心烦意乱。那天，我站在记不得叫什么名字的天桥上，看着这座繁华的城市，感受着这种陌生感，心里开始问自己：我真的喜欢这样的生活吗？真的一定要去日本吗？我到底想要怎样的生活？虽然没有找到答案，但迷茫和慌乱的我内心有个声音一直在说：跟着心走。两天后，我放弃了去日本留学的机会，告诉我身边所有重要的人——我的父母、我的老师、我的同学、我的朋友，我要投入到工作中去，在工作中感受这个世界，感受接下来的人生，用我的青春做好每一个设计。从来没有如此清醒，从来没有如此坚定，就这样，在大学毕业前，我回到了自己的轨道，重新找到了节奏。

毕业后，我来到了杭州，和我的大学同学蒋忠彪一起在浙江大学工业设计系老师开设的工作室工作。忠彪后来成为我们公司的合伙人。在浙大的日子显得不那么繁忙，工作室没有明确的日常考核制度，作息完全靠自觉，每天工作时间大概也就六小时，再加上杭州是一个旅游城市，节奏偏慢，交通也比较拥堵，有时候坐公交，一站路要花半个多小时，这些和自己想要的青春、奋斗、激情的感觉似乎差点意思。工作三个多月后，我觉得自己要找个与自己想要的节奏更匹配的城市生活和工作。那北京、上海、广州、深圳这些一线城市中，哪个城市才更适合我呢？作为改革开放的先行者，深圳有着良好的产业基础和充满活力的城市节奏，离我的老家江西也近，我第一考虑了深圳。现在想想，当时的决定是如此正确，这里包容度很高，给予了每一个有梦想的年轻人以希望，现在的我在深圳找到了归属感，我爱深圳。这里和香港的距离近，有着全球最为集中的产业链，芯片研发和制造、软件开发、工业设计、精密化制造以及物流、展会，应有尽有。华强北拥有着多年的电子产业发展的积淀，在这条街上，能完成这个世界上大多数电子消费类产品的元器件采购，这些客观条件让工业设计在深圳生根发芽。也许深圳是这个星球上最适合工业设计发展的沃土了。也许这就是吸引力法则吧，一个城市有着什么样的魅力，自然会吸引有同样理想和爱好的人最终走到一起。回想起当年的决定，心中窃喜。

2011年11月26日，那是我来到深圳的日子，身上只有400元。飞机落地，激动、感动等多种情绪混杂在一起，让我有点不知所措，但还是很自信，可能是因为年轻吧，总有一种要开创一片新天地的激情。当时正值深圳工业设计周，我之前参加了其中一个竞赛环节，刚好进入决赛圈。28日要进行终评答辩，组委会给参赛者安排了酒店，所以我也就先安顿在酒店里。最终我获得了银奖，拿着2万元奖金，我真正开始了在深圳的生活。

由于资金不多，我先是借住在南山区南头城中村的学长家，在客厅打了个地铺。虽然是深圳，瓷砖的地面也显得有点冰冷。几天后我开始找住处，几经波折，在岗厦城中村找到了一个12平方米的单人间。虽然环境和广州棠东的住处没啥区别，但我的心态好了许多，总是能找到理由安慰自己，年轻就是要奋斗嘛，先苦后甜嘛，总之挺开心的。一切都是未知的，也意味着一切都有可能。2011 年 12 月初，我顺利地进入了当时国内最大的一家工业设计公司，职位是助理设计师。

职业生涯算是正式开始了，我给自己定了一个要求：第一年做公司最早来最晚走的设计师，把时间都放在工作上，在完成工作之余向前辈和领导多学习。这就是那个时候的心态。公司里面优秀的设计师很多，我的第一位领导叫李溪，是一位不折不扣的设计师，拥有十余年的设计经验，在他身上我学到很多。公司的发展飞速，似乎一夜之间，越来越多的中国品牌意识到自主设计的重要性，从"中国制造"走向"中国创造"，我们的订单应接不暇，而我也在这忙碌而充实的环境中慢慢成长。在这里我收获了我的第一个国际设计大奖 iF 奖[1]，这也是当时公司的第一个 iF 奖。作品是我工作以来设计的第一款头戴式耳机，设计的概念来自于神话人物美杜莎头上的蛇形，所以取名为美杜莎。除此之外，我也结交了很多的朋友，包括今天我公司的另外两位联合创始人——张九州和经超。张九州比我大一岁，经超比我大三岁，都是来自山区。张九州当时是公司项目经理，也是优秀的设计师，获得了公司第一个红点奖[2]。经超是 2012 年度公司最佳设计师。在这两年时间里，我们一起加班，一起通宵讨论设计，一起畅想未来。这份工作给了我成长的环境，给了我人生的伙伴，如今回想，由衷感谢。

2013 年 9 月，我辞去了当时的工作，出于更想单纯地把设计做好的初心，在深圳第一家创客空间——柴火创客空间开始了一段自由设计师的生活。每天白天和朋友在柴火聊设计，晚上在家完成设计。这几个月的时间积累了很多的朋友和客户，其中就包括蔡尧钟，我们都叫他蔡老师——一位不折不扣的嵌入式开发工程师，我们共同租下了田厦国际中心的一个 30 平方米的公寓，他组建他的开发团队，我开始组建我的设计团队。正在我找寻合伙人的时候，张九州找到我，我们聊了很多，最后决定把已经从前公司离职的经超聚起来一起创业。

2014 年初，我们仨一起看了《中国合伙人》，就像电影里说的那样，我们感慨着世界变化太快，改革开放的时代成就了一大批敢于追寻梦想的人。而在改革开放的前沿阵地深圳，我们一样可以有属于我们自己的未来，这里一定会需要好的设计、好的设计师。

2013、2014 年，这两年我们现在回想起来，算是中国智能硬件的开元之年。随着互联网的发展，服务于商贸的基础平台的建设越来越完善，例如顺丰的崛起代表物流的成熟，阿里巴巴、京东的辉煌代表线上购物平台的成熟和云平台的成熟。同时，人们的生活品质日渐提高，消费升级也赋予了这个时代更多的可能，传统产品受到了来自互联网环境下系统性软硬件解决方案的冲击，越来越多的产品需要智能化。智能手机迅速普及开来，传感器的价格也越来越低，各类传感器算法的成熟、风险投资的日渐成熟，给了这个时代机会，也恰巧给了我们机会。我们开始思考：随着消费升级，什么样的产品会属于互联网时代，属于智能时代？在深圳，大大小小的设计公司有上万家，就工业设计公司而言，最多的时候达 5000 家左右，其中不乏好的、具有代表性的工业设计公司。每一家设计公司都为不同的企业提供着不同的设计，而我们如何站在时代的浪尖，用我们独特的设计为中国品牌的崛起注入能量呢？最终，我们找到了自己的创业切入点：为这个时代的智能产品升级和换代提供更好的产品设计服务。有了目标和定位，我们决定成立一家工业设计公司。

在深圳，注册公司和相关手续的办理，速度异常快，仅一周左右的时间我们就注册好了公司。这家公司就是今天的佳简几何工业设计有限公司。2014 年 2 月 17 日，佳简几何正式成立，那时我们三个人

——张九州、经超和我，立志做一家真正好的设计公司，一家可以代表中国新时代工业设计水平的设计公司。

创业初期，我们白天见客户，跑市场，逛展会，去工厂，晚上回到公司光着膀子做设计。然而，一开始，传统的市场对于我们这样的小公司并不是特别友好，设计的议价能力很差，一款好的设计有时候只能换来几万块钱的设计费。好在 2014 年智能硬件的崛起，使越来越多的资本和创业者进入智能硬件领域，我们在 2014 年服务了许多的创业者，如 Sensoro 团队（北京升哲科技有限公司，致力于打造物联网世界）、Gyenno 团队（深圳市臻络科技有限公司，致力于打造新型智能医疗健康设备）、猫王团队（深圳市云动创想科技有限公司，致力于打造全新音乐设备品牌）。这三个团队在 2014 年与我们合作之初只有几个人，现都已超百人，估值均已超 5 亿元人民币，在各自专业领域都有很大的影响力。而我们也和合作伙伴共同成长，一起探讨和追寻着新时代下的产品物态。

2016 年，我们的团队扩充至 25 人。在为客户提供基础的产品设计服务之外，我们还衍生出产品策略和结构工程两个新业务板块。2016 年 11 月，我们第二次参加国际工业设计大展，深圳市主要领导共同参观了佳简几何的展位，给了我们很大的肯定和鼓励。我想这也代表着国家对于新兴产业的支持。深圳市政府率先出台了工业设计相关产业的扶持政策，尤其对我们这样的小型创业公司，在税收、空间、获奖补助等等多个方面给予了特别多的支持，我们取得的成绩和政府的大力支持是分不开的。随后，国际工业设计协会主席和德国 iF 奖评委会主席也来到佳简几何展位参观，对我们的设计作品给出了专业的意见和肯定。获得国际专家的认可，我们心里有说不出的高兴：这项起源于西方的产业自改革开放初期引入中国，发展到今天其实只有不到四十年的时间，我们从引入到学习，从学习到成长，从成长慢慢走向成熟，今天，我们中国的设计在国际舞台上也能崭露头角。每年举办的国际工业设计大奖赛中，中国的获奖作品占比越来越高。

经过四年的努力，到 2018 年，我们公司的服务已经涵盖产品设计、产品策略与研究、用户体验研究、产品品牌与传播设计、产品结构设计、创新供应链管理六大创新模块。现团队共获得德国红点奖和 iF 奖、美国工业设计优秀奖、日本优良设计奖等国际设计大奖 40 余项。从 2014 年到 2017 年，我们连续参加了四届深圳国际工业设计大展——深圳市工业设计协会举办的一项国际性的工业设计展会，也是目前全球最大的工业设计展会。我们每年都像参加期末考试一样，希望可以向行业交出一份令人满意的答卷。就这样，在这个展会里我们结识了更多的同行，认识了更多的客户，到现在，佳简几何的客户已经遍布全球三大洲、全国 24 个城市，合作的企业包括微软、腾讯、中国移动等世界 500 强企业及小米、蔚来汽车、海尔、美的、海信等中国知名品牌。中国中央电视台新闻频道、美国有线电视新闻网（CNN）和英国广播公司（BBC）以及《福布斯》《第一财经周刊》《南方都市报》《深圳晚报》《中国文化报》等国内外媒体对佳简几何进行了关注与跟进报道。我和我的合伙人张九州也特别幸运地入选了 2017 福布斯中国 30 位 30 岁以下精英榜。

从山里的孩子到大学生，从一无所知到成为一名职业设计师，再到成为佳简几何的创始人和 CEO，我感恩改革开放给予我学习、成长和实现人生梦想的舞台。佳简几何现在已经有 10 位合伙人，凝聚了 70 位富有梦想的年轻人在一起打拼未来。我们的团队年轻而富有朝气，并且也有了更大的梦想。改革开放铸就了新时代，也铸就了我们。对于未来，我们充满信心。

注释:

[1] iF 奖, 创立于 1953 年, 是由德国历史最悠久的工业设计机构汉诺威工业设计论坛每年定期评选的奖项, 以"独立、严谨、可靠"的评奖理念闻名于世, 旨在提升大众对于设计的认知。其最具分量的金奖素有"产品设计界的奥斯卡奖"之称。

[2] 红点奖, 是与 iF 奖齐名的一个工业设计大奖, 是世界上知名设计竞赛中最大最有影响的奖项之一, 与德国 iF 奖、美国 IDEA 奖并称为世界三大设计奖。

2016年，深圳市主要领导参观佳简几何展位

三个创业小伙伴：经超、我和张九州

2017年佳简几何七项获奖产品之一——可捕捉手部动作并提供力反馈的机械外骨骼设备，获红点奖

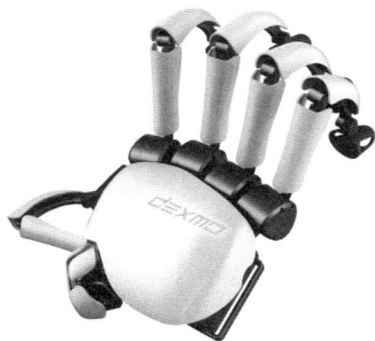

鸣　谢

本套丛书在组稿过程中得到了很多单位和个人的大力协助：

国家外国专家局国外人才信息研究中心、新华网、华人头条，杨坚华、屈建平、朱颂瑜、陈伟、虞文军、李竹青、李彦、徐文婷、尚杨、曹岳枫、戴升尧、娄宏霞、斯舜威、张洁卉、文非、王诗敏、潘庆华、张艳涛、左娜、钟敏仪、吴晓东、谢宝光、张士晨、钱维东、范晓虹、李欣睿、宁明选、涂怡超、韦隽、陈文定、王征宇、陈博君、董洁、王威，等等。

特致以诚挚的感谢！